砂の王宮

楡　周平

集英社文庫

目次

砂の王宮

プロローグ

凄まじい豪雨だった。

世田谷の岡本は、都内有数の高級住宅地だ。その中にあってひときわ目を惹く豪邸がある。白いタイルで覆われた外壁。特にリビングは普通の家屋の二階分に相当する高さがあり、庭に面した南側は全面がガラス張りとなっている。その窓際の椅子に座り、外の様子を眺めるひとりの老人の姿があった。

時は平成二十二年八月――。齢八十五歳を迎えた塙太吉である。

庭を覆う芝が飛沫に煙る。雨水が浮きはじめ、ところどころに水たまりをつくる。まだ二時半だというのに外は薄暗くなり、閃光と同時に雷鳴がひっきりなしに轟く。

しかし、鉄筋コンクリート二階建ての屋敷の中は至って静かなもので、雷鳴以外に聞こえるものは、時折窓に吹きつける雨音だけだ。

降りはじめはいつも突然だが、止むのもまた突然だ。二十分程で雨は上がり、外界は再び眩(まばゆ)いばかりの夏の日差しに満たされる。

芝の緑が一層鮮やかだ。敷地を取り囲む高い植栽の葉から、無数の水滴が煌(きら)めきを放ちながら滴り落ちる。

日々の変化は、気づかぬほどに小さなものだが、振り返って見れば、社会も自然環境すらも大きく変化している。ひと昔前まで夕立は夏の風物詩といえるものだったのが、今ではゲリラ豪雨だ。『記録的』、『観測史上最大級』、豪雨の度に繰り返される言葉を聞くにつけ、塙は時の変化を、積み重ねてきた年月の長さを、突きつけられた思いに駆られる。

事実、老いは確実に肉体に現れている。

その最たる部分が膝だ。

八十を迎えた辺りから痛みはじめ、いまでは杖(つえ)を使わなければ体を支えられぬ。主治医は「他に大きな問題は見当たらない」というが、それも歳相応(としそうおう)。この年齢になれば、誰しもがある程度の持病を抱えて当然だといわんばかりの口ぶりだ。幸い頭脳は今もって明晰(めいせき)で、事業への意欲も衰える気配はない。いや、むしろ老いてなお高まるばかりだ。

いまや誠実屋(せいじつや)は関連企業百五十社、スーパー、ショッピングモール、コンビニを含めると、全国に二千を超える店舗を抱える流通業界日本一の座を揺るぎないものとしている。その間にホテル事業に進出し、複合化も図ってきた。

四年前に誠実屋ホールディングス社長の座に長男を、ホテル運営会社の社長に次男を据え、会長に退きはしたものの、代表取締役として実権を握っていることに変わりはない。グループは完全に塙の掌握下にある。

しかし、それもいつまで続くか――。

杖が車椅子へと変わり、徐々に体の自由が奪われていく――。それが、老いの方程式なら、行動の制約は思考能力を低下させ、事業どころか生きる気力をも奪っていくものだ。

傍から見れば、恵まれた人生だ。これ以上、何を望むものがあるのかと思うだろう。

確かに、紛れもない成功者だ。莫大な富も手にした。だからこそ人生の集大成に相応しい大事業を是が非でもものにせねばならないのだ。たとえ、生きて実現の日を迎えることができずとも――。

「ええ具合に、雨が上がってくれはった」

リビングに入ってきた妻の八重子の声で、塙は我に返った。「良かったわあ。あない雷はんが鳴ってたら、恐ろしゅうてよう出かけませんわ」

八重子は老いてますます活発である。観劇に、音楽会にと、頻繁に外出する。

今日も、これから歌舞伎に出かける予定になっている。涼やかな和服を身に着け、髪もすでに整え終えた体からは、着物に薫き込めた白檀の香りが漂ってくる。

「支倉さんの奥さんによろしゅういうとってや」

誠実屋のメインバンク、東都銀行頭取の妻が今日の観劇の伴だ。「頻繁に年寄りのお守りをしてもろうて、塙が感謝申し上げとるとな」

塙は椅子に腰掛けたままいった。

「いわれんでも、みなさんには感謝してます。こない大事にしていただいてるんやもの」

八重子は歌うようにいい、「ほな、行ってきます」

玄関へと消えていった。

八重子が頻繁に外出するのは、政財界の重鎮の奥方から頻繁に声がかかることもあるが、もうひとつ別の理由がある。

長男は旧伯爵家の、次男は旧財閥の創業家の令嬢をそれぞれ娶った。その点からいえば、満願成就。塙は富と名声だけでなく、閨閥をも手にしたのだが、言葉遣いも違えば生活習慣、作法と、何もかもが異なる。ふたりの息子の家庭内に、これといった問題があるわけではないが、ただでさえも難しいのが嫁姑の仲だ。決して埋まらぬ溝ができて当然というものだ。

孫ができても、育て方も違えば、教育に関しての考え方も違う。世話を焼きたいのは山々だろうが、それも叶わぬ。八重子が頻繁に外出するのは、その寂しさ、悲しさを埋める唯一の方法なのだ。

ひとりになった塙は、リモコンを使ってテレビをつけた。

当てがあったわけではない。チャンネルを切り替えるうちに、集中豪雨の画像が映った。

先ほどの雨は北に進んだらしい。都心は酷い豪雨である。

八重子には専用車をあてがってある。それでもやはり気になって中継リポートに見入るうち、画像はスタジオに戻った。

「それでは次です。たったいま、入ったニュースです」

司会者が告げた。

ワイドショーもどきのニュース番組に興味はない。

塙はリモコンに手を伸ばした。

電源を切るより早く司会者がいった。

「四十一年前、赤坂のホテルで起きた殺人事件。いわゆる江原事件ですが、東京地裁で再審請求を認める決定が先ほど出ました。検察は決定を不服として、即時抗告しました」

司会者の姿が映し出されたのは冒頭部分だけで、画像はすぐに当時のニュース映像に変わった。

ホテル二階のフロアだ。

規制線のロープをくぐり抜け、警察官が奥の通路に向かって行く。その先には、深町信介が絶命したトイレがある。

映像は残酷なものだ。

久しく封印してきた当時の記憶が、塙の脳裏に鮮明に蘇ってきた。

深町の死体が清掃員によって発見されたのは、事件の翌朝のことだ。

警察の動きは早かった。

深町に身寄りはいない。所持していた運転免許証と名刺から身元が特定されると、その日の夕刻、雇用主である塙の下に身元確認の要請が入った。

赤坂署の遺体安置室で対面した深町の姿は、もちろん忘れられない。

全身を覆った白い布を捜査官が僅かにめくり上げると、顔が現れた。

遺体は例外なく肌の色が白黄色になり、質感も蠟細工のようになる。既に目は閉じられており、頬の肉が弛緩したのか絶命時の様相とは異なって、穏やかな死に顔だった。半開きになった口元から覗く黄ばんだ歯。脂気の抜けた頭髪。洒落者だった、深町の生前の姿とは似ても似つかぬ風貌――。

「このボケ！　まんまと嵌められよって！」

塙は罵りの言葉を胸中で叫ぶ一方で、これからの捜査の行方に思いが行くと、絶望的な気持ちに襲われた。

「どないしてくれんねん。わしが殺したいうことになったら、何もかも終わりや。会社はどないなんねん。家族かて人殺しと呼ばれて、一生日陰者の道を歩まなならんことになってまう。あり得へん。そないなこと、わしの人生には絶対起こってはならんことや。そやけど――」

深町に対する怒り、これまで築き上げてきた全てを失うことへの恐怖。もはや、自分では制御できない感情が一気に噴出してきた。

塙は号泣し、その場に崩れ落ちた。

「深町さんに間違いありませんか」

捜査官の問い掛けに、塙は無言のまま頷いた。

遺体の確認を終えると、事情聴取がはじまった。

深町の死の真相は話せない。白を切り通すしかない——。

「再審決定の決め手になったのは、凶器の柄に巻かれたハンカチについた僅かな血液だったといいます。確かに血液型は江原死刑囚と一致した。ところが最新のＤＮＡ鑑定にかけたところ、江原死刑囚の型とは違うことが分かった。ハンカチの存在は、最初から一貫して江原死刑囚が知らないと否認してきたことですが、それが事実であることが証明された。つまり致命傷を与えたのは江原死刑囚ではない。他の誰かだ、ということになるわけです」

司会者がいった。

そやったら、なんやっちゅうねん。

塙はリモコンのボタンを押した。

画面が消え、室内は静謐に包まれた。

いまさら再捜査をはじめたところで、当時の捜査官はとっくに現役を退いている。それに検察は即時抗告したのだ。再審が確定するまでの道のりは長い。第一、事件はとうの昔に時効だ。警察が再捜査に着手するとは思えない。

だが、やはり動揺は抑え切れない。心臓の鼓動が速くなり、背筋に嫌な汗が滲み出す。鮮やかだった庭の緑もどこかくすんだように見える。

あれから四十一年も経つのか――。

珍しく、酷い疲れを感じた。

少し休もう――。

塙はゆっくりと瞼を閉じ、背凭れに体を預けた。

フカシンと呼び、いまに至る成功の道をあの日まで共に歩んできた男との時が浮かび上がってきた。

第一部

第一章

1

ここは本当に日本なのか。

京都ホテルに足を踏み入れた瞬間、塙は目を剝いて、その場に立ちつくした。

二階部分までが吹き抜けになった広大なロビー。白銀に煌めくシャンデリア。高い天井を支える幾本もの太い大理石の角柱。その表面には複雑なデザインを刻したレリーフが貼られ、床は一面深紅の絨毯で覆われている。二階部分は黒い手摺りのついた回廊となっており、その奥の部屋からジャズのメロディーが流れてくる。

京都は戦中、戦災に遭わなかった数少ない都市の一つだ。古都の情緒溢れる街並みがそのまま残り、一見したところ平穏な暮らしが営まれているように見えるが、空き地は、戦災で家を失った地方からやって来た人々が住むバラックで埋まり、目ぼしいホテルやビルディングは進駐軍に接収されと、敗戦の混乱はこの街の至るところに存在する。

街を行き交う車両も、もっぱら米軍のもので、我が物顔で闊歩するのは兵士、あるいはその家族である。

彼らの肌、特に白人のそれは、今シャワーを浴びたごとくに、ほんのりと薄いピンク色に染まり、常にプレスの利いた清潔な衣類を身に着けている。一方の日本人はといえば、垢に塗れ、虱が湧いたボロ布のような衣類を身に纏い、絶対的に欠乏している食料や日用品を求め街を彷徨い、あるいは京都駅南口にある闇市へと殺到する。

時は昭和二十二年四月。終戦から一年八カ月経った今もなお、カオスはこの街にも確かに存在し、圧倒的多数の日本人が飢えに晒され、今日を生きるために狂奔している。

それを思うと、目の前に広がる空間は、まさに別世界の光景以外の何物でもなかった。異国情緒溢れる豪華な内装のせいばかりではない。ロビーに屯する人間のほとんどが、軍服に身を包んだアメリカ人。それも白人ばかりだ。彼らは日本人には貴重品である煙草どころか、到底入手不可能な葉巻まで当たり前に燻らす。

何よりも、空間に流れる空気が違った。垢と汗に塗れた体臭、得体の知れぬ食材が用いられた食べ物、どぶ、汚物、ゴミの腐臭——。それが外界の臭いなら、ここに漂うのは石鹸やコロンの芳香である。

人間は異臭に敏感になるものだが、いまの塙にとって、まさにこの空間に漂う芳香こそが、異臭そのものだった。

「塙さん、こちらです」

ケビン・城山の声で我に返った。

アメリカ軍第八軍第一軍団補給部隊中尉。それが彼の肩書きだ。正確には分からぬが、歳はまだ二十代半ばといったところか。兵站の実務を行うよりも、国内で物資を調達するに当たって、日本人との通訳を担うのが主な任務であるらしい。

衣類、薬品、肉、保存食、日用雑貨といった物資は、アメリカ本国から送られて来るが、野菜を始めとする生鮮食品はそうはいかない。ただでさえ不足している食料が、進駐軍に調達されるのは何とも理不尽な話だが、敗戦国は戦勝国の意向に異を唱えることはできない。

塙が後を追い始めたのを見て、ケビンは二階に続く階段を軽やかなステップを踏みながら昇りはじめる。

彼は上機嫌なようだった。

それも道理というものだ。たったいま、大きな取引を纏めたばかりなのだ。

塙は神戸三宮の闇市で、薬屋を営んでいる。

ヒロポンのような麻薬以外の医薬品は何でも扱うが、中でも大金に化けるのが、フェナセチンとペニシリンである。フェナセチンは本来鎮痛剤として用いられる薬品だが、これに手を加えると、砂糖の二百五十倍もの甘味を持つズルチンになる。サッカリンよりもマイルドなこの合成甘味料が、砂糖が入手困難な世相と相俟って、それこそ右から左に飛ぶように売れるのだ。

だが、いかんせん原料となる薬品は、戦後の余剰在庫である。本来の需要が激減すれば、製薬会社もフェナセチンを製造し続けはしない。その一方で、ズルチンへの需要は増すばかりとなれば、やがて在庫も尽きる。

同様にペニシリンは、結核の特効薬として法外な値段で売れたが、こちらは、もっぱら三宮の闇市で幅を利かす中国系の仲介人から入手する。香港からの密輸品だが、便が不定期な上に、価格も決して安くはない。やり取りはもっぱら港で行われ、その現場を摘発される恐れもある。何よりも、絶対的に量が不足しているのが悩みの種だった。

置く先から、捌(さば)けていく――。

こんな割りのいい商売を、手放すわけにはいかぬ。

塙は、新たな入手ルートの確保の必要に迫られていた。

そんな中で、ひょんなことから齎(もたら)されたのが進駐軍への伝手(つて)である。

進駐開始時は、日本人の抵抗がそう簡単に収まるまいと考えていたのか、あるいは朝鮮半島の緊張状態は継続したままで、戦争に発展した場合に備えてのことかは分からぬが、米軍が大量のフェナセチンを抱えていることが分かったのだ。

闇市には進駐軍の横流し物資が溢れている。医薬品といえども例外ではないはずだ。まして、キャンプという出先の機関である。物資の管理もそう厳しくは行われてはいまい。それに、労せずして大金を摑(つか)むチャンス到来となれば、欲に目が眩(くら)むのが人間だ。それは、軍人といえども変わりはあるまい。まして、相手は明日をも知れぬ命を賭けて戦う最前線の兵士ではない。後方の支援部隊だ――。

塙の読みは当たった。

第八軍で兵站を担当するエドワード・カプルス陸軍少佐は、塙の申し出を快諾した。その際に、通訳に当たったのが、彼の部下であるケビンである。上官の不正の口止め料として、ケビンにも相応の分け前が与えられることは間違いない。

高揚した気分の表れか。あるいは、不正を行う仲間としての固めの盃を交わすつもりなのか、商談が終わると同時に、「将校クラブへ招待しよう」とケビンはいい出した。

そして、連れて来られたのが、ここ京都ホテルである。

階段を上がるにつれて、ジャズを奏でる音が高くなる。

ケビンは音色に誘われるように、開け放たれたドアを潜る。

バーだ。

天井の照明は仄暗い。ところどころに配置されたサイドテーブルの上に置かれたランプの灯の中に、二十ばかりはあるボックス席が浮かび上がっている。

時刻は午後七時を過ぎたばかりなのに、空いている席は僅かしかない。

「塙さん、そちらの席に」

ケビンは椅子を勧めると、正面のソファーに腰を下ろした。「さて、何を呑みます？どうぞ、お好きなものを」

そういわれても、困ってしまう。

客は軍服を着た兵士ばかり。煙草と葉巻、酒の匂いで噎せ返りそうだ。ジャズの旋律を縫って聞こえてくる会話は、当然ながら英語だけ。そして、時折湧き上がる嬌声、笑い声――。何もかもが外の世界とはかけ離れ過ぎている。

今日は、進駐軍の将校に会うというので、一張羅の背広を着用していたが、この中にあっては明らかに自分は異質な存在である。緊張感は高まるばかりだ。

「ウ、ウイスキーを――」

塙は思いつくまま、咄嗟にいった。

そんな塙の心情を察したのか、ケビンは苦笑いを浮かべながら手を上げた。

ウエイトレスがやってくる。まだ年若い日本人の女性だ。

ケビンは、英語でオーダーを伝え終えると、

「ところで塙さん。戦時中はどちらに？」

改めて、訊ねてきた。

「海軍に。学徒動員で召集されまして……。大和に乗り組んでおりました」

「大和に？」

ケビンは目を丸くした。「では、沖縄特攻の生き残りなんですか」

塙は黙って、視線を落とした。

学徒出陣による召集がかけられたのは、神戸経済大学の二年の時のことだった。海軍予備学生として横須賀の武山海兵団に入隊し、海軍電測学校で電探技術の教育を受けた。

同じ年の暮れには予備少尉となり、大和乗船を命じられた。そして、四カ月後には沖縄水上特攻。三千三百三十二名の乗組員の中で奇跡的に生還した二百七十六名の中のひとりとなった。それが塙の軍歴だ。

悲劇は人の興味を惹く。

大和の乗員だったと知ると、撃沈時の様子を訊ねられるのが常だ。しかし、ケビンは沈黙の肯定を拒絶と取ったのか、

「あれから二年経ちます。大学には戻られなかったのですか」

と話題を転じた。

「それどころじゃありませんよ」

今度は塙が苦笑を浮かべる番だった。「神戸は酷い空襲に遭いましてね。一面の焼け野原。親父は戦前から薬局を経営していたんですが、店も家も無くなってしまったんです。とても復学どころの話じゃありません。一刻も早く、店と家を再建するのが長男の務めです」

その言葉に些かの嘘も誇張もない。

塙はふたり兄弟の長男だ。弟の信二は大学の二年生。いまでこそ、ズルチンやペニシリンの闇商売で莫大な利益を挙げてはいるが、軌道に乗るまでは家族四人が食べていくのも困難を極めたのだ。

「なるほど」

ウエイトレスがやってくると、ふたりの前に琥珀色の液体が入ったグラスを置いた。ショットグラスなんて、小さなものではない。その倍はある大きさのグラスに、なみなみと注がれた琥珀色の液体。それも生のままだ。そして、次に置かれた白い陶器の皿の中には、ハムかソーセージか、見たこともない大きさにスライスされた円形の肉の加工物と、チーズが惜しげもなく盛られている。

「乾杯しましょう」

ケビンはグラスを持ち上げた。「ビジネスの成功に――」

ふたりのグラスが、硬い音を立てて触れ合った。

グラスを口元に持っていく。芳香が漂ってくる。闇市で売っているような、粗悪なアルコールの臭いとは全く違う。これまで嗅いだこともない、良質な酒の匂いだ。

喉が鳴った。興奮は隠せない。液体の表面が微かに揺れている。震えているのだ。

塙は気づかれないように、そっと口をつけた。

度数が高いせいもあるのだろう。口中がアルコールの刺激で痺れる。強烈な芳香が鼻腔を突き抜ける。舌で転がし、味わううちに刺激の中にまろやかさが生まれてくる。呑み下すと、今度は喉が反応する。焼けつくような熱が食道を駆け降り、胃の腑の中で一気に弾ける。

思わず溜息が漏れた。

塙は、二口、三口と続けざまにウイスキーを体内に送り込んだ。

「そんなに慌てなくとも、酒はいくらでもあります。ゆっくり味わって下さい」

ケビンが目を細めた。

塙はグラスを置いた。ウイスキーは、すでに半分程がなくなっていた。

「ところで、城山さん。支払いの件ですが、本当に円でいいんですか」

さすがにばつが悪くなって、塙は話題を転じた。

円をドルに替えるのは、困難を極める。まして日本は酷いインフレの最中にある。米軍から横流しを受けるに際しては、支払う通貨が最大の問題になると思われたのだが、カプルスが快諾したことが意外であったからだ。

「いいんです」

ケビンは、あっさりと答えた。「ボス、というより彼の奥さんといった方がいいでしょう。日本のアンティークの収集に目がないんですよ」

「アンティーク？」

「書画骨董(こっとう)です」

ケビンは笑みを浮かべた。「オリエンタリズム溢れた日本のアンティークや着物は、DHで暮らす将校の奥さん連中に凄(すご)い人気なんですよ。特に京都は、その手のものの宝庫ですからね。本気で収集を始めたら、お金なんて、いくらあっても足りませんよ」

DHとはデペンデント・ハウスの略で、将校用の一戸建て住宅のことだ。京都ではその用地を確保するために、北山の植物園を潰し、そこに数十戸の住宅が設けられている。

「日本人から買い付けるから円でいいというわけですか」

「ドルで貰(もら)ったって、お互い面倒なだけでしょう」

窓の外には、闇に沈む古都の街が見える。遥(はる)か遠くには、如意ヶ岳(にょいがたけ)を始めとする山々が、昇り始めた月明かりの中に、黒いシルエットとなって浮かび上がっている。

勝者が敗者の全てを奪う。それが古来繰り返されてきた戦争の掟(おきて)である。

しかし、生きるためとはいえ、貴重な文化財がどんどん外国人の手に渡り、やがては海を渡っていく――。なるほど古都の街並みは守られたかも知れぬが、それは表面上のことに過ぎない。日本人の魂ともいうべき品々が、日々確実に失われているのだと思うと、塙は何ともやるせない思いに駆られた。

「アメリカ人に日本の書画骨董の価値なんて分かるんですか。まして着物なんてどうするんです？　集めたって着るわけじゃないんでしょう」

塙は悔し紛れに訊ねた。

「本来の価値や用途なんて、どうでもいいんです」

ケビンはあっさりと答えた。「アメリカ人は部屋を飾るのが好きなんですよ。着物だって立派なインテリアになりますし、帯なんてテーブルに掛けると、最高に映えますからね」

「帯をテーブルの飾りにね――」

猫に小判とは良くいったものだ。

むらむらと込み上げてくる不快感を、塙はウイスキーで胸に押し流した。

アルコールの刺激に慣れたのか、もはや熱は感じない。それに代わって胃が活性化してきたのだろう、猛烈な食欲が込み上げてくる。情けないことに、目の前に置かれた肉とチーズを口にしたい欲求が堪え切れなくなってくる。

「ケビン！」

室内のどこかから、彼の名前を呼ぶ声が聞こえた。

ケビンは立ち上がり様に声の方を振り返ると、片手を上げ、二言三言言葉を交わす。

もちろん英語である。

「塙さん。知り合いがいるので、ちょっと席を外します。酒、食べ物、何でもお好きに頼んで下さい」

ケビンはそういうと、グラスを手に四人ばかりの将校がテーブルを囲むボックス席に向かって、歩いていく。

塙はフォークを手にすると、食べ物に手を伸ばした。

まず肉だ。

直径十五センチほどはある。薄くスライスされた赤黒い肉の表面に浮かぶ無数の白斑は、脂肪だろう。黒点は胡椒だ。フォークを突き刺し持ち上げると、それはてろりと二つに折れ曲がる。すかさず口に入れると、塩分が程よく回った肉の旨味が口中に広がり、ぴりりとした胡椒の刺激が舌を刺す。

初めて体験する味だった。

堪(たま)らない。世の中にこんな美味(うま)いものがあるのかと思った。

咀嚼(そしゃく)する暇も惜しい。

喉に送り込むより先に、二枚目に手が出た。肉はミンチにされていると思われたが、塩分のせいか粒は硬く引き締まっており、そこから嚙(か)めば嚙むほどに滋味が滲(にじ)み出てくる。口中を脂肪が被膜となって覆っていくのがよく分かる。

ようやく飲み込んだところで、ウイスキーを口に含んだ。

肉の味の名残とウイスキーが渾然一体(こんぜんいったい)になると、完全に覚醒していた食欲がさらに増す。

もはや、恥も外聞もあったものではない。

塙は、夢中になって三枚目を口に入れた。

「美味いか？」

突然、頭上から声が聞こえた。日本語である。

顔を上げたその前に、ひとりの男が立っていた。

ポマードを使って、七三にきちんと整えられた豊かな黒髪に、間接照明の灯(あかり)が反射して艶やかな光を放っている。僅かに張り出した顴骨(かんこつ)。痩せてはいるが、血色はいい。明らかに、日頃から十分な栄養を摂(と)っていることの証(あかし)だ。

歳は三十まではいっていまい。若干年上のように思える。仕立てのいいスーツにネクタイを締めた姿は、垢抜けしているなんてもんじゃない。今の世相を考えれば別世界の人間だが、間違いなく日本人である。

「そいつは、ソフトサラミっていってな、ソーセージの一種だ」

男はにやにやと笑いながら、ケビンが座っていた席に腰を下ろした。「こんな美味いものを、こいつら戦争中も当たり前に口にしてたんだぜ。飯盒飯（はんごうめし）や乾パン、おかずといやあ鰹節（かつおぶし）か乾燥梅干しの日本軍が、勝てるわけねえよな。蛋白質（たんぱくしつ）を食わなきゃ、力なんて出るわけがねえ」

何と答えたものか呆気（あっけ）に取られている塙を尻目に、男は足を高く組むと、皿の上からチーズをつまみ上げ、ぽいと口の中に入れ、
まるで、チューインガムを噛むかのように口を動かした。

「商談成立といったところか」

「あんた、誰や――」

日本人が単身将校クラブに出入りすることはできない。この男もこの中の誰かに連れて来られた人間であるはずだ。とすれば、同業者か――。

塙は思わず地の言葉で訊ねた。

「あんた、闇屋だろ？」

男は問いかけにはこたえずに、訊ね返してきた。

図星をさされたせいもあるが、男が同業者であるなら、警戒せねばならない。

闇屋の世界には、縄張りというものがある。まして、殺し合いから生還した人間で世の中は溢れ返っている。そんな連中が、命懸けで金を摑もうと血眼になって群れているのが闇市だ。ショバを巡る刃傷沙汰は日常茶飯事。対応を間違えば、面倒なことになる。

「そんなに身構えんでもいい。あんたをここに連れてきたあの男、カプルスの通訳だろ」

少佐の名前を出すところを見ると、軍の事情に精通していることは間違いない。

「で、あんたは？」

塙は男の顔を見据えた。

「俺はブローカー、便利屋さ。京都の進駐軍連中が欲しがるものを仕入れ、その見返りとして軍の物資を横流しして貰ってるのさ」

「欲しがるものって？」

「女以外は何でも」

男は白い歯を見せてにっと笑った。「まあ、ご用聞きみたいなもんだな。将校の奥さん連中から何が欲しいか訊いて回り、旦那からその対価を物で受け取る。肉、缶詰、レーション、菓子、履きつぶした靴やサンダル。果ては古着に至るまで、やつらにとってはゴミでも、闇に持ち込みゃ金になる」

男がいっていることに間違いはない。

不揃いの靴、それもぼろぼろになったものでさえ、闇市では立派な商品だ。うっかり、玄関に靴を脱ぎ捨てておこうものなら、気がついた時には消え失せている。進駐軍に伝手さえ持てれば、簡単に宝の山を手にできる。

「あんた、ようそんな伝手を進駐軍に持てたな」

男の言葉遣いからすると、地の者ではないようだ。まして京都は閉鎖的な土地柄だ。それに歳の頃からすれば、英語教育を受けたとはいっても、せいぜい高等学校まで。戦時中は敵性語として学ぶことが禁じられたのだから、意思の疎通を図れるほどの語学力を身につけているとは思えない。

「うちは、親父、お袋がこれでさ——」

男は胸の前で十字を切った。「ガキの頃から通っていた教会の神父が、アメリカ人でな。そこで英語を教わったんだ。こいつが、今の時代になって役に立ったのさ。そりゃそうだわな。満足に意思の疎通が図れる人間はしかるべき職に就いている。便利屋風情となりゃ皆無だ。有能でも言葉が通じないんじゃどうしようもねえ。直に話せる人間が重宝されるに決まってんだろ」

「で、何で京都なんや。あんた、この辺の人間ちゃうやろ」

「生まれも育ちも東京だ」

男は頷いた。「復員したはいいが、東京も酷い物不足でな。手っ取り早く稼ぐには、進駐軍相手に限ると思って今の商売を始めたわけだが、なんせ東京は広い。それに一面が焼け野原。連中が欲しがるものを手に入れようと思ったら、遠くまで出かけなきゃならねえ。効率が悪過ぎんだよ」

男は、手を上げてウエイトレスを呼び、「カウンターのグラスは片づけていい」と告げ、新たにウイスキーを持って来るように命じると、さらに続けた。

「さて、どうしたものかと考えていたところに、京都に進駐してた第六軍が、朝鮮に移動する。後釜には東京にいた第八軍が入るっていうじゃねえか。東京で培った伝手が、そのまま京都でも使える。それで、一緒にくっついて来たってわけさ。京都は戦災に遭わなかったし、進駐軍の連中が欲しがるものが、ごまんと眠っているのが目に見えてっからな」

「アーメンさんが、ブローカーなあ……。そないあこぎなことをしとったら、神さんの罰が当たるんちゃうか」

自ら正体を明かしたところを見ると、敵対するつもりはないらしい。

塙は初めて軽口を叩いた。

「前線で殺し合いを体験したら、神も仏もあるもんかって気にならねえ方がどうかしてんだろ」

男は真顔になって、吐き捨てるようにいった。

「どこへいっとったんかは知らんけど、生きて帰ってこれたんは神様のお陰とちゃうん？」

「莫迦（ばか）いってんじゃねえよ。神さんの罰が当たるってんなら、アメリカが一等先だ」

ウエイトレスがウイスキーを運んでくる。男は、それをぐいと呷（あお）ると、

「こいつら、京都に来て真っ先に始めやがったのは何だったと思う？　ゴルフ場の建設だぜ。それもよりによって、上賀茂神社に目をつけた」

心底呆（あき）れたようにいう。

「ほんまか？」

塙はさすがに目を剝いた。

アメリカ人のゴルフ好きは承知している。神戸の近辺でも川西にある鳴尾（なるお）が早々に進駐軍に接収されたが、京都の話は初めて耳にした。

「上賀茂さんはさすがに抵抗したが、こいつらいうに事欠いて、だったら神社は沖縄に移転だ。上賀茂神社はぶっ壊すといいやがった」

「むちゃくちゃや……」

塙は呻（うめ）いた。「遊び場造るために、神社、それもよりによって上賀茂さんを潰すなんて、ほんま罰当たんで」

「まあ、アーメンを信じてる連中にとっては、日本の神様なんてどうでもいいってわけさ。さすがに、神社を潰すというのは脅しのようだったが、それでも境内の森を伐採して造成工事に取り掛かっちまった」

塙は、改めて戦争に負けることの惨めさを思い知った気がした。

戦に負ける。それは敗者が勝者によって生殺与奪の権をすべて握られるということだ。どんな理不尽もまかり通れば、敗者には異を唱えることは断じて許されない。敗者は唯々諾々と勝者の意向に従うしかないのだ。

男は懐から煙草を取り出し口に銜えた。洋物のキャメルだ。ジッポーのオイルライターで火を点し煙を吹き上げると、

「まったくよお、こいつらと付き合ってると、これが広島、長崎にピカドンを落とすわ、東京を一夜にして焼け野原にするわ、沖縄を壊滅状態にするわと、極悪非道の限りを尽くしたのと同じ人間とは思えなくなんだよな。あんたもそのうち分かんだろうが、付き合ってみると、陽気で実に気のいい連中なんだ。ただし、こっちが従順である限りはだがな――」

苦々しげにいった。

「そら、戦争は殺すか殺されるかや。人間、生き残るためなら正気なんぞ失せてまうわ」

「生き残るためなら正気も失うか。確かに戦争が終わったと思ったら、今度は闇市。あそこも生きるために正気が失せた人間ばっかりだもんな」

男はまた煙を吐くと、「で、あんたはどんな商売をしてるんだ」

今度はお前が正体を明かす番だとばかりに訊ねてきた。

相手は京都でブローカーをやっている男だ。本当のことを話しても面倒にはなるまい。

「神戸の三宮で、薬屋をやっとる」

塙は正直に答えた。

「薬？　どんな」

「ヒロポン以外なら手に入るものは何でも。主力はズルチンとペニシリンや」

「ズルチンにペニシリン？　あんた、そんなもの扱ってるのか」

男の目が光る。顔から笑みが消えた。

「神戸が空襲に遭うまで、親父が三宮で薬局を経営しとってな。開業する前は製薬会社に勤めてたんや。そこは戦時中、フェナセチンちゅう痛み止めの薬を造っとったんやが、こいつに手を加えると、ズルチンになることに目をつけてん。なんせ、戦争が終われば負傷者はおらんようになる。製薬会社の倉庫には、フェナセチンが在庫の山となっとるはずやいうてな」

「そりゃあ、でかい商売になるだろ」

「まあ、ぼちぼちいうところやな」

本当はそれどころの話ではないのだが、繁盛の様をあからさまに口にする商売人はいない。

「ぼちぼちだって？　よくいうぜ」

男は呆れたようにいう。「京都じゃ、ズルチンなんて闇市に出る間もなく消え失せる。ペニシリンに至っちゃ、三、四千円の値段でも飛ぶように売れるって聞くぜ。儲かって

儲かってしょうがねえだろ」

　図星である。

　塙が開いている薬局にしたって、ズルチンを買い求める客はひきも切らず。ペニシリンに至っては、死の病である結核の特効薬だ。大卒銀行員の初任給が二百二十円の世にあって、命には代えられないとばかりに、男がいう通りの値段で右から左へと捌けていく。

「そやけどな、物には限りちゅうもんがある」

　塙はいった。「製薬会社がフェナセチンをばんばん造ってたんは、戦時中の話や。負傷兵が生まれへんのや。需要が無くなりゃ造らんようになる。ところが、ズルチンの需要は増すばかりや。在庫は細る。ならば、原料をどないして確保するかっちゅうことになるわな」

「そこで、進駐軍に目をつけたってわけか」

　塙は答える代わりにウイスキーに口をつけた。

「しかし、よく伝手があったな」

　男はいった。

「運がよかったんや。偶然、親戚の娘がカプルスのDHでメイドをやっとってな。その線で話を持っていったら、あとはとんとん拍子――」

「運……な」

男は値踏みをするかのように、塙の目を正面から見詰めてきた。「あんたは簡単にいうが、それをものにできる人間は、世の中にそう多くいないぜ」

「運は誰の目の前にもうろちょろしとるもんやと思うけど」

「かもな。だが、そこに気がつく人間はそうはいない――」

男の目に確信の色が浮かんだような気がした。「あんた、京都に伝手はあるのか」

「伝手？」

「販路はあるのかと訊いてるんだ」

「そら、三宮の闇は関西一円じゃ一番でかいよってな。京都あたりから仕入れに来る客はぎょうさんおるが――」

「客がわざわざ仕入れに来るのを待ってるだけか」

念を押すように、男はいった。

塙は頷いた。

「商売を広げてみる気はないか」

男は高く組んでいた足を解くと、煙草を灰皿にこすりつけながら身を乗り出した。

「俺はな、闇商売がまかり通るような時代は長くは続かないと思っているんだ。一般市民が生活物資を調達する大事な市場だといっても、所詮闇は闇。非合法には違いないんだ。国の体制が整い、社会にも秩序が求められるようになるのはそう先の話じゃない。問題はその時だ。いまのうちから表に出られる準備を怠れば、あっという間に時代に取り残される」

男の言葉は、塙がこの商売を始めて以来、漠として抱き続けてきた不安をいい当てていた。

三宮の闇市は、同業者のみならず、場を取り仕切るヤクザや三国人との戦いの場でもある。まさに無法地帯。縄張りを巡って当局への密告はおろか、殺し合いが起きることも珍しくはない。景気が好不況を繰り返すように、熱を帯びたものは必ずや冷める。いまでこそ、カオスの熱に浮かされた闇市場も、国の復興と同時に淘汰され、やがて消え失せるのは時間の問題だと考えていた。

「あんたの運と度量が、本当に試されるのはその時じゃないのか」

男はいった。「いまは、表に出るその時に備えて、資金を貯めまくる時だ。稼げるだけ稼ぐ時だ。ならば客が来るのを待っていることなんかない。販路を広げ、それこそ日本中から金を吸い上げたらいいじゃないか」

「あんたがその役を買うて出るとでもいうんか」

「任せてくれるんならな」

塙の問い掛けに男は即座に答えながら、ソフトサラミを指で摘み上げると、口の中に放り込んだ。

しかし、その間も視線はずっと逸らさない。

暫しの沈黙があった。

バンドが聞き覚えのある旋律を奏で始める。ムーンライト・セレナーデだ。ゆったりと、しかしどこか哀愁を帯びたメロディーが耳に染みる。

「あんたに、そないな能力があるんか」

先に口を開いたのは塙だった。

「ここに出入りできているのが、いまの世に求められる人間であることの証になるんじゃないか。あいつらにしたってそうだ」

男は奥のステージで、ジャズを奏でるバンドを目で指した。

白いワイシャツに黒の蝶ネクタイ。黒のズボン。いずれも日本人の若い男たちだ。雰囲気からするとまだ学生だろう。

「ラッパが吹けて、ベースやドラムが使える。世間じゃ何の役にも立ちゃしねえふやけた連中中が、進駐軍の前でぷ〜かぷかやってるだけで、そんじょそこらの勤め人には想像もつかねえ稼ぎをあげて、豊富な物資の分け前にも与ってんだ。進駐軍に重宝されるってだけでな」

男は静かにいうと、グラスを傾けた。

「世渡り上手と、商才は別もんやろ」

「でかい商売にはいささか心得がある」

「ほうっ……」

「これでも、商売のいろはは心得ているつもりだ。召集を受けるまでは、商社で働いていたからな」

続いて男が口にしたのは、敗戦を機に解体された財閥系の商社の名前だった。

「そないでかい会社で働いとったら、行商のようなどぶ板商売はできへんのとちゃうか」

「図体はでかくとも、商社の商売なんてもんは物を仕入れ、客を見つけて売りつける。右から左に流して口銭を取るブローカーなら、商売の実態はどぶ板そのものさ。俺は繊維部にいてな。日本全国の生産者を駆けずり回ったおかげで、各地に土地勘があるんだ」

「でかい会社に勤めてて、英語もできるんやったら、職探しには苦労せんやろに――」

「月給だけじゃ米一升も買えやしねえ。そんな仕事にどんな意味がある」

確かにその通りだ。

職にありつくのも大変だが、給料だけでは食ってはいけぬ。結局、戦災を逃れた身の回りの物を売り、僅かな金に換えながら日々を凌ぐか、さもなければ奪うかだ。しかし、どちらの道を選ぶにしても、それは能無しのやることだ。己の能力を信じ、運に賭ける度胸があるのなら、混乱の最中にあるいまの時代、のし上がるチャンスは巷にいくらでも転がっている。

その点からいえば、この男も自分と同類。いや、やがて日本の社会は秩序を取り戻す。

その時に備え、いまは蓄財に励むべきだと唱えるところからしても、先を見据える能力を持ち合わせていることは間違いなさそうだった。

「それにだ。雨霰と降り注ぐ、砲弾、銃弾の中をかいくぐって、生き延びたんだ。この運が本物か、どこまで続くか、試してみたくもなろうってもんじゃねえか」

男はウイスキーをぐいと呷ると、苦い記憶を飲み下すように顔を顰めた。

「あんた、どこへいっとったん」

塙は訊ねた。

「沖縄だ――」

静かな声だ。男の瞳が暗く沈んだ。

沖縄――。自分が乗り組んだ大和がついぞ辿り着けなかった場所。そして、国内では唯一米軍との間で、激烈極まりない地上戦が繰り広げられた島である。

大和は敵機の襲来から僅か二時間にも満たぬ間に沈没した。

たった二時間。それが塙が体験した実戦の全てだが、その間にあの巨大な戦艦の中で味わった恐怖、目にした惨状は、まさに地獄以外の何物でもない。

それが、男の場合は三カ月。しかも、沖縄に降り注いだ砲弾は、大和を見舞った爆弾、魚雷の比ではない。

運が本物か。どこまで続くか試してみたい。そう思うのも当然のことなら、塙はこの男が、自分と同類の人間であると確信した。

　しかし、組む相手を間違えれば、戦力どころか足手まといになるのが商売だ。男が本当に、役に立つ能力を持っているかどうか、見定めなければならない。

　そこで塙は訊ねた。

「商売には自信があるいうが、どないすんねん」

　当然、考えはあるはずだ。なければ、それで終わりだ。

「店の客層は？」

　男は落ち着いた声で返してくる。

「そら様々や。ズルチンは砂糖の代用品やが、甘味がごついよってな。アイスキャンデー屋、菓子屋といった闇で食い物屋を営む大口がほとんど。ペニシリンや虫下しのサントニンを買うてくのは、個人が多いな」

「卸は？」

「大阪、京都あたりは、その類いの客がおるな」

「大口には、多少の値引きはしてやるんだろ？」

「得意になれば、そら勉強するがな」

「だったら、まだ手つかずの街。規模のでかい闇市に得意をつくろう」

　男は即座に答えた。「まず、名古屋、東京、仙台と北へ向かう。ズルチンはもちろん、薬はどこでも貴重品だからな。品さえ確実に手に入るなら、欲しがるやつはいくらでもいる」

「得意つくるいうて、どないして見つけんねん」

「簡単な話さ。どこの闇市にも薬屋はある。ひとつの闇に一店舗。とにかく店を構えているやつを得意にしちまうんだ」

「そないなことしたら、他の同業者が黙ってへんやろ。置けば売れる品物やったら、誰でも欲しがるに決まってるがな。客を取られた店は、それこそ──」

「知ったことか。そんなこたあ向こうが考えることだ」

男は塙の言葉を遮ると続けた。「売価は購入量によって変える。値引いても、大量に仕入れて貰えれば販売量は増す。利益率が多少落ちても、それを補って余りある量が捌ければ商売としてはプラスだ。得意先、あんたの店、双方にとって悪い話じゃない」

さすがに大商社に勤務していただけのことはある。いわゆる薄利多売というやつだが、小規模店、まして置けば売れる商品を扱っている人間には、考えもつかない発想だった。

「代金の回収はどないすんねん」

内心で、舌を巻きながらも塙は訊ねた。

「つけだ」

男はあっさりいう。

「つけ？　闇は現金商売が決まりやで。そないなことして売掛金が焦げ付いたら、ワヤやがな」

「だから、店を構えているやつじゃなければ駄目なんだ。考えてもみろよ。仕入れる先から捌ける品だぜ。店を放り出してまでドロンする莫迦はいねえよ」

それは男にもいえることだ。全国の闇市に商品をつけで販売すれば、回収する金額は莫大な額になる。持ち逃げされることも考えられないではないが、目先の欲に目が眩むほど、知恵の回らぬ男とは思えない。

理は明らかに男にある。黙った塙に向かって男は続けた。

「注文は電報を使う。得意先が直接あんたの店に注文を入れる。それを受け取った時点で、あんたは品物を小包、あるいは鉄道便で送る。代金は、全国を回って神戸に帰った時点で、出荷の帳簿を元に、俺が得意先を回って集金する――」

「で、あんたの取り分は？」

塙は直截に訊ねた。

「歩合でどうだ。売価の一割――」

男は塙の視線を捉えたまま、ゆっくりとグラスを傾ける。「もちろん、旅費も込みだ」

主力となるズルチンとペニシリンは、莫大な利益を生む。商売が目論み通りに運ぶなら安いものだが、まるでこちらの懐具合を先刻承知のような申し出だ。

何よりも、得意先をつくることに成功すれば、男はただ全国を旅しながら集金するだけ。黙っていても、濡れ手で粟のごとく大金を手にできる。出会ってから僅かの時間しか経っていないというのに、これだけの仕組みを発案するところといい、この抜け目のなさといい、もはや感心を通り越して呆れるしかない。

しかし、それは塙にとって、決して不愉快なものではなかった。むしろ、これから先、闇の商いから表へと出て行くに当たって、男の能力は必ずや役に立つ時がくるように思えた。

「ええやろ。思う存分やってみたらええわ。外商はあんたに任そ」

塙は頬の肉が弛緩していくのを感じながらいった。「せいぜいきばって、得意先を見つけてくれ。品物は切らさんように、ばんばん仕入れるよって」

「よし、決まった！　もう進駐軍相手のご用聞き稼業は、今日で終わりだ」

まるで自分の顔を鏡に映したかのように、男の顔にも笑みが広がっていく。

男は、威勢よくいうと、グラスを一気に空けた。

相当の酒豪なのか、それともここに出入りするのも今夜が最後。呑み納めのつもりなのか。

再びウエイトレスを呼ぶと、ウイスキーを注文し、

「俺は深町信介だ」

初めて名乗り、「フカシンと呼んでくれ」

と続けた。

「塙太吉や」

塙も名乗り返した。

「京都に来た意味がやっと分かった――」

深町は、確信に満ちた口調でいう。「あんた、運は誰の目の前にもうろちょろしとるもんだといったが、どうやら、今日の出会いが俺にとって、運の本命だったらしい」

「沖縄で命拾いしたいうのに、まだ足りひんいうんか」

「あんただって、生き延びただけじゃ満足してねえんだろ」

その言葉に間違いはない。

生きている限り、欲は尽きない。幸運に巡り合う機会を常に追い求める。それが人間だ。

「運の頭に『幸』の字がつくか、『不』の字がつくか、まだ分からへんで。わしにとっても、あんたにとってもな──」

「後悔はさせねえよ」

深町は不敵な笑みを宿しながら、塙の目を見据えた。

ウエイトレスが、新たなウイスキーを運んでくる。

「乾杯しようじゃないか」

深町がグラスを掲げた。「お互いの将来に──」

ふたりの間でグラスが触れ合う。

「乾杯はまだ早いやろ。これは固めの盃や」

塙は目元を緩めると、残ったウイスキーを一気に呷った。

「ヘイ、ショーン！」

まるで話が終わるタイミングを見計らったかのように、ひとりの将校がボックス席からカウンターに歩み寄ると、深町に向かって声をかけた。

「ショーン？　ショーンってなんや」

「あいつら、日本人にも無理矢理アメリカ名前をつけやがる。信介がショーンになっちまうんだよ」

深町は立ち上がり様に不愉快そうにいったが、将校に向けた顔には愛想笑いが浮かんでいる。「だが、こんな妙な名前で呼ばれるのも、今夜が最後だ。美味い酒をしこたまいただいておさらばだ」

深町は、そういい残すとカウンターに向かって去っていった。

曲が変わった。ムーンライト・セレナーデのしっとりとした旋律から、一転して弾むような軽快なメロディーが奏でられはじめる。アメリカ軍直営のラジオ局ＷＶＴＲで、毎日のように流れるザ・ウッドペッカー・ソングだ。バンドの技術は稚拙だが、生の演奏の迫力は、ちゃちなスピーカーから流れるものとはやはり違う。

体が自然と動き出す。胸に沸き立つような感覚が込み上げてくる。

リズムに乗ったのではなかった。まして酔いのせいでもない。

何かが変わりつつある――。

それは、大きく変わり始めた運命の胎動を、塙の本能が察知した表れだった。

2

だ。
日本社会が秩序を取り戻すのは、そう遠い話じゃない。闇市が廃れるのは時間の問題
深町が現れたのは、店仕舞にかかった午後六時を回った頃のことだった。
「まいど――」
初対面の場で語った深町の読みは、真っ先に医薬品を扱う商売に表れた。
深町と出会った翌年の七月、薬事法が改正され、店舗以外での医薬品の販売が禁止さ
れたのだ。
それを機に、塙は三宮の一角に『誠心薬局』を開業し、裏から表の商売に打って出た。
しかし、まともな商売で得る利益は知れている。それから二年。昭和二十五年になった
いまもなお、店の収益源のほとんどは、進駐軍から横流しを受ける医薬品の販売にある。
「その様子だと、ますますご繁盛ってとこだな」
帳場の机の上に束となっている電報に目をやりながら、深町はいった。
洗いざらしの白の開襟シャツに、くたびれた濃紺のスラックス。つま先の色が抜け落
ちた革靴を履いた深町の姿は、将校クラブで初めて出会った時とは比べようもないほど
見窄らしいものだが、今や現金の運び屋が主な仕事だ。金回りの良さを周囲に印象づけ

る服装は禁物である。

「お陰さんで、相変わらず注文ひきもきらずや。ほんま、寝る暇もあらへんがな」

塙は薄く笑いながら、軽く息を吐いた。

その言葉には些かの嘘も誇張もない。

商売は店を閉じてからが本番だ。昼間のうちに全国の得意先から電報で寄せられた注文品の荷造りに取りかかるのだ。翌日の朝一番に発送しなければ、また注文が押し寄せる。信二の手を借りても、作業が終わるのは深夜になる。

「今回の集金分だ。帳面は中に入ってる」

深町は、ぱんぱんに膨れ上がった大きなリュックサックを、机の上にドサリと置いた。

「ご苦労はんやったな」

現金と帳面との突き合わせは深町がすでに行っており、間違いがないことは分かっている。

塙はリュックサックを一瞥すると、

「次の集金分や」

予め、準備しておいた帳面を手渡した。

長い夜が控えていることは、深町も承知のはずである。いつもなら、早々に立ち去るのだが、今日に限ってその気配はない。

なんや――。

埴が問い掛けようとした途端、

「太吉(たき)っつあん。ちょっと話したいことがあるんだが――」

先に深町が口を開いた。

付き合いも三年になる。『太吉っつあん』。いつの間にか深町は埴をそう呼ぶようになっていた。

「なんや、改まって」

埴は眉を上げた。

「これ――」

深町は手にしていた新聞を差し出してきた。

今日の朝刊である。一面トップに『北朝鮮軍南進　朝鮮戦争勃発か』という大見出しがある。

「ああ、読んだで。戦争はうんざりやが、戦には傷病者がつきものよってな。フェナセチンもペニシリンもぎょうさんいるようになる。後方支援拠点になるのは日本や。他人の不幸につけ込むようで冥利は悪いが、物の仕入れはますます苦労せんようになるやろな」

それがどうしたとばかりに、埴はこたえた。

「本当に、そう思うか」

「当たり前やがな。兵站は戦の要や。前線への物資は切らすわけにはいかん。支援部隊は前線部隊にいわれるがままや。在庫管理なんてやっとる暇があるかいな。ただでさえ、ルーズな進駐軍の管理は、ますます緩うなるに決まっとるわい」

塙は勢いよくいったが、深町の表情は冴えない。

短い沈黙があった。

ラジオからは、『買物ブギー』の軽快なメロディーが流れている。

「わしの見立て、間違うとるとでもいうんか」

塙は訊ねた。

「この商売、そろそろ終わりにした方がいいんじゃないかと思ってさ」

深町は唐突にいった。

視線を落とす彼の表情に、深刻さが滲み出ている。

「なんぞあったんか」

「つい最近、東京の同業者に手入れが入った――」

視線を上げた深町の目が、塙を見据える。「容疑は関税法違反。逮捕したのは警察だが、取り調べに当たったのは、進駐軍の担当官だったそうだ」

「ほんまか……」

梅雨の最中であることに加えて、夕刻は風が凪ぐ。背中に吹き出す汗に、ひやりとしたものを感じながら、塙は硬い声を漏らした。

「摘発された業者が扱っていたのは、欧州製品だったそうだ」

「そしたら、香港、台湾からの密輸品やな。危ない橋を渡るからそないなことになるねん。わしらが扱うてんのは――」

「こいつあ見せしめ、いや警告だぜ」

深町は塙の言葉を遮って断じた。「当の進駐軍から物資が流れてることは、やつらだって先刻承知さ。かといって、さすがに仲間を真っ先に摘発するわけにはいかねえ。だから、直接関係ねえところから挙げにかかったんだ。さっさと止めねえと、どうなるかってな。地方の得意先に摘発の手が入れば、連中、出元がここだってすぐに口を割るぜ。なんせ、進駐軍の訊問は半端じゃなかったっていうからな」

「なにをするっちゅうねん。まさか、拷問にかけるとでもいうんか」

塙は生唾を飲み込んだ。

「そのまさかさ。洗面器に水を張り、手を入れさせる。そこに裸電球を突っ込む――」

まるで、戦時中の憲兵だ。日本に民主主義を持ち込み、人権を掲げる憲法を制定したアメリカが、そんな手荒な手段を講じるとは俄には信じ難いが、深町の淡々とした口ぶりが、些かの嘘や誇張もないことを物語る。

まったく予想だにしなかった現実を突きつけられて、戸惑ったせいもある。恐怖を覚えたせいもある。塙は、返す言葉を捜しあぐねて押し黙った。

「まあ、当たり前っちゃ当たり前なんだ」

深町は続ける。「終戦から五年も経つんだ。いつまでも、どさくさ紛れの商売を見過ごしておくわけにはいかねえさ。闇商売どころか、つい先だっても、暴力団に解散命令が出されたくらいだからな。この際、非合法商売は、徹底的に潰す。警察、進駐軍は本気だぜ」

深町がいう暴力団の解散命令とは、去年制定されたばかりの団体等規正令のことを指す。闇市は、すでに全国から姿を消しつつあるが、そこを取り仕切っていたのが暴力団である。闇市から非合法団体を締め出せば、健全な商売を営む機会が万人に与えられ、それが経済の復興に拍車をかける。

当局の狙いが、日本社会からの裏商売の一掃にあるのは疑いの余地はない。

「けどな。わしらの商売が成り立ってんのも、まだまだ世に物が不足しとるからやで。まして、薬は人の生き死にに関わるもんや。なんぼ、闇が違法やからいうて、いきなり供給源を止めてもうたら——」

「それは、こっちの理屈だ」

深町は塙の言葉をぴしゃりと遮った。「それに、戦争が始まったとなりゃあ、京都の進駐軍だって、のんびり日本生活を楽しんでいるどころの話じゃねえさ。部隊も動けば、組織の改編だってあるだろう。後任が前任の不正を摘発するとは思えんが、人が替われば新たな伝手を作らにゃならん。当の進駐軍が、闇ルートの摘発に本腰を入れようって時に、そんなことが可能だと思うか」

「したら、どないすらええんや。この仕事がワヤになってもうたら、薬の小売で細々と商いするしかのうなってまうやないか」

　もはや悲鳴だった。

　闇の商売は所詮闇だ。いずれ終わりの時が来るとは覚悟していても、いざその時がやってくると、一度覚えた蜜の味は忘れることができない。それに、あまりにも、事態の展開が急過ぎる。

「なあ、太吉っつあん」

　しかし、あくまでも深町は冷静だった。「もう先は見えてんだ。そんな商売にしがみついていても、しょうがないぜ。どうせ店仕舞するなら、まだ十分な収益を上げてる今が潮時ってもんじゃないのか」

「この商売を止めて、何をせいっちゅうんじゃ」

　考えがあるのならいってみろとばかりに、塙は迫った。

「あんた、ここに閉じ籠って、毎日同じことを繰り返している間に、世の中が物凄い勢いで変化しちまってることに気がついちゃいねえんじゃねえか」

　深町は哀れみ、嘲笑、どちらとも取れる複雑な笑みを口元に浮かべた。

「えっ……？」

「考えてもみろよ、たった三年の間に、この街がどれだけ変わったか」

　深町は、ひと呼吸置いて続けた。「一面の焼け野原だった場所に家が建ち、商店街も形になりつつある。ビルだって建ち始めてんだぜ。あれほど繁盛していたここの闇市も、もはや見る影もねえ。三宮だけじゃねえ。大阪、東京、どこもそうだ。いつの間にか焼け野原に街ができ、会社が興り、工場が建ちと、戦争の影は日々薄れていってんだ。あのピカドンでやられた広島、長崎でさえそうなんだ」

日々の変化は些細なものだが、復員直後の三宮の光景を今に重ねてみると、確かに隔世の感がある。

「もっとも、変わっちまったのは、街だけじゃねえ。人も同じだがな……」

深町は、軽い吐息を漏らした。「気がついちゃいるだろうが、売掛金の回収は、俺がひとりでやってるわけじゃない」

塙は黙って頷いた。

得意先は、日本全国の大都市に存在し、その数は優に五十を超える。しかも、注文の電報は毎日、途切れることなく舞い込んでくるのだ。

深町は集金した現金を不定期ながらも、平均すると三日に一度の頻度で運んでくる。これだけの短期間のうちに全国を駆け回るのは不可能だ。

得意先の開拓は深町が行ったかもしれぬが、集金には人を使っている——。

とうの昔に気づいてはいたが、そんなことはどうでもよかった。無事に売掛代金が回収されさえすればいいのであり、自分の取り分をどう使おうと、それは深町の勝手である。

「生活に困ってる戦友、かつての同僚を十人ばかり雇って集金に回らせてたんだ。報酬は、俺の取り分の一分。太吉っつあんの売上の一厘だ。それでも、勤め人より遥かに大きな収入になる。いや、感謝されたね」

　それはそうだろう。

　一日の売上は、軽く二百万円近くになる。そのうち地方の得意先の売上が半分。一分として一万円。十人で分ければ、千円。大卒の銀行員の初任給が三千円であることを考えれば、法外な収入だ。

　深町は続ける。

「太吉っつあんにしてみりゃ、俺は鵜飼いの鵜だが、俺からすりゃ、まさにそいつらが鵜だったわけさ。いや、太吉っつあんは、こうして確たる労働があるからな。その点、俺はほとんど大阪にいて、あいつらが金を回収して戻ってくるのを待つだけだ。楽なもんさ」

「で？」

　塙は先を促した。

「持ち逃げされちまったんだよ」

　深町が先に顔に宿した笑みは、どうやら自分自身にも向けられたものであったらしい。

「いつ？」

「今回の集金だ。それもふたり」

　深町がこたえた。「ふたりとも商いの薄い山陰を回っていたんで、額は小さいが、それでも百五十万からになる――」

「そしたら、今回の金は……」

「心配しなくていい。こっちの落ち度だ。大阪で遊び呆けちゃいるが、しこたま儲けさせてもらってんだ。その程度の金はどうってことはない。きっちり、帳面通りの金は入っている。ただ、そこで俺もはたと気がついたわけよ。こんな割りのいい仕事を、何でこの時期に捨てたのかって――」

深町の話は、ここからが本題らしい。

塙は続けろとばかりに頷いた。

「あいつら、悟ったんだ。なんせ、日本全国を旅しながら、世の中の変化を自分の目で見、肌で感じてるからな。この商売は、もう先は長くねえ。運んだ金のおこぼれに与る鵜でいるよりも、くわえた餌を飲み込んじまった方が割りがいい。そう考えたんだ」

「何を根拠に？」

「太吉っつあんと、この商売を始めるようになって三年。たかが三年、されど三年だ。最初の頃は闇市に店舗を構えていた得意先も、街の一角にきちんとした店を構えるようになった。そこに並ぶ商品も、日々品揃えがよくなっていく。正規のルートで、ばんばん物が流れてくる時代になってんだよ。昨日、一昨日と比べりゃ分からねえが、ひと月、ふた月で振り返ってみりゃ、その違いは歴然さ。馬鹿高い銭出して、闇の薬を買うやつぁもういなくなるってな」

そういわれると返す言葉がない。

この三年、繁盛を極める商売に追われ、店と家とを往復するばかりで、外出はほとんどしたことがない。世の動きを知るものといえば、新聞かラジオが精々であったのだ。

「太吉っつあん。店で扱っている大衆薬の粗利はどれくらいになる？」

深町は唐突に訊ねてきた。

「きっちり二割や。大衆薬は、定価販売が決まりやさかいな。ズルチンやペニシリンに比べたら、しょうもない商いやけどな。体裁は整えとかんとな」

それがどうしたとばかりに、塙はこたえた。

「定価販売が決まり……ね」

深町は鼻を鳴らすと、「それ、誰が決めたんだ」

重ねて訊ねてきた。

「誰がって、そら業界の常識や。定価で売れるもんを、値引く阿呆がどこにおんねん」

「ところが、問屋になると、事情が違うんだなあ」

深町の目が鋭くなった。「問屋には、製薬会社から割り戻しがあるんだ。普通の粗利は問屋も二割だが、仕入れ量によって、五分、一割と金が戻されるんだ」

闇の商売からすると、何とも細かな話だと塙は思った。

ズルチン、ペニシリン、どちらも定価などありはしない。値段はこちらが決めるのだ。

それでも、右から左に捌けていく。一割、まして五分の割り戻しなど、誤差の範疇以外の何物でもない。

「たかが、五分、一割と思うなよ」

深町は、塙の心中を見透かしたかのようにいう。「たとえば、定価五百円のビタミン剤を百個売れば五万円。粗利は一万円。それが、五百個なら二十五万。粗利は五万。そこに五分の戻しが加われば、五万二千五百円。千個なら粗利十万のところが、一割戻しで十一万――」

「しょうもな……。千個売ってもたかだか一万粗利が増えるだけやないか」

話にならない。塙は顔の前で手を振った。「なんぼの日銭を稼いでる思うてんねん。一日二百万からの商いをやってんのやで。それに問屋をやろう思うたら、小売店を開拓せなならんやないか。人を雇わなならんし、今からのこのこ店を回って、うちを使うて下さいいうたかて、仕入れ先を変える店なんてあるかいな」

「表の商売はそんなもんだ。闇の時代はもう終わる。だったら、そこでどう勝つかを考えるべきなんじゃないのか」

深町はぴしゃりといった。「それに、俺は問屋をやれっていってるわけじゃない。この仕組みを逆手に取れば、でかい商売になるかもしれない。そう思うからいってるんだ」

「そやし、何をやれちゅうねん」

塙は訊ねた。

「薬の安売りだ」
「はあ……？」
呆気に取られて、塙はぽかんと口を開けた。
客が喜んで定価で買っていくものを、わざわざ値引く。そんな商売なんて聞いたこと
がない。
第一、小売店が安売りをしようものなら、問屋、ひいては製薬会社が黙ってはいまい。
定価販売は業界の不文律だ。足並みを乱す者が出てくれば、必ずや排除しにかかるに決
まっている。商品が手に入らなければ、商売は成り立たない。
「夜の巷での散財も、まったく無駄ってわけじゃなくてな」
深町はニヤリと笑った。「何で割り戻しが始まったか。それは製薬会社の生産能力が
格段に向上したからだ。生産能力が上がれば、製造原価は下がる。かといって、卸値を
値引けば小売価格が乱れ、価格競争が始まる恐れがある。そんなことになろうもんなら
大変だ。小売店は競争力を高めるために、問屋へ、問屋は製薬会社へと、値引きを要請
してくることになるのは目に見えてるからな。つまり、店頭価格を定価に維持しながら、
どうやって量を捌くか。そこで製薬会社が思いついたのが問屋への割り戻しさ。実際、
割り戻し目当てに、問屋はがんがん薬を仕入れるようになってんだ。今や、どこの製薬
会社も、量を捌ける問屋を確保するのに血眼だ。大阪の酒場には、問屋連中を接待する
製薬会社の連中がたくさんいてさ——」

「あのな、フカシン。商売は、継続性が大切なんやで。なんぼ捌けても、安定して物が入らなんだら商売にはならへんのやで」

塙は溜息交じりに告げた。

「人の欲には限りがないもんでな」

塙の言葉など耳に入らぬとばかりに、深町は淡々という。「あと百個仕入れれば、割り戻しが五分から一割になるとなりゃ、問屋も無理して商品を仕入れにかかる。ところが、小売店は定価で販売するんだ。売上なんてそう変わるもんじゃない。となれば、どんなことになる？」

「そら、問屋は不良在庫を抱えてまうやろな」

「だろ」

深町はそこだとばかりに、人差し指を突き立てた。「問屋と製薬会社の決済は手形だ。期限に落とさなければ、不渡りになる。期限内に商品が全部捌けりゃ問題はないさ。だがな、利幅を増やそうと背伸びして仕入れを増やしてんだ。在庫はどうしても残る。資金繰りも苦しくなってくる。下手すりゃ不渡りだ。そうなったら取るべき手段はひとつしかない。新たに商品を大量に仕入れ、割り戻し金を決済の不足分に充てることだ」

「阿呆ぬかせ。そないなことしたら、不良在庫が増えるだけやないか。また売れ残ってもうたらどないもこないもならへんで」

「それが、いまの問屋の現状なんだよ」

深町は、歯を剝き出しにして声のない笑みを浮かべると、「太吉っつあん。あんた、地方の得意先と、店に直に来る大口客とでは、ズルチンやペニシリンの仕切り値を変えてんだろ」

一転して、真顔になって訊ねてきた。

ぎくりとした。

深町にはそのことを、これまで一切話したことはなかったからだ。

「びっくりしなくてもいい。現金払いとツケを同じにする商売人なんているわけがない。商売人にとって現金ほど確実、かつ有り難いものはないからな」

はっとした。そこまで聞けば、深町の考えに察しがつく。

「その余剰在庫を、現金で買い叩こういうわけか」

塙はいった。

「ひと月後に百万入ってくる目処があっても、明日の十万の金を作るのに奔走しなけりゃならねえのが手形商売だ。そこに、三十、いや二十万の現金をポンと突きつけられりゃ、簡単に転んじまうさ。太吉っつあんには、現金という強い武器がある。札束で問屋の横っ面をひっぱたいて物を仕入れる。それを法外な安さで売りまくるんだ」

深町は、決断を迫るように塙の目を見据えてきた。

「そないな商売が長く続くもんやろか」

それでも疑念は残る。「法外な安値で売ったことが知れれば、製薬会社がその問屋に物を流さんようになるんちゃうか」

「そんなことにはならないね」

深町は、首を振った。「問屋に限らず手形商売をやってる人間が、一番恐れるのは資金繰りに困ってることを仕入れ先に知られることだ。売掛金の回収に不安を抱かれれば、物が入らなくなる。それじゃあ、経営がたちまち行き詰まる。俺が売ったなんて、口が裂けてもいうもんか」

確かに深町の提案は、的を射ているものには違いない。

小売店も消費者も、薬は定価で売買されるものと考えている。それを法外な安値で売れば、客が押し寄せてくるのは目に見えている。利幅は確かに闇の商売よりは格段に低くなるだろうが、量で補えば十分商売になる。しかも、これは紛れもない合法的な商売。まさに表の商売である。事が、深町の思い通りに展開すれば、とてつもないことになるかもしれない。

しかし――。

「なあ、フカシン」

塙は、ふと浮かんだ疑念を口にした。「あんた、こないええ商売をなんで、自分でやらへんのや。そら、薬局やろう思うたら薬剤師の免状が必要やが、そないなもん、誰ぞ免状持ったヤツを雇うか、名前を借りるかすればすむことやろ。なんでわしにやれいうんや」

「金がねえんだ」

深町は、きまり悪そうに髪を掻き上げた。

「しこたま儲けさせては貰ったが、酒と女に消えちまってよ。策はあっても、元手がねえんじゃしょうがねえだろ」

「どんだけ派手に使いまくったんや……」

十人の手下への支払いがあったとしても、深町はとてつもない金を手にしたはずである。とても正気の沙汰とは思えない。

「金を使うのは簡単さ」

先に『稼ぐのは大変だ』と置かぬところが、深町らしい。

呆気に取られる塙に、

「この商売はな、現金を持ってなきゃ話にならねえんだよ。資金繰りに困ってるやつのほっぺたを、札束でひっぱたいて商品を買い叩く。そこがミソなんだからな。こんなことができるのは、俺の周りには太吉っつあん。あんたしかいねえんだよ」

深町は、続けていった。

確かに金は唸るほどある。仕入れに相応の金がかかりはするが、日々の勘定は札を数えるのも面倒なので、秤に掛けて、重さで金額を算出するのが常だった。

「太吉っつあん。京都ホテルの将校クラブで初めて会った時、俺、いったよな。いまは表に出るその時に備えて、資金を貯めまくる時だ。稼げるだけ稼ぐ時だって」

覚えている。

塙は頷いた。

「その時が、来たんじゃねえか。いよいよ表に出る時が——」

そうかもしれないと塙は思った。

深町のお陰で、商売は格段に大きくなった。新たな商売を考慮できるだけの十分な資金を蓄えられたのも、深町との出会いがあったからこそだ。その男が、自分の前に新たな道を開こうとしている……。

深町との出会いは必然、いや運命であったのだ。ここは、再度この男の発案に賭けてみるべきだ。

塙は腹を括（くく）った。

「やろか」

「よし！」

深町は大きく頷くと、「じゃあ、店仕舞だ」

威勢のいい声を上げた。

「いわれんでも、店仕舞にかかろう思うてたとこや」

苦笑を浮かべた塙に向かって、

「そうじゃない。店をたたむんだ」

深町は返してきた。

「店をたたむ？」

塙は声を裏返させた。「たたんでどないすんねん。どこへ行くいうねん」

「大阪だ――」

「おおさか？」

「いいか」

思わず訊き返した塙に向かって、深町はいった。「道修町は製薬会社、薬問屋の町だ。しかも、どこの問屋も小売は一切しない。そんな場所で、問屋よりも安い値で小売してやりゃ、客がわんさか押し寄せてくるに決まってんじゃねえか」

「そないなことしたら、否応なしに周りの店の目についてまうがな。製薬会社かて、黙っていいひんで」

深町の目が据わった。

「太吉っつあん。これはな、戦争なんだ。俺たちは戦争の引き金を引くんだ。一発撃ったら、銃声は瞬く間に遠くまで響き渡る。そこそこやっても、聞こえるものは聞こえちまうんだ。だったら、どこでぶっ放すのが一番効果的か、それを考えるべきなんじゃねえのか」

要は覚悟を決めろといっているのだ。

返す言葉などあろう筈がない。

塙は、黙って頷いた。

3

深町の狙いは当たった。

いや、当たったなんて生易しいものではない。

道修町の一角に間借りした店を開いて、ものの半月もしないうちに、誠心薬局には開店前から人が押し寄せ、長蛇の列ができるようになった。

なにしろ、販売価格は定価の四割引から五割引である。噂は瞬く間に大阪どころか全国に広まり、購入者を募って出張のついでに、あるいは交通費をかけ、遠方からまとめ買いに出向いてくる。店頭に山と積んだ商品は、補充も追いつかぬ勢いで瞬く間に捌けていった。

朝鮮戦争の勃発は、日本経済に特需を齎し、それが復興に拍車をかけ、人々の消費意欲をかき立てた。深町の卓越した商才と世の流れ。全てが坩堝の新しい商売に見事に合致したのである。

現金の力は絶大だった。割り戻し目当てに、大量の在庫を抱えた問屋は、目の前に積み上げられた札束の前には無力だった。決済期限が目前に迫った資金を捻出するために、余剰在庫を叩き売った。それが店頭に並んだ端から現金に変わる。商いは日々目に見えて大きくなっていった。

店の生命線である仕入れを担当するのは、塙と深町である。

「多額の現金を他人に預けるのは危険だ」

売掛金を持ち逃げされたことに懲りた深町の進言もあったが、それ以上に、いかに現金を積み上げようとも相手に損を呑ませる商談は簡単なものではない。交渉力に加えて、落とし所を見極める勘も必要になる。そこで大学を終え、銀行に職を得ていた弟の信二を迎えて店の切り盛りを任せ、ふたりは帳場に貯まった現金を鞄に詰め、あるいは胴巻きに押し込み、仕入れに駆けずり回った。

しかし、当座の金を調達するため、背に腹は替えられぬとばかりに叩き売った商品が、すぐ傍で法外な安値で売られれば、周辺の小売店に客は寄りつかなくなる。それどころか、問屋の卸値よりも誠心薬局の店頭価格が遥かに安いのだ。一般消費者どころか、薬局が仕入れに来るとあっては、誠心薬局に商品を流すのは、自分で自分の首を絞めているようなものであることに問屋もすぐに気がつく。

商売が隆盛を極めるほどに、大阪近辺での仕入れは困難なものとなり、やがてふたりは商品を求め、全国を渡り歩くようになっていた。

「もうあんだのどごさば、品は回せねえのっさ」

九月の東北にしては、暑い日だった。時は昭和二十八年。誠心薬局が大阪に店を構えて、三年の時が経っていた。

帳場の裏にある狭い商談室に窓はない。小さなテーブルを挟んで座る佐藤弥助は、団扇で顔に風を送りながら重い声でいった。

佐藤は仙台市内にある薬問屋の一つ、正雅堂の経営者だ。歳は五十を超えているだろう。ランニングシャツに鼠色のズボン。剥き出しになった胸の辺りには汗が光っている。

「なんでですのん。品はぎょうさんありまっしゃろ。銭ならいつものように、ほれ、この通りきっちり用意してありますがな」

塙はワイシャツのボタンを外し、胴巻きに押し込んだ札束を取り出しにかかった。

大阪を離れて四日。東京、宇都宮、福島と渡り歩いて戦果はゼロ。日中は問屋を回り、夜行列車の車内で仮眠しながら北上を続けてきたせいで、札束は汗をたっぷりと吸い込んでいる。重さが増したそれを、塙は次々とテーブルの上に積み上げた。

正雅堂は、闇商売を拡大する際に深町が開拓してきた得意先のひとつである。今では東北屈指の問屋の一つに成長できたのも、闇商売の恩恵に浴したからだ。持ちつ持たれつの関係とはいえ、佐藤は恩を感じているはずだ。それに、これだけ商売が大きくなれば、大量の不良在庫を抱えていることは間違いない。現金を欲してもいる筈である。

果たして佐藤は喉仏を上下させると、積み上げられた札束の山を凝視する。

しかし、それも一瞬のことで、黒縁眼鏡の下の瞼を閉じると、

「なんぼ金を積まれでも、売れねえものは売れねえのっさ……」

呻くようにいった。

「仕切り値なら、話にのりまっせ。品揃えも文句はいいまへん。売ってくれはるもんは、何でも引き取りまっさかい。この通り、お願いしますわ」

塙は頭を下げながら、おかしい、と思った。

法外な安値で買い叩くのだ。値決めで揉めるのは毎度のことだが、佐藤が端から拒絶するのははじめてのことだった。いや、佐藤ばかりではない。この四日間、回った問屋のことごとくが商談に応じようともしないのだ。

現金の魅力に勝てる人間などいやしない。

この三年の間で、塙はそう確信するに至っていたのだが、ここに来ての急変ぶりはあまりにも唐突、かつ奇妙である。

「そりゃあ、現金は欲しがすよ……」

佐藤は眼鏡を外すと、腰にぶら下げていた手拭いで顔に滲んだ汗をぬぐった。「んでもね、誠心さんさ売ったごどがバレですまうど、品が入ってこなぐなってしまうのっさ」

「どういうことです？」

塙は訊ねた。

「ちょっと待ってけらい」

佐藤は、そういい残すと部屋を出、一通の封書を手にすぐに戻ってくると、「最近、製薬会社の外商が、こんなものを持ってきたのっさ」

中の手紙を突きつけてきた。

便箋二枚に綴られた文面を読み進むにつれ、塙は愕然とした。

製薬会社、いや製薬業界からの通告文である。しかも誠心薬局を名指しして、商品を売るのはまかりならぬ。商品を流したことが発覚した暁には、即座に取引を停止すると記してある。

抑えようのない怒りが込み上げてくる。ふざけるな、と思った。

商売は食うか食われるか。才覚が優る者が勝つ。そして、勝敗を決めるのは、誰でもない。商品を購入する消費者だ。

誠心薬局に客が群れをなして押しかけるのは、定価販売という殿様商売に胡座をかき、売り手側が安定した利益を得ようとしてきた製薬業界の悪しき慣習を崩したからだ。薬は、本来もっと安く手に入るものだということに、消費者が気づいたからだ。

製薬会社が、問屋が、小売店が、それぞれの利幅を見直し、価格で対抗しようというならまだ分かる。それが、既存の流通体系を維持しにかかるとは、あまりにもさもしい。その魂胆が許せなかった。

「やり過ぎだんでねがすか」

佐藤は、煙草に火を点した。「誠心さんの繁盛ぶりは、ここさも聞こえてきすからね。小売の仕入れ値どごろが、問屋さ入る値段よりも安ぐ売るんだっつうもの、周りの店はたまったもんでねえべさ。なしてそんたなごどでぎんだって、製薬会社さ文句がいぐに決まってんでねえすか」
言葉を発すれば、胸に溜まった感情が一気に噴き出す。それを佐藤にぶつけたところ
でどうなるものでもない。
塙は、歯嚙みをしながら沈黙した。
佐藤は続ける。
「余剰在庫を現金で買い叩ぐ。製薬会社は困りはすねえ。問屋も最初は有り難ぐ思った
べさ。現金がその場で手さ入るんだものな。実際、おらんどごもその通りだ。んだげん
とも、問屋だって損をすんだ。ますて、売り先の小売店が立ち行がなぐなれば、問屋は
肝心の売り先を無ぐすてすまうんだもの。誠心さんが、遥々仙台さまで仕入れさ来るよ
うになったのも、関西の問屋が相手さすなぐなったせいだすぺ？」
「商売は、持ちつ持たれつ。正雅堂さんだって、余剰在庫を買い取ってもらえんのや。
悪い話やおまへんやろ」
塙は込み上げる感情を抑えて、努めて平静を装った。
「おらどごはいがすよ。なんぼ安ぐども、汽車賃をかげで仙台から大阪さ、薬こ買いさ
いぐ客はいねがすからね。だども、物が流れる限り、誠心さんの商売はでがぐなる一方
だ。そのまんまにすておげば、大阪の薬局は全部潰れですまうべさ。ますて、大阪の次
は名古屋、東京ど、全国さ誠心さんが店ば広げでいげば、大変なごどになるもんな。製
薬会社だって、そら黙ってはいねがすよ」

た。

自分のところは構わない。そういった佐藤には、まだ付け込む余地があると塙は思った。

「うちに商品が流れなくなれば、小売の商いが大きゅうなりまっか？　問屋さんの商いがでかくなるいうんですか？　そんなことにはならんのとちゃいますのん。問屋さんは製薬会社から店頭価格の六掛けで仕入れ、二割の儲けを乗せて売る。利幅を大きゅうしよう思たら、また割り戻しを目当てに、よおけ仕入れをせなならんようになるだけと違いますのん。そこで余った品は、どないしますのん」

世の中には必要悪というものが必ずや存在する。

製薬流通において、自分たちの存在はまさにそれだ。いや、消費者に安値で良質の商品を提供し、それが圧倒的な支持を得ている以上、もはや悪ではない。絶対的正義は自分たちにある。間違っているのは、今の流通構造だ。割り戻しにしたって、製薬会社の製造効率が上がり、余剰生産分を問屋に押しつけるために考え出された餌、いや罠といってもいい。

果たして、佐藤は困惑した表情で、もわりと煙を吐いた。

「第一、うちに商品を流したことが発覚すれば即取引停止いうても、現物に納品先が書いてあるわけやなし、どこから出た商品かなんて分からしまへんがな。うちが口を割らなんだら、知らぬ存ぜぬで通ることとちゃいますのん」

塙は、ここぞとばかりに押しにかかった。

「こすたな通知をよごすぐりゃあだもの、そごは製薬会社も抜がりはねがす」

佐藤は、煙を吹き上げると灰皿に煙草を突き立てた。「今月製造分がら、全部の商品さ番号がふられでんのっさ」

「番号？」

「製造番号でがす」

佐藤は肩で深い息を吐く。「商品の一つ一つさ、続ぎの番号がつけられでんのっさ。問屋は大量に仕入れっからね。何番がら何番まではこの問屋さ卸すた、連番で管理でぎるわげさ。誠心さんの店頭で売られだ商品と台帳をつぎ合わせれば、たぢどごろに誰が売ったがわがってすまう。こすたなごどやられだら、お手上げだべさ」

そこまでやるかと思った。

従来の商品に、製造番号は記されていない。これを全ての商品に、しかも連番で記載しようと思えば手作業では不可能だ。化粧箱、あるいはラベルに印刷するにしても、工程を変え、新しい機械を導入しなければならない筈である。誠心薬局を業界から排除するだけのために、これだけの措置を講じてきたのだ。

しかし、その時塙の胸中に込み上げてきたものは、絶望ではなかった。猛烈な対抗心である。

向こうがそうくるなら、こちらも対抗手段に打って出るまでだ。それに、この文章はこちらを窮地に陥れるどころか、逆に武器になる――。

「佐藤さん。その製造番号が振られた商品は、もう入荷してはるんですか」

塙は訊ねた。

「ありすよ」

「見せてもらえますやろか」

「いがすよ」

佐藤は立ち上がり、部屋を出て行く。そして、ほどなくして戻って来ると、

「これでがす」

ビタミン剤を手渡してきた。

化粧箱にはそれらしきものは見当たらない。だとすれば、商品本体に貼られたラベルだろう。蓋を開け、ビタミン剤が入れられた小瓶に貼られたラベルに目をやると、果たして縁の部分にアルファベットと数字が組み合わされた記号がある。

手作業によるものではない。質感からすると、ラベルが印刷された後の工程でつけられたものだ。

これならまだ手はある――。

塙は、内心でほくそ笑みながら口を開いた。

「正雅堂さんが、取引に応じられない理由は、この番号が全てでっか？」

「そうでがす。品が入らなぐなってすまったら、商売にならねがすからね」

佐藤は頷いた。

「そしたら、足がつかへんようにしたらええやないですか」

「なじょして？」

佐藤は、あり得ないとばかりに、薄ら笑いを浮かべた。

「番号を消すんですわ」

塙は軽く返した。

「そすたなごど、できるわげねえべさ」

「できますがな」

塙はラベルの数字を指で指した。「番号を削ってまうんですわ。ナイフでも剃刀(かみそり)でも何でもよろし。見えんようになってもうたら、誰が売ったかなんて調べようあらしません」

「本気で語ってんのすか？　一つ一つ、全部の商品さ番号がふられでんでがすよ。誠心さんが扱ってる商品の量だば――」

「こそげ落とすだけですわ」

塙は佐藤の言葉が終わらぬうちに返した。「頭を使うわけやなし、おばちゃんでも学生のバイトでも、人手をかけりゃ済むことですわ。それで商売が回るなら、安いもんや」

「いや、そういわれでも――」

それでも、佐藤は懸念の色を露にする。

「正雅堂さんには、絶対に迷惑はかけまへん。それは、命に代えても約束します。どうでっしゃろ、今まで通りわしとこに商品を流してくれまへんか」

佐藤は腕組みをして唸った。

塙は、背中に汗が流れる感触を覚えた。

部屋の温度のせいばかりではない。商品の入手が困難になれば、店はたちまち立ち行かなくなる。かといって、普通の薬局に戻ろうにも、業界の秩序を乱したのだ。製薬会社も問屋も、今さら商品を流してくれるとは思えない。だが、これがうまく行けば、他の問屋の商談に応用できる。商売の継続にも目処がつく。全ては佐藤の返事次第。汗は焦りの気持ちの表れでもある。

しかし、もう一つ案がある。

「佐藤さん。この通告文、預からして貰えませんやろか」

塙は、声を落として切り出した。

佐藤は、ぎょっとしたように身を引いた。

「なじょすんの……」

「公正取引委員会に訴えますのや」

塙はすかさずいった。「販売先を製薬会社が支配しとる。それも価格統制を行っとる。通告文はそれの決定的証拠ですわ。紛れもない独占禁止法違反ですがな。公取の指導が入れば、どこの店になんぼで売ろうが製薬会社は文句をいわれへんようになりますやろ」

　いや、それだけではない。誠心薬局は、消費者からの圧倒的支持を得ている。製薬業界が価格維持のために、誠心薬局を潰しにかかったと知れれば、消費者団体が黙ってはいない。それが、製薬会社への大きな圧力になる筈だ。

「わがりゃんした」

　腕組みを解きながら、佐藤がいった。決断の声である。

「商売は続げすぺ。ただし、いま約束してけだごど。商品がらは確実に番号を削り取る。絶対にごごがら商品が流れているごどを悟られないようにするごど。このふたづは絶対に守ってもらいすよ」

　佐藤は、塙の顔を見据えながら、念を押してきた。

「約束します――」

　塙はきっぱりと断言した。

　佐藤の手が、札束に伸びる。

　商談が成立したことに、内心で安堵（あんど）しながら、

『この商売も、長くは続かないかもしれない――』

　塙は漠とした不安が胸中に込み上げてくるのを感じた。

4

ちぢ、ぢぢぢ――。

人気(ひとけ)の失せた店内に、明滅を繰り返す蛍光灯の虚(うつ)ろな音が響いた。

塙は帳場の上がりがまちに腰を下ろした。

届けられたばかりの夕刊の一面に、『造船疑獄　指揮権発動　参院内閣警告決議可決』の文字が躍っている。

従業員はすでに引き上げている。弟の信二も先に帰した。

帳場を閉め、一日の売上を処理するのは彼の役目だが、もはやその必要はない。計算するまでもないからだ。

それに、もうすぐ深町がやってくる。さしで話さなければならない用件がある。

体が重い。まるで毒を飲まされたかのように、全身がいいようのない疲労感に満たされる。

塙は太股(ふともも)に手をつき、上体を支えると、がっくりと首を落とし溜息を吐いた。

不思議なものだと思った。

仕入れのために全国を駆けずり回っていた頃は、夜汽車の中で仮眠を取り、日中は問屋との商談を繰り返す。そんな日々を五年もの間続けていたのに、疲れなど一度たりとも感じたことはなかった。それが、日がな一日、店にいるだけの方が遥かにきつい。それも疲れはどんどん蓄積されていく一方だ。

原因は分かっていた。

店の売上が、急速に落ち込んでいるからだ。

いまの誠心薬局にかつての賑わいはない。門前市をなすどころか、訪れる客はまばらである。

商売人にとって、繁盛は何よりの薬。不振は最強の毒だ。

がたり――。

入り口の引き戸が音を立てた。

時刻は午後八時を回ったところだ。流れ込む外気にカーテンが舞い、その陰から深町が姿を見せた。

「よう……」

深町は、軽く右手を上げた。

「すまなんだな。急に呼び出して――」

塙は弾みをつけて立ち上がった。

「ウナ電（至急の電報）とは尋常じゃねえな。びっくりしたぜ」

深町はそう返してきたが、言葉とは裏腹に驚いた様子は窺えない。

「あかんな……。この商売、もうやっていかれへんわ」

弱音を漏らしたのではない。塙は本音をぶつけた。

「だろうな……」

深町も覚悟を決めていたのだろう。神妙な顔をして頷いた。

「製薬会社の方が、一枚上手やったんや。まんまと連中の罠に嵌まってもうたわ」

塙は唇を噛んだ。

ラベルに記載された製造番号を削り落とす――。

塙が考えついた対抗策は、確かに機能した。大阪周辺はともかく、地方の問屋は製薬会社の通達を無視し、今まで通り商品を流すようになった。しかし、それこそが製薬会社の狙いだった。彼らは密かにラベル上の製造番号の位置を変更し、製造者名と住所に重ねて打刻するという手に出た。

気づかぬままに、作業を続けたのがいけなかった。これが、販売する薬品には製造者名を明示しなければならないと定めた薬事法違反に問われ、誠心薬局は営業停止十日間の行政処分を食らうことになってしまったのだ。

万事休す。もはや、仕入れ先を隠蔽する手段はない。それだけでも致命的だというのに、そこに追い討ちをかけたのが、消費者団体に働きかけた結果だ。

価格統制は消費者の利に反する。

塙の訴えを、消費者団体はもろ手を上げて支持した。日増しに高まる彼らの声を無視できなくなった製薬業界は、ついに価格統制の手を緩めざるを得なくなった。

利幅を落としても量を捌けば、十分に商売になることは、誠心薬局が実証してみせたことだ。

売価を下げ、あるいは極端に値引いた目玉商品を置くことで客寄せをする小売店が続出し、誠心薬局の最大の売りであった廉価販売はもはや売りにはならず、街のどこにでもある、ただの薬屋のひとつとなってしまったのだ。

「策士策に溺れるいうのは、このこっちゃ……」

塙は自虐を込めていった。

「まあ、潮時だろうな」

深町はポケットの中から、煙草を取り出すと口に銜えた。「ひとり勝ちの商売なんてあり得ねえ。旨い汁を吸ってるやつを見りゃ、引き摺り落とすか後追いするか、そんな連中がわんさか湧いて出る。生き残るためには、さらに先を行く手を講じることだが、肝心の弾が薬ひとつじゃな」

「まして、わしは価格統制を壊した張本人や。業界の恨みもこうてるしな」

「そりゃあどうかな」

深町はマッチを擦り口を細めながら煙草に火を点すと、「口にこそ出しゃしねえが、本音じゃ感謝してる連中もごまんといるさ。商売は才覚ひとつ、やり方ひとつだ。価格統制が緩んだお陰で、商売に広がりができたってな。それに、消費者は、間違いなく感謝してるさ」

煙を吹き上げた。

「阿呆らし。感謝されても銭にならなんだら話にならへんがな。意気に感じて、わしとこの店を使い続けてくれるいうわけやなし――」

「消費者なんて、そんなもんだ。同じもんを買うなら、一円でも安く、値段と手間を常に天秤にかけて、自分に利のあるところで物を買う。義理立てして高い金を使う莫迦はいねえよ」

深町は、こともなげに断じると、「さて、ならばどうする。薬が駄目となりゃ、新たな飯の種を考えなきゃならねえわけだが」

真顔になって考えのほどを問うてきた。

先の展望があるなら、とっくの昔に行動に出ている。

体に澱が溜まっていくような疲労感は、何をすべきか皆目見当がつかない、出口が見えないことへの焦りの気持ちの蓄積でもある。

「どないしたらええか分からへんのや。フカシン、あんた何ぞええ商売、思いつかへんか？」

深町を呼び出したのは、相棒に廃業を決意したことを告げなければということもあったが、ズルチンを全国の闇市で捌くことといい、薬の廉価販売といい、商売の新たな展開へのきっかけは、全て深町の進言によるものだ。彼ならば、何か次の商売を考えついてくれるに違いない。そんな期待を抱いていたからだ。

「さあて……」

ところが深町は、悠然と煙草をふかす。

苛(いら)っときた。

誠心薬局が閉店すれば、収入源が断たれてしまうというのに、深町の様子からは、危機感というものがまったく感じられないからだ。

まして、商才もあれば、機を見るにも敏だが、金が身に付かぬ。いや執着がない。金主がいてはじめて才が生きる。それが深町という男であるのにだ。

「わしが、早々に店をたたもういうてんのはな、傷口を広げとうないからや。新しい商売に乗り出すだけの資金はあんねん。それを元手に――」

「太吉っつあん」

深町が、薄く笑った。「何をそんなに急いでんだ。店を閉めても、すぐに暮らしに行き詰まるわけじゃねえんだろ。だったら、機が熟すまでじっとしてりゃいいじゃねえか。昔からいうだろ。急(せ)いては事を仕損じるってさ」

「何でそない悠長に構えていられんねん。霞(かすみ)を食うて生きとるわけやなし、何もせいへんかったら、金が目減りしていくだけやないか。金は減らすもんちゃう。増やすもんや。増やしたおこぼれを、ちろりちろりと舐(な)め舐め使うもんや」

日々の売上を、札の目方で計っていたのはズルチンやペニシリンを闇で扱っていた頃の話だ。大阪に誠心薬局を構えてからは、帰阪するとまず最初に見るのが信二が毎日つける帳簿である。

そこで心底思い知ったのが、数字の怖さ、冷徹さだ。

店が繁盛を極めていても、日々の売上には波がある。仕入れ値だって、交渉次第で値段が変われば、利幅だって売価によって変化する。まして店舗の家賃。従業員への支払い。深町の取り分。締め日がやってくるたびに、帳簿の数字は激減する。あったはずの金が消えて失せる。払わねばならぬ金だと分かっていても、その喪失感といったらない。

「なるほど、太吉っつあんは根っからの経営者だな」

褒めているのか、嘲っているのか分からない。どちらともとれる口調で深町はいうと続けた。

「ただし、誰かが築いた城を受け継いで守り切る。雇われ社長にはうってつけの人間だ」

言葉に潜んだ棘が、胸に突き刺さる。

塙はむっとして、深町を睨んだ。

「あんた、今回の失敗で何を学んだ」

深町が薄笑いを浮かべた。「売価が仕入れ値の何倍にもなる商いが成り立っていたのは、戦後のどさくさのお陰だが、薬の安売りが成功したのは、その間に貯め込んだ現金を元手に、誰もやってねえ商売に真っ先に乗り出したからだろ。大金賭けて勝負に出たからだろ」

その通りだ――。

黙った塙に向かって、深町は追い討ちをかけるようにいう。

「それが、本当の実業家ってもんだ。でかい商いをしようと思ったら、元手もそれ相応にでかくなる。もう、戦後のどさくさのように旨い汁を吸える時代は二度と来ねえ。法と秩序にがんじがらめにされた中で、知恵を絞るしかねえんだよ。そこでのし上がろうとするなら、まずは確信を持てる商いを見つけるこった。そこに持てる金を注ぎ込むことだ。それしかねえんだよ」

「それが思いつかへんから、知恵はないかと訊いてんねん」

塙は、苦しげに呻いた。

「そんなもん、俺にだってねえよ。一時間やそこらで決着がつく映画の台本を書くわけじゃねえんだ」

深町は灰皿に煙草を突き立てた。「だけどな、これだけはいえる。これからの時代、商売の成否を分けるのは間違いなく消費者だ」

「消費者？」

塙は問い返した。

「この店の商いが立ち行かなくなったのは、製薬会社の罠に嵌まったせいもあるが、業界の価格統制に異を唱えた消費者団体の圧力のせいで、小売店が安売りをできるようになっちまったからだろ」

そういえば、この店が繁盛を極めたのも、薬の廉価販売に消費者の圧倒的支持があったからだ。それが業界の慣習を変え、薬の売価を変えたのだ。

塙は、改めてそこに気がつくと、

「なるほどな」

腕組みをし、天井を仰ぎながら呟いた。

「消費者が、何を求めているか。それをじっくり考えてみんだよ」

深町の言葉に確信が籠りはじめる。「安売りが客を呼ぶことは今回の商いで分かった。だけど、それだけじゃ駄目だ。誰もが当たり前だと思い込んでる商売のあり方をぶっ壊す。消費者が驚くようなことをやってみせりゃ、やつらは必ず飛びついてくる。それがでかい商売に結びつく」

視線を戻した先にある深町の目が、爛々と輝いている。

「その場しのぎの商いに、小金をぶちこんでもしょうがねえ。小商いだって商売は商売だ。手間もかかりゃ時間も取られる。つまんねえ商売はじめちまったら、いつまで経ってもでかい魚には巡り合えねえ。勝負に出る時はどんといかねえと」

深町は、続けていうと歯を見せて笑った。

次への展開を語る時の深町は、いつも怖いものなしだ。先はすっかり読めているとばかりに、確信に満ちている。

それが塙には不思議でならない。

「なあ、フカシン。あんた、何でそないに物事をええ方にだけ考えられるんや。失敗した時のことが思い浮かばへんのか」

「失敗したからって、何がどうなるってんだ？　命をとられるわけじゃなし。それに、銭を失うっていっても、俺のもんじゃねえからな」

「そら、わしの銭ならかまへんいうことか」

「そうじゃねえ。銭に執着しなくなると、余計なことを考えなくなるもんなんだよ」

深町は、呵々と笑うと、「第一、俺がこうやって好き放題、勝手気ままな暮らしを送れてんのも、太吉っつあんという金主がいればこそだ。損をさせちゃ、元も子もねえだろ」

弛緩したままの顔でいった。

「そやけど、店を閉じてもうたら、その新しい商いが見つかるまでは、あんたはビタ一文の金も入らへんようになってまうで」

「まあ、俺のことなら心配するな。ひとり食っていくだけなら何とでもなる」

深町は造作もないとばかりに、顔の前で手を振った。「それにさ、金は天下の回り物っていうだろ。金なんてもんはな、使わねえと入ってこねえもんなんだよ。貯め込むのが一等悪いんだ」

暫しの沈黙があった。

ぢぢ、ぢぢぢ――。

深町と出会った将校クラブには、その後の快進撃を予感させるように軽快なジャズのメロディーが流れていた。それが今では、寿命が尽きる寸前の蛍光灯の物悲しい音だ。

深町が去っていく。

ふとそんな予感を覚えた。

「どないすんねん」

塙は訊ねた。

「俺か？」

深町は一瞬考え込むように黙ると、

「一度東京に戻ってみるか」

短くこたえた。

「東京？」

「動きが違うからな。人も情報の集まり方もな。新しい商売を考えるなら、やっぱり東京だろう。それに、昔の仲間もいるしな」

「遠くへ行ってまうんやなあ」

仕入れに駆けずり回っていた頃には、始終顔を合わせていたわけではない。東京にしたって頻繁に出かけた街だ。しかし、いざ居を移すといわれると、とてつもなく遠い場所に感じる。

「落ち着いたら連絡するよ。また、一緒にやろうや」

さすがに深町の顔にも寂寥感が滲み出る。

「わしも、新しい商い、考えてみるし――」

塙の言葉に、深町は黙って頷くと、

「じゃあな――」

片手を上げて踵を返した。

引き戸が開いた。カーテンがふわりと舞い上がる。その陰に深町の体が隠れた。

ぴしゃりと引き戸が閉まる。静寂が訪れた。

ぢぢ、ぢぢぢ――。

相変わらず明滅を繰り返す蛍光灯の下で、塙はひとりじっとその場に佇んだ。

5

「わし、ちょっと出かけてくるよってな。あんたは疲れとるやろうし、風呂でも浴びて、ゆっくりしとったらええわ」

宿帳への記入を済ませるや、用意された茶に手をつけることもなく塙は立ち上がった。

「はい。そしたら、そないさせてもらいます」

真新しいワンピース姿の八重子が、赤茶けた畳の上に正座したままちょこんと頭を下げた。

浪人——。

誠心薬局を閉店した直後からの塙の暮らしは、まさにその言葉が当て嵌まる。

その気になれば、勤め先を見つけることも可能であったかもしれぬが、一度覚えた商売の醍醐味はそう簡単に忘れることはできない。かといって、次の商いが思いつくわけでもない。新聞や本を読み、街をぶらつく。時間が来れば飯を食らい、風呂に入る。浪人という言葉が当て嵌まらぬことといえば、当面生活していくだけの金には困らないということぐらいのものだろう。

時間が経つのが遅かった。しかし振り返れば、月日はあっという間に過ぎている。

何かをはじめなければこのまま埋もれてしまう。再起は困難になる——。

焦りを覚えた。恐怖もあった。しかし、そうした思いに駆られれば駆られるほど、妙案は思いつかない。

そんなところに降って湧いたように、持ち上がったのが八重子との縁談である。

塙も三十歳。世間の常識からすれば、所帯どころか子供が何人かいて当たり前の年齢である。かといって、確たる職があるわけでもない。とても嫁どころの話ではないと塙は思った。

乗り気になったのは、父の重吉である。

「ひとり口は食えぬがふたり口は食えるいうやないか。次に何を始めるにしたってやな、家を守るもんがおらへんかったら、苦労するのはお前やで。それに、相手は洋裁学校出とんのや。いざとなれば、なんぼかでも家計の助けになるやろ」

家計の助けよりも、養う家族が増えることの方が不安だった。しかし、塙がその気になったのは、それに続いて父が発した言葉を、もっともかもしれないと思ったからだ。

「商売するにもやな、嫁もおらへんような三十男を誰が信用するかいな」

所帯を持ってこそ一人前の男として扱われる。確かに世間にはそんな風潮がある。

もちろん、女に興味がなかったわけではない。性欲を処理するために、福原の赤線には度々出かけた。まともに女性と向き合わなかったのは、商売があまりにも忙しく、色恋沙汰どころの話ではなかったからだ。

結婚は一度の見合いで決まった。

八重子は容姿端麗とはいえぬ。可もなく不可もなしというのが、正直な印象だった。ただ、二十歳という年齢にしては、初めての見合いの場だというのに、衒う様子もなく、終始穏やかな笑みを湛えているのが気に入った。ふくよかな体つきは、健康そのもの。丈夫な子供を産んでくれそうだという気もした。

三宮の旅館で、身内だけの慎ましやかな結婚式を挙げたのが、見合いから三カ月後。長男の嫁取りとなれば、本来盛大な宴の場を持たねばならぬところだが、なにしろ身分は『浪人』である。双方の家族に加えて、縁談を持ち込んだ世話焼きの近所のおばさんと、その夫が仲人となり、膳を囲んだだけの至って質素なものだった。

宴の終わりとともに、八重子を伴ってその日の夜行で新婚旅行に出かけた。

行き先は宮崎である。

八重子とは、到着した晩に初めて結ばれた。

翌日には、日南海岸を散策し、青島神社に参り、鬼の洗濯板を見物した。

宮崎での滞在は二泊と決めていた。それから神戸への帰途、福岡、八幡、広島を訪ね、次の商売のきっかけを探すために、街をひとりで見て回るということは、八重子には予め伝えてあった。

つまり、本当の意味での新婚旅行は、宮崎で過ごすふた晩のみということになるのだが、八重子は不満めいたことは一切口にしなかった。

おそらく、それは彼女の生い立ちによるものと思われる。

八重子は三宮で生まれた。三人姉妹の長女である。生家は小さな雑貨店を営んでいたのだが、彼女が小学校にあがる年に父親は満州で戦死。以来、母親が女手ひとつで、三人の娘を育てながら店を守ってきたという。しかし、それも空襲で焼失。戦後は、母親が裁縫の内職をしながら、家計を支えてきた。

八重子は、辛酸を嘗めた女である。貧困の惨めさも知っている。事実、西も東も神戸から外に出るのはこれが初めてだといい、車窓に流れる景色を熱心に見入り、弁当を開ける度に、「こない、ぎょうさんおかずが入ったお弁当があるんやねえ」としみじみいい、宮崎では見るものの全てに驚きを示した。

桜はすでに散り、山は萌葱色に芽吹いた新緑と常緑樹の濃い緑に彩られ、南国情緒溢れるビロウ樹がそこに加わると、ここは何処と不思議な思いに捕らわれた。凪いだ日向灘は、あくまでも碧く、水平線と空の狭間を曖昧にする。

好いた惚れたで一緒になったわけではないが、一度肌を合わせれば、やはり情が湧く。無邪気にはしゃぐ八重子の姿を見ていると、宮崎にいる間は商いのことは考えまい、新婚気分に浸り、八重子にいい思い出を残してやろうと思うのだが、意識すればするほど先をいまだに見いだせぬ、焦りと不安が込み上げてくる。肌を合わせる度に、身に伸しかかる重圧が増していく——。

そしていま、ふたりは福岡を経て八幡に着いた。

福岡、八幡、広島と、神戸への帰途にある大きな街を訪ねることにしたのは、もちろん理由がある。

商店で売られているものを見れば、その街に住む人々の暮らし向きに見当がつくからだ。

食べ物の嗜好、どんな商品が売れているか、経済力はどれほどか、街一番の商店ではどんな商売が行われているのか。

栄える街には、商いが集まる。それは、知恵を絞らずしては生き残れないことと同義だ。

「消費者が求めるものを叶えてやれば、必ずでかい商売になる」

深町の言葉は常に頭の中にある。

出張客相手の旅館は粗末なもので、六畳の和室には、小さな卓袱台と鏡台が置いてあるだけだ。この旅のために、自ら仕立てたワンピースを着た八重子をひとり残して外出するのは忍びないが、これも次の商いのきっかけを摑むためである。

塙は、きしむ階段を降りると、

「女将はん。八幡一番の商店いうたらどこになりますのん。食品でも日用品でもええんです。奥さんたちが、買うならここいう店を教えて欲しいんやけど」

帳場にいた女将に向かって訊ねた。

「商店街なら、そりゃあ駅前が一番賑やかばってん、商店街で買い物しなさるのは地の人がほとんどで、製鉄所の奥さん方は、滅多に出なさらんみたいやけん」

「そしたら、買い物はどこへ行かはるんです？」

「製鉄所がやりよう購買部やないと？　あげん大きか製鉄所やし、社宅も大きいけんですね。子供連れで外に買い物行くのは大変やろういうてですね。やけん、会社が社宅の中に購買部を造って、大抵の物はそこで賄えるようにしとうとです」

「会社が店を」

「中でも製鉄所にでけたケイシンは、そら繁盛しとうらしい」

女将はこたえた。「ケイシンは気楽に買い物ができるけん、よかあっていいようの聞きましたよ」

女将によると、以前から社宅の中には会社の厚生課が所管する購買部が十三箇所ほど設けられていたのだという。ケイシンは、その中に新たに造られた最も新しい店舗で、客が勝手に商品を選び、纏めて勘定を支払う仕組みが受けているらしいといった。

それが、何を意味するか、塙にはピンと来ない。ただ、従来の購買部の仕組みとは違い、客が魅力に感ずる何かがありそうなことは直感的に分かった。

塙はケイシンの場所を聞くと街に出た。

八幡は製鉄の街だ。戦中には、何度も空襲を受けたが、比較的損害は軽微で、戦後の日本の復興を支える重要拠点のひとつである。夥しい数の煙突の群れから排出される煙に、空の碧が霞む。街を行き交う車は、大型トラックが圧倒的に多い。製鉄所から聞こえる機械音に、エンジンの轟音が重なる様は、まさに産業の鼓動、血流の勢いである。

製鉄所の高炉は二十四時間、決して火を落とすことはないと聞いた覚えがある。おそらく勤務も交代制なのだろう。商店街の食堂には、まだ昼だというのに、杯を傾ける労働者たちの姿がある。

煙突の群れが近くなる。ビルの群れが見えてくる。

それが八幡製鉄の社宅だと知って、塙は驚いた。

コンクリートの地肌を剝き出しにした五階建て。いずれの住宅も大きさも形も寸分違わない。棟数に至っては、どれほどあるのか見当もつかない。製鉄所を何重にも取り囲むように建てられているところを見ると、途方もない数である。こんな近代的かつ巨大な社宅は、神戸にもない。いや、東京にすらないだろう。コンクリートの建物といえば、デパートや銀行といった商業施設が主で、集合住宅といえば木造二階建てが相場の時代に、未来都市とはかくなるものかと目を見張るような街が、九州の一都市にすでに存在しているのだ。

ここには、何かある――。

足が自然と速くなった。やがて、社宅の群れの間に、小さな店舗が現れた。トタン葺きの屋根。壁も板張りと至って簡素なもので、どうも恒久的な店舗というよりも、実験的に建てられたもののようだ。

客の出入りは途切れることはない。

ドアを押し開け店内に入った。

瞬間、塙は息を呑んだ。

何だ、この店は……。こんな店、見たことない……。

店の広さは三十坪といったところか。左右の壁面に沿って棚が並び、さらに中央に置かれた二つの棚で、等分に分割された空間。数段に重なる棚には、野菜、果物、乾物、調味料、日用雑貨といった具合に、分野別に仕分けされた商品が整然と陳列されている。その豊富な品揃え、立体感溢れる様に塙は圧倒された。

そして、さらに驚いたのは、目の前の勘定場だ。

自動計算機が使われているのだ。

誠心薬局が隆盛を極めていた頃に、計算機会社の社員が売り込みにやってきたことがあったが、興味こそ覚えたものの、一台八十万円以上という価格を聞いて、算盤で十分だと断った記憶がある。それが、九州の八幡製鉄の購買部で使われているだけではなく、客が精算の番がやって来るのを整然と列を作って待っている。こんな光景が、当たり前のように繰り広げられていることに、塙は心底驚いた。

入り口に立ち、ひと目見ただけでも、この店を立ち上げた人間の狙いから見えてくるものがあった。

商品は客が勝手にカゴに入れ、勘定場に持ち込むのだ。接客する店員が不要なら、精算も一箇所で済む。売価は値札通り。値切られることもなければ、おまけを要求されることもない。勘定場以外に必要な従業員は、商品を棚に補充する人間ぐらいと、極限まで削減できる——。

なるほど、実に合理的にして、理に適った仕組みである。

塙は、この店舗形態を考えつき、実現した人間の才に舌を巻いた。

いても立ってもいられなかった。

塙は、ごった返す店内へと足を進めた。

そこにはさらに驚愕すべき光景があった。

とにかく、品数が豊富なのだ。洗剤、石鹼、ちり紙、果てはタワシに至るまで、およそ家庭内で日常的に消費される商品がこの一店舗で全て揃う。それも、一商品にひとつのメーカーではない。同一商品でも複数のメーカーの商品が並べられている。生鮮食品にしたって、野菜や果物ばかりではない。肉、魚まで販売されている。

　この二品目の売り場は店舗の一番奥に設けられていた。その理由にも察しがついた。対面販売を行っているからだ。客を捌くのに時間がかかる。まして、日もちしないがゆえに最も客の購入頻度が高い。入り口近くに売り場を設けると客が滞留し、奥の売り場に進みにくくなってしまうのだ。つまり、客の動線を考えてのことだが、それと同時に、購入頻度が最も高い商品の売り場を奥に設ければ、客は他の商品が置かれた陳列棚を否応なしに通らざるを得ない。買い漏らしをさせない。いや、客の購買意欲を誘うことを狙ってのことに違いないと見て取った。

　何から何まで考え抜かれた店舗造り。もはや、ぐうの音もでない。

　しかし、店内をくまなく回り、商品のひとつひとつを手に取って値段を確かめるにつれ、意外なことに気がついた。

　生鮮食品は分からぬが、その他の商品については一般の小売店と売価に差がないのだ。つまり、この店の繁盛の理由は価格にあるのではなく、一箇所で全ての買い物が事足りる、その利便性だけにある。

　塙はそこに気がつくと、今後この種の店舗形態が普及していった時の小売業のあり方に、誠心薬局で培った経験を重ね合わせて考えた。

　緞帳が上がるように、視界が明るくなる。背筋が熱くなるほどの興奮を覚えた。

　魚は魚屋で。肉は肉屋で。雑貨は雑貨店で。雨の日も、炎天の日でも、主婦は買い物に出かけなければならない。それも、商店を何軒も渡り歩くことを強いられる。しかし、この店舗形態が普及すれば、状況はまったく違ってくる。たった一箇所の店舗で買い物は済んでしまう。

そこに、削減した人件費を値引きという形で反映させればどうなるか。

それは、決して絵空事ではないはずだ。一箇所で大抵の物が揃うというなら、百貨店も同じだが、概して百貨店で販売される商品が高額なのは、売り場ごとに販売員がおり、客の応対をするからだ。常に一定の固定費がかかる以上、値引きをしようにもできない構造になっているからだ。

しかし、この商売は接客不要。その点が決定的に異なる。まして、商いが拡大すれば、仕入れの量はどんどん増えていく。店舗が増えればそれに拍車がかかる。購入量による割り戻し、値引きを問屋が行うのは、製薬業界に限らずどこの業界でも同じだ。その値引きをさらに、売価に反映させていけば――。

凄い商売になる。

塙の脳裏にはっきりと次の商売の構図が浮かんだ。

いても立ってもいられなかった。ぐずぐずしていると、神戸でもこの手の店ができないとも限らない。商売は、先んじて市場を制した人間が勝つ。そのためには、早々に準備に入らなければならない。

塙は駆けた。

製鉄所から宿に取って返すと、靴を玄関に脱ぎ捨て、階段を一気に駆け登った。部屋の襖(ふすま)を引き開けた。

入浴を済ませ、涼んでいたのだろう。浴衣姿でくつろいでいた八重子が、驚いた顔で塙を見た。

「八重子、神戸に帰るで。すぐに支度せい」

塙は、肩で息をしながらいった。

「どないしはったん。神戸に帰るんは、明日広島に一泊してからやないですか」

八重子は急な予定の変更に、戸惑いの表情を浮かべる。

「次の商売が見つかったんや。わしらの飯の種や。のんびりしとる場合やないねん。神戸に戻って、準備をはじめんのや」

塙の勢いに押されたのか、飯の種といわれては従う他ないとでも思ったのか、八重子は弾かれたように立ち上がると、

「そしたら、すぐに支度しまっさかい——」

体を合わせてからまだ日が浅い。日が落ちぬうちに、身支度する姿を見せるのが躊躇(ためら)われるのか、八重子は顔を赤らめて小さな声で返した。

「そや、電報打たなあかん」

塙はふと思いついていい、駆け上がったばかりの階段を降りると、

「女将はん。女将はん、いてはりますか」

帳場の奥に向かって声をかけた。

「はい――」

女将はすぐに現れた。

「すまんけどな。これからすぐに神戸に戻らなならんようになってしまいましてん」

「そら大事ですね。ばってん、晩ご飯の用意もできちょりますが――」

「勘定は払います。なんぼになりますか」

困惑した表情を浮かべながらも、女将は帳面を取り出そうとする。

「その前に、電話を借りたいんですわ。電報を打ちたいんや」

「電話はこちらに――」

塙は受話器を引っ摑んだ。交換に電報を打ちたい旨を告げると、回線が繋がれた。

電報です、という声がこたえた。

「ウナ電を頼みたいんや」

塙は続いて深町の名前と住所を伝えると、「シキュウコウベニコラレタシ。ハナワ」

一気に告げた。

係員が電文を復唱する。

それを聞きながら、塙はとてつもない鉱脈をついに探り当てた興奮に打ち震えた。

6

「そいつは、スーパーマーケットってやつだ」

塙の話を聞き終えたところで、深町はいった。

「スーパーマーケット？」

初めて耳にする言葉に、塙は問い返した。

「品選びは客に任せる。普段の生活に必要なものは、全て取り揃える。小売店の機能を一箇所に集約した店。アメリカじゃ随分前からあった店舗形態らしいがな」

深町の行動は素早かった。

塙が八幡から戻るのと、ほぼ同じくして神戸に駆けつけてきた。

三宮の商店街にある小さな喫茶店は、間口が狭い割りには奥行きがあった。カウンターに十脚の椅子。背後の壁に沿って、三つのテーブル席がある。一番奥の席には、外の光はほとんど差し込んで来ない。仄暗い空間に、深町が吹き上げた煙草の煙が、霞のように漂った。

「進駐軍の連中は、日本にやってくるなり、真っ先にＤＨを建てＰＸ（売店）を設けただろ」

深町は続けた。「あれはな、日本は物資が絶対的に不足してるってこともあっただろうが、連中は外国で生活することになっても、自分たちの生活環境は絶対に変えねえんだよ。自分たちの生活が、一番快適、かつ進化したものだと思ってるからだ」

「小売店が進化したもんが、そのスーパーマーケットちゅうんなら、日本でも普及する可能性は十分あるやろ」

「かもな」

深町は、短くなった煙草を灰皿にこすりつけた。「実際、東京にもぽつぽつその手の店が現れてるしな」

「ほんまか」

九州にすでに存在するくらいだ。首都にあるのは驚くに値しないが、出遅れた感は否めない。

思いがそこに至ると、改めてこの一年の空白が悔やまれる。

世の中は猛烈な勢いで変化し続けている。自分が家の中で無為な日々を過ごしている間に、いや、おそらくはそれ以前に、あの商売に着目し、実店舗を構えるに至った人間がいたのだ。

怠慢だ。

塙は唇を嚙んだ。

しかし、その一方でこうも思った。

何の当てもなく全国行脚の旅に出たところで、果たして八幡の街を訪ねる気になっただろうか。ケイシンと出会ったのは、確かに偶然だ。しかし、八重子と結婚しなければ、新婚旅行に宮崎を選ばなければ、今に至ってもなお、ケイシンの存在には気づかぬままであったかもしれぬのだ。その点からいえば、八重子との結婚は、スーパーマーケットに出会うための必然であったのだ。八重子が、福を呼び込み、新たな道に進むきっかけを作ってくれたのだ――。

「都心に店を構える小売店が、そのケイシンとやらと同じような店舗を始めてるらしいし、つい最近、私鉄が沿線に同じような店を出す計画があるって話も耳にしたな」

「そしたら、関西にもそのうち――」

「かもな」

深町は短くこたえると、コーヒーカップに手を伸ばした。「だけどな、太吉っつあんよ。この商売は、そう簡単なもんじゃねえと思うぜ」

「なんでや」

てっきり肯定的な返事が返ってくると思っていた塙にとって、深町の反応は意外だった。

「すんなり、スーパーマーケットが全国に広がるとは思えねえからだよ」

深町の眉間に浅い皺が浮かぶ。「太吉っつあんは、ケイシンの成功例にいたく魅せられているようだが、そら、製鉄所が従業員のために購買部なんてもんを持っていたからだぜ」

「社宅住まいの人間の買い物先は決まっとる。客集めには苦労せん。そういいたいんか」

「そうじゃねえ」

深町は顔の前で手を振った。「製鉄所の敷地の中で、どんな店を開こうと、誰も文句はいえねえってことさ。考えてもみろよ。スーパーマーケットなんてもんができたら、周辺の小売店には死活問題だ。どんな騒ぎになるか……」

拍子抜けするような、こたえだった。

周辺の店の反発を買うというなら、誠心薬局は、元よりそれを覚悟で始めた店だ。いや、そもそも、同業者が軒を連ねる道修町に店を構えれば、客は簡単に価格比較ができる。それが、客を呼ぶのだと決断を迫ったのは深町だ。スーパーマーケットだって、同じ理屈が成り立つはずだ。

「フカシンらしゅうないなあ――」

塙は不満をあからさまにした。「商いは食うか食われるかや。世の中はどんどん変わる。古いもんは、必ず新しいもんに取って代わられる。商売かて同じじゃで。時代の流れについていけなんだら、消えていくしかないんや。何を残し、何を捨てるか。それを選ぶのはわしら商売人とちゃうやろ。消費者やがな」

「筋が良過ぎるからいってんだ」

「筋が良過ぎる？　何やそら」

「そりゃあ、スーパーマーケットは、間違いなく消費者に歓迎されるだろうさ。薬の安売りだけでも、客がわんさか押し寄せたんだ。日用必需品が何でも揃う。しかも安いとなりゃ、あの騒ぎどころの話じゃねえ」

「それの何が悪いんや」

「まあ聞け」

深町は、遮るように顔の前に手を翳す。「人が押しかけるようになりゃ、店舗も拡大しなけりゃならねえ。消費者だって、もっと多くの品揃えを望むようになる。食品、日用雑貨、薬、果ては衣類。とどのつまりは、安売りの百貨店。それがスーパーマーケットの行き着く先だ」

「夢のある話やないか。そない大きな店が、どんどん増えていくんやで。店の場所は、繁盛しとる商店街があるところを狙えばええねん。そこの客を根こそぎかっさらえば——」

「俺が心配するのは、そこだ」

深町は、テーブルに置いた煙草に手を伸ばした。「この五月に百貨店法が復活したの知らねえのか」

ケイシンの存在を知ったのが昨日のことなら、その店舗形態がスーパーマーケットと呼ばれることも、たった今、深町から聞かされたばかりだ。まして、スーパーマーケットの行き着く先が安売りの百貨店になるとは考えもしなかった。

知らないともいえず、塙は黙った。

「百貨店で扱う品は、概して高級品。値段も高い。小売店の数に比べりゃ、百貨店の数は圧倒的に少ない。だがな、それでも一度の買い物で大抵の物が揃う。品揃えが豊富だってんで、遠くから客がやって来るんだ。いいか。地元の客じゃねえぞ。年に何度か遠くから客が百貨店に行くってだけでも、死活問題だと小売業者は一致団結して規制法運動を起こしたんだぜ。そしてそれが通っちまった。なぜだか分かるか？　小売店と百貨店の数の差はそのまま選挙の票の差だからさ。いや、父ちゃん母ちゃん、一軒の店が持つ票の数はその何倍にもなる。政治家だって小売店を敵に回すわけにはいかねえんだよ。日用必需品を販売する安売りの百貨店なんてやろうもんなら、どんなことになるかは火を見るより明らかじゃねえか」

「その百貨店法の内容っちゅうのは？」

「新店舗の設置や売り場面積が規制されるんだ」

「そしたら、その範囲内でやればええだけやんか」

塙はむきになっていい返した。

深町の見解はあまりに否定的に過ぎる。それに百貨店法に引っかかるのは、商いがそこまで大きくなればの話である。失敗の危険性を指摘するならまだしも、成功時に起きることを今から心配するなんて馬鹿げた話だ。

「なるほど、それはひとつの手だろう。だけどな、法律ってもんは、時の情勢によって変わるもんだぜ」

「スーパーマーケット向けに、別の法律ができるかもしれへん。そういいたいんか」

「あり得る話だろ」

深町は頷いた。「スーパーマーケットに客が吸い上げられたら、小売店はどうなる？代々家業として、店を受け継いできた経営者だってたくさんいるんだぞ。そいつらの店が立ち行かなくなったら、何ができるってんだ。今さら勤めに出ることもできねえ。かといって、商売替えをしたって意味がねえじゃ、明日のおまんまに困って、首括るしかねえじゃねえか。そんなことにでもなってみろ。立派な社会問題だ」

考えてみれば、スーパーマーケットは、商店街をそのままひとつの店舗に押し込めたものだ。その繁盛は、既存商店街の消滅を意味するものには違いなく、共存共栄していくことは困難だ。

そう考えると、筋が良過ぎるという深町の言にも、頷けないわけではない。

「これは、あくまでも俺の推測だが――」

深町は前置きすると続けた。「スーパーマーケットなんてもんがアメリカで成立したのは、国情の違いがあればこそのことだと思うんだ。アメリカは国土が広けりゃ街もでかい。何をするにも車が必要だっていうからな。買い物ったって、そう気軽に行けるわけじゃねえ。だから一度で何でも揃う、スーパーマーケットなんてものが重宝されるんだ」

「そら、消費者なんて、どこの国でも同じやで。なんぼ商店街がある、そこに行けば何でも買えるいうてもやな、一箇所で全部揃う、勘定も一遍で済む方が便利やないか。まして安いとくれば、日本でも——」

「そうじゃねえよ。広範囲から人を寄せ付ける魅力がある。それがスーパーマーケットだっていいてえんだよ。この、人が密集している日本で、そんなもんやったら、群れる魚に投網を打つようなもんじゃねえか。一網打尽。商店街なんて崩壊しちまうぜ」

商売の秩序を乱す者が、どんな仕打ちを受けるかは、薬の安売りで十分味わったことだ。スーパーマーケットを開業すれば、敵になるのは薬屋だけじゃない。肉屋、魚屋、八百屋、駄菓子屋、文房具店、衣料販売店、荒物屋……。日用品を扱う全ての商店が敵になる。

しかし、深町が、否定的見解を口にすればするほど、逆に塙のスーパーマーケット開業への決意と、成功への確信は高まっていく。第一、「筋が良過ぎる」。それが深町が否定する理由である。

「わしがやらなんでも、誰かがやるで」

塙はいった。「九州にもできた。東京にも動きがある。この流れはもう止められへんで。もう細々と商いをしとる時代やないんや。先にこの商売をでかくした者が莫大な富を築く。そういう時代の幕が開きかけてんのや」

「どうしてもやるのか」

深町は、ふうっと煙を吐いた。

「確かにスーパーマーケットができれば、商店街には死活問題になるやろ。運動が起きて、新しい法律ができるかもしれへん。そやけどな、そないなことになるのは、スーパーマーケットが、あって当たり前の時代になった時の話やで」

「法律ができる前にできちまった店に、法律は適用されねえ。造ったもん勝ちになる。そういいたいのか」

「遡って法を適用してみい。今度はスーパーマーケットの経営者が、首を括らなならんようになってまうやないか」

塙はにやりと笑った。「それに、規制せなならんいう時は、消費者がスーパーマーケットを歓迎し、小売店を見捨てたいうことやで。小売店の持ってる票と、消費者の票のどっちがでかいか考えてみい。小売店が運動起こしたかて、消費者に不便を強いるような法律を、政治家が通すかいな」

「先行者はすでにいるんだ。人の後を追うのは思いのほか厳しいもんだぜ」

「覚悟の上や」

深町にいったのではない。自分自身にいったのだ。

「太吉っつあんが腹を決めたんなら、何もいうことはねえな。それに、何が失敗で何が成功かなんて、棺桶(かんおけ)に入って初めて分かることだしな。思う存分やってみるのもいいかもな」

深町は珍しく、哲学めいたこたえを返してきた。

「で、フカシン。あんた、どないすんねん。この仕事、一緒にやってみる気はあらへんのんか」

やはり、新しい商売に乗り出すとなると、深町の助けが必要だ。彼の発想、着眼点は、余人を以て代え難いものがある。

「俺もこの一年、ぶらぶらしていたわけじゃなくてな。昔の仲間と小さな貿易会社を立ち上げたばかりなんだ。今ここで抜けるわけにはいかなくてな」

深町は二本目の煙草を、灰皿の上でもみ消すと、話は終わったとばかりに両手を膝の上に置いた。

それが本当のことかどうかは分からない。ただ、深町がこの商売に乗り気でないのは明らかだった。

「そうか、あかんか――」

塙は、小さくいった。

「日本はまだまだ変わる。外国製品はまだ珍しいが、そのうちあって当たり前の時代が必ず来ると俺は睨んでんだ。あんたが国内なら、俺は海外だ。もっとも、そうなりゃ、どこに物を扱って貰うか探さなけりゃならん。太吉っつあんとは、いつかまた一緒に仕事をする時が来る。そんな気がするな」

「そうなれば、ええんやけどな」

返した言葉が終わらぬうちに、深町は席を立った。
もう頼る人間はいない——。
塙はひとりになった。

第二章

1

午後八時。

開店を翌日に控えた店内では、新たに雇った十五名の従業員たちと、応援に駆けつけた問屋の社員が商品の陳列に追われている。

蛍光灯の明かりの下で、通路に山と積まれた箱が次々に開けられる。中から取り出された商品に値札のシールが貼りつけられる。箱が片づくたびに、空だった陳列棚が命を得る。徐々に、店の形が整っていく。

スーパーの開業を決意してから一年。新たな一歩を踏み出す時がきたのだ。

「社長、いよいよでんな。明日がほんまに楽しみですわ」

動きがままならぬ店内で、陣頭指揮に当たっていた塙は、背後から声をかけられて振り向いた。

流行の慎太郎刈りにした頭髪。細身の体に濃紺の背広を着用した男は、レジスターメーカー、日本RMC大阪支店のセールスマン、川端安治である。

「おお、川端はん。こない遅くに、わざわざ来てくれはったんか。おおきに」

塙は額に吹き出した汗を、腰から取った手拭いで拭きながら、軽く頭を下げた。

開業を決意して、まず最初に塙が取り掛かったのが一号店の場所の選定と、初期費用の計算だ。しかし、これがいざ自分だけの力でやるとなると、思いのほか難しい。

誠心薬局を開業する際には、敢えて同業者が集まる場所を選んだ。そこで安売りを行えば、否応なしに目を惹く。客集めには苦労せぬ。それに、日本中どこへ行っても薬は薬だ。手に入る品を片っ端から店頭に並べるだけでいい。全てが深町の発案によるものであったのだ。

その点、今回は異なる。もはや深町の助けは得られない。出店場所は、大阪近辺の商業地とし、地図を広げてみたものの、どこに的を絞ればいいのか皆目見当がつかぬ。出店地が決まらなければ、店舗の規模にも目処が立たぬ。客の経済力、消費者の嗜好も考慮せねばならない。まして、一号店は絶対に失敗できないのだ。そのためには、広範囲に亘る入念な市場調査が必要となるのだが、弟とふたりで取り組んでも、膨大な手間と時間がかかる。その間にも、先行者が大阪近辺に進出してこないとも限らない。

途方に暮れるというのは、まさにこのことだったのだが、とりあえず塙は八幡のケイシンをモデルに必要経費の算出を試みることにした。

ケイシンの営業形態を目にした時点で、商品の精算にはレジを用いることは決めていた。塙にしてみれば、単に開業資金を算出するだけの目的でセールスマンを呼びつけたのだったが、そこに現れたのが川端である。そして、これが遅々として進まぬ開業準備の突破口となった。

「社長。ええところに目をつけはりましたな。スーパーはこれから先、でかい商売になりまっせ。是非、一緒にやらせて下さい。全力を挙げて応援させてもらいますわ」

日本ＲＭＣは、レジの最大手で販売網は全国を網羅している。顧客の中には、すでに先行して開業したスーパーも含まれる。百貨店の経営とは何が違うのか。棚の構成はどうすべきか。客の動線は。適正在庫は。どんな機材が必要か——。打てば響くように、必要なこたえが即座に返ってくる。それどころか、レジは小規模店にも普及しつつあり、関西近辺の街の特性を知り、納入先の成功例、失敗例を熟知しと、現場で積み重ねられた情報と経営知識の宝庫だったのだ。

スーパーマーケットをスーパーと呼び、自動計算機はレジということからはじまり、塙は開業準備を進めながら、スーパー経営のノウハウを学んだ。そして極め付きは、第一号店の出店地である。

「ケイシンさんのような企業城下町がええでしょうな。栄える会社があるいうことは、給料も上がっていけば、人も増えていくいうことです。関西近辺で、そないな条件が揃うているところいうたら、数えるほどしかあらしません。門真の周辺ですわ」

なるほど、いわれてみれば——だ。

門真には成長著しい家電メーカーの拠点がある。本社はもちろん、工員、さらに下請け企業の従業員たるや、大変な数になるだろう。その多くが門真を中心とした周辺の街に住んでいる。

まして、家電メーカーの業績は右肩上がり。事業も年を経るごとに、製造品目は増え、規模が拡大している。八幡が製鉄の街なら、門真は家電の街。それも前途有望な産業となれば旺盛な消費が見込めるはずだ。

物件を探し当ててきたのも、川端である。

八重子との結婚でスーパーと出会い、深町が去ったかと思えば、川端が現れる。

これは運命や。追い風が吹いているんや。

塙は、現地に足を運び、物件をひと目見るなり、その場で第一号店の場所を決めた。

「しかし社長。開店日限定とはいえ、思い切ったことしはりますな。百円以上買うた客には、映画の切符ただでやるいうて、そんなことしはったら、街中どころか、電車賃かけてでも客は押し寄せまっせ」

川端は、半ば感心したようでもあり、呆れたようにも取れる口調でいった。

「出だしが肝心やさかいな。大抵のもんはここで揃う。しかも、どこよりも安い。その上便利いうことを知ってもらわなならんのや。それで電車賃かけても来てくれるようになんのなら、映画の切符なんざ、安いもんやで」

店を開店するに当たって、商品を安値で仕入れることはさほど問題にはならなかった。薬同様、食品、生活用品の問屋も事情は同じ。現金の前には無力だった。まして法外な仕入れ量である。通常ではあり得ない納品価格を突きつけても、すんなりと呑んだ。もちろん、それ以外にも店舗の家賃、改装費、什器備品代、映画の切符、そして新聞の折り込みチラシと出費は嵩む。お陰で闇市からはじまり、誠心薬局の経営を通じて得た蓄財はあらかた使い果たしてしまったが、それでも塙には勝算があった。

　スーパーは現金商売であるからだ。

手元には日銭が確実に入る。売れた分だけの商品を、その都度現金で仕入れればいい。月末には従業員の賃金と家賃を支払わなければならないが、その程度の額は、客が殺到すればあっという間に達成できる。固定費を稼いだ後は全て店、つまり塙の儲けである。

　映画の切符にしても計算ずくだ。映画館にしたって、客の多寡にかかわらず上映にかかるコストは同じ。客が入るに越したことはない。まとめ買いをすれば大幅に値は下がり、百円の売上で上がる利益でとんとんになるようにしてある。むしろ、映画の切符欲しさに買い物をしてくれれば、スーパーの値段の安さ、利便性を客は認識するだろう。撒餌と考えれば、安いものだ。

「明日は、大阪支店から五人ほど応援に来さしてもらいます」

　川端は声を弾ませた。

「まあ、来てもろうても、客は自分で勝手に商品を選ぶんや。やって貰うことなんかあるかいな」

「客の整理だけでも大変やと思いますよ。それに、肝心の商品が、空になってもうたら商売になりませんがな。若いのを連れて来ますよって、せいぜいこき使う(つこ)て下さい」

「まあ、商品の補充は、問屋の連中がやるよってな。せやけど、人の整理は確かに必要かも分からんな」

塙は薄く笑うと、「川端はん、外へ出ようか」

塙はふと思いついて出入り口を目で指した。

春も盛りの宵である。空には輪郭をおぼろにした月が浮かんでいる。

この時刻ともなると、商店街に開いている店はない。まして今日は土曜日だ。

電柱に灯(とも)る裸電球が、薄暗く照らし出す通りを行き交う人影もまばらである。

「客が押しかけて来るより、商店街の連中の方が心配や」

塙は夜の帳(とばり)に包まれた周囲に目を走らせた。「花輪を断ったのもそのせいや。火ぃでもつけられたら、たまったもんやないさかいな」

「暫(しばら)くは大変かもしれませんね」

川端は声を硬くする。「反応は、こちらにも伝わってます。特に新聞にチラシを入れてからは、かなり危機感を募らせているようですからね」

「暫くどころか、明日からは日を追うごとに、酷(ひど)うなってくるで。売上が目に見えて落ちてくれれば、向こうだって必死や。それこそ命懸けで何をやってくるか分からへんで」

誠心薬局の時は、潰しにかかってきたのは製薬業界だ。大きな看板を掲げている以上、表立って無茶な行動に出るわけにはいかぬ。知恵を絞って、兵糧攻めに出てきたわけだが、相手が個人経営の小売店となると話は違う。納品を阻止することは不可能。かといって、安売りに対抗するためには大量仕入れ、大量販売以外の策はあり得ない。座して死を待つばかりとなれば、窮鼠猫を嚙む。どんな手段に打って出てくるか分かったものではない。

「実際、改装がはじまった時から、店の様子を探るように、辺りをうろつく人間がぎょうさんおってな」

「この手の連中は、何かいうてきはりましたか」

川端は突き立てた人差し指で、頰を縦になぞった。

「水商売は、みかじめ料を納めなならんようやが、わしとこの店は、関係あらへん。もっとも、弱みに付け込むのが連中の手や。小売店が泣きついてくりゃ、願ったり叶ったりちゅうもんやで。火ぃつけるか、打ち壊しに出るか――」

それどころか、命を狙われてもおかしくはない。

塙は、そう続けたくなるのをすんでのところで呑み込んだ。

「そしたら、夜間も店に人を置いとかななりませんな」

「幸い寝床には事欠かん。暫くは、信二とふたりでここに泊まり込むことにするわ」

店舗の二階は、家主が呉服店を営んでいた頃の住居になっている。在庫の山となってはいるが、箱の間にひとりやふたり寝るだけの場所はある。まして、台所、風呂と日常生活を送る環境は整っている。泊まり込みが長期に亘っても、生活に不自由することはない。

ただ、気になるのは八重子のことだ。

臨月を迎えているのだ。

初めての子供の誕生である。出産は病にあらずとはいうが、女にとっては大仕事だ。何が起こるか分からないものでもある。分娩室に入ることはできぬと分かっていても、傍にいてやりたいという気持ちは募るばかりだ。

しかし、一号店が成功するか否かは、八重子にも、生まれてくる子供の将来にもかかわる大事である。情を排し、この店の成功にいまは専念する時だ、と塙は決意していた。

「わしはやるで。どんな非難を浴びようと、どんな邪魔が入ろうと、この店を成功させたる。日本中にどこよりも安く、何でも揃うスーパーを、広げたんねん」

塙は決意を込めていい放つと、後ろを振り向き、店舗の梁の上に掲げられた看板を仰ぎ見た。

『主婦の味方　誠実屋』

白地に赤く大書された文字が、闇の中に浮かび上がっている。

明朝、この看板が陽の光に照らし出される時、新たな第一歩が踏み出されるのだ。

吉と出るか、それとも――。

その時は、いまこの瞬間も刻々と迫っている。

塙は、決意を込めて看板の文字に見入った。

2

薄暗がりの中で目が醒めた。

天井が見える。周囲は在庫品が入った箱の山だ。

人がひとり、ようやく通れる狭い空間の中で、塙は上体を起こした。

まだ日は昇ってはいない。しかし、窓の外に人の気配を感じる。それもひとりやふたりではない。集団、いや群衆の気配だ。

「おい、信二──」

開店準備は思いのほか手間取った。従業員は、日が変わる前に引き上げたが、細々とした支度を信二とふたりで行っていたせいで、睡眠時間は二時間そこそこというところだ。

熟睡していた信二が、目を開いた。

「感じへんか……。表に人の気配がする──」

信二は、跳ね起きながら腕時計を見る。

「まだ六時前やで」

こたえが返ってくる間に、塙は立ち上がり、窓に歩み寄る。

カーテンを引き開けた。

塙は、息を呑んだ。

物凄（ものすご）い人である。

商店街の通りは、六メートルほどの幅がある。二階の窓からは、人の頭と顔しか見えぬ。頭髪の黒と顔の肌色。それが、店を起点とし、見える限りの通りが、立錐（りっすい）の余地もないほどに、二つの色で埋め尽くされている。黒山の人だかりとはまさにこのことだ。

「信二……。これ、見てみい――」

声が掠（かす）れるのを感じながら、塙は漏らした。

信二が駆け寄ってくると、肩越しに窓を覗（のぞ）き込む。

「うわあ――」

驚愕（きょうがく）か、悲鳴か、「えらいこっちゃ。こないな人、どないしたら捌（さば）けんねん。大混乱になってまうで」

信二は声を上ずらせる。

誠心薬局の全盛期には、連日関西近郊はおろか、遠路はるばる客が押し寄せたが、それにしたって開店前から人が並ぶということは滅多になかった。薬の単品商売、客の購入頻度を考えれば当然の話なのかもしれぬが、それもいまにして思えばだ。

その点、日用品は違うのだ。しかも、一度におおよそ全ての物が揃い、なおかつ安いとなれば、これほどの客が群がるのだ。

眠気など、どこかに吹き飛んでいた。沸き立つような興奮を覚えた。滾るような熱が、全身を満たす。

この商売はいける！　大繁盛は間違いなしや！

しかし、その一方で、塙は目算が狂ったことに慌てた。

この分だと仕入れた商品は、ものの二日ともつまい。欠品は失望に繋がる。店の信用にも関わる。絶対に商品は切らしてはならぬのだ。それに、初日は百円以上の商品を買った客には、映画の切符をつけるという告知もしてある。

「おまえ、すぐに問屋連中に連絡せい。今日店に来る時に、ありったけの商品をトラックに積み込んで持ってこいいうてくれ。それから、川端はんには、できるだけ早うにこっちにきてくれとな」

塙はそう命じると、床に脱ぎ捨ててあったジャンパーを手に取った。

「どこへ行くん？」

信二が頷きながら問い掛けてくる。

「わしは、切符手配しに行ってくるわ。こら、どう見ても数が足りへんで。くれるっちゅうもんを貰えへんかったら、客が文句をいうに決まっとるさかいな。こない人が集まってるとこで、切らしてもうたら偉いことになるで。ほんま、暴動が起きてもおかしゅうないわ」

「そやし、開店までは三時間もあらへんがな」

「あと、一時間もしたら、従業員が出てくる。開店までに、とにかくやれることはやるこっちゃ。こないなことになってもうたら、泥縄になろうが、しょうがあらへんで」

塙はいうが早いか、部屋を飛び出した。

3

客の勢いに恐怖を覚えたのははじめてのことだ。

開店と同時に店内になだれ込んだ客は、我先にと商品を買い求める。

どれもこれも、これまでの感覚でいえば、閉店セールの見切り品のような値段だ。おそらく、今後もこの価格が維持されるとは考えてはいないのだろう。この時とばかりに、片っ端からカゴに入れていく。

狭い店内はラッシュアワーの通勤電車どころの話ではない。押し合いへしあい、怒号が、悲鳴が上がる。商品棚がたちまち空になる。熱狂は興奮に繋がり、それが混乱に拍車をかける。ただでさえ身動きがままならぬ客の間を縫って、従業員が在庫を補充しにかかる。箱を開けるや、棚に商品が並ばぬうちに、客が奪い取るように手を伸ばす。

レジの処理も追いつかない。専任の従業員を置き、十分な訓練を重ねたつもりだが、列は延びるばかりだ。現金箱がすぐにいっぱいになる。三台のレジの間を渡り歩きながら回収するのだが、袋は硬貨の重みで底が抜けそうだ。札も数えている暇はない。とにかく袋の中に詰め込むしかない。

問屋の応援部隊は、もっぱら商品の補充に、川端をはじめとする日本ＲＭＣの社員は、客の整理に追われた。その間にも、客はどんどん押し寄せる。七百メートルもある商店街の通りは昼近くになると、誠実屋に押しかけた群衆で埋め尽くされた。

殺気立つ店頭で、塙は必死で客を誘導し、そして商品を売りまくった。

昼飯どころか、便所に行っている暇も、汗を拭っている暇もない。

中でも、まったく予想もしなかった売れ行きを示したのが菓子である。それも、煎餅やキャラメルといった駄菓子屋で売られているものが、瞬時にして棚から消え失せる。

もちろん、箱に入れられた菓子もあるのだが、キャラメルや煎餅は、駄菓子屋では蓋のついた瓶の中に入れられ、四個で一円、数枚で幾らといったように、ばら売りされることが多い。それを、二十個、二十枚と袋に入れ、値引きをした上で目玉商品として販売したのだ。様々な店にレジを販売し、商売の現場を熟知した川端の勧めによるものだったのだが、これが見事に当たった。

ばらで売るのが常識だったものを、纏めて買わせる——。

この販売手法は、他の商品にも応用が利く。商売ははじめてみなければ分からぬというが、本当だ。スーパーの商売は奥深い。可能性は無限にある。

開店数時間にして、客の対応に追われながらも、塙は次の展開に思いを馳せるようになっていた。

予期しなかった展開といえば、映画の切符も同じだった。

日曜日の映画館は、午前中に第一回の上映がはじまる。その時刻を迎えて間もなく、映画館の経営者が、慌てて駆け込んできたのだ。

「客が押し寄せてどないにもならん。二階の床が抜けてまう」

どうやら、買い物を終えた客が、その足で映画館に向かったとみえる。

「映画は今日で終わるわけやなし。そんなん、満員御礼の札を出せば済むだけですやん」

塙は、一笑に付して取り合わなかったが、これも客の入りがいかに凄まじく、客単価が思った通りに推移しているかの表れである。

混乱と喧騒は、午後十時の閉店を迎えたところで、ようやく終焉を迎えた。

「みんな、ようやってくれた。朝から飯も食わんで、大変やったろ。晩飯いうには粗末なもんやが、好きなだけ食うてくれ」

塙は買い置きしてあった、パンの山を従業員に差し出した。

誰の顔にも疲労が色濃く浮かんでいる。しかし、そのどこかに高揚感が潜んでもいるようだ。

従業員がパンを貪り食う傍らで、川端とともにレジを締めにかかっていた信二が、興奮した声を上げた。

「兄さん。三十万を超えてんで」

「凄い……。この辺りじゃ、どんな繁盛店でも日商一万は難しいいわれてるんです。それがたった一日で、三十万でっせ」

川端もまた興奮を隠し切れない。「初日からこんだけの売上を上げた店は、うちの会社でも聞いたことありません」

顔が自然と綻ぶ。熱い固まりが腹の底から込み上げ、胸で熱を放つ。

望外の売上である。

大卒銀行員の初任給が約一万円。それでひと月を暮らす。しかも、日常生活品の購入に充てる額を考えれば、確かに驚異的な売上には違いない。

しかし、無邪気に喜んでいる場合ではない。

「初日の売上で喜んどったら、足を掬(すく)われんで」

従業員の手前もある。それに、これだけの繁盛ぶりを目の当(ま)たりにしたのだ。商店街の連中が、黙っているとは思えない。

塙は真顔になって続けた。

「開店セールでとことん値段を下げたしな。それに映画の切符のせいもあるやろ。勝負ははじまったばかりや。この勢いが続かなんだら、ワヤやで」

信二を戒めるつもりでいったのだが、自ら発した言葉が、塙に冷静さを取り戻させた。

「二階の在庫も少のうなっとるし、今日応援に来てもろうた時に持ち込んだ商品も、こな」

の分やと明日には捌けてまう。棚を空にするわけにはいかへんで。納品は大丈夫やろ
塙は問屋の男に問いかけた。

「心配いりまへん。明日の開店前には最優先で、きっちり納品させて貰います」

男は即座にこたえながらも、ちらりとレジを見る。

仕入れの代金を要求しているのだ。

開店時の大量仕入れで、応分の値引きを得ているが、月末締めで予(あらかじ)め定めた一定額を超せば、製薬会社と薬問屋同様、さらに割り戻しを受けることになっている。その約束は念を押すまでもないだろう。

「信二、代金を払(はろ)うたってや」

塙は命じると、川端を外に誘った。

今夜も空には月が浮かんでいる。

昼間は、これ以上にないという絶好の陽気だったが、夜になって少し冷え込んできたようだ。風もある。春らしく、優しい風だ。

「なあ、川端はん。この繁盛、続くやろか」

塙は訊(たず)ねた。

「今日の客の熱狂ぶりを見ると、まず大丈夫でしょう」

「そやけどな、開店大売り出しは一週間や。なんぼ安売りいうたかて、いつまでも仕入

れ値そこそこの商売をやっとったら商いはでかくならへん」

「気になるのは、そこですわ」

川端の声が曇った。「大阪は商人の街いいますけどな、商人を育てたのは客です。そら、値段には敏感に反応しまっせ。今日の十円が、明日十一円になれば、たかが一円、されど一円いうやつですわ。それに商店街の人間かて、今日の繁盛ぶりを見れば、策を講じてくるでしょうしね」

「安売り合戦がはじまるいいたいんか」

「そうなれば、体力勝負ですわ」

「この商店街の店に、それほどの体力がある思うか?」

「正直、何ともいえませんな」

川端は直截にこたえる。「代々続く店も少なくないですからね。そないな店は、住居と店舗が一緒です。家賃はかからんし、給料だって家族の分を減らせば何とかなりまっさかいな。その点、社長のとこは違います。固定費として家賃、従業員の給料も払わなりませんしね」

「そしたら、わしとこの売りは、大抵の買い物が、一店舗で済んでまう。最悪それだけのことになるいうことか」

「だけちゃいまっせ。そこが最大の強みですわ。この大きな商店街を、荷物抱えてうろつかなくて済むいうのは、そら楽でっせ。商店街をひと纏めにしたようなもんでっさかいな。それに、売れれば売れるほど、取引条件は良うなっていくもんです。商店街の店がなんぼ頑張ったところで、商いの額は知れたもんですわ。結局、規模には勝てへん。正直、わたしは、そない思いますけど」

思った通りのこたえが返ってきた。

川端を外に誘ったのには、理由がある。

彼は、日本RMCが蓄積した市場情報を持っている。商売にも明るい。この能力は、今後店を拡張して行くに当たって、大きな戦力となると踏んだのだ。

「急がななららんな」

塙はいった。「この店が繁盛すればするほど、これからはスーパーの時代やと誰もが思う。必ず後を追う人間が出てくんで。いや、わしかて後を追った人間のひとりやしな。もっとも、商店街に店を構え、代々家業として商売をやってきた人間がいきなりスーパーをはじめれば、周りとの軋轢が起こる。しがらみいうもんは、そう簡単に断ち切れんもんや。となれば、この業態に進出してくるのは、わしのような出店地に地縁のないよそ者や。動きはじめたら、怒濤の勢いで店を出しはじめる。激烈な陣取り合戦になる思うねん」

「でしょうね——」

川端は頷く。

「となればや。そこで勝敗を決するのは、価格いうことになる。なんぼ安く仕入れられるか。つまり、規模や。二店分、三店分と一括して仕入れるようにせなんだら、資本力のあるとこに負けてまう」

塙は川端に向き直ると、いよいよ切り出した。「あんた、わしと一緒にスーパー経営やってくれへんか」

「えっ？」

「店を広げていくためには、あんたの力が必要なんや。この仕事、わしと一緒に関西、いや全国に広げ、天下を取ってみる気はあらへんか」

塙は迫った。

「いや、そないなことをいわれましても——。わたしは今の会社がありますし……。それに家族も……」

川端は視線を落とし口籠る。

無理もない。

日本ＲＭＣは、アメリカ企業の日本法人だ。レジがこれから日本中の商店に普及していくことは間違いなく、事業もそれに応じて拡大していくだろう。まして、川端は大卒の二十九歳。早晩、中間管理職となり、出世を重ねていこうという時だ。安定した収入も約束されていれば、家族の生活も懸かっている。一号店を開店したばかりの誠実屋に、職を転じろというのは無茶な話である。

「なあ川端はん」

塙は静かな声で呼びかけた。「わしは、勤め人いうもんをやったことがない。そやけどな、この店が、潰れてもうても、勤め人にはならへん。また商売をはじめる思うわ。何でか分かるか？　商売は先が読めん。やってみんことには、分からへん。そやし、おもろいねん。まして、この商売には夢がある。日本の小売業を変えてしまう可能性を秘めてんのや」

川端は黙って話に聞き入っている。

それがいい兆しなのかどうかは分からない。

塙は続けた。

「どんな大会社も、起業した時はひとりか、ふたり。そんなとこからはじめたんや。今日集まってきた客の多くは、会社がでかくなってから雇われた人間、その家族や。そら、生活は安定してるかもしれへん。そやけどな、なんぼ稼いだかて、雇われ人は雇われ人や。創業者のために働き続けて、一生を終えるんや。いずれ偉くもなるやろが、若くして大金を摑める(つか)わけやない。他人よりも大きゅう稼ごう思うたら、賭けに出なならんのや。どうや、わしとこの店で、番頭をやってみる気はあらへんか。誠実屋を日本一のスーパーにしてみいへんか」

川端は俯い(うつむ)たまま言葉を返さなかった。考えている様子が伝わってくる。

暫し(しば)の沈黙があった。

「スーパーが日本中に当たり前にあるようになるいうのは、間違いないと思います

――」

川端が口を開いた。「社長は、でかい金脈を探り当てた。そんな気もしてます。ですが、何分話が急過ぎて……」

事は一生に関わる問題である。

ふたつ返事で申し出が受け入れられるとは、もちろん考えてはいない。

ここは、考える兆しが見えただけでもよしとすべきだ。

とその時だった。裸電球が薄暗く灯る通りに人影が現れた。

五人ばかりの男が、ひと固まりになって、こちらに向かって歩いてくる。

通りがかりの人間ではないようだ。近づくにつれ、いずれの顔も強ばっているのが見て取れた。

男たちは真っすぐに塙に向かって歩み寄る。

「あんた、誠実屋の経営者やな」

五十がらみの男が硬い声を漏らした。

白いワイシャツに、ジャンパーを羽織り、足袋を履いた足に雪駄をつっかけている。

禿げ上がった頭に僅かに残る逆立った髪。据わった目が、塙を睨みつけてくる。

「そうですが、何か――」

「わしは、この商店街の取り纏め役をやっとる権藤いうもんや。あんたに話がある」

権藤の声は震えているようだった。

無表情を装ってはいるが、目には明らかに怒りに駆られている様子が浮かんでいる。いずれ、こうした展開を迎えることは予想していたが、思ったよりも早く来たようだ。

「あんた、わしらを殺す気か」

果たして、権藤はいう。

「殺す？　はて、わし、何かしたやろか」

塙はとぼけた。

「ようそんなこたえを返せるな」

権藤の口調が荒くなる。「いきなり、この商店街に店を構えて、法外な安値で品を売る。あんた、こないな商いをこれからもずっと続けるつもりか」

「損して物売る商売人は、おらしまへんで。十分な利益を上げて、売ってまんねん。わしとこの店にとっては、適正価格やと思うてますが」

「あほ抜かせ。映画の切符はただでくれてやるわ、商品を三割、四割引で売るわ。それがまともな商売いえるか。わしらを潰したところで値を吊り上げ、暴利を貪る魂胆やろ」

「それは違います。第一、皆さんの店を潰すいうて、どんだけ値を下げたらそないなことができますのん。儲け出さなんだら、潰す前に、こっちが潰れてまいまんがな」

「あのな、この商店街は、古くからここに住んどる人間が、支え合いながら商いをしてきてん。それぞれの店が得意客を持ち、血が通う商売をやって栄える街を作り上げたんや。街には街の秩序、慣わしいうもんがあんねん。それをあんたは――」

「得意客を持ち、血の通う商売をやって来たいわはるんなら、他所(よそ)から来て湧いて出たような店は、すぐに廃れてしまうのと違いますのん」

塙は権藤の言葉を途中で遮った。「それに、権藤はんは、栄える街を作ったいわはりますけど、そら、この商店街に、古い歴史があることは知ってます。そやけど、門真の電器会社が大きゅうなって、そこで働く人が他所から集まるようになったのも、栄えた一因でっしゃろ。栄える場所には人も集まれば、商売も集まってくるもんですわ。それを既得権のようにいわはんのは、筋が通らんのと違いますか」

「なんやて……」

権藤の握り締めた手が震える。蟀谷(こめかみ)がひくつく。歯嚙みの音が、聞こえてきそうだ。

「おのれは本気でいうとんか」

嚙みつかんばかりに顔を近づけてきたのは、三十代といったところか。五人の中でも、一番若い男だ。

「ええか。この商店街にはな、三百軒近くの店があんねん。なんぼ客がぎょうさんおっても、一つの店に落ちる金は知れたもんや。なんぼ負けんねんいわれながら、客に愛想振りまいて、ご用聞きをし、配達をしいして、儲けた金を積み重ね、一家が生計立てとんねん。それをやな、法外な安値で品を売って、客をごっそり持ってかれてもうたら、どうにもこうにもならんやないけ」

「あんた、今日のわしらの売上なんぼか知っとるか」

再び権藤がいった。「ゼロやで。通りに客はわんさかおっても、誰一人として店には入って来いへんのや」

いささかの誇張があるにしても、あの熱狂ぶりを見れば、悲惨な状況であったには違いない。

権藤をはじめとする商店街の経営者が危機感を覚えるのも当然だが、それ以上に、その時塙の脳裏に浮かんだのは確信だった。

スーパーは、地域の商売を根こそぎ奪う驚異的な力を持っている。自分の読みは間違ってはいなかった。一号店の成功は約束されたも同然だ。

「初日を終えたばっかりでっせ。たった一日で判断するのは、なんぼ何でも早いんと違います?」

塙は、そんな内心をおくびにも出さずに返した。「開店日にはどこも特売をするもんですわ。それに映画の切符を記念品代わりにつけたこともありまっしゃろ。それにさっき、なんぼ負けんねんいわれながらいわはりましたけど、利に敏いのが消費者ですわ。これが当たり前になってもうたら、今日のような騒ぎにはならへんと思いますけど」

「当たり前いうて、やっぱり安売り続けるつもりなんやな」

先ほどの男が言葉尻を捉える。

「安いかどうかは、わしが決めることやおまへんで。お客さんがどう感じるかでっしゃろ」

「わしらも負けずに安売りやれいうんか」

「それもええかも知れませんな」

塙は半ば本気でこたえた。「いっそ、商店街が共同で商品仕入れたらどないです？　仕入れの量が増せば、問屋も値引きしてくれまっせ。そしたら、この商店街には、大阪はおろか、関西一円から客が押しかけてくるようになりますやろ。そうなれば、ますます量が捌ける。利幅を抑えた分、量で稼げば商いは十分成り立ちますがな」

共同仕入れは理屈の上では成り立つが、そんなことをしようものなら、どんなことになるかは明らかだ。

値引き合戦がはじまれば、客は店頭で値引き交渉を行い、店同士を競わせる。対面販売であるがゆえに、店も客との交渉を疎かにはできない。かといって、値引きにも限度がある。となれば客を惹きつける方法はひとつしかない。サービスの向上だ。

男はご用聞きに回り、配達をしといったが、それに纏る経費は売価に転嫁できない。つまり、サービスを充実させればさせるほど、人件費がかかるのだ。それが極限まで低下した利益を削いでいき、ともすると赤字。結果、体力のない店から順に、廃業していくしかないということになる。

さすがにそこに思いが至ったのだろう。

「あんたの評判は前から聞いとるが、聞きしに勝るとんでもないやっちゃな」

「権藤さん――」

塙は努めて冷静な声でいった。「わしとこの店を、えらい否定的に捉えていはるようですが、本当にそうなんでっしゃろか。商店街の皆さんに、何の恩恵も齎(もたら)さへんのでしようか」

「あるわけないからいってんねん！」

先ほどの若い男が一喝する。

「商売で一番難しいのは客を集めることちゃいますのん」

塙は怯(ひる)まず返した。「闇屋、薬の安売りやった経験からいわしてもらえば、品が安う買えると分かれば、客は電車賃を使(つこ)うてでも遠方から押しかけてくるもんですわ。この商店街が、なんぼ繁盛してるいうたかて、そんな客がどこにいはります？　人出が増えるいうことは、それだけ商売のチャンスが大きゅうなるいうことですやん」

「それが、おのれの店に全部取られてもうたら話にならへんからいうとんのや！」

男が、にじり寄りながら腹に手をやった。

ドスを呑んでいるのか、その部分が不自然に膨らんでいる。

身の危険を感じて、後ずさりしそうになったが、それより先に気配を察した権藤がいち早く手で制した。

塙は平然を装って続けた。

「なんぼ店があったかて、人が集まらなんだら話にならへんのですわ。百軒の店に百人の客では商売にならしません。一万人集まれば、均等に分けても一軒の店に百人になるんでっせ。それをどう自分とこの商売に繋げるかは、それこそ商売人の才覚いうもんやないですか。第一、和を乱すいいますけど、そしたら権藤はん。あんたの店では、せっかく来てもろた客に、今日はうちとこの店は十分儲けさせて貰いました、どうぞ他所の店で買うて下さいいいますのんか。この商店街に、競争いうもんはあらへんのですか」

誰も言葉を発しない。

当たり前だ。競争のない商店街などあるわけがない。誰しもが他所よりも、一円でも多く、いかに儲けを大きくするか。日々鎬（しのぎ）を削っていることに違いはないのだ。

「人がよおけ集まるようになれば、商売になるいうんなら、せめて店に人が入れるようにしてくれへんか」

口を開いたのは権藤である。

言葉の意味が分からずに、小首を傾（かし）げた塙に向かって彼は続けた。

「通りが渋滞すると、店の入り口が塞がれてもうてな。全部、あんたんとこの客や。これを何とかせなんだら、立派な営業妨害になるで」

理屈では歯が立たないと見たのか、こうなるともはや難癖である。

「天下の大道でっせ。歩くも止まるも、人様の動きをどないすることもできませんわ」

塙はけんもほろろに返した。

「そおかぁ……。そこまでいうかぁ――」

権藤は、声を低くして塙の目を見据えた。

「ひとつだけいうときますわ」

塙は負けじと視線を捉えたままいった。「わしとこの店は、法を犯しとるわけやない。まっとうな商売をやっとるだけや。それもお客さんにどないしたら喜んで貰えるか。それを考え抜いた末にはじめた商売ですわ。それが困るいうなら、どないしたらええんです。わしに死ねいわはるんですか。それとも、この店を開店するに当たって、かかった費用、耳を揃えて払ったるさかい、どこぞに出ていけとでもいうんでっか？」

権藤は、視線を外さず、無言のまま佇む。

塙は止めとばかりに続けていった。

「それに、こうして文句をいうてきてるのは、わしとこと商品がかぶる店の人ばかりと違いますのん。飲食店は？　おもちゃ屋は？　床屋は？　パーマ屋は？　人出が増えて、むしろ有り難い。そない思うてんのと違いますのん」

おのれの理屈でものをいうな。

そういいたくなるのを塙は呑み込んだ。

権藤の蟀谷が脈を打つ。顔面が紅潮し、目が血走ってくるのが夜目にもはっきりと分かった。

傍らに立つ男も同じだ。細めた目が塙を捉え、手はいまだに腹の膨らみにかかったままだ。

刺すのか――。

塙は身構えた。

しかし、次の瞬間、権藤は視線を逸らし、踵を返した。

「話すだけ無駄や――」

吐き捨てるようにいうと、権藤は引き返しはじめた。

四人の男たちが、一瞥をくれながら後に続く。

話しても無駄。

それが何を意味するかは分からない。諦めたのか、あるいは実力行使に打って出るとでもいうのか。

去って行く五人の後ろ姿を見守る塙に、川端が声をかけてきた。

「気をつけた方がええですね。この分だと、ほんま、何をしでかすか分かりませんで……」

「元より揉めるのは覚悟の上や。それに、これからも店を出す先で、同じような揉め事が起こるんや。こないなことでビビっとったら、天下取れるかい」

刃傷沙汰に発展しなかったことに安堵しながら、塙は決意を示すと、「体が冷えてきた。中に入ろか」

川端を促した。

4

「十万二千円――。昨日よりはなんぼかマシって程度やな。やっぱ、この辺りが限界なんやろか」

レジを締めた信二がぼそりと呟いた。

開店からふた月が経とうとしていた。

特売期間の客の殺到ぶりを考えれば、買いだめによる売上減はある程度予想していたことだ。しかし、いつになっても売上が回復する兆しは一向に訪れない。それどころか、開店時の半分にも満たない状態で推移している。店内は常に混雑しているが、客足が売上に結びつかないのだ。

原因は分かっていた。商店街の小売店が負けじと、値引きをはじめたからだ。

どう足掻いたところで、商店街の小売店が値引き合戦に出てくるはずがないと踏んでいたのが誤算なら、客に、誠実屋の安売りの絡繰りが薄利多売の大量販売にあることをすぐに見抜かれたのは、大誤算だった。

これだけ流行っているのなら、もっと引けるはずだ。

値引きへの圧力は、商店街の小売店より、むしろ傍目には体力に優る誠実屋へと向かったのである。

向こうが一円下げれば、こちらも一円――。対面販売の小売店はその場で対応できるが、値札が貼られた商品をレジに持ち込むスーパーでは簡単には行かぬ。客の指摘を受けるや、赤鉛筆片手に値段を書き換えるのだが、現場は混乱するばかり。まして、塙の許可無くして価格は変えられぬ。どうしても対応が後手に回ってしまう。

価格競争は、どちらが先に音(ね)を上げるかの体力勝負だ。こんな戦いがいつまでも続くわけがないと分かっていても、想定外の展開は利益率を確実に減少させる。それは、第二、第三の店舗展開が遅れることを意味する。

塙は焦りはじめていた。

「明日は土曜日や。午後に入れば客足も伸びるやろ――」

塙は自らにいい聞かせるようにこたえると、「早いとこレジ締めや。飯にしよ」

かつて家主が住まいとしていた、二階に向かった。

時刻はすでに十時半になろうとしている。

階下から差し込む光の中に、天井からぶら下がった裸電球が朧(おぼろ)に浮かんでいる。

塙は、スイッチを捻(ひね)った。

揺らぐ黄色い明かりの中に、部屋の様子が露(あらわ)になる。

堆(うずたか)く積み上げられた在庫の山。僅かに覗く畳の上に、店屋物の丼がふたつ置かれている。

塙は腰を下ろすと、丼を手に取った。

もうすぐ梅雨だ。締め切った部屋の空気は澱み、湿気もある。

蓋を開けると、内側についていた水滴が冷え切った親子丼の上に滴り落ちた。

塙は割り箸を手にすると、飯を掻き込みはじめた。

やがて、信二が現れる。

「先に貰うてるで――」

信二は小さく頷きながら隣に座ると、ほっと溜息を漏らした。

「すまんのう……」

塙はいった。

「何が？」

「こない冷えてかちびった飯ばっかり、食わしてもうて――」

信二を、この事業に巻き込んだのは塙である。

事業を拡張するためには、帳面に明るい人間が必要だったこともあった。商売が大きくなるという確信もあった。しかし、商品運びの力仕事が終われば帳簿つけ。銀行にいれば、遥かに楽ができたであろうし、毎日温かい飯を口にできただろう。まして、信二も三十歳。所帯を持ち、子供のひとりやふたりいてもおかしくない年齢だ。

口にこそしないが、信二は後悔しているのではないか。

信二をとんでもない道に引き摺り込んでしまったのではないか。

ふと、そんな思いに捕らわれる。

「何や急に。わし、全然気にしとらへんで」

信二は口を動かしながら、きょとんとした表情を浮かべると、「これしきのことで文句いうとったら罰が当たんがな」

一転して真顔でいった。

「罰？　罰ってなんや」

「わしが大学行けたんも、兄さんが毎日、朝早うから夜遅うまで、闇市で苦労して金稼いでくれたからやないか。あの時代から、兄さんは温かい晩飯なんて、よう食わへんかったやろ。それに、旭が生まれたばっかりやのに、まだ、たった一回しか会うてへん。本当は、毎日でも顔を見たいに違いないんやろに――」

八重子が無事、男児を出産したのは先月のことだ。

吉報が入ったのが、正午を過ぎた頃。これから店が最も繁盛する時間である。三宮の産院に駆けつけたのは、当日の夜遅くになった。

産着に包まれた赤子を、嬉しそうに見詰める八重子に労いと感謝の言葉をかけ、我が子を抱いた。頼りなく、そして柔らかく、うっすらと目を閉じながら、口をしきりに動かす。

その夜は、まどろみもせず、大事を果たした八重子と赤子の顔を見詰めながら一夜を過ごした。

生まれて来る子供が男児なら、旭と名づけることは決めていた。

誠実屋を日本一のスーパーにするのは自分の務めだが、旭日昇天(きょくじつしょうてん)の勢いでさらに発展させ、日本を背負って立つ男になって欲しい、という願いを込めたのだ。

あれからひと月。三宮には一度も帰っていない。

もちろん成長ぶりは、毎晩の電話で聞いている。

笑った。泣いた。風呂に入れた――。

八重子は子細に話してくれはするのだが、全ては想像の世界の中である。

旭を我が手に抱いて湯に浸(つか)り、八重子と川の字になって眠れたらどんなにいいか。どれほど幸せかと思う。在庫の山の間で床に就く度に、旭の顔が脳裏に浮かぶ。だが、それも誕生直後のままである。

それが切ない。

八重子は旭が健やかに育っていることしか話さぬ。もしや、熱でも出しているのでは。心配をかけぬように、隠しているのではあるまいか。それが気がかりでならない。

しかし、いまは仕事に専念すべきだと思った。旭を、八重子を、幸せにしなければならない。そのためには、何が何でも一号店を成功させ、二号店、三号店と規模を拡大していき、会社としての体(てい)を、いち早く整えることだ。

塙は決意を胸に押し込めるように、飯を掻き込んだ。

「それにしてもや。こないな安売り合戦、いつまで続くんやろ」

信二が箸を止めた。「どこまで値が安うなるか、客は面白がっているしな。薄利多売いうても、ただでさえ薄い利益が、ますます薄くなってしもうとるんや。このままやと、うちとこの利益は、問屋の割り戻しが頼りいうことになってまうで」

「そう長くは続かへんって」

塙はすぐに返した。「仕入れ原価で売ったたって、うちにはまだ、割り戻しが入る。小売店にはそれがないんや。第一、仕入れ値やって、うちに敵うはずがないねん。そのうち向こうが音を上げるに決まってるがな」

「そうなればなったで、また厄介なことが起きんのとちゃうか。店がいよいよもたんいうことになったら、あいつら、ほんまに実力行使に出てくるんとちゃうやろか」

「心配するようなことにはならへんやろ」

塙は、薄く笑った。「このひと月で、うちの店に対する商店街の考え方も、だいぶ変わったように思うんや。気づかへんか。山長の親父、最近やたら愛想ええやろ」

山長とは、店屋物を頼んでいる蕎麦屋のことだ。

開店当初は、出前こそ届けてはくるが、対応は無愛想極まりなく、意識的に遅らせているとしか思えないほど時間もかかった。ところが、いつの間にか注文をするとすぐに届く。愛想もいえば、代金もツケでいいといいだす始末だ。

「そら、毎日出前を頼んでんのや。上得意は、誰でも大事にするがな」

「それもあるやろが、本当のところは、わしらの店ができたお陰で、商店街の人出は格段に増した。それで客が増えたことに喜んでんのやで。山長だけやない。このところ、昼時になると食い物屋はどこも客でいっぱいやろ」

「そういえば、そうやな」

信二は、口を動かしながら頷いた。

「商店街の連中も、一枚岩やないで。権藤のような商品がかぶる連中には、うちとこの店は脅威かもしれんが、感謝しとる人間もようけいるっちゅうことや。抗議運動なんぞしようもんなら、商店街はふたつに割れる。まして、実力行使に出ようもんなら警察沙汰になりかねん。己の人生を台無しにしてまで、無謀な行為に出る阿呆がおるかいな」

希望的観測に過ぎぬかもしれないが、少なくとも、権藤をはじめとする強硬派が、実力行使に出ることなく、価格競争という正攻法で対抗しているのは、商店街の足並みが揃っていないことの表れとしか思えない。

改めて丼に箸を伸ばしたところで、階下の裏口を叩く音が聞こえた。

「誰やろ。こんな時間に——」

信二が腰を浮かした。

「わしが出るわ。お前は、早いとこ飯を平らげて、風呂の支度をしてくれ」

塙は残った飯を一気に搔き込み、裏口に立つと問い掛けた。

「どなたです？」

「川端です——」

塙は螺子鍵を外し、引き戸を開けた。

「すんません、夜遅うに――」

帰宅途中なのか、背広姿の川端が頭を下げた。

「ちょうど飯が終わったとこや。ささ、入り」

中に誘ったはいいが、座る場所がない。

戸惑った様子を見て取ったのか、

「ここで十分ですわ。お伝えしたいことがあっただけですよってに――」

川端は、いつになく硬い表情を浮かべながら後ろ手に戸を閉めると、

「社長。前にわたしを誠実屋に誘ってくれはりましたが、いまでもその気持ちに変わりありませんやろか」

向き合った塙に、訊ねてきた。

「もちろんや」

夜遅くに訪ねてきて、そう切り出すからには決心を固めたに違いない。

「わたし、やります」

果たして、川端は明確な口調で告げてきた。「社長と一緒に誠実屋を日本一のスーパーにしたい思います。お世話になります。雇うて下さい」

「そうかぁ。決心してくれはったか――」

顔が笑みで満たされる。何やら、目の前が急に明るくなった気がする。

しかし、彼にも家族がいる。まして、前途が約束された職場を捨てて、起業したばか

りの誠実屋に賭けようというのだ。身内の信二でさえも巻き込んでしまったことに、後悔にも似た念を覚えているというのに、果たしてこの先、彼の期待にこたえられるだけの展開を迎えられるだろうかと思うと、不安を覚えないではない。

もっとも、川端は、開店日以来、三日にあげず店を訪ねてきた。売上が徐々に頭を打ち、十万円前後で推移していることは彼も承知のはずである。覚悟の上での決断には違いあるまいが、店の現状は改めて念を押しておかねばなるまい。

「おおきに、川端はん。ほんま、嬉しいわ」

塙は頭を下げると、切り出した。「そやけど、誘っておいてこないなことをいうのも何やけど、店の売上が思うたほど伸びへんねん。このままやと、この店を維持するのが精いっぱいや。威勢のええ言葉を吐いてもうたけど、事は一生の大事や。ほんまにあんたに来てもろうても、ええんのんやろか」

「日商十万は立派なもんですわ」

川端が覚悟は些(いささ)かも揺るがないとばかりにいう。

「問題は利益や。なんぼ、売上があっても——」

「そやったら、利益が上がるように工夫しはったらよろしいやないですか」

川端は塙の言葉が終わらぬうちに、あっさりと返してきた。

「どないして」

「規模を拡大するんですわ」

「拡大するいうて、どうにもこうにもならんがな。店舗はこれ以上、大きゅうできへんで」

「二号店を出しましょう」

「二号店って……どこに？」

　考えもしなかった進言に、塙は問い返した。

「この近くがええと思います」

　川端は不敵な笑みを浮かべた。「価格競争のお陰で、店の利益はかつかつ、割り戻しで凌ぐ構造になっていることは、このふた月の商売を見てれば分かります。そやけど、社長気づいてはりますか？　安売り合戦がはじまったお陰で、この商店街の商圏は、以前とは比較にならんほどに広がってるんです」

「そら、気がついてるがな。競合店の連中も青息吐息やろうが、客はどっちが安うなるか、うちの店と商店街を行ったり来たり。とりあえず、小売店にも客は入っとる。そやし、権藤もあれ以来文句をいうてきいへんのや」

「定期買うて、通って来る客もおるんでっせ」

「ほんまか」

「安売りは客を呼ぶ。それは間違いないんです。そやったら、どこまで仕入れを安うするか。それも限界があるいうなら、量で稼ぐしかないですやん」

「そら、理屈や。そやけどな、こないな状態で店を出すいうても、元手はどないすんねん。正直、この店を出すのに、手持ちの金は全部使うてもうて、そんな余裕はあらへんねん。二号店出すなら、この店で稼いだ金を回すしかないねんで」

そんなことができるなら、とっくの昔にやっている。

川端が何を考えているか皆目見当がつかない。

「金なんか、借りたらよろしいですやん」

「借りる？　どっから？」

「そら、決まっとりますがな。銀行ですわ」

川端は当然のようにいう。

「阿呆ぬかせ」

塙は、思わずきつい口調で撥ねつけた。「うちとこの店が、物を安う仕入れられるんは、現金商売やからやで。そやし、問屋も法外な安値で商品を納入してんのや。銀行から金引っ張ったら、元本に金利、ただでさえも、利益率が薄いいうのに、借金なんかしてもうたら――」

「誠実屋と問屋の力関係なんて、このふた月で逆転してるんと違います？」

考えもしなかった言葉に、塙は詰まった。

川端は続けた。

「社長とこは、毎日大量の商品を買うてんのです。問屋かて実績は百も承知。こんなええ客は、絶対に離しとうない、そう考えているはずですわ。まして、向こうはどこまで仕入れ値を下げられるか、手の内を晒してしもうとんのです。ここで、月末締めの一括払いに変えてくれと条件を変更しても、嫌やとはいわへんでしょう。むしろ、それで商いの量が増えるなら、喜んで条件の変更に応じまっせ」

驚いた。

薄利多売が成り立つのも、現金による大量仕入れであればこそ。現金ほど強いものはない。

それが、闇屋時代からいまに至るまでの商売の中で見いだした結論だ。いや、塙の商売の哲学といってもいい。川端の言葉は、それを真っ向から否定する以外の何物でもない。

「同じ物を買うにしても、買わしてもらうんと、買うてやるんでは大違いでっせ」

川端はいう。「レジの商売かて同じです。買うてやるいわれたところで、相手の懐具合も分からへん、商いがどないになるかの見極めもつかんでは、現金と引き換えやないと恐ろしゅうてよう売らしません。そやけど、支払いはきっちりしとる、商いも順調となれば、そら分割でも何でも構しません。今度は頭を下げて、値引きしまっさかい、買うて下さいいうようになるんです。わたしら、レジメーカーのセールスなんて、新規客の開拓もしますが、本当のとこ、大口客の商いの動向を見ながら、どんだけ販売台数を伸ばすか。そのためにはどんだけ値引くか。その交渉に追われているんです」

「わしらの商売にも、その理屈が当て嵌まるいうんか」

「商売で最も大切で、得るのが難しいのは信用でっせ」

川端は、きっぱりといった。「きっちり金が入ると分かれば、ツケでも何でもよろし、どんどん稼いで下さい、商いを大きゅうして下さい、うちとこをもっと儲けさして下さいいうようになるもんです。それは、レジメーカーだけやあらしません。問屋、いやどんな商売でも同じですわ」

なるほど、いわれてみればだ。

開店当初の売上からすれば見劣りはするが、日商十万円は、誠実屋に納品をしている問屋からしてみても、すでに最大手の取引先になっているはずだ。店の繁盛ぶりも把握しているだろう。支払い条件を月一度にと変更を申し入れたとしても、嫌とはいうまい。まして、二号店を開店すれば、取引量は激増するのだ。問屋にしても、メーカーからの仕入れ量が増せば、さらにいい条件を引き出せる。断るはずがない。

目から鱗とはこのことだ。

塙は改めて川端の能力に感嘆すると同時に、闇屋時代からの商法が絶対的なものだと信じ込んでいた己の不明を恥じた。

「信用さえあれば、元手はいらへん。借金しても、返さなならん金を上回る利益が上げられるよう、規模で稼げばええちゅうことか」

塙は唸った。

「それがなかなか得られんから、商売人はみんな苦労しはんのです。逆にいえば、信用を勝ち取った者は、商売が格段にしやすうなるんです。黙っていても、金を使うて下さい。代金は後でよろし、値引きもしますと、条件はどんどんようなる――」

川端は、塙の目をしっかと見据えると、「社長とこの雪玉はもうできとんのです。後は玉を転がして、でかい達磨に仕上げるだけです。わたし、その手伝いをしたいんです。社長と一緒に玉を転がしたいんです」

塙に向かってにじり寄った。

「おおきに……。おおきに、川端はん――」

願ってもない人材を得られたという喜びが込み上げてくる。何よりも、まだ一号店を出したばかりだというのに、誠実屋の将来にこれからの人生を賭けようという川端の心意気が嬉しかった。

塙は視界がぼやけるのを感じながら川端の手を取ると、両手に力を込めて握り締めた。

「もう、はんづけは止めましょう。いまこの時から、わたしは社長の部下です。呼び捨てにして下さい」

口元に白い歯を覗かせ、笑みを浮かべる川端に向かって、塙は頷きながら、何度も頭を下げた。

第三章

1

それは、まさに奇跡とも呼べる大躍進だった。

融資は意外なほど簡単に受けられた。

銀行員であった信二がツボを押さえていたせいもあったが、誠実屋の繁盛ぶりに、銀行も注目していたのである。

川端が加わった三カ月後、一号店のすぐ傍(そば)に開店した二号店は、誠実屋の売上を驚異的に伸ばした。

販売量が増えれば仕入れ値が下がり、利益が上がる。支払いも月末の一括で済むというのも、川端の読み通りとなった。何よりも、一号店で取り扱う商品を食品中心とし、二号店を日用雑貨中心としたことで、取り扱い品目が格段に増えたことが客を呼んだ。

金は金を呼ぶ——。

誠実屋の繁盛に衰える様子はない。スーパーは、今後ますます伸びると見て取った銀行が、融資に積極的な姿勢を見せはじめたのだ。

銀行は多くの支店を持つがゆえに、地場の民力を誰よりも熟知している。それに川端が前職で培った知見が加われば、新店舗の出店場所を間違うはずがない。

店舗数は月を追うごとに増えて行き、それがまた仕入れ、資金調達と、あらゆる面で誠実屋に有利に働いた。

雪玉は確実に転がり、瞬く間に達磨となったのである。

そして七年――。

昭和三十九年になったいま、誠実屋は大阪を中心に五十を超える一大スーパーチェーンを築き上げるまでに成長していた。

「失礼いたします――」

社長室のドア口に立った川端が頭を下げた。

神戸の三宮に借りた五階建てのビル。その最上階の東南角の部屋である。

窓からは春の陽光が部屋いっぱいに差し込む。すぐ傍には神戸港が、その先には穏やかにうねる大阪湾が広がっている。もっとも、部屋の造作は至って質素なもので、タイル貼りの床に執務席と応接セットが置かれているだけだ。

金を生むのは店舗であって、本社にあらず。華美にしたところで意味がない、という現場最優先の経営方針の表れなら、志はまだ半ば。名実ともに、日本一のスーパーチェーンを築き上げるまでは、気を緩めてはならない。自らを戒める気持ちの表れでもあった。

「急に呼び出してすまんだな。まあ、そこへ座り」

塙はソファーを目で指すと、執務席を離れ歩み寄った。

川端が、長椅子に腰を下ろしたところで、

「昨日回ってきた稟議書な、ハンコ押しといたさかいな。夏までに二店舗、計画通りに開店にこぎ着けたってや」

塙は正面の席に座るなりいった。

「はあ……」

川端は返事をしながらも、怪訝な顔を浮かべる。

当たり前だ。稟議書の件ごときで、専務を呼び出したりはしない。用件はここからだ。

「ところでな、店を出すのはええが、どうもこのところの収益率が気になってな」

塙は切り出した。

「と申しますと？」

川端はますます怪訝の色を濃くする。「既存店の売上は、順調に推移してます。多少増減はありますが、それも季節による変動要因で説明がつきます。全体の売上は店舗数が増加するに従って、確実に増してますし、どの店舗も前年以上の実績を上げてますが？」

「そこや」

塙はいった。「確かに総売上は伸びとる。そやけどな、ここまで、店舗が増えてまうと、もう問屋も仕切り値を下げるのは限界や。いまの売値を維持する限り、利益率は上がらへん。良くいえば、水平飛行の安定状態。悪ういえば頭打ち。なんぞ、この辺で利益率を上げる手を打っとかな、後発もどんどん出てきとる。いずれ、競合店との間で、価格競争になってまうんやないか思うてな」

「確かに、この業界も陣取り合戦の様相を呈してきてますからね」

川端は一転して表情を曇らせた。「大阪近郊では、目ぼしい場所は、うちを含めてスーパーが出店してもうてますし、どこの店頭価格も大差ありません。あとは、品質を上げるか、店舗規模を拡大してスケール感を出すか、あるいは出店地域を広げていくかしか方法はない、いうことになりますか――」

「そん中で、現実的なのは、出店地域をさらに広げることやが、うちでなければいう目玉があらなんだら、やっぱり競合店との価格競争になってまう。まして敵は同業者。家族経営の小売店とは違うんや。消耗戦に持ち込むいうのは、賢い選択とは思えへんのや」

「それに、店舗を増やそうにも、出店計画を嗅ぎつけた途端に、地元商店街が猛烈な反対運動を起こすのが常になってもうてますしね。スーパー向けに、百貨店法のようなもんが制定されても、おかしゅうない風向きになってきとることは確かです。店舗を増やすいうのも、いつまでできるか――」

スーパーの進出が、商店街の様相を一変させる――。

それは、一号店創業の地となった商店街の様変わりぶりを見ても明らかだ。

店舗の数こそ減ってはいないものの、誠実屋と重なる商品を販売していた店は、結局のところ価格競争に敗れ廃業を余儀なくされた。それでも、彼らにとって唯一の救いであったのは、誠実屋の繁盛が、商店街の商圏を拡大したことである。

人が集まるところには、商機が生まれる。

飲食店、洋品店、宝石店、時計店、漢方薬局と、誠実屋のお陰で、ますます繁盛するようになった業態もあったのだ。それゆえに、業態替えをし、あるいは店舗を貸しに出しても、店子を探すのに苦労はせず、代々家業としてきた店を、次の代に継がせることは断念せざるを得なくとも、とりあえず当代は食うに困らぬだけの収入を得ることができたのだ。

しかし、それが全ての出店地に当て嵌まるとは限らない。いや、むしろ代々続いてきた家業が廃業に追い込まれる。当事者にとっては、それだけでも十分な脅威なのだ。まして、出店先の商店街が新しい形に生まれ変わり、繁盛することになっても、点在していた消費者を一点に吸い寄せただけに過ぎない。

スーパーが進出してくれば、街の様相が一変する。周辺の商店街は壊滅的打撃を受ける――。

かくして、出店地の小売店による反対運動は、先鋭化するばかりだ。

「例の話が何とかなればなあ」

塙はいった。

「いまのとこは……。うちの規模が、何倍にもならんと、メーカーもよう首を縦には振りませんわ」

川端は軽く溜息（ためいき）をつく。

例の件とは、メーカーからの直納製品の開発のことだ。

もはや問屋の値引きも限界にきている。価格競争に勝利するためには、仕入れの構造そのものを変えなければならない。となれば、方法はひとつ。流通から問屋を排除し、メーカーと直取引を行うことだ。

もちろん、そんなことをしようものなら、問屋にとっては死活問題。反発するのは目に見えている。メーカーにしたところで、小売店では定価で売れる商品が、格段の安値で売られるようになれば、自ら値崩れを誘発するようなものだ。そこで、既存製品の商品名を変え、誠実屋独自の名前を冠し、自社の店舗でのみ販売したらどうかと考えたのだが、問題は販売量である。

五十を超える店舗を展開していても、全国津々浦々に流通しているメーカーの製造量から比べれば、微々たるもの。既存流通の維持という観点に加え、一社のために新たな工程を持たなければならないとなれば、手間もかかる。当然製造コストはアップし、納品価格も正規品より高くなる。いまの誠実屋の規模では、所詮、絵に描いた餅に過ぎない。

「そやけどな、うちならではっちゅう商品をものにせんと、ほんま、このままやとただのスーパーになってまうで」

塙は腕組みをしながら呻いた。「大阪を制したら関西。関西から中部、そして東京。誠実屋を日本一のスーパーにするためには、ここで足を止めたらあかんねん。他では真似できへん目玉をものにせんことには、勢いも止まってまうで」

さすがの川端も、視線を落として押し黙る。

店舗が増えるに従って、従業員の数も増え、大卒の新入社員も採用するようになった。仕事は分業化され、組織としての形態も整ってきた。新たな店舗を開店する度に、商売の仕方、店舗形態も改善が重ねられた。いまでは、新規開店のためだけの専門の部署まであるほどだ。

しかし、問題は入社してくる人間の資質であり能力だ。

与えられた仕事を淡々とこなしはするが、それ以上のことはまずやらぬ。ノウハウが蓄積されればされるほど、悪しき前例主義に陥ってしまう。気がつけば、図体は大きくなってもただの月給取りの集まり。もはや、会社という柵の中で、草を食む家畜の群れである。

大卒とはいえ、端から勤め人を目指す人間に、野心を抱く者はそういない。会社が大きくなるというのはそういうことであるのかもしれない。

だが、闇屋、誠心薬局と隆盛を極めた商売であっても、環境の変化ひとつでいとも簡単に廃れてしまう恐ろしさを身を以て体験した身には、この危機感のなさが我慢ならない。

「ひとつだけ、考えていたことがあります――」

沈黙を破ったのは、川端だった。

「なんや。いうてみい」

塙は先を促した。

「突拍子もない話かもしれませんが……」

川端は前置きすると、「肉ですわ」

短くいった。

「肉？」

「日本人の食生活も、この十年の間に大分変化してます。所得も格段に上がりました。そやけど肉、特に牛肉は飛び切りのご馳走です。これを安く仕入れられれば、うちの目玉になる。そう考えているんです」

「考えてるんなら、やってみたらええやないか。実際に動いてみんことには、何がどうなるか、何が問題なのか分からへんがな。問題が見えれば、それをどないしたら解決でるんです」

「それが、ちょっと調べただけでも、到底解決できへん問題が幾つもあるんで往生してきるか。そこに知恵を絞ればええのや」

川端は重い口調で続けた。「売価を下げることはそれほど難しゅうないと思うんです。肉は人寄せの餌。社長が一号店開店の時に、映画の切符をつけたように、肉で利益を出さなんでも、その分他の商品が格段に売れれば商売としてはプラスです」

「ええ話やないか。そらいけるで」

筋の善し悪しは、直感で分かる。

塙は身を乗り出した。

「問題は継続性ですわ」

川端は冷静な声でいう。「確実に一定量を毎日買うてやるいえば、卸業者もばんばん仕入れますやろ。値段も相応に下がるでしょう。そやけど、近辺の肉屋が黙っているわけがあらしません。卸業者に、猛烈な抗議をするのは目に見えてます」

「そいつらが、取引を断るいうんか。そやったら、うちがその分の肉を、全部纏めて買うたればええやないか」

「狭い業界でっせ。結束も固い。一度や二度ならいざしらず、恒常的にとなると、とてももとても――」

川端は語尾を濁すと、続けた。「それに、一度破格の値段で肉を店頭に並べれば、客はそれを基準の値段と見るでしょう。元に戻せば、なんや、いうことになります。つまり、安定的に肉が入る目処が立たん限り、特売品としては通用しても、固定客を摑む決定打にはならへん思うんです」

「そやったら、卸を使わなんだらええんちゃうか。牛一頭買うてまうんや。確か、なんぼかの手数料を支払えば、処理場で肉にして貰えるんと違うたか？」

捨てるには、惜しいアイデアだ。

塙はすかさず迫った。

「それも考えました――」

川端は軽く溜息を吐く。「歩留まりが悪いんですわ。生きた牛の値段は、目方で決まるんです。頭、皮、骨、内臓、脂肪、店では商品にならんもんがぎょうさん出るんです。肉屋で売られている牛肉の値段が高いいうてもまだこの程度で済んどんのは、それを引き取ってくれる流通があるからです。その流通からそっぽ向かれたら、なんぼ一頭まるまる買うても、いまのウチの売価より高うなってしまうんです」

川端のことだ。肉の流通を調べ、採算性の有無を吟味した上で出した結論に間違いはないだろう。

しかし、誠実屋がここまでの規模に成長したのは、世間が当たり前としていた店舗形態を、価格を、根底から覆したことにある。そこから分かることはただ一つ。世間の常識を覆すことに、事業が成長する鍵があるということだ。

スーパーの出現によって、店舗形態は大きく変わった。消費者の買い物の仕方も変わった。だが、考えてみれば、スーパーが変えたのは、流通の末端部分でしかない。中間部分については、何ひとつ変わってはいないのだ。だとすれば、その部分にこそ、誠実屋がさらなる飛躍を遂げるチャンスがある——。

「一頭買いをしても、売り物にならんところがぎょうさん出てまうか……」

塙は考えを整理するように呟いた。

ふと、脳裏に先ほど首尾を訊ねた、メーカーからの直納品のことが浮かんだ。

「それやったら、牛を安う仕入れる工夫をしたらどないや」

「えっ？」

塙の言葉に、川端が軽く目を見開いた。「どないして……。そんなこと、できへん——」

「川端」

塙はみなまで聞かずに、名を呼んだ。「日本中の牛の値段を調べるんや。どこへいっても牛は牛や。そやけど、牛一頭の値段は、どこへ行っても同じいうわけやないんとちゃうか。値段ちゅうもんは、需要と供給で変わる。関西では肉いうたら牛やが、豚いうところもあるやろ。この近辺よりも、半値で買えるとこがあれば、歩留まりが悪うなっても、安値で売れる。卸の取り分を払わんで済むようになったら、運賃かけても十分商売になる値段にまで下がる。そないなるやろ」

川端は、一瞬こたえに詰まったが、

「分かりました……。早々に調べてみます――」

　静かに頷いた。

「肉なあ。ほんま、あんたはええところに目をつけるわ。安定して安い肉が売れるようになったら、そら客はわんさか押しかけてくるで。それこそ、肉の儲けがとんとんでも、他の商品で十分利益が上がる。他の店には、真似できへん仕組みができあがんで」

　顔が弛緩していく。久方ぶりに覚える興奮が、胸に込み上げてくる。

「では、わたしはこれで」

　川端が席を立った、その時だった。

　執務机の上に置かれた電話が鳴った。

　部屋を出て行く川端を目で追いながら、塙は受話器を持ち上げた。

「塙です――」

　こたえた塙の耳に、

「太吉っつあんか」

　覚えのある声が聞こえた。

　懐かしい声だ。忘れもしない。

　深町だ。

2

その日、大阪は夕刻から雨になった。

飲食店が軒を連ねる道頓堀は、それでも行き交う人波が途切れることはない。

日本中に活力が漲っていた。半年後には、東京でオリンピックが開催される。

東京では首都高速道路の建設が進み、これまでの建築物とは一線を画す、未来的な外観の競技施設も完成した。かつて、庶民の憧れだったテレビですら一般家庭に普及しはじめ、もはや戦争の影は確実に日本から姿を消しつつある。

ネオン、提灯、看板が放つ光が、濡れた路面に反射している。

塙は差していた傘を閉じると、一軒の店に入った。

時刻は七時半。はりはり鍋を出す店は、すでに客で埋まっている。

「いらっしゃいませ」

女将か、恰幅のいい中年女性が歩み寄ってくる。

「深町はんいう人と待ち合わせをしとるんやが」

「へえ。いらしてます。どうぞこちらへ」

女将は先に立って、塙を店の奥へと誘う。

胸の高まりを覚えた。

深町とは、三宮で別れて以来だから八年になる。スーパーの経営に忙殺されていたせいもある。それに、便りがないのは無事な証とも言う。実際、あれ以来、お互いの無事を知るのも報せるのも、年賀状だけ。随分前に、バナナの輸入を生業としていると記してきたことがあったが、所帯は持ったのか、子供はいるのか、会社の経営は順調なのか、それ以外のことは何ひとつ知りはしないのだ。

懐かしさと、彼のいまへの興味。話したいこと、訊きたいことは山ほどある。

大きな暖簾で仕切られた奥は、個室になっていた。

「お連れさんが来はりました」

女将が障子を引き開ける。満面の笑みを浮かべる深町の姿があった。

「よう……」

「おう……」

片手を上げてこたえたものの、後が続かない。

それでも、目元が緩む。

塙は靴を脱ぎ、座敷に上がると、深町の正面の席に腰を下ろし、改めて彼の顔を見た。

ポマードで七三に整えた頭髪。体型も変わってはいない。歳月を経ても、年を重ねたという感じがしない。肌艶もいい。外見は、あの時と何ら変わったところはない。しかし、醸し出す雰囲気が明らかに違う。

糊が利き、肩口から袖にかけてぴっしりとプレスの線がついたワイシャツ。輸入品と思しき派手な柄のネクタイ。洗練された身なりのせいかとも思ったが、それだけではない。経済力に裏打ちされた心のゆとりが、体から滲み出しているのだ。

「なんや、全然変わってへんな。フカシンはやっぱフカシンや」

塙は目を細めた。

「莫迦は年取らねえっていうからな」

深町は苦笑を浮かべる。

「そうやない。どこへ行っても、何をやっても、立派に成功する。事業がうまいこと行ってんのやな。体から滲み出てんで」

「それをいうなら、太吉っつあんも同じだ。小商人じゃねえ。立派な実業家。会社経営者の匂いがぷんぷんするぜ」

深町はそういうと、「まず一杯……」。ビール瓶を持ち上げた。

グラスが満たされる。ふたりは乾杯を交わした。

「こうして、フカシンと酒を酌み交わしてると、あの頃がほんま懐かしゅうなってくんで」

塙はひと息にビールを呑み干すといった。「闇屋、誠心薬局——いまにして思えば、随分無茶をやったもんやが、おもろかったわぁ」

「すげえ時代だったな。金を勘定する暇もねえ。木箱から溢れる札を足で踏みつけて、目方で計るんだ。考えられねえよ。あれも戦後のどさくさがあればこそだ。日本もどんどん近代化していく。人の暮らしも変わった。社会の仕組みもな。もうあんな時代なんか二度と訪れねえさ」

深町は空いたグラスにビールを注ぎ入れると、「変わったのは、太吉っつあん、あんたもだろ。所帯を持って、子供も生まれた。悪かったな祝儀ひとつ出さずに――」

軽く頭を下げた。

「詫びならんのは、わしの方やで。苦楽を共にした仲や。いまの商売がここまでになったんも、あんたが一緒にやってくれたからこそや。祝言には出て貰おうか思うたんやけど、なんせあん時は浪人中やったもんでな。身内だけの小さな式にしてもうてん。堪忍な」

「子供は？」

「ふたり。どっちも男や。上は七歳。下は四つや」

旭が誕生した三年後、八重子は次男の大樹を産んだ。

大樹と名づけたのは、旭が旭日昇天の勢いで人生を歩むなら、しっかりと地面に根を張る大樹とならんという願いを込めてのことだ。そして、誠実屋が日本一のスーパーに成長した暁には、自分の跡を継ぎ、兄弟ふたりで手を取り合ってさらに事業を拡大して欲しいという思いを込めた。

大樹の誕生と共に、新たに三宮に家を建てた。洗濯機、冷蔵庫も新調した。テレビも買った。八重子は子育てに専念させた。彼女は家を良く守り、お陰で旭を、私立の小学校に入れることができた。

深町と歩んでいたあの時代に、誰がいまある姿を想像できただろう。

八年の歳月が、自分を取り巻く環境を激変させていることに、塙はいまさらながらに気がつくと、深町のその後が聞きたくなった。

「で、フカシン、あんたはどないや。まだひとり者いうわけやないんやろ」

塙は訊ねた。

「遊び癖が抜けなくてな」

深町は、呵々と笑った。「夜の巷で散財してりゃ、金の匂いを嗅ぎつけて、寄ってくる女はなんぼでもいる。取っ換えひっかえ、そんなことやってりゃあ、所帯を持つ気になんかなれねえよ。もっとも後腐れがなくていいがな——」

「そやけど、会社も順調なんやろ？　城をなんぼでかくしても、跡を継ぐ者がおらなんだら、誰かに譲らななならんようになってまうやないか。己の人生は自分一代いう考えも、そらありかもしれんけど、なんや空しゅうないか」

「家族なんか持ちゃあ、心配事が増えるだけだ。まして、商売の環境はこれからもどんどん変わる。旨い汁を吸ってるやつを見りゃ、必ずそのおこぼれに与ろう、あわよくば奪い取ろうってやつが湧いて出る。守ろうとする者、奪おうとする者。どちらに分があるかっていやあ、奪おうとする者に決まってるからな」

ふたりで行った誠心薬局の安売り、ひいてはいまの誠実屋の商売がまさにそれである。

塙は常に奪おうとする者の立場で事業を展開してきたのだが、深町は守ろうとする者の立場になることを、忠告しているつもりなのだろうか。それとも、彼の事業がそうした展開を迎えつつあるとでもいうのか。

そういえば、「久しぶりに会わないか――」。電話口ではそういっただけで、深町は大阪に来た目的も話さなければ、用件があるともいわなかった。もちろん、苦楽を共にした仲間との久方ぶりの再会である。理由など必要ない。だからこうして、出かけてきたわけだが、妙に深町の言葉がひっかかる。

「スーパーも、このところ競争が激しゅうなっとってな。後発がどんどん出てきて、さながら陣取り合戦や。規模に頼って仕入れ値を下げようにも、問屋かて損をしてまで物は売らん。消費者も賢うなっとるしな。どこにも真似できへん目玉商品を物にせんとならん思うて知恵を絞っとんのやが、なかなか難しゅうてな。頭を痛めとんねん」

もし、深町が問題に直面しているのなら、こちらの悩みを打ち明ければ、話すに違いない。

塙は誘いをかけた。

「冗談いうなよ」

深町は、鼻で笑うとグラスを傾けた。「誠実屋の繁盛ぶりは東京にも聞こえてるぜ。東京でもスーパーは凄(すご)い勢いで増えちゃいるが、誠実屋ほどの勢いで規模を拡大しているところはねえ。余勢を駆って、東京に進出してくんじゃねえかって、みんな戦々恐々としてるっていうぜ」

「確かに規模は大きゅうなった。そやけど、野心のない月給取りが増えてもしょうがないねん」

塙は溜息をついた。「スーパーは、所詮誰かが作ったものを売る小売業や。家電メーカーなら、製品を開発する技術者がいる。技術者っちゅうもんは、人に指図されんでも、常に新しい製品を開発する使命感をもって仕事をするもんや。ところが、ウチとこの社員にはそれがないねん。どの商品が売れるか、なんぼ安う仕入れるか。帳面見ながら、商品を右から左に捌いているだけや。もちろん、取り扱い品目を増やすいう手はあるで。そやけど、購入頻度が少ない商品を並べりゃ、回転率が悪うなる。資金繰りに影響する。そやし、いま扱うてる商品の中で、客が安うなればなあ思うてる商品をどんだけ安うできるかを考えとんねん」

「バナナはどうだ。何なら、ウチが直売してやろうか」

「バナナなあ……。バナナはあかんで」

塙はこの間に運ばれてきた、鯨の刺身に箸を伸ばした。「そらバナナは高級品や。輸入元から直に仕入れられるんなら、値段も下がるやろが、仮に半値になってもまだ高い。病気になった時の特別食いう位置づけは変わらへんで」

バナナは一本、中華そば一杯分に相当する価格が相場だ。需要は限られているが、食品、日用品は何でも揃うのがスーパーだと謳っている以上、誠実屋も店頭に並べてはいるものの、いかんせん量が捌けない。まして、日もちがしないときているから、大量に仕入れても損が大きくなるばかりなのは目に見えている。

深町の表情が少し強ばった気がした。

ひょっとすると、バナナの商談に――。

それが深町の目的であったのか。だとしたら、悪いことをした。

塙は、鯨の肉を口に入れると、

「肉がどないかならんかと考えてんねん」

取り繕うように話題を転じた。

「肉？」

「牛肉や」

咀嚼するごとに、鯨肉の旨味が口の中に広がっていくのを感じながら、塙は川端と交わした会話の内容を一気に話して聞かせ、「一頭が相場の半値で仕入れられれば、豚肉の店頭価格近くまで下げられる。客寄せと割り切って、店の利益分を削れば、どこよりも安うなる。これが可能になれば、最高の売りになることは間違いない。事業拡大の起爆剤になる思うてんのやけどな」

と結んだ。

「牛か――」

深町は、何事かを考えるように視線を落とし、黙ってグラスを傾けた。

「もっとも、半値で売ってくれるいう先があっても、問題は継続性や。そないな先が、簡単に見つかるわけやなし……」

川端には、日本中の牛の値段を調べろと命じたものの、いざ自分で否定的見解を口にすると、とても実現可能なアイデアとは思えなくなる。

てっきり深町からも同じ見解が返ってくるものと思った。

ところが、深町は焦点の定まらぬ目をしながら、じっと部屋の片隅を見詰めて口を閉ざす。

暫し（しば）の沈黙があった。

やがて、深町の視線が上がる。その目が、塙を見据えたと思った瞬間、深町の口元に笑みが浮かんだ。

「太吉っつあん。ひょっとすると、それいけるかもしれないぜ」

「えっ？　フカシン、あんた何ぞ心当たりがあるんか」

「日本中どこを探しても、牛肉を安値で安定供給できる先なんか、見つかりゃしねえさ」

深町は、きっぱりと断じた。

しかし、いけるというからには、他に手があるはずだ。

塙は、黙って次の言葉を待った。

「だったら、自分で牛を飼えばいいじゃねえか」

仰天した。

ちょっと考えただけでも、牧場がいる、施設がいる、飼料がいる、人手もいる。途方もない資金が必要なら、多額の固定費も継続的に発生する。第一、肉牛を育てるには、子牛が必要だ。それも、安定的に確保しなければならないとなれば、大変な数になる。牛の肥育農家の数は限られているし、規模もさほど大きくない。何より肝心の子牛が手に入らないのでは話にならない。

やっぱり無理や。川端には、酷な仕事をいいつけてもうた――。

「フカシン、あんた、本気でいうてんのんか」

訊ねる声が裏返る。

ところが、深町は平然とこたえる。

「冗談で、こんなことといえるか」

目に小さな光が宿った。

どこかで見た目だ。そう、仰天するようなアイデアを思いついた時、深町は必ずこうした光を目に宿す。

背筋から脳天に向けて、仄かに熱を放ちながら、血が逆流するような感覚を覚え、塙は深町の言葉を待った。

「必要経費は、子牛の買い付け費用、成長した牛の購入代金、それと運搬費用だ。肥育は畜産農家に委託する。もちろん、成長した牛を購入する際には、子牛の買い付け価格はさっ引く。つまり、その差額が肥育農家の取り分だ。それだけで、立派な国産牛が、必要なだけ仕入れられるようになる――」

「どないして……。どっから、子牛を仕入れんねん。どこの畜産農家が肥育を受けてくれんねん」

「それを話す前に、ひとつだけ頼みがある」

深町の顔から笑みが消えた。

「なんや――」

「この話、俺も一枚嚙ませてくれ」

もちろん、拒む理由はない。川端に加えて深町が経営に携わってくれるようになれば、心強いことこの上ない。願ってもない申し出というものだが、知らぬ仲でもあるまいし、わざわざ条件をつけてくるとはいったいどういうことだ。

これまでの付き合いの中で、はじめて見せる反応に、塙は戸惑ったが、そんなことより、先を聞きたい思いが抑え切れない。

「そない水臭いこといわんでもよろし。フカシンが一緒にやってくれるいうなら、願ったり叶ったりや。それより、どないして――」

「子牛をオーストラリアから仕入れんだよ」

深町の顔に再び不敵な笑みが宿る。「人よりも牛の数の方が、はるかに多い国だ。子牛の値段なんざ、知れたもんだ」

「オーストラリアって……。外国から仕入れてどないすんねん。外国産の肉には、高っかい関税がかかってまうやないか。そないなことやってたら採算が合わへんのとちゃうか」

「そりゃあ、食肉を輸入する時の話だ。生きた牛は別だ」

「そやけど、オーストラリア産の牛いうたら、客の購買意欲も――」

「だから、国内で肥育するんだ。成牛になったところで、生きたまま最寄りの処理場に運び込めば、国産牛だ。どうだ、これなら法外な安値で牛肉が販売できんだろ」

深町が自信をもって断言するのだ。確信があってのことには違いなかろうが、外国産の牛が、関税を払うことなく、しかも、国産牛としてまかり通る。そんなうまい話があるものだろうか。

「どないしたら、そんなことができるんん。肥育いうてどこでするん」

塙は問うた。

深町は、満面の笑みを浮かべると、満を持したようにいった。

「沖縄だ――」

3

内地とは明らかに日差しの強さが違う。

体内に熱が伝わるより早く、肌がちりちりと焼かれていく。

那覇空港から市内に向かうタクシーの車窓越しに、南国の海が見える。

島には常に風が吹いている。

碧い海面に立つ白波。無数の煌めき。下面が平坦で高空にまで伸びた雲は、亜熱帯特有のものだ。まさに南国情緒に満ちあふれた光景だが、塙は複雑な思いに捕らわれていた。

大和がついぞ辿り着けなかった島にいる――。

「本当なら、わし、この海で命を落としてたんやな――」

海を見ながら、塙はぽつりと呟いた。

「俺だってそうだ――」

飛行場を出てから沈黙を貫いてきた深町が、はじめて口を開いた。「ここに来る度に、否応なしにあの頃のことを思い出しちまってな。本土じゃ戦争の名残を探すのが難しいが、ここにはまだたくさん残ってるから……」

深町はぷいと視線を逸らすと、陸側の光景に目をやった。

空港から那覇市内に続く幹線道路こそ舗装されているが、一歩外れると赤土が剝き出しになった土の道だ。夥しい集中砲火のせいか、高木はほとんど見当たらない。低木、あるいは密生する雑草の中に、いまだ地肌が顔を覗かせている部分も目につく。家屋もまた、ほとんどが瓦葺きの一軒家で、中には棕櫚葺きの屋根の家さえある。鉄筋の建物はほとんどない。目覚ましい復興を遂げた本土とは対照的に、アメリカの占領下にある沖縄には、戦火の名残が至るところにある。

「沖縄に足を踏み入れるのは、俺にとっちゃ、まだ勇気のいることでな。壕の中で見た光景、聞いた音が、蘇(よみがえ)ってくんだ。砲弾、鉄砲の音が聞こえなくてもな……」

深町は珍しく沈んだ声でいう。

彼の額に汗が滲んでいるのは、暑さのせいばかりではあるまい。

「わしもや。飛行場に着いて以来、大和が撃沈された光景が思い出されてしょうがないねん」

塙は重い声を漏らした。「まして、この光景を見とると、ほんま気の毒になるわ。本土じゃ工場が建ち、ビルが建ち、オリンピック景気で沸いているっちゅうのに、立ち並んでいるのは住宅だけや。工場らしきもんは影も形も見えへん。なんぼアメリカの治政下にあるいうても、偉い違いやで」

「まあ、産業っていっても農業、漁業、畜産業が中心で、元々重工業が盛んじゃなかったからな。第一、本土からは遠く離れた島だ。生産拠点を置こうにも、消費地からあまりにも遠過ぎる。結局、従来から島に根付いている産業が中心になってしまうんだ」

深町は、短く息を吐くと、「それでも、終戦直後の光景を知る者にとっちゃ、まるで違う土地だぜ。あれだけ徹底的に破壊された場所に、人が戻り、家が建ち、街ができるなんて考えられなかったからな。港だって、いつになったら使えるのかってさ」

しみじみとした口調でいった。

「港？」

それが意味するところが俄には思いつかない。

塙は訊ねた。

「終戦当時、那覇港には、アメリカの攻撃でやられた沈船がたくさんあってな。煙突やマストが海面から顔を覗かせて、港を塞いじまってたんだ。回収するにも金がかかるってんで、暫くは放置されたままになっていたらしいんだが、そこに降って湧いたのが朝鮮戦争の金へん需要だ。スクラップ業者が寄ってたかって引き揚げて、あっという間に片がついちまった」

「復興も金の成る木があればこそいうことか」

「そういうこった」

深町は頷く。「俺も終戦を沖縄で迎えた人間だ。島の経済を活性化するには、産業を起こさなきゃと思ってな。バナナを扱うことになってから、沖縄産を本土にと考えて何度か足を運んだんだが、生産量が少なくてさ。まして買い付け価格も台湾産の方が安くつく。それで、断念せざるを得なかったんだが、その点からいっても今回の話は、僅かながらも、島の経済活性化に繋がるんじゃないか。そうも考えているんだ」

「肥育農家だけやないで。砂糖黍にパイナップル。加工した後に残るカスは、飼料に転用できる。今まで捨てていたもんが、なんぼかでも金になるんや。生産農家にとっても、悪い話やないで」

それは塙にとっても、沖縄で牛を肥育するに当たってのメリットのひとつだった。

内地には四季がある。牧草が生い茂る間、牛は放牧しておけばいいとしても、冬が迫れば餌を備蓄しておく必要に迫られる。餌代、人件費、保管施設、その他諸々の経費は、肉の売価に転嫁せざるを得ない。その点沖縄は違う。牧草は一年を通して枯れることがない。まして、パイナップルに砂糖黍のカスが豊富にあるとなれば、同規模の牧場でも、本土に比べてより多くの牛が飼える。結果、肉の値段は更に安くなる——。

やがて、タクシーは那覇の市街地に入った。

車二台が擦れ違える程の幅しかない道路は舗装されてはいるが、表面は乾いた赤土で覆われている。道路に沿って立ち並ぶ電柱の多くは傾いており、その背後に木造家屋が軒を連ねている。そのほとんどは平屋建てで、二階のある家はさほど多くない。建築資材が乏しいせいなのか、いずれの造作も粗末なものだ。歪(ゆが)んだ柱。軒先に掲げられた看板。自動車の姿こそあまりないが、人通りは多い。しかし、人々が纏う服の色は、グレー、茶、あるいは白と単調で、粗末な造りの家並みと相俟(あいま)って、かつて全国各地に存在した闇市の光景を彷彿(ほうふつ)とさせた。

タクシーは速度を落とし、人混みの中を走る。行く手の高台に聳(そび)え立つ白いビルが見えてくる。

宿となるロイヤルホテルだ。

タクシーを降り、ロビーに入ると、

「やあ、深町さん」

一人の男が歩み寄ってきた。

歳の頃は四十代半ばといったところか。背丈はあまり高くない。がっしりとした体躯。太い眉。黒々とした針金のような頭髪。鰓が張った顎。小麦色に焼けた肌。白の半袖の開襟シャツから覗く腕も逞しい。

「何度も遠路はるばる足を運んでいただいて」

男は穏やかな笑みを湛えながら、深町と握手を交わした。

「連れて来ましたよ。こちらが、誠実屋の塙社長です」

深町は塙に向き直ると、「花城さんです」

改めて告げた。

花城富治。沖縄で青海ミートという食肉業を営み、これから先、誠実屋が仕入れることになる肉牛の肥育を管理する役目を担うことになる男だ。

「塙太吉です」

花城は先刻承知とばかりに、塙が差し出した名刺を胸のポケットに仕舞い込みながら、

「先にチェックインしますかね」

と訊ねてきた。

「花城さんを待たせておくわけにはいきません。早々に話に入りましょう」

深町はロビーの一角にある喫茶室を目で示した。

今回の肉牛の肥育に関しては、深町がすでに何度か沖縄を訪ね、あらかたの段取りはつけてある。後は、事業の詳細と条件を確認し、契約書を交わすだけだ。予定は二泊三日。所持品は着替えを詰めたボストンバッグひとつだけ。チェックインを急ぐ必要はない。

喫茶室の椅子に腰を下ろしたところで、

「しかし、深町さんがわたしのところに突然訪ねてきて、この話を持ちかけられた時には仰天しましたよ。オーストラリアから仕入れた牛を、本土に運ぶなんていうんですからね」

花城は、口元に白い歯を覗かせながら、目を細めた。

「いやあ、世の中、何が役に立つか分からないってことの証です。自分には関係ないと、気にも留めなかった話が、こんな商売のきっかけになるんですから。たまたま古巣の会社の人間とナイトクラブで出くわさなかったら、考えもつきませんでしたよ」

深町は、苦笑いを浮かべる。

彼がこの仕組みを思いついたのは、東京のナイトクラブで、かつて勤めていた大手商社の同僚がオーストラリア人を接待する場に、たまたま同席したのがきっかけだった。

曰く(いわ)「日本のステーキは美味(うま)いが、小さい、薄い。何よりも高すぎる。人よりも牛の数が多いオーストラリアから牛肉を輸入すれば、日本人は毎日ステーキをたらふく食えるようになる」

そのオーストラリア人は、そういったのだという。

「確かに、何が役に立つかは分かりませんな」

花城もその話は既に承知であったらしい。意味ありげにいい、

「深町さんが、沖縄のバナナを本土にと考えたのは、台湾産なら関税を払わなければならない。その点、準国内扱いの沖縄産なら払わなくて済むというところに目を付けたからでしょう？　思惑通りには行きませんでしたが、そのアイデアも回り回って今回の件で活かされることになったわけですもんね」

と続けた。

「まあ、それだけじゃないんですがね——」

どうやら図星であったらしい。

沖縄の経済活性化のためというのも嘘ではないだろうが、それも商売に繋がればこそ。深町は慈善に徹した事業を行うような人間ではない。

「何にせよ、深町さんが、わたしのところを訪ねてきてくれたのは、幸運でした」

語尾を濁した深町に向かって、花城は真顔でいった。「誠実屋さんのような、大きなスーパーと商売できるなんて、夢のような話です。島の肉の消費量なんて知れてますからね。大阪のような大消費地に、牛が出荷できるんなら、商売の規模も桁が違いますよ」

「だからこそ、事業を一番大きく展開している花城さんをお訪ねしたんです」

深町はいい、「で、肥育農家の目処の方は？」

本題を切り出した。

「かねてから付き合いのある肥育農家に話を持ち込んだら、みんな大乗り気です。なんせ、繁殖はしなくともいい。運ばれてきた牛を育てるだけ。それで、収入が得られるんですからね。それも、間違いなく全頭買い取ってもらえる。こんないい話は、そうあるもんじゃありません」

「問題は場所ですね。港から離れていると、運送費が馬鹿になりませんよ」

「それは心配いりません」

花城は両手を太股に載せると胸を張り、自信ありげにこたえた。「玉城に、集中させますから」

「それは、どこです」

「島の南側で、那覇から距離はそれほどありません。土地も十分に確保できます」

「十分に確保できるいうても、肉はうちの目玉になるんでっせ。百頭、二百頭の話やあらしません。それも継続的にとなれば、それこそ桁が違ってきまっせ」

花城は、安売り販売に示す消費者の反応の凄まじさを知らない。まして、今回の計画は、庶民には贅沢品の牛肉を気軽に買える価格で提供することにある。客が殺到するのは間違いなく、それは誠実屋の事業拡大に結びつく。つまり、それに比例して牛肉の需要は確実に増していくのだ。肝心の肥育施設が収容限度を超え、肉の供給が追いつかなくなってしまっては、今後の事業展開に大きな影響が出る。

「その点は、まず大丈夫です」

ところが塙の指摘に、花城は簡単にこたえる。「足りなきゃ、土地を拡張すればいいんです。その点は心配いりません。それに、肥育期間を短くするって手もありますしね」

「どういうことです」

値の安い子牛を仕入れ、肥育コストが安く、準国産で関税のかからぬ沖縄で育て、本土に運び込む。それが、今回の計画の肝である。子牛が成牛になる期間は、オーストラリアだろうが沖縄だろうが、大した変わりはない。

塙は花城の語る意味が理解できず、問い返した。

「牛は二十カ月程度で発育の上限を迎えるんです。子牛なんていわずに、肥育途中の若牛を買えばいいいじゃないですか。まだ肉にできない若牛なら、値段は子牛とそう変わらないと思いますよ。そいつを半年も肥育すれば、立派な成牛になる。それに月齢の若い子牛を輸入すれば、運んで来る間に死んでしまうこともあれば、病気にかかる恐れも出てきます。歩留まりを考えたら、絶対に若牛ですよ。運賃だって、どっちを運ぼうと大差ありませんからね。要は若牛と子牛の購入価格と、沖縄での肥育コストを比べた場合、どっちが安くつくかということです」

さすがに、食肉業を営んでいるだけのことはある。

花城の指摘はもっともだ。それに、肥育期間が短くなれば、それだけ資金繰りが楽になるというメリットもある。

塙は唸った。

「何が役に立つか分からんと、深町さんはおっしゃいましたけどね、実はわたし、前にオーストラリアから牛を輸入したことがあるんです」

花城はいった。「戦争で牛も大分やられてしまいましたからね。肝心の牛がいないんじゃ話になりません。その時の経験からも、子牛よりも若い牛を仕入れた方が、手間もかからない、コスト的にも安くつく。間違いありません」

「じゃあ、オーストラリアに伝手が？」

塙は身を乗り出した。

牛の買い付けは、沖縄での肥育環境に目処がついてからと考えていたのだが、すでにその経験があるとなれば、大きな手間がひとつ省ける。牛肉の安売りが実現するまでの期間も、格段に短くなる。

しかし、どうしてこんないいニュースを深町は話さなかったのだろう。それとも、彼もはじめて知るとでもいうのか。

塙は、思わず深町に視線を向けようとしたが、それより早く花城は「あります」と返してくると続けていった。

「ただ、今回のような規模で輸入を行うとなると、わたしの会社では無理です」

「といいますと？」

「代金の決済です」

花城はこたえた。「輸入には銀行が発行する支払いを確約する信用状、Ｌ／Ｃが必要です。それが貰えなければ取引はできません。今回のような大規模な取引となると、わたしの会社の資金力だけでは、とてもとても――」

顔を曇らせながら、花城は首を振る。

「それに、牛舎も新たに設けなきゃならねえしな。常夏の島っつっても、牛を放牧したままってわけにはいかねえもんな」

「結局、新会社を設立するのが一番の早道だと思うんです」

深町の言葉を引き継いで、花城はいった。「どうでしょう社長、共同で新会社を立ち上げませんか」

提案はもっともだ。

いかに国産牛より遥かに安いとはいえ、輸入する頭数は年間数千という数になるだろう。肥育用地の拡張、牛舎の建設。オーストラリアから沖縄へ、そして内地への運送費もある。最終的にそれら全てのコストに応分の利益が牛の購入代金に加味され、花城に支払われることになるのだが、初期の段階では多額の資金が必要になる。彼にそれを全て負担させるのは酷な話だし、万が一にもこの事業がうまく行かなければ、花城は大損を被（こうむ）ることになる。

　だが、理解できても、塙は返答に躊躇（ちゅうちょ）した。

　新会社を設立するということは、自分もまた応分のリスクを負うということだ。まして、これまで一度たりとも共同で会社を立ち上げた経験がない。牛にせよ、牛舎にせよ、食肉業を営む花城ならば転用が利くが、スーパーにとっては無用の長物。負うことになるリスクは自分の方が高いと思われたからだ。

「社長――」

　返答を躊躇する塙に向かって、花城はいう。「わたし、この事業は、必ずうまく行くと思っています。でもね、どんな事業もやってみんことには分からんのです。もしものことがあれば、わたしひとりが、損を全部被（かぶ）る。そんなことになったら、会社も潰れます。従業員も路頭に迷います。経営者である限り、失敗した時のことも考えておかなきゃならんのです」

「それは分かります」

　塙は返した。

「この事業がうまいこと行くなら、付き合いは長くなるわけですよね」

　花城は念を押すようにいう。

「もちろんです」

「そしたら、この事業に関しては、これから先、社長とわたしは一蓮托生（いちれんたくしょう）の身。同じ船に乗り込んで運命を共にする仲になるということじゃありませんか。何があっても、お互い相手を見捨てない。社長を信用しないわけじゃありませんが、末長く付き合っていく意志をお互い示すべきだと思うんです。いわば固めの盃ですわ。今回の場合、それが共同会社の設立になる。わたしはそう思うんです」

花城は、決断を迫るように塙の目を正面から見据えてきた。

「太吉っつあん、これは花城さんのいう通りだぜ」

深町が割って入った。「牛を出荷するまでの費用を全部花城さんに被せるのは、いくらなんでも酷ってもんだ。第一、信用状が開設できないんじゃ、肝心の牛が入って来ねえんだぜ。いいも悪いもねえだろ」

それもまた、もっともである。それに、ふたりが等分の出資をして会社を設立すれば、他社の割り込みを完全に排除できるというメリットもある。

「分かりました。ええでしょう。共同で新会社を設立しましょう」

塙は大きく頷きながら同意の言葉を告げると、「で、出資金はなんぼ出せばええんです」

早々に話を進めた。

会社設立を持ち出すからには、心積もりはあるはずだ。

「どうでしょう。全部で三万ドルでは――」

果たして花城は、即座にこたえる。

三万ドルは、邦貨に換算して一千万円を超す。新店舗を出店するにも届かぬ額だ。大した金ではない。

「出資比率はどないします？　花城さんと、半々でっか？」

「ちょっと、待ってくれ」

深町が、少し慌てた口調で割って入った。「俺にも出資させてくれねえかな」

「フカシンが？」

意外な気がした。

この商売は、誠実屋と青海ミートの間で行われるものだ。

確かに、沖縄ルートの牛肉調達は深町の発案によるものだ。その際に「俺も一枚嚙ませてくれ」といったのも事実ではある。しかし、深町が共同会社への出資を持ち出すとはどういうことだ。

「この会社が絶対儲かるのは目に見えてっからな。まして、俺は誠実屋の正式な社員じゃねえ。どこから報酬を貰うかっていったら、新会社しかねえじゃねえか。新会社の社長は、花城さん。俺と太吉っつあんは、取締役に名を連ねる。つまり、三人でこの会社の経営を担っていく。悪い話じゃねえだろ」

最初に出会った頃から、自らが発案した事業計画に、こちらが乗り気になったところで、報酬の条件を切り出すのが深町の常だ。それに、沖縄での肥育がはじまれば、自分は内地で誠実屋のさらなる拡張に専心しなければならなくなる。花城は沖縄で、牛の輸入、肥育、出荷の管理だ。双方を繋ぐ人間が必要になるわけだが、深町は適任といえるかもしれない。

「ええやろ」

塙は頷きながら、花城に目をやった。

「わたしも異存はありません」

花城もまた同意すると、「ならば三人、均等に一万ドルずつでどうでしょう。それなら、誰がこの会社を支配することにもなりません。安心して、事業を行える条件が整うことになると思いますが――」

文句はあるまいとばかりに、ゆったりとした口調でいった。

もちろん異論はない。

「いいでしょう」

塙は、こたえた。

4

沖縄産の牛肉が誠実屋の店頭に並んだのは、新たに設立した共同会社、南海(なんかい)ミート販売を設立してから一年後のことである。

オーストラリアから生後一年余の若牛を輸入し、玉城の肥育農家で半年間育て、それを生きたまま那覇港から神戸に運んだ。到着するや、ただちに食肉処理場に運び込み、解体、処理し、『国産牛』として販売したのだ。和牛ではない。国産牛としたところがミソだ。

オーストラリア産の牛は和牛とは種類が違い赤身が多く、味の点では和牛に劣る。いや、劣るというより日本人の嗜好に合わぬといったほうが当たっている。しかし、それも半年間、砂糖黍の搾りカスやパインカスを与えると、些かではあるが肉質が変わった。何よりも、四季のない沖縄では牛が順調に育つ。そして、東京オリンピックの閉幕とともに、日本を見舞った不況の波が、肉の売上に拍車をかけることになったのは、塙にとっても嬉しい誤算となった。

財布が苦しくなれば、支出を抑えにかかるのが消費者だ。その目は、どこよりも安い値で品物を提供するスーパーへと向く。そこに、破格の値段で提供される牛肉が現れたのだ。それも、百グラム六十五円。豚肉は七十六円だから、遥かに安い。

塙は、全店舗の商圏の住民に向けて、新聞チラシを通じて連日牛肉の安売りを大々的に告知した。

もちろん、儲けは度外視だ。利益はゼロに等しいが、これが想像以上の反響を呼んだ。開店と同時に、客は精肉売り場に殺到した。売り場に並べた肉の山が、片っ端から捌けていく。補充が追いつかない。売り場の人間が、処理場に走り、解体してすぐの、まだ血が滴るような肉があっという間に姿を消す。まさに戦場のような有り様となった。

その効果は目論み通り、他の商品の売上に如実に現れた。

巷間、商売においては、人通りと客の入りは別物といわれるが、ことスーパーにおいてそれは当て嵌まらない。ひと度来店した客は、一点買いで終わることはない。必ず他の商品を購入していく。

もはや、こうなると肉を切らさぬのが、誠実屋の至上命令である。沖縄から神戸への牛の搬送量は、時を追うごとに急増し続け、オーストラリアからの若牛の輸入頭数も激増した。二年も経つと、販売する頭数だけでも五千頭近くにもなり、南海ミート販売は、瞬く間に急成長を遂げた。

それは、誠実屋の事業規模の拡大でもある。

安い牛肉という、他社では絶対に真似できない商材をものにした誠実屋の業績は、劇的に向上した。塙はその余勢を駆って、出店地域の拡張に拍車をかけた。関西を中心に、中国、中部……。もはや競合店が存在しようが構いはしなかった。安い牛肉さえあれば、恐るるに足らずとばかりに、怒濤の勢いで店舗数を増やしていった。

そして三年が経ち、昭和四十三年になったいま、塙はいよいよ東京進出に向けての準備に入っていた。

「三千坪やて？　そないでかい敷地、どないすんねん。うちはスーパーやで。百貨店とちゃうんやで」

銀座のビフテキ屋で、塙はぶ厚い肉の切片を運びかけた手を止めた。

表面に程よい焼き目がついているにもかかわらず、断面には生肉の名残がある。切断面に縦に幾筋もの白い線が走っているのは、日頃扱っているオーストラリア産のものではない。極上の和牛だ。

「関西は制覇した。中国、中部も時間の問題だ。どうせ、東京に出るなら、これまでのような小っちゃな店じゃ面白くねえだろ。東京に出るってことは、いよいよ天下取りを目指すってこった。勝負に出る時じゃねえかと思ってな」

深町は、口を動かしながらいう。「第一よ、東京には競合店がごまんとあるんだぜ。そりゃあ、肉は売りになるだろうが、私鉄沿線に小さな店を構えたって、売上は知れてる。ちまちまと店舗を増やしていくより、大規模店を構えた方が客は集まんだろが」

沖縄の事業は完全に軌道に乗った。東京進出を目指すに当たって、最適な人物といえば、深町以外に考えつかない。そこで、東京に第一号店を構えるに当たっての最適地を探してくれと依頼したのだが、よりによって三千坪の物件とは……。

「そやけどな、そないでかい店舗をこさえても、売るもんがあらへんで。まして東京の土地は高いしな。坪当たりの売上、利益率がスーパー経営の目安や。売り場をでかくして、同じ商品をぎょうさん並べてたら、採算が合わへんがな」

「太吉っつあんよ。誠実屋は、もうただのスーパーじゃねえんだぜ」

深町は葡萄酒（ぶどうしゅ）が入ったグラスに手を伸ばす。「いまじゃ、メーカーから直に入れてる商品も少なくねえだろ。何でそんなことができるようになったか分かるか？　取り扱い量が増えたこともあるが、誠実屋にそれだけの信用力がついたからだろ」

　その通りだ。

　深町は、肉片にフォークを突き立てながら続けた。

「だけど、それでも値引きには限度がある。競合スーパーの手前、誠実屋への納品価格を格段に安くするってわけにはいかねえからな」

「まあ、関西近辺じゃうちがスーパーの一番手や。納品価格がどこよりも安いのは間違いないが、原価を割ってまで商いする阿呆（あほ）はおらん。そやし、うち向けにプライベートブランドをっちゅう話を大分前から持ちかけとるんやが、メーカーは首をよう縦に振らんしな」

　それは、川端がこの何年もの間、メーカーと交渉し続けていたことだった。東京に大規模店を開店したからといって、俄に実現するとは思えない。

「だったら、扱い品目を増やしゃいいじゃねえか」

　深町は肉を口に放り込みながらいった。

「何をやれっちゅうんや」

「いくらでもあんだろうが。たとえば衣類とかさ」

「衣類は、あかんで」

　塙は眉を顰（ひそ）めた。「何でもかんでも、着れればええっちゅう時代やない。デザイン、柄、服の好みなんて十人十色や。地方によっても好みが全然違う。そこが衣類販売の難しさやっちゅう話も聞いたことあるしな。そないなもんを扱うて、在庫を抱えてもうたら事やがな」

「衣類ったって様々だぜ。下着、特に男の下着なんて、デザインは関係ねえ。しかも消耗品だ。大メーカーはともかく、中小の繊維メーカーに、ある程度の量を仕入れてやるっていやあ、飛びついてくんぞ」

なるほど、それも一理ある。

しかし、それでも難点はすぐに思いつく。

「そやけどな、うちのバイヤーは衣類なんか扱うたことがないんやで。やるならやるで、目の利く人間を雇わなならん。そら、本部一括仕入れでやれば、必要最低限で済むやろが、食品と違うて毎日右から左に捌けるいうもんとちゃうしな。それに下着かて、季節によって着るもんちゃううで」

ところが、そんな言葉は耳に入らないとばかりに深町は、

「仮にも誠実屋は主婦の味方と謳ってるんだ。だったら店にあって当たり前のもんは、幾らでもあるぜ。鍋、調理器具、家電製品――」

次々に商品を挙げはじめる。

「阿呆ぬかせ」

塙は深町の言葉を途中で遮ると、「そらな、家庭に必要なもんが、何でも揃う、しか

も安いとなれば、客はなんぼでも寄ってくるやろ。そやけどな、なんぼなんでも家電製品は無理やで。下着にしても、洋品店に行けば、服も売ってんのや。一箇所で何でも揃ういうのがスーパーやで。下着はあっても服はないじゃ、客にとっては、便利なようでそうやない。どっちつかずのものになってしまうやろが」

　ようやく肉を口に入れた。

「だったら、店子を入れりゃいいじゃねえか」

　肉を噛む口が止まった。

　一瞬にして、その着眼点の素晴らしさに目が覚める思いがしたからだ。

　そんな塙の内心を見抜いたのか、深町はにやりと笑う。

「客が入れば、他の商品が売れる。太吉っつあんも、肉の販売を通して、そのことは十分に学んだろ。誠実屋が直接扱うのは、従来の商品に加えて、プライベートブランドが可能になる下着、靴下、流行り廃りのない調理用品の類い。家電製品、洋服の類いは専門店を入れて、そいつらから家賃を取るんだ。そうすりゃあ仕入れもへったくれもねえ。従業員だって、闇雲に増やす必要はねえ。扱う商品が増えりゃ増えるほど、客は押し寄せてくる。つまり、家賃という収益が上がるうえに、誠実屋本来の商いも、激増するってこった」

　軟らかな和牛は、噛むまでもなく口の中で解ける。

　あまりに素晴らしい発想に、思わず生唾を飲み込んだつもりが、一緒になって肉が喉を落ちていく。

「フカシン……。あんた、ほんま凄いことを考えるな――」

塙は、かろうじて感嘆の言葉を漏らした。

「俺はな、この東京一号店を、単なる買い物の場所にしたら、もったいないと思うんだ。客が何時間でも店で過ごせる。子供連れの家族が、楽しめる店にしてえんだよ。店の一角に、食い物屋を入れる。そこで使う食材は、誠実屋が仕入れた物を使わせる。たこ焼き、お好み焼きなんてもんは、東京じゃまだ珍しいからな。そして、そのことごとくから家賃を取る。そこに卸す材料の代金だって、塵も積もれば何とやらだ。馬鹿にできねえと思うぜ」

深町は、目を細めながら、美味そうに葡萄酒を口にした。

これまで、スーパーの事業に進出するといった時こそ、否定的な見解を示したものの、そのひとつを除けば、深町が提案する事業がことごとく成功を収めてきたのは紛れもない事実だ。

自信に満ちあふれた口調といい、余裕ある態度といい、彼の様子からは新店舗の設立が必ずや成功するという確信に満ちあふれている。

それは、塙とて同じだ。

深町の案の中で、最大の問題になると思われるのは店舗の建設費だが、店子が入る目処が立てば、投資金額を回収するまでの期間は決まったも同然だ。いや、もはやそんなのは瑣末なことだ。この案が実現すれば、ひとつの店舗の中に、商店街がまるまるでき上がるようなものだ。それは、いままで誠実屋の網から漏れていた消費者を、一気に摑み取ることを意味する。しかも、日本最大の都市、東京でだ。

「で、その三千坪の土地いうのは、どこにあんねん」

塙は、ナイフとフォークを握り締めながら身を乗り出した。

「目黒だ」

といわれても、東京の地理に明るくない塙には、そこがどんな土地なのか皆目見当がつかない。

「繁華街か、それとも――」

「住宅地だ。それも駅から大分離れた」

「そないなところで、商売になるんか。スーパーは人が集まらなんだら、話にならへんで。足が悪いのは致命的やで」

「そうかな」

ところが深町はいう。「目黒を走っている鉄道は、山手線、東急東横線、目蒲線と三つある。それに囲まれるように住宅地が密集してるんだ。目をつけた土地は、その中央。各駅前には商店街があるが、それを除けば、商店といえるほどのものはない。つまり空白地帯ともいえる場所なのさ」

「そしたら、客はその周囲の住人いうことになるやないか。そんなところに、馬鹿でかいスーパー建てて、採算が合うんかいな」

「太吉っつあん、一号店の時のことを考えてみろよ」

深町は、グラスをテーブルに置くと、片肘を立てて身を乗り出した。「安売りをはじめた途端、定期を買ってでも客は集まってきたっていうじゃねえか。今度の店は、いわば安売りのスーパーとデパートが一緒になったようなもんだ。まして、食事もできる、玩具屋を入れれば子供も遊ばせられる。買い物目的だけの店じゃねえ。やることたあ、たくさんあんだ。客が長時間店に滞留することになるんだぜ」

「そやけどな、フカシン。品数が増えるいうことは、買い物の量が増えるいうことやで。山のような荷物抱えてどないすんねん。駅が遠かったら、重い荷物を抱えて長い距離を歩かなならんようになってまうやろが」

「車で来るさ」

深町は、涼しい顔でいった。「乗用車の普及率はうなぎ登りだ。冷蔵庫、テレビ、洗濯機が三種の神器なんていわれたのは、もはや過去の話だ。この場所は、目黒通りに面しているし、環状七号、八号にも近い。世田谷って大住宅地にも隣接してる。駐車場を併設すりゃあ、人がわんさか押し寄せてくるぜ。それにここは駅から遠い分だけ、バスの便はいい――」

確かに乗用車の普及には、目覚ましいものがある。

かつて憧れであった家電製品は、ほとんどの家に普及し、平均的なサラリーマンの購買意欲は、マイホームへと向き、いまやマイカーへという時代である。新車は高嶺の花だが、中古車市場は活気に満ちあふれている。

「それにな、太吉っつあん。駅前中心の出店は、そう遠くないうちに限界を迎えるんじゃねえかと思うんだ」

深町は続けた。「競合他社も、新規に店を出すのは大抵が駅の近くだ。商店街もある、通勤帰りの客も見込める。黙ってても人が集まるのは確かだろうさ。だけど、これだけスーパーが乱立すれば、一店舗あたりの商圏が拡大することはない。だったら、人出の多いところを狙うんじゃなく、いかにして人を集めるか。これからはそこが勝負になると思うんだ」

はっとした。

深町の指摘は、まさにスーパー業界が直面している問題の核心をついていたからだ。

もはや、スーパーの店舗形態は、どこの店を取ってもさほど変わりはない。扱う商品も同じなら、目玉商品こそ日々変化するが、それ以外の価格は大差ない。そんな中で、誠実屋が突出した業績を上げているのは、一にも二にも牛肉の安売りが常態化しているからだ。肉がなければ、他のスーパー同様、一店舗当たりの売上は、頭打ちになっていたに違いないのだ。

そこに気がつくと、確かにこれから先、誠実屋がさらなる飛躍を遂げようとするなら、いかにして広範囲から客を集めるか、命運はその一点にかかってくる。

「フカシンのいう通りかもしれへんな……」

かもじゃない。内心では、その通りだと思いながら、

「そうなると、問題は資金やな。三千坪の土地代。それにビルの建設費や。什器備品(じゅうき)……。これまで手がけたことのない大仕事や。銀行から融資を受けるいうても、ごつい金がいるで。かといって、中途半端なもんを造ってもしょうもないし……」

塙は漏らした。

理想を語るのは簡単だが、それを実現するためには解決しなければならない問題が山ほどある。その最たるものが原資だ。

「土地は、買うものとは限らんだろ。既存店舗だって、借り物の方が多いんだし」

誰が聞いているというわけではないのに、深町は声を潜める。

「そらそうやが、計画通りに運ぶなら、東京一号店は誠実屋の旗艦店になるんやで。できることなら自社物件でやりたいがな」

「いくら住宅地だからって、東京の真ん中にそんだけの土地が、更地のまま残っているのは不思議だと思わねえか」

深町は意味を含ませたいい方をすると、口の端を歪めた。「纏めたやつがいるんだよ。久島(くしま)という男でな、戦後のどさくさに乗って一代でのし上がり、巨万の富を手にしたやつだ。その点からいえば、太吉っつあんの同類といえるが、こいつは不動産専門でな。立川(たちかわ)の米軍将校にＤＨを提供して、稼ぎまくったんだ」

「纏めたからには、使うあてがあんのやろ」

「もちろんだ」

深町は頷いた。「マンションを建てるつもりだったらしい。分譲のな」

マンションは、最近の流行りだ。

交通の便がいいところの土地は割高で、一戸建てには手が出ない。その点、多層階の集合住宅ならば、土地を多くの住民で分割できる分、割安になる。

「そしたら、あかんやないか」

「それがな、誠実屋の進出計画を話したら、興味を示してな」

深町は目を細めた。「苦労して纏めた土地だ、売る気はないが貸してもいい。全部借り上げてくれるんなら、建物を建ててやってもいい。そういうんだ」

「偉い手回しのええこっちゃな。いったいどないして、その久島いう男と知りおうてん」

塙は皮肉交じりにいった。

東京店の展開といい、物件のことといい、構想段階に過ぎぬというのに、あまりにも話がうまくいき過ぎている。進み過ぎている。こうと決めたら、猛烈な勢いで行動に移すのは深町の常だが、さすがに警戒心が頭を擡(もた)げてくる。

「久島という男は金への執着心は人一倍だが、女にも目がなくてな。連日のナイトクラブ通いよ。東京広しといえども、いい女が集まるナイトクラブは限られてっからな。何度も顔を合わせてりゃ、言葉を交わすようにもなるさ」

深町は、肩を震わせながら笑った。

深町の新しい事業のヒントの元は、いつも夜の世界が絡んでくる。

これも、夜の巷での散財があってのことといいたいらしい。

「そやけどな、東京一号店が目論み通りにうまくいけばええで。失敗した時はどないすんねん。こっちの仕様ででかい箱なんぞ建ててみい。他に転用が利かへんやんか。かというて、何十年もの賃貸契約なんぞ結んでもうたら、こっちが偉いことになってまうで」

当然の疑問というものだ。

撤退した後も、莫大(ばくだい)な家賃を支払わなければならなくなれば、好調な誠実屋の経営が一転して苦境に陥りかねない。

「その時は、ボウリング場に転用するとよ」

「ボウリング場？」

「化けるかも知れねえんだとよ、庶民の娯楽としてな。スーパー向けに建物を造るったって、フロアはどの階もがらんどうだ。什器を取っ払えば、あとはボウリングの機材を取りつけて、内装を変えりゃいいだけのこった」

そう聞くと、久島の考えに見えてくるものがある。

いかにボウリングがブームになろうとも、客が常に満杯とは限らない。特に平日の昼は、空きが出る。曜日、時間帯によっても客足に波がある上に、従業員をどこに合わせて雇わなければならないかといえば、ピーク時である。そこに無駄な人件費が発生する。

その点、誠実屋に物件そのものを賃貸に回せば、確実に利益が挙げられる。

不動産でのし上がった男なら、どちらが得な商売であるかは考えるまでもないだろう。

「その話、ほんまに実現するんか」

塙は腹を決めた。

「俺はそう踏んでるがね……」

しかし、深町は曖昧なこたえを返すと、「俺は当事者じゃねえからな。久島が貸すか貸さねえか。貸すならどんな条件なのか。そいつあ、太吉っつあん。あんたと、久島の話し合いで決めるこったぜ」

上目遣いに葡萄酒を啜り、肩を竦めた。

「ええやろ。そしたら、その久島に会うてみるわ。どないしたらええねん」

塙は訊ねた。

「いったろ。やつは、女には目がねえって。平日の夜は毎日ナイトクラブに顔を出す。今夜もきっと現れるさ。ただし、東京にいさえすればの話だがな――」

深町は、白い歯を見せてニッと笑った。「何なら、これから出かけてみるか？」

異存はなかった。

塙は黙って頷くと、ビフテキにフォークを突き刺し、口に運んだ。

第四章

1

赤坂に向かっていたタクシーが止まった。

白いタイル貼りの、十階建てのホテルの前だ。

玄関から少し離れたところに、緑色に光る蒲鉾(かまぼこ)型のテントがある。その正面に取りつけられたネオンには、『ＨＡＢＡＮＡ』の文字が白く輝いている。

深町の後に続いて地下に続く階段を下りると、塙の目の前に別世界が広がった。

三百坪は優にある。二階分が吹き抜けになった天井は高く、幾つものシャンデリアがぶら下がっている。地下一階はバルコニーとなっており、地下二階のボックス席を見下ろすように、そこにも客席が設けられている。正面のステージでは、揃(そろ)いの衣装に身を固めた十数名からの楽団員がジャズの生演奏を行っている。

フロアの所々に配置された、大きな観葉植物と豪華な花。テーブルの上に灯(とも)されたキヤンドルが、無数の煌めきを放っている。座席は全て白の革張りだ。深紅の絨毯の上を、タキシード姿のボーイが、そして華やかなドレスに身を包んだ若い女性たちが行き交う。それも美女ばかり。仄かに漂う香水の香りと相俟って、さながら南国に咲く花のような艶やかさだ。

銀座からの車中で、『ハバナ』は東京きっての高級ナイトクラブだと深町はいった。いままでこんな場所に足を踏み入れたことはない。雰囲気にすっかり圧倒され、どぎまぎするばかりの塙を尻目に、深町はボーイと親しげにふた言、み言言葉を交わすと、すぐに中央の席に案内された。

テーブルを囲むようにして置かれた、馬蹄形のソファーに腰を下ろすや、

「いらっしゃいませ――」

ポマードで頭髪をオールバックに整えた、中年のボーイが現れた。「深町様、ご来店ありがとうございます」

「相変わらずの繁盛ぶりだな」

深町は、落ち着いた声で返す。

「お陰様で――」

慇懃に頭を下げるボーイに向かって、

「紹介しとくよ。こちら、塙さんといってな。関西の大スーパーの社長さんだ。これから東京に来る機会も増えるようだし、大事にしといて損はないぜ」

深町は鷹揚な口調でいった。

「チーフマネージャーをやっております、今村と申します。今後ともご贔屓に――」

今村は片膝をつくと、両手で捧げ持つようにして名刺を差し出してきた。

「太吉っつあん。これで、次回からは顔パスだ。接待に使うもよし、ひとりで来るもよし」

深町は懐から煙草を取り出しながらいう。

「顔パスって？」

いわんとしていることが分からない。

塙は訊ねた。

「これだ――」

深町は呆れたように、苦笑いを浮かべた。「いったろ。この店は東京のナイトクラブの一番店だ。客も名もあれば地位もある人間ばかり。祇園と同じさ。一見は入れねえんだよ」

そういわれて改めて店内を見渡すと、女性の質の高さもさることながら、男性客の身なりといい、醸し出す雰囲気といい、普段、塙の身の回りにいる人間たちとは明らかに異なる。外国人の姿も散見されるが、皆一流のビジネスマンといった印象を受ける。これだけの数の同類の人間が、一堂に会する場に身を置くのもはじめてのことだ。

「すぐに、陽子さんを――」

今村は相変わらず慇懃な口調でいい、立ち去ろうとしたが、それを深町は呼び止め、

「久島さんは来てるか……」

顔を近づけるように、手招きすると耳元で囁いた。

今村が頷く。

「後でちょっと、挨拶をしたいんだ」

深町は懐から折り畳んだ千円札を取り出すと、さりげなく握らせた。

心得たとばかりに、今村は頷くと、手にした札を素早くポケットに入れた。

彼が立ち去るのと入れ替わりにボーイが現れ、銀のトレイに載せたウイスキーボトルやグラスをテーブルの上にセットする。

頃合いを見計らったかのように、ふたりの女性が現れた。

「いらっしゃいませ――」

声を発したのは、深いブルーのロングドレスに身を包んだ、二十代半ばと思しき女性である。胸元のスパンコールが、その中に包まれた豊かな乳房を誇示するかのようにシャンデリアの光を反射する。アップに纏めた髪。肩から先が露出した腕のきめ細かい肌が艶かしい。

先ほどの今村の話からすると、この女性が陽子か。

果たして彼女は、背後に控えるもうひとりの女性に目をやると、

「こちら、華江さん。昨日入店したばかりなの」

挨拶をするよう促した。

おそらくは、こんな世界で働くのははじめてなのだろう。客として来た塙が雰囲気に圧倒されるくらいだ。もてなすことで、給金を貰う女性なら、なおさらのことだ。

伏目がちな眼差し。強ばった顔に緊張のほどが窺える。

それでも彼女は、さっと目を上げると、不自然に力の入った声で名乗った。

「華江でございます――」

胸が疼いた。

女性たちはどこから集めたものかと思うほどに、外見といい、服装といい、滲み出る雰囲気といい、どれひとつを取っても、垢抜けており、飛び切りの美女揃いだ。その点からいえば、華江の化粧は素朴そのもの。陽子と同じデザインの服を着ていても、馴染んではいない。むしろ違和感を覚えるほどだ。しかし、すっと通った鼻梁、切れ長の目、薄い紅をさした形のいい唇。年齢は二十歳そこそこといったところか。中肉中背、体の線にもメリハリがある。

売れ筋の商品を見抜く目を養ってきた塙には、磨けばとびきり上等の女になる、彼女の行く末が目に見えるようだった。

陽子は、当たり前のように深町の隣に座った。当然、華江が塙の隣になる。

華江が慣れぬ手つきで水割りをつくりはじめると、深町は塙の素性を話しはじめた。

その間に、彼は腕を背凭れにかけ、陽子の肩を抱くような姿勢を取る。

『女を取っ換えひっかえやってるうちに――』。深町はいまだ独身でいる理由をそういった。だとすれば、いまは陽子なのか。ならば、華江もそうなる可能性が――。

考えてみれば、八重子と結婚して以来、他の女性を意識したことはない。事業のことで頭がいっぱいだったせいもある。家庭内に何ひとつ問題なく、事業に集中できるのは、八重子が家を良く守ってくれるからだ。そんな感謝の気持ちも抱いていた。

もちろん、会社の規模がこれだけ大きくなると、接待を受けることもないではなかったが、相手にしたって取引量をたてに徹底的に仕入れ値を叩かれるのは分かっている。ナイトクラブのような場所に連れて行こうものなら、「こないな場所で使う金があるなら、その分値引け」といわれるのがおちだ。会食は本社近辺の小料理屋。二次会にしたって、場末のバーが精々だったのが、いきなり東京最高の夜の女性が集まる場だ。深町の行為を見るにつけ、男の本能が覚醒してくる。

深町が塙の事業の好調ぶりや、誠実屋の企業規模を話すたびに、陽子は感嘆の声をあげ、深い関心を示す。やがて、媚と欲の混じった怪しげな眼差しになると、しきりに話しかけてくるようになる。

塙にはそれが鬱陶しくてならない。話したいのは陽子ではない。華江なのだ。

しかし、場を主導するのは、もっぱら深町と陽子で、それに塙がこたえる形になり、華江はひと言も喋らない。空いたグラスに氷を足し、ウイスキーと水を注ぐことに終始する。

会話に入り込む機会を見いだせないでいるのか、そもそも新入りの役目はそんなものなのか、あるいは華江の性格なのかは分からない。だが、それゆえに華江の存在が塙には、ますます気になってしょうがない。

今村が席にやってきたのは、三十分が過ぎた頃だった。

耳元で囁かれた深町は、

「太吉っつあん」

小さく頷くと立ち上がった。

陽子と華江を残し、深町は先に立ってフロアの奥に向かう。そこには、幅の広い螺旋状の階段があった。上の階にあるバルコニーに設けられた椅子は、下の階のそれと大きさも形も同じだが、スペースの関係からか、横一列の配置となっていた。馬蹄形のソファーの口の部分は、下の階に向けられており、店内の様子が全て見渡せる。

深町は、久島の席は先刻承知とばかりに、歩を進める。

やがて、ひとつのボックス席の前で立ち止まると、

「お邪魔してもかまいませんか」

最高の笑みを湛えて、深町はいった。

「どうぞ、どうぞ」

初老の男がこたえた。

一瞬、ボーイかと思った。なにしろ、黒のスーツに白のワイシャツ、黒の蝶ネクタイ

ときている。何よりも特徴的なのは、ソファーに埋まりそうなほどに小柄な体躯だ。痩せぎすな上に、肌に張りもない。額には横一線に幾筋もの皺が寄り、頰が削げ顎も尖っている。中央から左右に分けた髪は、ぴったりと頭に貼り付いており、眉は濃く、かつ毛自体が長い。思わず貧乏神という言葉が脳裏に浮かんだほど貧相極まりない。

まさか、これが？

「久島さん。こちらが以前お話しした塙社長です」

ところが、やはりだ。

想像していた人物像とのあまりの違いに塙は慌てた。胸のポケットから名刺入れを取り出すと、

「誠実屋の塙でございます」

早口で名乗った。

「久島栄太郎です。お噂はかねがね——」

久島は立ち上がり、名刺を差し出してきた。

相対すると、身長の低さが際立つ。塙は百六十八センチ程だが、久島の頭頂部がちょうど目の高さほどになる。しかし、名刺を差し出す際に袖口から覗いた緑色のカフスボタンは、おそらくエメラルドか。よくよく見ると、スーツ、ワイシャツの生地の光沢も違う。地味な服装をしていても、ひとつひとつに大金がかけられていることが窺い知れた。

久島の席にはすでに女がいた。

薄いピンクのロングドレスに身を包んだ、二十代半ばの女だ。

今夜は単なる顔合わせで終わるのか。あるいは、本題に入るのか。どんな展開を迎えるかは分からないが、久島は女に席を外すよう命じる気配はない。

塙は勧められるまま久島の隣に座った。

深町は女の隣。ちょうどふたりが久島と女を囲む形になった。

「誠実屋さんの勢いは、予てから耳にしとりました。まあ、この分だといずれ東京に出てくるんだろうとは思っていましたが、まさかこうした形でご縁ができるとは」

久島は、薄い唇を左右に広げ笑みを浮かべた。しかし、細めた目の中の瞳に表情はない。感情を表に出さない術を身につけているのだ。

こいつは極め付きの商売人だ。それも何度も修羅場をくぐり抜けている。

塙は直感的にそう思った。それが浮ついた塙の気持ちに冷静さを取り戻させた。

「東京進出は、会社の命運を賭けた事業になります。絶対に失敗できへんのです。そのためには何よりも立地。そない大切な案件を前にして、社長のような方にお会いできたのは、幸運以外の何物でもない思うとります」

塙は、如才なくこたえた。

「計画のあらましは、深町さんから聞いております。わたしとしても、是非とも実現したいと考えておりますが、商売は商売。条件に折り合いがつけばということになりますが、いずれにしても長いお付き合いになることを願っています」

貸し手と借り手。どちらが強いかは時の状況によって違うが、いまのところ久島が有利な立場にいることに間違いはない。彼の言葉に余裕を感ずるのはそのせいだ。

「いずれにしても、ご縁を持てたことは喜ばしい。ひとつ乾杯といきましょうか」

久島は続けていうと、「富美恵(ふみえ)――」

隣に座る女性に命じた。

富美恵はテーブルに置かれたブランデーグラスを用意すると、洋梨型のボトルから琥珀色(こはくいろ)の酒を注いだ。

見たこともない酒だった。思わず深町に目をやると、

「すんませんな。毎度毎度、こんな高価な酒を――」

眉尻を下げ、ぺこりと頭を下げた。

こんな深町の姿ははじめて目にする。

女と酒には、金に糸目をつけない。夜の巷(ちまた)での散財は、彼の自慢のひとつだ。人に媚(こ)びないという点でも徹底している。しかし、目の前にいる深町は違う。主人に仕える下僕のような卑屈ささえ感じさせる。

「まずは、出会いを祝して――」

久島の音頭で三人はグラスを合わせた。

涼やかな音が鳴る。

こんな上等な酒を呑(の)むのは、はじめてだ。

塙は目を丸くしながら、思わず唸(うな)った。

「塙さん。遠慮せんで、どんどんやって下さい」

久島は悠然とグラスを傾けながら、目をますます細め、胸ポケットに差し込んでいた細い葉巻を取り出し口に銜(くわ)えた。

富美恵がすかさずライターを取り出し火を点(とも)す。

葉巻とブランデーの芳香が入り交じると、場の雰囲気ががらりと変わった。華やぎの中に重厚感が加わる。ここが、紛れもない成功者の集う場所であることが、改めて印象づけられる。

「ところで塙さん」

久島の顔から笑みが消えた。「東京進出の時期は、いつ頃と考えていらっしゃるんですか」

グラスを掌で温めるようにしながら、久島は正面から塙の目を見据えてきた。

「できるだけ、早(はよ)うにと考えとります」

塙は率直にこたえた。

「土地はすでに纏まっていますから、用地買収の手間はないとしても、でかい器を建てるとなると、すぐに取り掛かったとしても、設計、施工で二年はかかりますよ」

久島はぷかりと葉巻を吹かした。

二年――。

今回の物件も借り物には違いないが、一から誠実屋の旗艦店舗となる建物を建設するのだ。相応の時間を要することは承知していたが、改めて完成までの期間を告げられると、とてつもなく長いものに感じる。

「もったいないと思いませんか」

そんな心情を見透かしたかのように久島はいう。「せっかく、東京進出を決意なさったんだ。そりゃ、最初からでかい店を建てて、誠実屋さんの魅力を消費者に見せつけるのもありでしょう。だけど、いままでやってきた商売をそのまま展開すれば、すぐにでも東京進出は果たせるじゃないですか」

もっともな指摘だ。

そもそも、超大型店舗を以て東京進出というのは深町がいい出すまでは、考えもしなかったこと。スーパーマーケットのあり方を変えるという彼のアイデアに魅せられ、実現させる目処もあるというからこそ、こうして久島に会いに来たのだ。

「確かにあの土地に、巨大店舗を建てたら、話題性は十分。誠実屋さんの存在を知らしめるには、絶大な効果を発揮するでしょう。でもね塙さん。誠実屋さんがやってる、牛肉の安売りね。あれは東京でも、ばかうけすると思いますよ。牛肉を武器にすれば、従来型の店舗でも立派に戦える。わたしはそう思いますがね」

久島はブランデーを口に含むと、確信に満ちた口調で続けていった。

「そやけど、東京は広うおまっさかいな。地域特性もよう分かりませんし、土地勘もあらしません。小さな店舗を構えて試行錯誤を重ねている間に、店舗拡大の勢いを削がれてまうんやないかと――」

「それは、違うんじゃないでしょうか」

久島はすかさず返してきた。「大型店で一気に勝負をかけるというアイデア自体は間違ってはいないと思います。だけど、東京には全国から人が集まって来てるんですよ。関西や中部で通用する商品は、東京でも必ず需要が見込めるということなんじゃないでしょうか。それに、おっしゃるように東京は広い。目黒店が開店すれば、集客力が見込めることは間違いないとしても、その一店舗で東京全部をカバーできるわけじゃない。従来型の小型店舗、中型店舗も必要になるはずです」

「さすが、久島社長ですな」

深町がすかさず持ち上げる。「いわれてみればその通りだ。東京を制覇しようと思えば、何十……いや、桁がもうひとつ違うくらいの店舗が必要になる。目黒店の開店を待たずに、牛肉を目玉に既存型の店舗を先に開店した方が、東京制覇の時間は短くなりますね」

やはり、今夜の深町は普段とは違う。特に、久島に対する態度は、余りにも卑屈に過ぎる。

何かひっかかるものを感じながらも、「確かに――」と、塙は同意の言葉を口にする

と、

「そうなると、問題は店舗の場所ですな。中小店を出すにしても、最低でも五店舗。それも、一定のエリアの中に纏めて出店せなあきません」

話を進めた。

「と、おっしゃいますと？」

すかさず問い返してくる久島に、

「各店舗への納品ですわ」

塙はいった。「特に牛肉。東京で安売りをやるとなれば、品川で沖縄から運んできた牛を処理して、各店舗に毎日搬入せなあきません。店舗が広範囲に分散したんでは、配送効率が悪うなって、コストが上がってまうんですわ」

久島はふむといった顔で、一瞬考え込むと、

「ならば、店舗の場所が確保できれば、すぐにでも東京に進出する意志はある、というわけですか」

上目遣いに塙を見ながら、ブランデーグラスを口に運んだ。

かなり酒に強いのか。久島のペースは早く、グラスはすでに空だ。富美恵がすかさず、ブランデーを注ぎ入れる。同時に、まだ呑み切っていないにもかかわらず、塙、深町のグラスにも惜しげもなく注ぎ足しにかかる。

「もちろんです」

塙はこたえた。

「なんならその物件、わたしが手当てして差し上げましょうか」

久島はあっさりといった。

「社長が？」

「わたしは不動産業をやってるんですよ」

久島は薄い唇の間から、白い歯を見せた。「どこの区にも、幾つもの物件を所有しておりますが、借り手、買い手のいないところじゃ商売になりません。要は客が確実にいるところにしか物件を持たんのです。それに、仲介もやってますからね。仲間内で、客を紹介し合うこともある。何軒出したいとおっしゃって下されば、最適の場所をすぐに準備して差し上げますよ」

「ほんまですか」

「ほんまも何も、それが商売ですから」

久島は、ぐいと身を乗り出すと、「どうでしょう、塙さん。目黒の件も含めて、この仕事わたしに任せてくれませんか」

決断を迫ってきた。

もちろん願ってもない申し出だった。

しかし、深町とは旧知の仲とはいえ、久島とは今日この場で出会ったばかりだ。東京進出は、誠実屋の全国制覇の足がかりになる一大事業だ。とんとん拍子に運ぶのは、決して悪いことではないが、話が余りにもうまく運び過ぎる。

もっとも、考えてみれば、事業がここまで大きくなる過程を振り返ってみると、深町、川端、花城と、勝負が懸かった局面には必ず大きな働きをする人間が現れた。今回の場合は、久島がそれだという見方もできないではない。

だが、いままでの三人と比較すると、久島が醸し出す雰囲気は明らかに異なる。いや、三人どころか、いままで出会った人間のどれとも違う。この小さな体の中に、得体の知れぬ何かを幾つも呑んでいるような危うさを感じるのだ。

「いい話じゃないか」

傍らから深町が、声を弾ませた。「太吉っつあん。これはこちらが頭を下げてでも、お願いすべきだ。第一、どこに店舗を構えるにしても、最も手間と時間を要するのが物件探しだ。久島さんに一任すれば、それも一気に解決する。願ったり叶(かな)ったりってもんじゃないか」

確かに、立地は新店舗の成否を分ける最大の要因だ。それに、新店舗を開設するにしても、ここぞと目をつけたエリアに最低でも三店舗を一気に開設した方が、牛肉の配送コスト以外にも、地域の消費者に誠実屋の存在を認知させる効果が格段に上がる。従業員を集める手間や店舗管理も楽になる。

事業が拡大するにつれ、誠実屋の商法として確立されたものは多々あるが、この集中出店方式もそのひとつだ。その点からいえば、久島に新店舗の物件探しを一任するのは悪い話ではない。

「もちろん、こちらも商売なら、塙さんだって商売だ。紹介する物件が気にいらなければ、断って下さって結構です。わたしのところは、気に入っていただける物件を、探して来るまでのこと。お互いが、幸せになる商売じゃないと、長続きしませんからね」

久島は、余裕の表情でいい放った。

なるほど商売か——。

斡旋（あっせん）される物件を借りるも借りないも、こちらの自由だというのなら、久島は一介の不動産業者に過ぎない。申し出を断れば目黒の案件が駄目になるというわけでもなさそうだ。ならば、物件探しに久島を使うメリットはある。

「ええでしょう。そしたら、東京での店舗候補地探しは、久島さんにお願いしますわ」

塙は頭を下げた。

「楽しみですな」

久島は顔を皺でいっぱいにしながら笑みを浮かべ、「誠実屋さんが、東京で店舗を拡大していくほどに、わたしの商売もでかくなる。東京には、大阪や名古屋とは比較にならない金が眠ってますからね。全力を挙げて、お手伝いさせていただきますよ」

半分ほど残った葉巻を惜しげもなく、灰皿に突き立てた。

どうやら、それが今日はここまでという合図であったらしい。

「では、社長。わたしたちはこれで——」

深町が腰を上げた。

塙が続いて立ち上がると、

「塙さん――」

久島がふと思いついたように呼び止めた。そして、振り向いた塙に向かって、

「本格的に東京進出する。それも目黒の一件もあるとなれば、事務所が必要になるでしょう。なんなら、それもこちらでお世話して差し上げましょうか？」

訊ねてきた。

確かにいわれてみれば、その通りかもしれない。

中小店舗を開設するにしても、開店準備のための部隊を東京に送り込まなければならない。事務所もいれば、彼らの住居も必要になる。まして目黒店の準備もある。そちらにも、専任の人員を置かなければならない。

「わたしの所有しているビルに、空きがありましてね。そこを格安で使っていただいてもよろしいのですが……」

どこまでも抜け目のないやつだ、と思いながらも、計画の一端を知っただけで、何が必要になるかを先回りして考え、己の事業に役立てようとする姿勢は、有能であることの証と取れないこともない。久島の才気を警戒するか、あるいは逆手に取ってそれを利用するかは、まさに自分の器量次第。ならば、彼がどの程度の男であるかを見極めるためにも、絶好のテストケースとなるかもしれない。

「さすがですな」

塙は落ち着き払った声でいうと、「なにもかも社長のおっしゃる通りですわ。そしたら、その件も含めて、早々に話を煮詰めましょか」

一礼すると、その場を辞した。

2

「なあ、フカシン。あの男、ほんまに信用してええんやろな」

席を離れ、久島の席から死角に入ったところで塙は深町に問うた。

「毒は毒だが、使い方次第では薬にもなるって典型かな」

先ほどまで久島に見せていた卑屈な態度は、すっかり消え去っていた。深町は、涼しい顔でこたえた。

「やっぱり、毒か」

塙は自分の直感を裏付ける言葉に小さく頷きながら、「いったい、どないなやっちゃねん」

と訊ねた。

「とにかく利に敏(さと)いやつでな。金には煩(うるさ)い。極め付きのケチだ」

「ケチ？　その割りには、ごつい酒を呑んどるやないか。それも惜しげもなく、わしらに振るもうてから――」

「あれは、手当てだ」

深町は笑った。

「手当て？」

いっていることが理解できない。「手当てってなんや？」

塙は重ねて問い返した。

「察してるとは思うが、あの富美恵ってのがいまの久島の女だ。この店の女の稼ぎは、基本給よりも歩合がメインなんだよ。売上の四割が彼女の懐に入るのさ。女を囲っている男は、ごまんといるが、月額幾らのお手当てを渡すより、ああして高い酒を入れてやって、その四割が懐に入って来るようにしてやりゃ、久島は酒を呑みながら、事実上の手当てを富美恵に払ったことになる。それを会社のつけに回せば、接待交際費で落とせるって寸法さ」

そんな仕組みになっているのか。

唖然（あぜん）とした気持ちが顔に出たものか、

「太吉っつあん。あの酒幾らするか知ってっか？」

深町は茶化すかのように問い掛けてきた。

当然塙は首を振る。

「あれはな、ヘネシーのXOっていってな。デパートで買えば、一本六万。ここじゃそれが十五万円になる」

「じゅう・ご・まん・えん……！」

　声が裏返った。

　その反応が、また愉快でならないらしい。深町はにんまりとする。

「その四割が富美恵の懐に入る。一本で、六万。一週間に一本入れてくれりゃ、月に二十四万円の実入りだ。そら、どんな女でも転ぶわな」

　そないなお大尽遊びをやっとってどこがケチなんや。

　思わずそう返しそうになったが、店で遊ぶことが手当てになるのだから、確かに理に適っている。

「それにな、目黒の件にしても、やつにとっては渡りに船の話だったに違いねえんだ」

　深町は目を細めると、「あそこに、分譲マンションを建てるつもりだったって話はいったよな」

　改めて念を押してきた。

「ああ――」

「話を聞いているうちに分かったんだが、どうも、そいつはやつの本意じゃなかったらしいんだ」

「というと？」

「やつが財を成したきっかけは、立川で米軍将校向けの住宅を提供したことにあったんだが、それも米軍が自前で住宅を用意するようになったところで用済みだ。そこで、一旦更地にして分譲住宅を建てて売り出したっていうんだ。事業自体は確かにうまくいった。かなり儲けもしたらしいんだが、振り返って見れば、土地の値段はどんどん上がり、いまじゃ資産価値としては何倍にもなっている。そこで、気がついたらしいんだな。土地は売るもんじゃねえ。貸すものだってな」

確かに、深町と出会った昭和二十二年当時の大卒銀行員の初任給は二百二十円。それが四十三年のいまでは、三万六百円だ。当時の価値基準で購入した土地を、現在も所有していれば、労せずして莫大な資産を所有することになっていたに違いない。

「だから、本来ならば、分譲なんかにしねえで、賃貸マンションにしたかったたってのがやつの本音さ。だがな、なんせ敷地は三千坪だ。巨大な賃貸マンションを建てたところで、常に満杯とはいかねえわな。オフィスビルだって同じだ。周りは住宅地。まして駅から十五分じゃ、借り手なんかいやしねえよ」

「そこに、フカシンが今回の話を持ちかけたってわけか」

なるほど、深町が渡りに船だというのもよく分かる。

「貧相な男だろ？」

深町は突然いった。その顔には嘲るような笑いが浮かんでいる。

塙はこたえを返さなかった。

誰が見ても、その通りには違いないからだ。

「だけどな。人は見かけで判断するもんじゃねえってことの典型だぜ。やつが所有している不動産は半端なもんじゃねえからな。たとえば、このナイトクラブ――」

深町は、螺旋階段の先に広がる広大なフロアに目をやった。「経営こそ別だが、こいつはやつの持ち物だ。ホテルもな。こっちは、経営もしてる」

「なんやて。それほんまの話か！」

驚愕するような事実が次々に深町の口を突いて出てくる。

塙は目を丸くしながら、声を裏返させた。

「そもそも、このホテルは旧財閥の家系に属する政治家の持ち物だったんだ。ところが、殿様商売に加えて、政治には金がかかる。赤字が嵩んでな。そこに低利で金を貸したのが久島さ。いずれ借金が返済できなくなることを承知で、金を貸しまくったんだ」

深町の眼光に鋭さが増し、面には暗い影が差した。「結果は、久島の読み通り。返済に行き詰まったところで、問答無用。借金の形に、ホテルを取り上げた。もちろんこの店もな――」

「端から乗っ取り目当てでやったいうわけか」

警戒すべき男だといいたいのか、あるいは、商才に長けた男だといいたいのか、深町の口調が淡々としているだけに判断がつかない。

「やつが抜け目ないのはそこからでな」

深町の話はまだ続く。「前のオーナーがホテルを経営していた頃は、格を維持するために、連れ込みを禁止してたんだ。やつは、ホテルを手に入れた直後から、それを解禁した。こいつがウケてな。当たり前さ。ばか高い酒を呑むためだけに、ナイトクラブに出かけてくる男がどこにいるかよ。あわよくば女を口説いて、ものにできるかもしれねえってスケベ心を皆抱いてんだ。首尾はよし。ところが、連れ込む場所がねえんじゃ、話にならねえだろうが」

「そしたら何か。久島は、このホテルを連れ込み宿に変えたっちゅうわけか」

夜目に見ただけに過ぎないが、ホテルは赤坂の一等地にあり、外観も一流ホテルそのものだ。

いかに商売のためとはいえ、それを連れ込み宿に変えるとは——。

驚くべき決断力、いや割り切りぶりとしかいいようがない。

俺には絶対にできない——。

思わず溜息をついた塙に向かって、

「別に何をどうしたってわけじゃねえ。フロントに見て見ぬふりをするよう指示を出した。ただそれだけだ」

深町は、あっさりといってのける。「それに、部屋に向かう女にしたって、ドレス姿で行くわけじゃねえ。私服に着替えりゃ、普通の客と区別がつかねえからな。ひとりで部屋に向かう分には、ただの宿泊客だと思うだろうさ。ナイトクラブの常連にとっちゃ、使い勝手が良くなったってんで、いままでにも増して客足が伸びた。店が繁盛すりゃ稼価値をさらに高める。家賃だって上げられる。ホテルも大繁盛。まさにいいことずくめさ」

「稼ぎたい女が集まるいうて……そしたらここにいる女は――」

一瞬、華江の顔が脳裏を過った。

端から客と寝ることを承知の上なのか、と続けようとした言葉を塙は呑み込んだ。

それでもいいわんとしていることを悟ったらしい。

深町は、おやっというように片眉を吊り上げながら、手を振った。

「違う、違う。金がねえことには話にならねえが、あればいいってもんでもねえ。そうなるまでの駆け引きを楽しむ場所なんだよ」

心中を見透かされたような気がした塙は、

「しかし、あんまり深う関わると、なんや厄介なことになるんと違うか」

慌てて話題を転じた。「聞けば聞くほど、恐ろしく仕事がでけるっちゅうことは分かるが、その抜け目のなさが気になんねん。まさか寝首をかかれるようなことになるんとちゃうやろな」

「それはねえな」

深町は考え過ぎだとばかりに言下に否定する。「やつがうちの事業に急に関心を示したのは、俺が誠実屋の店舗は全て賃貸だといったあたりからだ。それに牛肉の安売りは必ず東京でも通用する商法だ。誠実屋が東京に乗り込んでくれれば、短期間のうちにでかい店舗需要が生まれる。それも競合他社を駆逐する勢いで発展していく。そう踏んだからだ」

「そやけど、うちの店舗が全部久島の自社物件に入るいうわけやないやろ。仲介、斡旋やったら、入居の際の手数料収入だけや。そない小さな商売をちまちま拾うやつとは思えへんけどなあ」

「いつの間にか、誠実屋の店舗が全部やつの自社物件に変わっていることは考えられなくもないけどな」

深町は含みのある表情を向けてきた。

「それ、どういうこっちゃ」

「うちの店舗が入る、あるいは入った物件を、ことごとく買っちまうかもしれねえってことさ」

深町は目を細めた。「いったろ。国民の所得は上がり続けるのは間違いねえんだ。いまの百万は大金だが、十年後は五十万の価値しかなくなるかもしれねえ。所得が上がれば、物価も上がる。当然家賃も上がる。誠実屋が東京で確固たる勢力を築き上げれば、優良店子の最たるもんだ。現行価格に多少色をつけて高値で買っても、元が取れるまでの時間が短縮されていく一方なら、投資としては十分にやる価値がある。土地は絶対に消えうせねえもんだからな。元を取った後は、百パーセント、やつの会社の純益だ。これほど美味しい話がどこにあるよ」

　つまり、誠実屋が成長するにつれ、労せずして久島の下には毎月大金が転がり込む。まさに濡れ手で粟の商売となるわけだ。

「それだけ、誠実屋は買われているってわけだ」

　深町は続ける。「それに寝首をかくっていうがな。やつがスーパー乗っ取って、どうすんだ。第一、株式さえ公開してねえんだぞ。まして、商品揃えて、他店と競争してって、面倒はいっぱいあんだ。寝転がってても、金が入ってくる不動産業とはわけが違う。むしろ、一刻も早く誠実屋が東京で一番店の地位を確立させるよう、それこそコマネズミのように働くんと違うか」

　なるほど、いわれてみればだ。

　深町のいうように、誠実屋を乗っ取ろうにも、手段もなければ、理由もない。まして、沖縄産の安売り牛肉は誠実屋の専売特許のようなものだ。その肥育会社である南海ミート販売の株は、自分と深町、そして花城の三人で押さえてある。肉の供給を断たれれば、誠実屋はどこにでもあるただのスーパーだ。

「ええやろ。そしたら、久島はんに店舗探しは一任するとして――」

　塙は改めて断を下すと、「さて、そうなると、東京進出に当たっての責任者やが。どうやフカシン、あんた、やってくれへんか」

　話を前に進めた。

深町を東京進出の責任者にというのは、唐突に思いついたわけではない。

川端は関西、中部地域の店舗管理と店舗拡張で手いっぱいで、とても東京進出の業務を担えるほどの余裕はない。信二は経理担当で新店舗開店業務は素人同然。とても戦力とはなり得ない。そして最大の理由は、深町が携わっていたバナナの輸入会社の経営が不振に陥っていたからだ。

かつては、輸入割当品で取り扱える会社が限られていたバナナも、五年前に輸入が自由化されると、大手商社がこぞって参入するようになったのだ。同時に主に台湾産が主流であったのが、フィリピン、エクアドルと産地も拡大し、輸入量の増加とともに、価格は暴落。いまや、誰もが当たり前に食べられるただの果物のひとつとなってしまっていた。

深町が誠実屋の躍進に、多大な貢献をしたことは事実だ。いや彼なくして、いまの誠実屋は存在し得なかったといってもいい。その恩義に報いるためにも、しかるべき地位を以て、誠実屋に迎え入れる時がきた。塙は本心からそう思っていた。

「どうやろ。常務取締役東京支社長。誠実屋の正式な役員になって、東京進出を成功させてくれへんやろか」

深町にもプライドがある。足元を見透かされたような形で、誘われたのでは首を縦に振るまい。

塙は懇願するように、頭を下げた。

「太吉っつあん……」

深町が声を詰まらせる。

塙は頭を上げた。目の前に、感極まったような表情を浮かべる深町の顔がある。心なしか、その目が潤んでいるようでもある。

「俺に、こんな大事業を任せてくれるのか」

深町は念を押すようにいう。

「こんな大仕事を誰に任せられれんねん。フカシンを措いて、他におるかいな」

「ありがとう——」

今度は深町が頭を下げた。そして顔を上げると、

「精いっぱいやらしてもらうよ。命に代えても、東京進出を成功させてみせるぜ」

決意の籠った声でこたえた。

それ以上、何かをいわせれば、彼の目から涙が溢れそうだった。そんなフカシンの姿は見たくない。

「よっしゃ、それで決まりや」

塙は威勢よくいうと、「今夜は徹底的に呑もう。もちろんわしのおごりや」

先に立って螺旋階段を下りはじめた。

以前の席に、陽子、華江の姿はない。

呑みさしのグラスやアイスペールはそのままになっている。

ふたりが戻ったのを素早く見つけた今村が駆け寄ってくると、

「陽子さんをすぐに、お呼びします」

そう告げるなり、踵を返して去っていく。

グラスに残ったウイスキーは、氷がすっかり溶け、薄い色水といった態になっている。

「フカシンの門出や。新しいのに替えてもらお」

塙は近くにいたボーイを呼びつけ、新しいセットを要求すると、

「なあ、フカシン。久島はんの女な。あれ、売上の四割が自分のものになるいうたな」

ふと思い出した素振りを装って訊ねた。

「その通りだが、それがどうかしたか」

「そしたら、あんたも同じ方法であの陽子っちゅう女に手当てを払うてんのか」

「先刻お見通しってわけか」

深町は苦笑を浮かべると、「まあ、陽子の場合はそうだ」

懐から煙草を取り出し、火を点した。

「陽子の場合はっちゅうと?」

「ナイトクラブの仕組みは結構複雑でな」

深町は煙を吹き上げると、塙に視線を向けてきた。「まず係ってシステムがある。別にボトルを入れなきゃ酒が呑めねえってわけじゃねえ。グラスで頼んだっていいんだ。ホステスだって、ひとつの席にじっとしてるわけじゃねえ。短時間のうちに、席を渡り

歩く。なぜだか分かるか?」

　薄ら笑いを浮かべながら訊ねてきた。

　塙は首を横に振った。

「その方が、勘定が高くなるからさ。新しい女がやってくる度に、そいつのグラスが用意されんだ。もっとも、全部空けてたんじゃ女も体がもたねえ。口をつけるかつけねえか。つまり、ほとんどが捨てられちまうわけだがな」

　深町は再び煙草を口に運ぶと続けた。「入れ替わり立ち替わりしてりゃ、そのうち気に入った女が現れる。そこで初めて、客はボトルを入れてやる。その瞬間に、その女がボトルを入れた客の係になるんだ。そして一旦、係となれば、その女が店を辞めるまで、替えることはできねえ——」

　それが何を意味するのか分からない。

　塙は首を捻(ひね)った。

「つまりこういうこった」

　深町は前置きすると、「係の女が席にいようといまいと、極端な話、休んでる時に係の客が来てボトルを入れても、その売上の四割はその女の懐に入る——」

　面倒くさそうにいった。

「店を休んでてもって、そらボロい商売やないか」

　聞けば聞くほどに、不思議な世界だ。係になるのはさぞや大変なのに違いなかろうが、一旦なってしまえば黙っていても大金が舞い込むなんて、まるで利権商売そのものだ。

そんな塙の内心を見透かしたかのように、

「そうでもしねえと、女が客を争って収拾がつかなくなっちまうだろ。他人が手にした利権には、絶対手を出さねえって絶対的な掟があるからこそ、店の秩序が保たれてんだ。それに店を休んでてもっていうがな、目当ての女が休んでばっかじゃ、客だって来なくなる。そうなりゃ売上も落ちる。そんなズボラこく女はいやしねえよ」

深町は一気に話した。

「そしたら、なんで女を取っ換えひっかえやれんねん。陽子いう女がおんのや。他の娘に手え出したら、ややこしいことになるとちゃうんか」

塙がさらに質問を続けると、

「東京にはどんだけナイトクラブがあると思ってんだ。赤坂だけでも、ここと同じくらいの大箱は他にふたつもあんだぜ。銀座に行きゃあクラブは山ほどある。システムはどこへ行っても同じだ。他所の店の女に手を出したところで、あいつに分かるわけねえだろ」

今日に限って、何でそんなことを訊くのかといわんばかりに深町は怪訝な顔をした。

ボーイが新しいグラスとアイスペールを運んできた。

その背後から、陽子とはじめて見る女が現れた。

塙は小さな失望感を覚えた。美人には違いないが、華江とは明らかに雰囲気が違う。

奇麗な花には棘(とげ)があるというが、少なくとも華江にはそれを感じなかった。その点からいえば、この女には明らかに棘がある。つまり、この世界の水に慣れ過ぎた女だということだ。

「なあ、フカシン。さっきの華江いう娘(こ)をつけてもらうことはできへんか」

塙は深町の耳元で囁いた。

ぎょっとした顔をして、目を丸くする深町。しかし、すぐに片眉を吊り上げるとニヤリと笑い、

「陽子。すまんがその娘の代わりに華江を呼んでくれ」

と命じた。

女は表情を硬くして、ぷいとこちらに背を向けて去っていく。ほどなくして、華江が現れた。

「社長さん。華江さんがお気に召したみたいね」

陽子が艶然と微笑(ほほえ)みながら、席につくなりいった。

「わし、こんな店に来るのははじめてなんや。華江さんも、入ったばっかりやいうし、素人は素人同士、その方が、気楽でええ思うてな」

「かもな。太吉っつあんは仕事ひと筋。百戦錬磨の花の毒に当てられりゃ、イチコロだ。東京進出がかかった大仕事を控えてんだ。妙な遊びを覚えられちゃ、偉いことになる」

深町は大口を開けて呵々(かか)と笑った。

「まあ、東京にご出店なさるの？」

陽子が大仰に驚きを露にする。


「フカシン……いや深町には、東京支社長をやって貰うことになってん。今夜は祝いの酒や。がんがん行くで」

陽子の顔がぱっと明るくなった。売上が上がれば、実入りが増える。早くも銭勘定ははじまっているのだ。


それが証拠に陽子は、深町のボトルに手を伸ばす。

ジョニーウォーカーの黒ラベル。デパートで買えば、一万円は下らない代物だ。しかも、残りは三分の一ほど。がんがん行くといったからには、新たなボトル、いや女性を回せば、二本は入ると踏んだはずだ。


「陽子はん」

塙はその動きを止めるように、手を翳した。「今日は深町の門出の席や。新しいボトルを入れてくれへんか」


「本当！　嬉しい！」

陽子は浮き立つような声を上げる。

彼女はまたひとり、係になる客を獲得したと考えたに違いない。

しかし、そうではない。仕組みを知った以上、陽子に金を稼がせたところで、何の得にもなりはしない。

「でな。華江はん。あんたも門出を迎えたばかりや。深町同様、あんたも祝ってやらなあかん思うてな。どやろ、華江はん。わしの係になってくれへんか」

陽子の笑顔が固まった。その目に冷え冷えとした光が宿る。それが華江に向けられる。隣に座る深町も驚愕を隠さない。へえっとでもいうように口を半開きにして瞬きを繰り返す。

塙の意図を悟ったのだ。

「あの、お申し出はありがたいのですが……わたし、昨日入ったばかりで……先輩を差し置いて……」

陽子の容赦ない視線を前にして、華江はか細い声でいいながら下を向く。

「そやしいうてんのや」

塙は構わずいった。「何事も最初が肝心や。仕事がうまいこといくかどうかは、一にも二にも勢い。そして人との出会いや。初心者同士、景気ようやって前途に弾みつけよ」

けれども、華江はますます身を小さくするばかりだ。

「華江ちゃん。せっかく社長がいって下さってんだ。甘えなよ」

深町が後押しするようにいいながら、「それに、これからは俺は東京勤務。ここへ来る機会も増えるだろう。陽子にとってもそれは悪い話じゃない。今夜は後輩に花を持たせてやれよ」

陽子を宥めにかかった。

元より、陽子に選択肢はない。それに客の前である。

「もちろん」

陽子はぎこちない笑みを浮かべると、「おめでとう華江ちゃん。入店二日目で係になるお客さんができるなんて、滅多にあることじゃないわよ。社長さんに感謝しなくちゃね」

どこか棘を含んだ声で話しかけた。

「ありがとうございます……」

華江がようやく顔を上げ、頭を下げた。

「ようし、門出を祝うならシャンパンと行くか。陽子、まずは一本空けてくれ」

深町は威勢のいい声を上げてそう命じると、塙の顔を見詰めにっと笑った。

3

湿った音が速くなる。

組み敷いた華江の体がせり上がる。塙は彼女の脇の下から腕を回して肩を押さえ、体をさらに密着させた。

華江の顔が目前にある。快感か、苦痛か、華江は口を半開きにし、リズムに合わせて声を漏らしながら眉根に深い皺を刻む。

急速に高まってきた快感は、すぐに頂点に達する。精が華江の体内に迸る。華江の中が狭くなり、収縮を繰り返す。

肉の密着度合いが強くなる。

一瞬、精の放出が妨げられた。先端部分が熱を増し、それが快感をさらに高める。堪らず雄叫びを上げると、動きを止めた。

放出の余韻に浸りながら、体を離した。

荒い息を吐きながら、華江の隣に仰向けになる。

華江との行為の後に決まって覚えるのは、疚しさと空しさだ。

妻がありながらという思いに加えて、相手が違うという一点を除けば、行為の本質に変わりはない。愛人といえば聞こえはいいが、所詮、性欲を処理するだけの女だ。それだけのためならば、遥かに安くつく女はごまんといる。継続的な関係を結ぶためだけに、どれほどの金を使い、時間を費やしているのかと思うと、馬鹿馬鹿しくもなる。

しかし、そんな思いに駆られるのは、一瞬のことだ。

子を持った瞬間から、女は母へと変わる。

暗がりの中に浮かぶ、豊かにして張りのある乳房。瑞々しくきめ細かい白い肌。そして狭い肉をかき分けながら、体内へと侵入して行く時の感触――。

そこには、八重子が女として失ったものの全てがあった。

華江に魅せられた理由はそれだけではない。

巷間、その時々の男によって女は変わるといわれるが、男もまた同じだ。その時の女によって男も変わる。特に男の場合、それは運気に表れる。

華江とはじめて関係を結んだのは、出会ってから半年後。ちょうど、誠実屋が品川区に一挙に三店舗を開店し、東京進出の第一歩を印した頃のことだ。

華江は山梨の高校を卒業して上京し、東京の語学専門学校で二年間英語を学び、卒業と同時に化学品の専門商社に職を得た。ところが一年もしないうちに、食堂を営んでいた実家の父親が床に臥し、家業がままならぬ状態に陥った。

華江には大学二年生と中学生の弟がいる。これからの時代、どんな職に就くにしても学歴が必要だ。当然、金が要る。病の夫を抱えた母親が、女手ひとつで食堂を切り盛りするのは難しく、当面の生活費を工面するのは華江の役目となった。

しかし専門学校卒の、それも入社一年目の女性事務員の給与など知れたものだ。自分の生活を支えるので精いっぱい。とても仕送りどころの話ではない。

そこで思い切って会社を辞め、夜の世界に飛び込んだのだという。

あれから一年。この間の東京での事業展開を振り返ると、八重子同様、華江もまた福を齎す女であったことは間違いない。

国産牛の安売りを目玉に据えた商法は、東京でも絶大な効果を発揮し、いまでは大田区と合わせて十店舗を構える。目黒の旗艦店建設も順調に進み、半年後には完工の予定だ。そして最大の福は、目黒店の概要を察知した証券会社が持ち込んできた、誠実屋の上場話だ。

　会社がここまでの規模になり、さらに事業を拡大して行くためには、莫大な資金需要が生ずる。まして、目黒店の規模は桁違いに大きい。家賃に加えて什器(じゅうき)備品の購入、商品の仕入れに従業員の雇用と、初期投資だけでも大変な資金が要る。もちろん、銀行からの融資は取りつけてあるが、株式を上場することによって、資金を市場から調達する方が遥かに合理的だ。そして、株式のほとんどは塙の所有だ。公開すれば、莫大な資産を得ることになる。

　東京進出は、品川に三店舗を同時開店することからはじまった。準備に取りかかるのと同時に、久島の斡旋で青山にマンションを借り、東京にも生活拠点を設けた。当然、ハバナに顔を出す機会も増えていく。

　法外な金を出して、頻繁にボトルを入れてやる。それが何を目的としているかはいうまでもない。ましてハバナには日々多くの客が出入りするが、常連のほとんどにはすでに係の女性がいる。歩合の客を摑(つか)むのは、並大抵のことではない。華江にとって、塙は出会いから一貫して大切な金蔓(かねづる)。いや、一家を支える貴重な財源となった。関係を結ぶことを切り出しても拒むはずがないとは思いつつ、実際にそうなるまで半年もの時間を要したのは、偏(ひとえ)に塙が女性を口説くという行為に不慣れであったことによる。

「もう……」

こちらに顔を向けながら、華江が非難の声を上げた。「あれほどいっているのに……」

何をいわんとしているかは、改めて訊ねるまでもない。避妊を怠ったことだ。

「すまん……。あこの具合がごつうようてな。つい忘れてまうねん」

ただでさえばつが悪いのに、まともに返せば、それに拍車がかかる。

本音だったが、塙は敢えて卑猥な言葉を用いて弁解した。

二十二歳の体は、中年を迎えた八重子とは明らかに違う。塙が初めての男ではないことは、最初に関係を結んだ時に気がついていたが、未開に等しい体であった。それが、体を重ねるごとに、徐々に変化していく。やがて塙の手管に敏感に反応するようになってからは、つい行為に没頭してしまい抑制が利かなくなってしまう。

「それにわし、あの感触がどうもあかんねん。薄皮一枚いうても、惚れた女子と直に触れあってへんのや思うと、何やせつのうてな」

塙が続けていうと、

「妊娠したらどうするつもり？」

華江はすかさず問い返してきた。

「どないするといわれても――」

ありうる話だ。

塙に子種があることは、八重子との間にふたりの子供をもうけたことで明らかだ。無防備のまま関係を重ねていれば、いずれ華江が妊娠する可能性は十分にある。

塙はこたえに窮して語尾を濁した。

「わたし、絶対に堕ろしませんからね」

華江はぴしゃりというと、「子供ができたら何があっても産むわよ。だからといって、一生日陰の身でいるのもい・や……」

一転して鼻にかかった甘い声で囁きながら、体の位置を変え塙に向いた。

どうせ冗談に決まってる。

「そしたら、どないせいっちゅうんじゃ」

塙は軽くこたえた。

目の前に華江の乳房がある。

視線が否応なしにそこに向く。

「奥さんにして」

華江は唐突にいった。「あなたの正妻にして」

「そないなこと、できるわけあらへんがな」

塙は鼻で笑った。「いまのわしの成功は、嫁はんの内助の功の賜物やし、共に苦労してきた仲や。まして、まだ独り立ちしてへん子供がふたりもおんねん。捨てられるわけあらへんがな」

「だったら、本当に子供ができたらどうするの？」

避妊を怠れば詰られるのは毎度のことだ。

いつもならこの辺りで終わるはずなのに、今夜の華江は執拗に問い掛けてくる。怒っているふうでもない。責めるふうでもない。至極自然、いや余裕すら感じさせる口ぶりだけに、何か確信があるのか——。

「まさか、お前——」

塙は思わずベッドの上に上半身を起こし、華江の顔を見た。

暗がりの中に、華江の白い歯が浮かび上がる。

笑っているのだ。

「さあ……。それはわたしにも何ともいえないわ。だって、そうでしょう？　前のが当たっていたかもしれないし、今日のがそうかもしれないし……」

華江の思わせぶりな口調。

彼女がこんなことをいうのははじめてのことだ。

手当てを増やせといったこともない。もっと頻繁に来て、売上に貢献しろといったことさえない。

それが、なぜ今夜に限って執拗に食い下がるのか。この豹変ぶりはいったい何なのだ。

塙は真意を測り兼ねながらも、

「もし、そないなことになったら、堕ろしてもらうで。もちろん、それなりのことはさせてもらうよって……」

すかさず返した。

「だから、堕ろすのは嫌だっていってるでしょ」

「あかん。絶対に産むのはあかん」

塙は後悔の念を覚えた。

自ら冒した行為とはいえ、危険極まりないことを繰り返してきたものだとつくづく思った。

本当に華江が妊娠し、子供を出産しようものなら、大変なことになる。

八重子と別れることができぬ以上、生まれてくる子供は婚外子となるが、華江の口ぶりからすれば、当然認知を迫るだろう。その子供が成人するまでの養育費に加えて、ふたりの生活費。いや、その程度の金を捻出するのは、困難なことではない。むしろ、それで済むなら安いものだ。問題は、外に子供をもうけた事実が、世間に知れた時のことだ。

家庭内に波風が立つことはもちろんだが、それ以上にふたりの子供の縁談に少なからぬ影響を及ぼす。いや、それだけではない。その先にはさらなる問題が待ち受けている。

認知したからには、当然その子供にも相続権が生じる。婚内子とは分配比率こそ違うが、その時点での財産が多ければ多いほど、取り分もまた多くなる。

死した後の話だといってしまえばそれまでだ。しかし、誠実屋はふたりの子供が跡を継いだ後も、飛躍を続けていかねばならない。その時の状況いかんでは、家族どころか、会社の経営そのものに、混乱を及ぼすことも十分に考えられる話ではある。

「だから産んだらどうするの？　結婚できないっていうのなら、母子ふたりが十分な生活を送れるだけの手当てをくれるの？」

　それがどこまでのことを指しているのかが分からない以上、へたな返事はできない。

　塙は口を噤(つぐ)んだ。

「あ・な・た——」

　軽い口調ながらも、華江の声に凄(すご)みが加わる。「わたしはあなたにとって、どんな存在なの？　売上と引き換えに欲望を満たしてあげる都合のいい女？　金と引き換えに体を開く商売女のひとりだって考えてるの？」

「いや、そりゃちゃうで——」

　すかさず否定したものの、後が続かない。

　塙は口籠った。

「後先も考えずに、好き勝手し放題。その揚げ句、妊娠した時のことは考えてもいない」

　一転して華江は罵倒するかのようにいいはじめると、「そんな男と、これ以上付き合うのはご免だわ」

　次の瞬間、いきなり吐き捨てた。

　塙は内心でほっとする気持ちを覚えた。

　特定の女と継続的な関係を結ぶのは、華江がはじめてだ。それゆえに、関係が拗(こじ)れた際の対処に知恵はない。まして、ここまでいわれると、この先、華江と関係を継続しても面倒が増えるだけで、ろくなことにはなりそうにないと思われたからだ。

華江が別れ話を切り出してくれるとは、まさに渡りに船というものだが、関係を断つということは、歩合で得る収入が激減するということだ。きっと条件があるに違いない。

塙は身構えた。

果たして、華江は唐突にいった。

「一千万下さらない？」

「一千万！」

塙は声を裏返させた。「あり得へん。そら、なんぼなんでもふっかけ過ぎやで」

大卒初任給が三万四千百円の時代に、一千万円は途方もない金額だ。地方都市なら二百万、首都圏でさえ、四百万円もあれば立派な一戸建て住宅が買える。情事の代償としては、あまりにも高額に過ぎる。

「そうかしら。賭けと考えれば、安いものかもしれないじゃない」

ところが華江は、また理由の分からぬことをいう。

「賭け？　賭けってどういうこっちゃ」

塙は訊ね返した。

「わたし、店を辞めるわ。この商売から足を洗うの」

「辞めてどないすんねん」

塙ひとりが齎す金額だけでも、普通の勤めでは到底得られぬほどの収入になっている。いまさらかたぎの仕事には戻れまい。まして、田舎の実家の家業は父親の病で休業状態。それとも、再開の目処が立ったとでもいうのか。

「それはわたしが決めること。あなたには関係ないでしょう?」

華江はこたえを拒むと続けた。「こんな世界に身を置いてたら、ろくなことにならないって気がついたの。客がつくのも若いうちだけ。歳(とし)を重ねればいずれ離れていく。やがて、店を追い出され、キャバレー、果ては場末のバーへと身を落とすのがおち——」

そこに思いが至るとは、大したものだが、華江のいう『賭け』の意味が分からない。

塙は次の言葉を待った。

「再出発するためには、元手がいるの。一千万はそのためのお金。そして——」

華江はそこで言葉を区切ると、「もし、別れた後に妊娠が発覚しても、これ以上のお金は要求しない。お腹(なか)の子をどうするかは、わたしが考える。もちろん、産んだとしても、あなたに迷惑はかけない。ひとりで育てていくわ」

軽くいい放った。

本当に華江が塙の子供を宿した場合、その後に発生する養育費、生活費を考えれば、とても一千万の金で済むものではない。その場合は華江の負け、塙の勝ちとなる。しかし、妊娠しなければ、華江は一千万の金をまるまる手にすることになる。勝敗は逆転。どうやらそれが賭けの意味であるらしい。

なるほど、それで一切の関係を断てると考えれば、悪い話ではないかもしれない。だが、賭けを持ち出す人間が、自らが不利になる条件を提示することはあり得ない。

華江は妊娠していない。別れた後に妊娠が分かったとしても、堕ろしてしまえば金のほとんどは手元に残る。産む気など端からありはしないのだ。そして、そこにこの世界から足を洗うという言葉を重ね合わせると、華江が何ゆえに突然こんな条件を持ち出したか、透けて見えてくるものがあった。

「お前、男ができたな」

塙は断じると、「そうやろ。この商売から足を洗ういうのは、その男と一緒になるからやろ」

続けて迫った。

華江を手放すのが惜しいからではない。田舎出の小娘に手玉に取られ、まんまと一千万もの大金を毟り取られる。それが悔しくてならなかったからだ。

「そんなことないわ」

図星をついてやったつもりだったが、華江はいささかも慌てることなく、「嫌だというならそれでもいいのよ。その代わり、もし子供ができたら、後々のことを含めて、一切合切の面倒はきちんと見て貰いますからね」

有無をいわせぬ口調で念を押した。

そこを突かれるとぐうの音も出ない。

歯嚙みをしながら、鼻で荒い息を吐き、押し黙った塙に向かって華江はいった。

「会社を上場するんでしょう？　そうなれば、あなたには大金が転がり込んでくるんでしょう？　一千万ぐらいのお金なんて、どうってことないじゃない。それで、将来の面倒から解放されるなら、安い出費ってもんだわ」

4

結局、華江とは別れた。

要求通りの金を払ったことはいうまでもない。

金の出所は塙の預金からだ。

八重子は塙がどれほどの給与を会社から貰い、蓄財がどれほどあるかも知らぬ。金の管理は塙が行い、随時入り用な額を手渡してやる。それが決まりであったからだ。

だから華江の存在も、情事の報酬に幾ら費やしたかも、全ては塙個人が知るだけで片がついた。

火遊びの代償としては高くついたが、学んだこともある。

金の匂いは、人の欲を掻き立てる——。

それが、その最たるものだ。

上場話が持ち込まれて以来、証券会社の人間と会う機会が頻繁になった。会食が伴う際には、決まって場を移しハバナに流れた。勘定は証券会社持ち。それも複数の人間が同席するのが常である。華江の売上向上にと思ってやったことだが、席で交わされる会話は漏れなく彼女の耳に入る。

酒は人の口を軽くさせる。上場によって、塙がどれほどの財を成すか。誠実屋の今後の成長も含めて、接待役の証券会社の人間は、ここぞとばかりに持ち上げる。

途方もない金額の話が飛び交う。まして、それが自分を囲っている男の懐に入ってくるのが間違いないとなれば、おこぼれに与(あずか)ろうという気持ちに駆られても不思議ではない。

いまが正念場だ。女にうつつを抜かしている場合じゃない。事業に専念すべきだ――。

塙は華江と別れたのを機に、夜の外出を控えるようになった。

目黒店の建設は順調に進み、それに伴い開店に向けて仕事に忙殺される日々が続き、遊びどころではなくなったせいもある。仕事は連日深夜にまで及び、目黒に構えた東京支社と、青山のマンションを行き来する日々を送るようになっていた。

執務室のドアがノックされたのは、華江と別れてからふた月ほどした、ある日のことである。

時刻は午後九時半。ちょうど店屋物の遅い夕食を摂(と)り終えた直後のことだった。

従業員は既に帰宅し、事務所には誰も残っていないはずだ。

怪訝な気持ちを抱きながらも、

「どうぞ――」

塙はこたえた。

ドアが開くと、現れたのは深町である。

「どないしてん。こない遅い時間に――」

塙は訊ねた。

「備品業者との打ち合わせが長引いてな。近くだったんで書類を置きに戻って来たんだが、太吉っつあんの部屋に明かりがついてたんでさ」

深町はテーブルの上に置かれた空いた皿に目を向けると、「いまごろ飯か？」

驚いた様子でいった。

「ここんとこ会議、打ち合わせが夕方遅くまでびっしりでな。飯の時間が遅うなってまうねん。目を通さななららん書類はぎょうさんあるし、放っておけば溜(た)まる一方や。決裁が遅れれば、現場の仕事も捗(はかど)らへんしな。ここ三日ばかりは、毎晩店屋物で済ましてんのや」

「そんなもんばっかり食ってたら、体壊すぜ。いよいよ正念場を迎えるって時に、何かあったら事だ。ちゃんとした物を食って栄養つけねえと」

執務席の机の上は、書類の山だ。部屋の中央に置かれた応接セットで食事を摂っていた塙の前に、深町は腰を下ろした。

「心配いらへんって」

塙は楊枝を使う手を休め、温くなった番茶をがぶりと飲んだ。「考えてみいや。闇市からいまに至るまで、昼も晩も飯いうたら店屋物で済ましていた時代の方が長いんやで。それで、病気ひとつしたことあらへんのや。東京に出てきてからが、贅沢し過ぎてたんや」

「なあ、太吉っつあん。あんた、仕事をひとりで抱え込み過ぎるんじゃねえのか」

深町は、硬い顔をして口を結んだ。

身を案じているのではない。何かいいたいことがあるらしい。

塙は黙って茶碗を置いた。

「東京進出を俺に任せてくれるとはいってくれたが、実質的に実務を取り仕切っているのは太吉っつあん、あんたじゃねえか。俺の出る幕なんてほとんどありゃしねえ」

果たして深町は、切り出した。

それか——。

そうなったのも、やはり華江の存在が大きい。体の関係ができてからというもの、東京への滞在期間は格段に増えた。彼女の体に溺れたせいもあるが、手当て、つまり売上を造ってやる必要に迫られたこともある。まして、華江と過ごすのは夕刻から深夜。日中は時間を持て余す。となると、どうしても東京支社に足が向く。仕事場に入れば、既存店の業績、目黒店の進捗状況と、気になることは山ほどある。つい口を出してしまうのだが、本来それは深町の仕事である。まして目黒店の開設は、彼の発案による。不満を覚えるのも当然だ。

「これじゃあ、肩書きだけじゃねえか」

深町は、ついにあからさまに不満の言葉を口にした。「そりゃあ、役員、支社長に取り立ててくれたことには感謝してるさ。もちろん、誠実屋は太吉っつあんの会社だ。何を決めるにしても、最終的にあんたの決裁を仰がなけりゃならねえのも事実さ。だけどさ、目黒の件も含めて、東京は俺に任せる。あんた、そういってくれたよな」

「すまなんだ……。そやけど、別にフカシンの能力を信じてないからやないねん。目黒店には誠実屋の全国制覇の夢がかかってんのや。そう思うとつい――」

打ち明けてはいないが、華江を愛人にしていたことは、深町も気づいている。しかし、それを理由にすることはさすがに憚られた。

塙は苦し紛れに、言葉を濁した。

「全国制覇を目指してんなら、尚更だろ」

深町は堰を切ったように畳みかけてくる。「これから先、店舗数はどんどん増えんだぞ。会社の図体もでかくなる。店長、支店長と役職者も増える。そうなりゃ、いちいち社長にお伺いを立てているわけにはいかねえだろが。現場へ権限を委譲しなけりゃ会社は回らなくなっちまうぞ」

正論だ。

塙は視線を落として黙った。

「この際だからはっきりいわせて貰うが、このまま太吉っつあんが、東京で陣頭指揮を執るってんなら、俺は下りるぜ」

「えっ？」

考えもしなかった言葉に、塙は驚いて視線を上げた。

深町の揺るぎない視線が塙を捉える。

「当ったり前だろが。こんな状態が続くなら、俺がいる必要がどこにある」

明らかに声に怒りが籠っている。

深町は本気のようだった。彼の瞳には決意の色が見て取れた。

それは困る。

スーパーをはじめるに際しては見解の相違こそあったものの、闇屋、大衆薬の安売りの大成功、そして誠実屋が並み居る同業他社を圧倒し驚異的な成長を遂げたのは、彼の存在なくしてあり得なかったのだ。いまここで、彼を失うとなれば、その影響は計り知れない。

「なあ、太吉っつあん。ひとつはっきりさせておこうじゃないか」

深町は、ぐいと身を乗り出すと迫ってきた。「あんたにとって、俺は使用人のひとりなのか。それともパートナーなのか」

ふたつのいずれかと問われれば、こたえは明らかだ。

「ただの使用人なんて思うとるかいな。パートナーに決まっとるやろが」

塙は躊躇することなくこたえた。

「パートナーね……。本当にそう思っているのか」

深町は口元を歪めながら背凭れに身を預けると、煙草を銜えた。

高ぶった感情のせいか、ライターの炎が小刻みに震えている。

「そういってくれるのは嬉しいが、パートナーってのはよ、対等な立場のことをいうんだろ。だけど、いまの状況は、それとはほど遠いわな」

深町は白けた笑いを浮かべながら続け、煙を吹き上げた。

「これまでのことは、わしが悪かった」

塙は頭を下げた。「品川、大田の店の経営は、今日この時からフカシンに任せる。そやけどな、目黒店に関しては、わしもどっぷり頭を突っ込んでもうてんのや。いまさら身を引くわけにもいかへん。開店するまであと僅かや。堪えてくれ。そっから先、東京のことは目黒店も含めて一切合切あんたに任せるさかい――」

「そんなことをいってんじゃねえよ」

深町は再び身を起こすと、火を点したばかりの煙草を荒々しい仕草で灰皿に突き立てた。

「そしたら、どないせいっちゅうんじゃ。わしがここで目黒店の件から手を引けば、取引業者も現場も混乱してまうがな。開店が遅れてまうかもしれへんのやで。店舗かて、引き渡しを受けた時点から賃料が発生すんねんで。店子も決もうてる。自社ブランド製品かて、開店日に合わせて製造スケジュールが決まってんのや。待ったなしに納品がはじまってまうねん。大量の在庫を抱えてまえば、金利もかかる。資金繰りも狂うてまうがな」

塙は必死に訴えた。

「だから、そうじゃねえっていってんだろ」

深町は、苛（いら）ついた声を上げた。「俺をパートナーというんなら、応分の待遇をしてくれっていってんだ」

待遇といわれれば思いつくのは、ひとつしかない。

「給料を上げえちゅうんか」

そう返したものの、塙は違和感を覚えた。

長い付き合いの中で、深町が報酬に不満を漏らしたことは一度たりともなかったからだ。闇屋、薬の量販、南海ミート販売の設立に際しても条件は常に新たな事業に着手する前に決め、どれほどの成功を収めようとも、不満を漏らしたことはない。

使い道も含めて、金に執着しない男――。

それが深町であったからだ。

「株を持たしてくんねえか」

果たして深町の提案は、まったく予想もしなかったものだった。

「株？」

「誠実屋の株だ」

深町は頷く。「太吉っつあんが、俺をパートナーだというんなら、俺たちは一蓮托生の身だ。まして、これから先の東京は、誠実屋の今後の鍵を握る存在になる。支社長の責任もどんどん重くもなれば、常務として全誠実屋の経営に深く携わることにもなる。もちろん、あんたが誠実屋のトップであることには変わりはねえが、早晩日本を東と西に分けて、管理してかなきゃならなくなんだろさ。その時は、東の経営責任は俺が負うことにもなるんだ。応分の株を持つのは当然だろが」

確かに深町の言には一理ある。

一部上場の大企業では、新たに役員に就任する人間は、応分の自社株を持つ。

株は資産だ。経営陣のひとりとしての重職をつつがなくこなし、会社の業績が上がれば、株価も上がる。その分だけ資産は増える。つまり、資産を増やすも減らすも経営陣の手腕次第。それが、職務に対する向上心を維持する動機づけとなるからだ。

ただし、それも深町の言葉を額面通りに受け取ればの話だ。

彼の狙いは別にある、と塙は思った。

それは何か――。

決まってる。上場時の公開株利益だ。

いまなら一株の値段は額面通り五十円。これが、何倍、いや何十倍に化けるかもしれぬのだ。未公開株を手にいれれば、莫大な資産を労せずして構築できる。

大金を摑むのが確実な人間を目の当たりにすれば、伸びぬ爪も途端に長くなるのは華江で知れたこと。まして深町ほどの人間が、千載一遇のチャンスを逃すわけがない。それに、深町にしてみれば、今日の誠実屋があるのも、自分の貢献があってのことという自負の念を抱いてもいるだろう。創業者利益を『パートナー』に独り占めされたのでは面白かろうはずがない。

もちろん深町の狙いがそこにあったとしても、非難はできない。彼には創業者利益を享受する資格は十分にある。深町とて人の子だったと割り切るしかない。

「ええやろ」

塙は頰を緩ませた。「あんたとわしは一蓮托生の身や。それに、誠実屋が日本一のスーパーになるためには、まだまだあんたの助けが必要やしな。株を持てば気持ちよう働けるいうなら、持って貰おうやないか」

快諾したつもりだったが、深町の表情に変化はない。むしろ、眼光が鋭くなる。

塙は不吉な予感を覚えながら、

「で、なんぼ欲しいんや」

と訊ねた。

「三割――」

まるで、塙が合意するのを見透かしていたかのように深町は即座にいった。

「三割って……」

これには驚いた。

その数字が意味するところは明らかだ。

発行済み株式の三十パーセントを握られれば、議決権が生じる。役員会に諮られる全ての議案が、深町の承認無くしては何事も決まらない。つまり、社長である塙と常務の深町が対等の立場になってしまうことになる。

「そら、なんぼなんでもあり得へんやろ」

塙は我が耳を疑いながら、慌てて否定した。

ところが深町は、

「そうかな」

平然として異を唱える。「太吉っつあんが何を懸念しているかは分かるぜ。だけどな、上場するってこたあ、金さえ出せばどこの誰とも分からねえ人間が株を持てるってこった。世の中、配当目当てに株を買う人間ばかりじゃねえんだぞ。大金は要るが、誠実屋の将来に目をつけた人間が株を買い占めりゃ、乗っ取ることだってできるんだ。そうさせねえためには、安定株主ってもんが必要になる」

三十パーセントの株を握られれば議決権が生じるなら、十パーセントを握られれば役員を送り込める。深町の懸念はもっともそうに聞こえるが、どう考えても腑に落ちないのは、それだけの株を欲していながら、肝心の金があるのかということだ。

深町の夜の巷での放蕩は、いまに至っても止んでいる気配はない。

入ってきた金は、右から左に消えていく。それが深町の金の使い方だ。なのに、莫大な金額を要する株を持たせろという。

この話には裏がある。

塙は直感的に思ったが、そうした内心をおくびにも出さず、

「そら、上場するいうても、わしも応分の株は手元に置くがな。その上、あんたに三十パーセントもの株を分けてもうたら、市場に出す株がなんぼも残らんようになってまう。それに、流動株を少のうすれば高値がつくかも知れへんけど、値頃感ちゅうもんは大切や。広く浅う多くの人に買うて貰うて、資金をぎょうさん集める。それが上場の目的や。やっぱり、市場に出す株はそれなりにせんとな」

敢えて別の理由を以て、深町の出方を窺った。

「それなら、公開前に第三者割当って手があるじゃねえか」

「第三者割当？」

「つまり、増資だ。特定の人間に向けて株式を新たに発行すんだよ。もともとこいつは、縁故募集っていわれるやり方だ。違法でも何でもねえ。水増し分も含めた総株式の三割に相当する株を、俺が買えば——」

「あのなフカシン——」

塙は深町の言葉を遮ると、「あんた、三割って軽くいうがな、なんぼ額面通りやいうても、そんだけの株を買うためには、どんだけの金が必要になる思うてんねん。あんた、

金はあるんか？　安定株主いうけどな、そら買うた株を手放さへんいうことやで。資産とはなっても、売られへんもんなんやで。借金しても買ういうかもしれへんけど、金利だけでも大変なもんになるで。どないして金を工面すんねん」

先に覚えた疑念を口にした。

「金のことなら心配するな。その程度の用意はある」

深町は胸を張ってこたえたが、一瞬だが視線が揺らぐのを塙は見逃さなかった。

嘘だ。こいつは嘘をいっている。やはり、この話には何か裏がある。

塙は確信した。

「その程度やて？」

塙は鼻を鳴らすと、「誠実屋の資本金がなんぼやと思うてんねん。その三割いうたら、なんぼになんねん。手当ては酒代の一部やいうても、何人も女を囲うてんのやろ。給料でやりくりすんのがやっとと違うんか。そないなことやってでからに、どないな用意があんねん」

舌鋒鋭く問い詰めた。

今度は、視線が揺らぐのがはっきり見て取れた。

深町はそれを隠すかのように目を伏せる。

塙は無言のまま、深町を見据えた。

暫しの沈黙があった。

「なあ、フカシン――」

塙はいった。「安定株主は確かに必要や。本当にあんたが、そうなってくれんのなら願ってもないこっちゃ。三割の株を持たすのに吝かではない。そやけどな、どう考えても、あんたがそれを抱えたままでいられるとはわしには思えへんのや」

深町は身じろぎひとつすることなく、俯いたままだ。

塙は続けて迫った。

「こないなことは考えたくもないけどな、ひょっとして、誰ぞ金主がおるんとちゃうんか。あんた、その株をそいつに渡すつもりとちゃうんか」

とはいったものの、深町は戦友だ。パートナーといった言葉にも嘘はない。家族同様、自分にとってはかけがえのない人間のひとりだ。

自分の読みが外れて欲しい。否定してくれ。

そんな思いが塙の胸中にふつふつと込み上げてくる。

しかし、現実は酷い。

「どうにもこうにもならなくなっちまったんだよ」

深町は悄然と肩を落とすと、声を震わせた。「下手打っちまってさ……」

やっぱり――。

塙はパートナーに裏切られた深い失望感を覚えた。同時にそこまで深町が追い詰められた理由は何なのか。それが知りたくなる。

「何があったんや」

塙は訊ねた。

「赤坂に『カリブ』ってナイトクラブがあってな――」

深町は重い口調で話し始めた。「そこにいた女に手を出しちまったんだよ。ところが、囲ってから一年ほどした時に、そいつの男だってやつが現れてな。面倒なことになっちまったんだ」

そう聞けば、男がどんな類いの人間なのかは想像がつく。

「これか」

塙は自らの頬を縦になぞった。

深町は頷く。

「高井組って赤坂を仕切ってるヤクザの構成員でな。そいつが刑期を終えて出てきたんだ。結局は、金で解決することになったわけだが、当時俺は誠実屋の常務になったばかり。収入の大半を誠実屋からの報酬に頼っている上に、察しの通り手持ちの金なんかありゃしねえ。それで、借金をこさえちまったんだ」

「借金いうても、返してくれる見込みがあればこそや。担保も取らなんで、金を貸す阿呆はおらんで」

深町は自宅すら持たぬ。蓄財どころか、資産と呼べるものは何ひとつ持っていないのは先刻承知だ。

塙は率直にいった。

「それが、いたんだ。無利子、無担保。ある時払いの催促なしで――」

ところが、深町はすかさず返してきた。しかしその口元は、苦虫を嚙みつぶしたように歪む。

「奇特なやつもおるもんや。そら、誰や」

「久島だ――」

「久島！」

塙は驚愕して、大声を上げた。

かつて深町は久島を評して、「とにかく利に敏い、金には煩い、極め付きのケチ」だといった。そんな男が、無利子、無担保、ある時払いの催促なしで金を貸すとは考えられない。いや、借りた深町にしたところで、おかしいと思って当然なのだ。

塙がそこを指摘すると、

「今にして思うとその通りなんだが……」

深町は語尾を濁すと、続けていった。「久島は目黒の件を持ち込んでくれたことに、偉い感謝していてな。借金を申し出た俺に、あんたには恩がある。その程度の金なら、安いもんだといってくれたんだ。それに、あれだけ手広く不動産業をやってりゃ、その筋とは否応なしに深い縁ができる。話を丸く収めるために、間にも入ってくれてな――」

なるほど、誠実屋が品川、大田の両区に構えた店舗にしても、仲介であった物件が、いつの間にか久島の物となっているものが幾つかある。継続的に賃料が発生する、それも優良店子が入った物件を手放す人間がいるわけがない。いや、それ以前に目黒という住宅地のど真ん中に、三千坪もの土地を纏めるのは、並大抵のことではなかったはずだ。それも、久島の不動産ビジネスには、その筋の組織が深く関わっているとなれば、全て納得がいく。

いまさらながらにそこに気がつくと、何ゆえに深町が三割に相当する誠実屋の株式の取得を申し出てきたのか、その資金をどうやって用意するつもりであったのか、もはや説明を受けるまでもない。

「そしたら久島は、今度はわしの会社に目をつけたっちゅうわけか。あのホテル同様、議決権を行使できるだけの株を取得し、誠実屋を乗っ取るつもりなんやな」

油断も隙もあったもんじゃない。獅子身中（ししんちゅう）の虫とはまさにこのことだ、と塙は思った。

絶大な信頼を置いていた深町に、裏切られたという思いを抱く一方で、塙は久島の悪魔的手法に心底震え上がった。

「それはどうかな――」

しかし、深町は首を捻る。「久島にスーパー経営のノウハウはない。手に入れたところで、途端に経営が傾いたんじゃ元も子もないからな。安く入手した株を上場後に売って差額を稼ぐ。やつの狙いはやはりそこだろう」

違う。そんなことはない——。

塙は即座にそう思った。

狙いがそこにあるのなら、三割という比率を持ち出すはずがないからだ。

久島は、間違いなく議決権を行使できるだけの株を入手することを目論んでいる。第三者割当を持ち出したのは、そのための資金が少なくて済むからには違いないが、その後の経営というなら、自分の代わりとなる人材はすでにいる。

それは誰でもない。深町だ。

まさか、こいつもグルなのか。

久島を金主として誠実屋を乗っ取り、自分が経営者の座に就く——。

もし、深町の狙いがそこにあるとしたら。女と揉めたのも、金を要求されたのも、久島から金を借りたのも、すべてでっち上げのストーリーだとしたら——。

一度芽生えた疑念は塙の中で、瞬く間に増幅されていく。

「なあ、フカシン……」

塙はいった。「あんた、女と揉めたのは一年前やというたな」

「ああ……。それがどうかしたか」

深町の瞳がまたしても揺らぐ。

「それ、ほんまの話なんやろな」

念を押す塙に、

「本当だ。嘘じゃねえよ」

深町はこたえる声に力を込めた。

「まさか、目黒の物件をわしに持ちかける前から、この筋書きが決まっとったんとちゃうやろな」

「馬鹿なこというな」

深町はむきになって否定する。「考えてもみろよ。俺が久島の世話になったのは、上場話が持ち上がる前のことだぞ。久島が知ったのは、つい最近のことだ。どうやったら、遥か昔にそんな筋書きを書けるってんだ」

それも、久島の世話になったのが、一年前という深町の言葉を信じればこそのことだ。策を弄して未公開株を騙し取ろうとした人間の言葉を、もはやまともに受け取ることはできない。それに、そんなことはこれから先のことを考えれば些細なことだ。

「しっかし、とんでもない人間と関わりを持ってもうたもんや」

抱え込んでしまった難題を考えると途方に暮れる。塙は、溜息をつくと続けていった。

「すでに営業しとる店舗を閉めるわけにはいかへんし、目黒店には誠実屋の今後の命運がかかってんのや。ここまで準備が進んでもうたからには止めるわけにもいかへん。縁を切ろうにも切れへんで」

「そういわれると、返す言葉がねえよ……。あいつを誠実屋の商売に引き入れたのは俺だ。本当に申し訳ない――」

深町は肩を落とした。

しかし、塙の中に芽生えた深町への不信感は、彼が見せる殊勝な態度も本心からのものであるのか、あるいは演技なのか、すでに判断がつきかねる域にまで高まっていた。もはや、深町は頼りにならぬ。こうなったら、自らの手で真実を見極めるしかない。

「なあ、フカシン――」

塙はいった。「こうなった以上、まずはあんたと久島の関係を奇麗にせなならん」

「奇麗にするって？」

「対等な関係に戻すいうことや。こないな話を持ちかけられたんも、借金を抱えた弱みがあるからやろ。耳を揃えて返してやれば、久島かてもう無茶はいえへんがな」

「しかし、俺にそんな金は――」

深町は、あからさまに困惑した表情を浮かべ、語尾を濁す。

「わしが立て替えたるがな」

塙はすかさずいった。「なんぼ借りてん？」

「五百万……」

深町はぼそりといった。

「たった」といいたくなるのを塙はすんでのところで堪えた。もちろん、五百万円は大金だが、誠実屋の三割の株を購入する資金に比べれば、拍子抜けするほど微々たる額だ。

「ええやろ」

塙はぽんと太股を叩くと、「五百万、返したろやないか。ただし、フカシン。これはあんたの退職金の前払いやで。ただでくれてやる金ちゃうからな。誠実屋が日本一のスーパーになるまで、身を粉にして働いてもらうさかいな。退職する時、あんたの手元になんぼの金が残るかは、今後の働き次第や」

そういい放ち、深町に返事をする間も与えずに部屋の片隅にある金庫に歩み寄った。

東京支社の所帯が大きくなり、仕事が多岐にわたるにつれ、現金で精算を行う仕事も多々発生するようになっていた。給与はそのひとつで、現金払いが原則だ。五百万円程度の用意は常にある。

ダイヤルを操作し、重い扉を開く。

塙は帯封で括られた五つの束を無造作に摑むと、深町の前のテーブルの上にどさりと置き、

「そしたら、行こか」

と促した。

「行くって……どこへ？」

全く予期せぬ展開であったのだろう。

深町は、慌てた口調で訊ね返してきた。

「決まっとるがな。ハバナや」

塙は静かに返した。「この時間なら、久島はあの店におるやろ。無利子、無担保が条件なんやろ。こいつを渡してまえばそれで終い(しま)や」

　ニヤリと笑って見せた塙の前で、深町の顔がみるみるうちに白くなった。

5

「塙さん。何の真似(まね)ですか」

　テーブルの上に積み上げた、五つの札束を前にして久島はいった。

　表情に変化はない。細い葉巻から立ち上る煙の向こうから、小さな黒目が塙を見据える。

　久島の隣には、富美恵がいる。彼女の目は札束に釘づけだ。すらりと伸びた首の喉仏が上下するのが見て取れる。

　そしてもうひとり、富美恵の隣には久島の連れがいた。

　はじめて会う男だ。五十にはなっていまい。角刈りにした頭。ふっくらとした頬。しかし、太っているのではない。前を開けたスーツから覗くワイシャツの胸元には、左右に引き攣(つ)れたような皺が寄っている。なのに、腹部には余裕がある。全身が強靭(きょうじん)な筋肉で覆われているのだ。

　男は札束を目にしても、何の反応も示さない。眠そうな目をして、成り行きを見守っている。高く組んだ足先で、黒いエナメルの靴がキャンドルの明かりを反射して、鈍い光を放つ。

ここから先は込み入った話になる。しかし、久島に人払いをする様子はない。そこからでも、この男が彼のビジネスに深く関わっているのが窺い知れた。

「こいつがこさえた借金ですわ」

塙は隣に座る深町を顎で指した。「五百万きっちりあります。これで、金の貸し借りは一切なしということで……」

深町が身の置き場もないとばかりに、体を小さくするのを感じながら、塙はついと札束の山を、久島の方に押しやった。

「肩代わりですか」

久島はいった。「さすがに勢いのある人は違いますな。豪気な話だ。深町さんとは苦楽を共にした仲だそうですが、塙さんにとっちゃ、所詮、使用人でしょ。そんな人間のために、大金をポンと出してやるとはねえ」

「会社を取られることに比べれば、安いもんですわ」

塙は静かに、しかし声に力を込めて返した。「久島さん。あきまへんで。人の弱みに付け込んで、うちとこの会社を乗っ取ろうとするなんて。東京進出もこれからが正念場や。出鼻を挫(くじ)くような真似をされたら困りますがな。つまらん動きをすると、お互いのためになりませんで」

狙いはすでに読めている。目論みが脆くも崩れ去ったとなれば、どんな反応を見せるのか。

ところが、久島に動ずる気配はない。

「わたしはね、誠実屋さんを乗っ取ろうなんて露ほども思っちゃいませんよ。第一、スーパーの経営なんてわたしにやれるわけがないじゃありませんか」

久島は淡々とした口調でいうと続けた。「もっとも、力をつければ面倒な条件を持ち出すのが客ですからね。叶えてやらねば、業者なんていとも簡単に切って捨てられる。誠実屋さんは、いまやうちの会社の最重要顧客だ。そうなっちゃ困るんです。より緊密な関係を結んで、一緒に大きくなりたい。そう考えているだけです」

盗人猛々しいとはまさにこのことだ。この期に及んで、まだ白を切ろうとする。

平然と嘯く久島を見ていると、改めて怒りが込み上げてくる。

「ほう。じゃあ、なんで三割の株なんです？」

塙は深町に視線をやると、すぐに戻した。「こいつは、未公開株を手に入れ、上場後の差額で稼ぐのが目的ちゃうかいいよりましたけどな。いまの言葉からすると、あんたにその気はない。だとすればや、意のままになる役員を送り込み、さらに議決権を行使できるようにする。誰がどう考えたって、それが目的やということになりますやろ。それが乗っ取りでなくて、何やいわはるんです？」

「それも共存共栄を確実なものにするためですよ」

久島はゆるりと葉巻を吹かすと、「経営に関与せずとも、大株主になるということは、会社の業績に責任を持つということですからね。売上はもちろん、さらに重要なのは、最大限の利益を上げるということです。高い配当を株主に齎す義務も生じる。つまり、塙さんは経営に専念しなければならんのです。これは口でいうほど簡単なものじゃありませんよ。利益を最も圧迫するのは固定費です。その最たるものは人件費、そして家賃だ。わたしが好条件の物件を斡旋すればするほど、誠実屋の固定費は削減される。要は経営と店舗探しを分業し、お互いに責任を持とうといってるんですよ。その結果、利益が上がって株主への配当も大きくなれば、お互い願ったり叶ったりというもんじゃありませんか」

一気に話し、ブランデーグラスを口に運んだ。

「そない深いお考えがあるとは、思いもしませんでしたわ」

塙は言葉に精いっぱいの皮肉を込めた。「なら、なんで直接わしにいわへんのです？ こいつ（つこ）を使うて、株を持たせといわせる。しかも金主は久島さん、あんたや。こないなことやられたら、誰だって寝首を掻きにきた。そない思いますやろ」

「正面からいったら、株を持たせてくれましたかね」

久島は再び葉巻を吹かし、悠然と煙を吹き上げた。

「そら、お断りしたでしょうな」

塙は躊躇することなくいった。

「でしょう？」

久島もまたすかさず返してくる。「塙さんは確かに有能な経営者だ。ここまでのし上がるのに、どんな修羅場を潜ってきたかは、深町さんから聞かされてます。商才もあれば、度胸もある。それは認めましょう。ですがね、あなたにはまだ、分かっちゃいないことがある」

大きなお世話や。おのれに説教を受ける覚えはないわ。

そう返したくなったが、塙は口を噤んだ。

嘲り、傲慢、あるいは、勝者のおごり。理はすでに我にあるといわんばかりの表情が、久島の顔に浮かんだからだ。

「敵に回しても大丈夫な相手と、そうじゃない相手がいるってことですよ」

果たして、久島はにっと笑った。「会社もね、規模が小さなうちは隅々まで目配りも利くでしょう。ですがね、大きくなればなるほど隙ができる。そこに勢いが加われば尚更です。それがある日、思いもよらぬ形で表面化し、それが命取りになることだってあるってことを、あなた分かっちゃいませんね」

それは何のことだ。何を指しているんだ。

塙は黙って、久島の顔を見詰めた。

「金玉握られたら終わりだってことですよ」

久島はいった。

「金玉？」

塙は訊ね返した。

「いいましたよね。会社の利益を圧迫するのは固定費だって。関西はともかく、東京の二店舗、今後の誠実屋の命運を握ることになる目黒店にしたって、うちの持ち物だ。家賃がいつまでも同じだとは限りませんよ。契約の延長を拒まれることだって、あり得る話なんですよ。店の経営は順調、固定客もついている。そんな状況下で、条件が合わなくなったからって、店舗を移転できますか？　店を一から造り直すんですよ。大金がかかれば、人件費だって、その間継続的に発生するんです。なのに営業収益はゼロ。もし、目黒店がそんなことに陥れば、それこそ誠実屋さんの屋台骨を揺るがす事態になるんじゃありませんか」

久島の言は、先ほど語った客と業者の関係とは明らかに矛盾している。

しかし、ここでそれを突いたところで意味はない。久島のいうことに間違いはないからだ。

「そやけど、契約には──」

塙はかろうじて漏らした。

「契約？」

久島は片眉を吊り上げ、鼻を鳴らした。「確かに契約書には有効期間は書いてある。自動的に更新されるともね。ですがね、こうも書いてあったはずですよ。本契約の内容を破棄、あるいは変更する場合、甲乙とも有効期間が切れる一年前までに書面を以て相手に通知する――」

血の気が引いていく。口の中が渇きはじめる。背筋にじっとりと汗が滲み出す。

久島が所有する物件は、いまのところ二軒だけだが、他の店舗の契約書にしたって内容は同じだ。目黒店だってそうだ。枚数にして僅か五枚かそこら。争いが生じた場合に際しての条項もあるが、『両者誠意を以て問題の解決に当たる』。つまり性善説に基づいたものでしかない。

「なるほど、最後の条項には、両者誠意を以てとある」

果たして久島はいう。「ですがね、塙さん。契約内容を巡って揉める時って、誠意もへったくれもないんですよ。本来契約書ってものは、当事者間の良好な関係が続くことを想定して交わすものではないんです。わたしは、それを進駐軍相手の貸家をやった際に思い知りましたね。契約書ってのは、考えたくもない、最悪の事態を迎えた場合を想定して交わすもの。それが揉め事を事前に回避することに繋がるんだってね」

だとすれば、それを承知で性善説に基づいた日本式の契約書を交わした。つまり、その時点で既に罠に嵌める絵図はできていたというわけだ。

何てやつだ！

しかし、久島の考えには決定的な穴がある。

「久島はん――」

塙はいった。「確かにそないなことになったら、うちにとっては大打撃や。東日本への進出の勢いも止まれば、少なくとも東京からは撤退せなならんようになってまうかも知れへん。そやけどな、それはあんたにとっても同じやで。誠実屋が出て行ってもうたら、空いた物件をどないしますのん。ましてや目黒店は、うちとこのオーダーメイドみたいなもんでっせ。なんぼ、ボウリング場に転用でけるようにしてあるいうても、ブームなんていつまで続くか分からしませんで。そん時に、店子が見つからなんだらどないしますのん」

「だから、わたしたちの関係を、切っても切れないものにしようといってるんですよ」

久島の自信に満ちた態度はいささかも揺るがない。「固定費が上がればあなたは困る。わたしも最優良顧客は離したくはない。その点、お互いの利害関係はぴたりと一致するわけです。絆が強くなればなるほど、わがままもいえなくなる。株を持ちたいというのは、いわば固めの盃を交わすようなもんですよ」

固めの盃――。

瞬間、塙は久島の隣に座った男をちらりと見た。

相変わらず無関心を装ってはいるが、男から漂う雰囲気は、明らかにカタギのそれではない。

久島の背後に筋者がいることは、すでに深町から聞かされている。目黒という東京の一等地に、三千坪もの土地を纏めることができたのは、彼らの力があってのことだろうし、今後さらに店舗需要が増していくなら、必要悪と割り切れば、大きな力となるには違いない。

だが、一度食らいつかれたら最後、関わりを断つことは困難を極めるのがヤクザだ。価値を見いだした相手にはとことんつき纏い、生かさず殺さず、しゃぶり尽くすのが常であることは、闇市時代に散々目にした光景だ。まして、誠実屋は上場を控えている。それは市場から、社会から経営を監視されるということだ。闇の勢力と関わりを持つことは許されない。

「いわはることは分からんでもありませんけどな。やっぱ、お断りしますわ」

塙は腹を括ってこたえた。「久島はんは、固めの盃いわはりますけど、神さんの前で盃交わした夫婦でさえ、揉めて別れることがあるんです。まして、事は会社の経営に関わることでっせ。ええ時ばかりとは限りませんがな。業績が落ちでもすれば、口を挟みたくもなる。それが人間ちゅうもんなら、仲たがいがはじまるのはそういう時と決まってまっさかいな。そないなことになったら、お互いの利害もへったくれもあらしませんで。切っても切れぬ関係が、逆に争いをますますややこしゅうするだけでんがな」

久島は黙ってブランデーを一気に呑み干した。葉巻を灰皿に突き立てながら、空になったグラスをテーブルの上に置く。

富美恵がすかさずブランデーを注ぎ入れる。いつものヘネシーだ。

久島はそれを掌で温めながら、琥珀色の液体に視線をやると、握られてるんですよ」

やがて口を開いた。「あなたが握られてるのは、ひとつじゃない。わたしに両方とも握られてるんですよ」

「えっ？」

まだ何かあるというのか。

久島は塙を上目遣いに見ながら、グラスを鼻先に持っていく。ゆっくりと揺らしていた手を止めて、香りを楽しみはじめると、

「つまり、あなたにはノーって返事はないんですよ」

哀れむようにいった。

「なんで」。塙がそう訊ね返そうとした瞬間、深町がいきなり立ち上がると、

「べ、便所に行かしてくれ。小便が漏れそうで——」

早口でいった。

顔面から血の気が失せているのは相変わらずだが、酷い汗だ。ワイシャツはもちろん、スーツの襟元まで汗が滴り落ちて、黒い染みをつくっている。

嘘か真かは分からない。止める暇もなかった。

深町は早足で席を離れ、階下に続く階段へ消えて行く。

久島が、男に目配せをした。

頷くでもない。表情ひとつ変えるわけでもない。

男はすっと立ち上がると、深町の後を追いかける。

「お前も外してくれ――」

久島は富美恵に有無をいわせぬ口調で命じた。

彼女がいなくなったところで、

「小便ね」

久島はくっくっくと肩を揺らして笑いはじめた。「株のことは、うまくいけばよし。失敗すれば、わたしが金主になることも洗いざらい喋ってしまうだろうと思っていたが、さすがにそれ以上のことは、話せなかったんだな」

「それ以上のこと？」

声が掠れるのは、口が渇いているせいばかりではない。

目の前にある五百万が、解決にはならない。そう確信したからだ。

久島の目が爛々と輝きはじめる。まるで仕留めた獲物をいたぶるように、ゆっくりとグラスを傾ける。

「沖縄の南海ミート販売ね。あの会社は、いつでもわたしのものにできますから」

久島は唐突にいった。

何でそんなことになるんだ。

想像だにしなかった言葉に思考が混乱し、言葉が出ない。

愕然とする塙に、

「あの会社を設立するに際して、深町さん、一万ドル出資しましたよね」

久島はいった。「あの金、わたしが用立てたんですよ。わたしも彼も、この店じゃちょっとした有名人だ。頻繁に見かけてりゃ、言葉を交わすようにもなる。まあ、最初のうちはたまに酒を酌み交わす程度の仲だったんだが、そのうち彼がやっていた会社の業績が傾きはじめましてね」

会社とは当時深町がやっていたバナナの輸入会社のことだ。

久島は続ける。

「金がなければ、遊びをやめりゃいい。確かに理屈はそうなんです。ところがねえ、放蕩に慣れた人間には、簡単にできるもんじゃないんだなあ。贅沢の味は忘れられないものですし、見栄もある。まして、彼は女を囲っていたから尚更ですよ。尾羽打ち枯らした姿を見せるわけにはいきませんよね」

そこまでの話を聞いただけでも見えてくるものがある。

輸入割当制度が撤廃され、大手商社が乗り出して来たとなれば、バナナ輸入一本に頼ってきた会社の行く末は見えている。長い間音信不通に等しかった深町が、突然連絡して来たのは、先に不安を覚えたからに違いない。そして、あの場で話題になったのが肉だ。

「肉がどないかならんかと考えてんねん」

あのひと言を聞いただけで、オーストラリアから牛を仕入れ、沖縄で肥育した後、国産牛として販売する仕組みを思いついたのは、さすが深町だ。あれがなければ、誠実屋大躍進はあり得なかった。彼の炯眼（けいがん）には舌を巻くしかない。そして炯眼といえば、あの時点で即座に出資を申し出てきたのも、商売の先を読む卓越した能力があればこそだ。しかし、深町の手元には肝心の金がない。それで、久島に一万ドルの借金を申し入れたというわけだ。

「深町さんには、肉の安売りが大成功を収めるという確信があったんでしょうね。南海ミート販売の事業規模が大きくなれば、借金は簡単に返せる。そうも考えたんでしょう。実際読みは当たった。全ては予想通り。誠実屋にも迎え入れられた。それも役員としてね。そこで、放蕩を止めて借金を返せばよかったんだ」

深町の身を慮（おもんぱか）るような言葉を口にしておきながら、久島は顔に嘲るような笑みを浮かべる。「でもねえ、彼は典型的な博打（ばくち）打ち気質なんですよ。金はあるだけ使う。手元の金を得るまでに、どれほどの金を溶かしたか。そこに思いが至らない。借金があっても、返すより先に目先の享楽のために使っちまうんだ」

「そしたら、その一万ドルの借金は、未返済のままになっとるいうわけですか」

「別に返してもらわなくてもいいんです。担保は取ってありますので」

「担保？」

塙は問い返した。

「株ですよ。南海ミート販売のね」

何てことしてくれたんや。あのボケが――。

塙は目を瞑って天を仰いだ。

酷い絶望感に襲われる。体の芯が折れそうになるのを、塙は鼻で大きく息を吸い込み、ようやく支えた。

「借金をする人間ってのはね、親兄弟はともかく、友人、知人となると大切に思っている人間のところへはまず行かないもんです」

久島はいう。「金の貸し借りは、人間関係を拗らせる元ですからね。俺とお前の仲だといっておきながら、縁が切れても構わない。そう思っているところに真っ先に行くんです。担保を取らなきゃ金は貸せませんよ」

「そやけど、深町の出資比率は三分の一や。大株主には違いないが、南海ミート販売があんたのもんとは――」

塙は縋る思いで反論した。

「誠実屋の給料だけで、こんな遊びが続けられると思いますか?」

久島はせせら笑った。「南海ミート販売の株を担保にするんだったら、いくらでもといったら、花城さんでしたっけ、どう話をつけたのか彼の持ち株を持ってきましてね」

まさか、そこまで――。

なるほど、深町が逃げ出すように席を立つわけだ。

もう声も出ない。

考えてみれば、花城とは沖縄での牛の肥育が軌道に乗ってからは、久しく会っていない。

肉の安売りのお陰で誠実屋の事業拡張に勢いがつき、そこで東京進出だ。本土での仕事に忙殺されて、沖縄を訪問するどころの話ではなかったのだ。それに加えて、華江のこともあった。まして、花城もすでに十分な儲けを手にしている。条件次第では、持ち株を深町に売却するのはあり得る話かも知れない。

三分の二の株を持たれれば、南海ミート販売は久島に完全に支配される。もはや、塙ができることといえば、役員を送り込み、議決権を行使することぐらいしかない。

しかし——。

「南海ミート販売を手中に収めても、どこに肉を売りますのん。店がなけりゃ、売ろうにも売れしませんがな」

ふと思いついたままの言葉を、塙は苦し紛れに口にした。

「はあっ？」

久島の眉がハの字に開いた。「塙さんほどの人がおかしなことをいうもんですなあ。誠実屋が短期間でこれほどの急成長を遂げたのは、あの牛肉があればこそじゃないですか。同業他社だって、喉から手が出るほど欲しいに決まってる。買い手には苦労しませんよ」

万事休すとはまさにこのことだ。

大量仕入れ、大量販売による廉価販売は、スーパーの商売として確立されている。その中にあって、誠実屋が突出した業績を上げているのは、一にも二にも、牛肉という目玉があるからだ。その肥育会社を乗っ取られ、他社に販売されたのでは誠実屋の優位性は完全に失われる。まして——。

「そうなったら、目黒店の経営にも影響が出るでしょうねえ」

久島は他人事のような口調で、塙の考えを先回りする。「既存店の売上が落ち、目黒店の実売も想定には遠く及ばない。かといって固定費を減らすことは困難だ。日本一のスーパーどころか、店舗の整理統合を迫られる。目黒店に至っては、最大の経営圧迫要因になる可能性だって出てくるんじゃないですか」

久島の言葉が、打ちのめされた身に追い討ちをかける。

「深町が株を担保に借りた金はなんぼになりますのん。それ、わしが耳を揃えて返済しますわ」

ここに至ってはそれ以外に手はない。「いや、させて下さい」

塙は必死の思いで訴えた。もはや懇願である。

「まだ分かっていないようですね」

久島の目の表情が変わった。残忍な光を瞳に宿す一方で、薄ら笑いを浮かべる。

「株はわたしの手元にある。名義を書き換えれば、名実共に南海ミート販売はわたしのものだ。誠実屋への納品を止め、全量他社に流すことだってできるんですよ。それじゃわたしも困るだろうとあなたはいうかも知れない。だがね、ちっとも困らないんだ。あなたに貸しているわたしの物件は既存店がたったふたつ。目黒店にしたって、あなたが新しいスーパーの形を見せてくれるんです。経営がうまくいかなかったのは牛肉の供給を断たれたせい。店舗が手に入るとなれば、営業形態を真似して代わりにやるという同業者はいくらだっていますよ」

どう考えても完全に詰(つ)んでいる。

南海ミート販売からの肉の供給が断たれれば、誠実屋は完全に優位性を失う。南海ミート販売こそが誠実屋の生命線だったのだ。そこを押さえられれば、もはやどうすることもできない。

どうしてそこに気がつかなかったのか。迂闊(うかつ)だ！　あまりにも、迂闊だった……。

いまさらながらに後悔したが、こうなってはもう遅い。生き残るためには久島の要求通り、誠実屋の株式の三割を保有させるしかないのだ。

しかし、久島のことだ。株を取得する目的を言葉通りに受け取ることはできない。本当の狙いは別にある。それが何かは分からぬが、最終的には金であることは間違いない。そして、行動を起こすその日まで、久島は誠実屋に寄生し、生き血を吸い続けることも。

俺の城が……。半生を賭けて築いた城が崩れていく――。

本当に金玉を握られ、じわじわと締めつけられるように息が苦しくなる。どこというわけではないが、体に鈍痛を覚える。完全に急所を握られた絶望感の中に、やがて怒りが芽生えて来る。

　こんな男を事業に引き入れたのも、南海ミート販売を押さえられたのも深町だ。しかも長年苦楽を共にし、パートナーとまでいわせ、絶大な信頼を寄せてきた、この俺を裏切ったのだ。それも己の享楽の代償にだ。

　能無し。間抜け。ぼんくら。恩知らず。

　罵りの言葉を幾つ投げ付けても足りはしない。深町が犯した行為は万死に値する。

　許せへん！　絶対に許さへん！

　握り締めるこぶしに力が入る。ぶるぶると震え出す。しかし、怒りをぶつける相手は、席を外したままだ。

　逃げやがった！　真実を明かされることが恐ろしゅうて、逃げやがったんや！　なんちゅう卑劣なやっちゃ！

　怒りはどんどん増幅されるばかりだ。

「これは犯罪や！」

　塙は立ち上がり様に叫んだ。「立派な特別背任罪や。わしゃ、あんたらを訴える！」

「深町さんを罪に問うことはできるだろうが、わたしは善意の第三者ですからねえ。あなたの思い通りになるかどうか……」

　久島に動ずる様子はない。頬を緩めながら葉巻を手にし、ライターの炎で先端を炙りはじめる。

「善意の第三者？　どの口がいうとんじゃ！　深町のボケが株を担保に借金持ちかけた時から、あんたの頭の中には絵図ができとったんやろ！」

そうに決まってる。久島にとって一万ドルははした金にも入らぬだろうが、取りっぱぐれを覚悟で用立てるほどのお人よしではない。深町から牛肉の安売り商法の絡繰りを聞き、その有望性に着目し、南海ミート販売を手中に収めれば、誠実屋を支配できる。そう踏んだからこそ金を貸したのだ。

塙は久島の頭上から、罵声を浴びせた。

ところが、久島は微動だにせず、

「株を担保にと申し出たのは、深町さんですよ。彼が金を返さなければ、担保はわたしのものになる。当たり前のことじゃないですか。それに借用証も交わしてありますしね」

悠然と葉巻の煙を吹き上げた。

「ぬかせ！」

塙は一喝した。「南海ミート販売の株を担保にするんやったら、なんぼでも貸したると持ちかけた。あんた、さっきそういうたやないか！」

「さて、そんなこといいましたかね」

久島は白を切る。「まあ、ふたりの間の話です。他に誰も聞いた者はいないんだ。出るところに出ても、いったいいわないの水掛け論になると思いますが？」

「阿呆か！　深町が洗いざらい喋ってまえば――」

塙は言葉を呑んだ。

そんなことは久島も重々承知のはずだからだ。

深町の後を追った男の姿が、脳裏に浮かんだ。

まさか、久島は、深町から今夜の首尾の報告を受けることになっていたのでは。もし、交渉が決裂し、さらに自分たちの目論みが発覚することも想定していたなら――。だとすれば……。

次の瞬間、塙は階下に続く階段に向かって駆け出した。

6

便所は地下二階にある。

クロークの裏側だ。

塙はドアを開けた。しかし、そこに深町の姿はない。

逃げたのか。それとも後を追った男といるのか――。

あの男は間違いなく筋者だ。深町の口を封じれば、久島のいうとおり、やつは善意の第三者になってしまう。

深町の身を案じたのではない。この絶体絶命の窮地を脱するためには、彼の証言が必要だからだ。

それが期待通りの結果に繋がるかどうかは分からないが、もはやそれしか打つ手はない。

塙は店を出ると、外に続く階段を駆け上がった。

あてがあったわけではない。そうするしかなかったのだ。

すでに日付が変わろうという時刻だ。周囲のビルの明かりは落ち、赤坂の街に人影はない。煌々と明かりが灯るホテルの玄関に、自然と目が行った。

動きがあった。ガラス扉が開くと、人が出てきた。まるで、スポットライトを浴びたように、その姿が露になる。

あの男だ。

塙は駆け寄ろうとした。

しかし、閉じかけたドアが再び開くと、もうひとり男が出てくるのを見て、塙は足を止めた。

歳はずっと若い。三十前後といったところか。ゆったりとした紺色のスーツが痩せた体を包んでいる。第三ボタンの辺りまで外した、黒のワイシャツ。開けた襟元に、銀色のネックレスが光る。ポマードで固めた頭髪をオールバックに纏めた姿は、絵に描いたようなヤクザそのものだ。

玄関の前の車寄せに、黒塗りのセドリックが停まっている。

テールライトに明かりが灯り、エンジンがかかった。

ふたりが後部座席に乗り込むと、セドリックは静かに走りはじめ、やがて夜の街の中に消えて行く。

まさか……。

不吉な予感が、確信へと変わりはじめる。

塙はホテルの中に駆け込んだ。

ロビーに人影はない。フロントも無人だ。この時間になってチェックインする客はそういるものではない。ハバナの女を連れ込む客には、むしろホテルマンの目は邪魔だ。カウンターの上に置かれた呼び鈴が、仄暗い明かりを反射して鈍い光を放っているだけだ。

あの様子からすれば、深町がホテルの中にいる可能性は高い。

客室ならば探しようがないが、彼らの目的が深町の口封じにあるのなら別の場所を選ぶだろう。

便所か。

確信があったわけではない。深町が席を立つ際にいった言葉がふいに思い出されたからだ。

一階には二箇所の便所がある。しかし、そのいずれにも深町の姿はない。

塙は二階に続く階段を駆け登った。そこは宴会や会議に使われるフロアで、この時間ともなると照明は全て落とされている。それでも、ホテルの構造はどこも似たようなものだ。便所の在処（ありか）は見当がつく。

塙は歩みをゆるめた。闇の中で自分が吐く荒い息が耳朶（じだ）を打つ。やがて、その音に重なって、呻（うめ）き声が聞こえてきた。突き当たりの左手だ。

再び足を速めた。ほどなくして、闇に閉ざされた通路の先に、さらに黒い長方形の空間が口を開けているのが見えた。

便所だ。ドアが開け放たれたままになっている。

呻き声は、その中から聞こえてくる。もう直前だ。

ドア口に立った塙は、明かりを灯した。

息を呑んだ。

個室に寄りかかるように、床に座り込んだ深町がいた。左胸にはドスが突き刺さっている。深町はドスを抜こうとしているのか、その柄の部分を両手で摑んでいる。

大きく開けたスーツから剝（む）き出しになったワイシャツの腹部は鮮血に塗（まみ）れ、脇腹に一箇所、破れた跡がある。出血は収まっているようだが、ズボンは赤黒く染まり、尻の部分を中心に床に血溜まりができている。

「フカシン！」

塙は駆け寄りながら叫んだ。

胸に突き刺さったドスの周りに血が滲んでいる。柄の部分には白いハンカチが巻き付けてある。しかし、腹部の出血に比べると妙に白い。血に汚れているのは、朱に染まった深町の手が触れている部分だけだ。その先に銀色に光る刃が見える。どれほど深く入っているのかは分からぬが、心臓に達してはいないようだ。

「太吉っつあん――」

深町はうっすらと目を開けた。

「すぐに救急車を呼んだるさかい。気をしっかり持たんかい」

塙は、深町の体を横たえようとした。

ところが深町は首を振ると、

「死なしてくれ」

懇願してきた。

「死なしてくれ？」

まるで、自ら死を選んだといわんばかりのいい草だ。

思わず問い返した塙に、

「身から出た錆だ。俺はあんたを裏切ったんだ。南海ミート販売の件は聞いただろ。あそこを押さえられたら、久島のいいなりになるしかねえのを承知で、俺は株を差し出したんだ。もうどうしようもねえんだよ。この落とし前は、命をもって償うしか――」

深町は懇願する。

「虫のええこと抜かすな、このボケが！　死ぬんやったら、おのれの不始末を奇麗にしてからにせんかい」

塙は怒鳴りつけた。「まだ手はあるわ。お前のやったことは特別背任罪や。わしは、訴訟を起こすで。裁判の場でお前が久島とグルになって南海ミート販売を、誠実屋を乗っ取ろうとしたことを洗いざらい白状せい。それしかわしが生き残る術はないねん。ここで死なれてもうたら、ほんまに会社は久島のものになってまうんや」

「そんなんじゃ駄目だ……」

傷が痛むのか、考えが甘いとでもいうのか、深町は顔を顰め、呻くようにいった。

「久島と同席していた男は、高井組の若頭だ。自分では手は下さんが、鉄砲玉には事欠かねえ。訴訟の前に、俺はもちろん、太吉っつあん。あんたの命も狙ってくるぜ」

「鉄砲玉って、そしたら、お前を刺したのはあの若頭とついさっき一緒に出て行った男か」

「腹はな――」

深町は、荒い息を吐きながら頷いた。

「腹はって……。そしたら、胸は」

「自分で刺した……」

なんやて。

黙った塙に向かって、深町は続けた。

「余計なことは喋るなって警告だ。俺にだけじゃない。太吉っつあんへもな……。刺した男は、江原といってな。殺しの前がある。それもふたり――」

深町の息が荒くなる。

「喋らんでええ。そないな話は後で聞く」

「未成年だったから少年院で済んだが、今度殺しをやれば、へたすりゃ死刑だ。だから巧妙に急所を外しやがった」

ところが深町は、苦しいのか、笑おうとしているのか、小刻みに息を吐きながらいう。

「だがな、俺がここで死ねば、状況は一変するぜ。なんせ、あの野郎も生きるか死ぬかの瀬戸際に立たされんだ。自分が吊るされるかも知れねえとなりゃ、誰に命じられたかぐらいのことは喋っちまうさ。当然、若頭だって無事じゃいられねえ」

「そんなん、お前が誰に刺されたか、洗いざらい警察に喋れば同じことやないか」

「だから、そんなんじゃ駄目なんだよ」

深町は首を振る。「ただの懲役は、江原にとっては勲章だ。出てくりゃ、組での出世が約束されんだ。それじゃ口を割らねえよ。久島どころか、若頭に命じられたことだって喋りゃしねえ。そして、俺と太吉っつあんは、一生つけ狙われんだ。やつらの影に怯えて、暮らしていくことになっちまうんだぞ」

深町の決意は分からないではないが、それでも問題が根本的に解決されはしない。

「よう考えや」

塙はいった。「そら高井組は手出しできへんようになるやろが、久島はどないすんねん。お前に死なれてもうたら、誠実屋はあの男の手に落ちてまうやないか」

「だけど太吉っつあん。狙われんのは、あんただけじゃねえぞ。八重子さん、旭君、大樹君……。家族が危険に晒されることになるんだぜ。こんな不始末をしでかした俺がいうのも何だが、あんたには誠実屋以外に守らなければならんもんがある。誠実屋が上場すれば、あんたの手元には、十分な金が入る。それを元手にやり直せば――」

「お前がいうな！」

こうなったら、やるか、やられるかだ。「訴訟の行方は弁護士の見解を聞かな分からへんが、お前がまだ生きとったのが不幸中の幸いや。病院に運べば警察が来る。そこで、ことの経緯を全部、それこそ洗いざらいぶちまけたるわ。そうなれば、江原も若頭も刑務所行きや。簡単に手出しはできへんがな」

「だからって、諦めるようなやつらじゃねえってば」

深町は塙の両腕を摑んだ。「あんた、家族を危険に晒して平気なのか。万一のことがあっても耐えられるのか」

耐えられないのは、誠実屋を失うことだって同じだ。

いよいよこれからという時に、会社が乗っ取られるのだ。上場利益にしたって、全ての株を放出するわけじゃあるまいし、誠実屋が発展すればするほど、株価は上昇し資産としての価値も増していく。それに比べれば屁のようなものだ。

それを十分な金が手に入るだと？　それを元手にやり直せだと？

ふ・ざ・け・ん・な！

こうなることは、遥か前から分かっていたはずや。おのれは久島の片棒を担いで俺を騙し続けてきたんや。罠に嵌めたんや。

塙の怒りは瞬時にして頂点に達した。殺しても飽き足らない。そう思った。視線が胸に突き刺さったままのドスに向く。しかし、そこに手は伸びない。殺せば、それこそ身の破滅だ。会社も家族も、全てが目茶苦茶になってしまう――。

沸騰する怒りの中に、僅かに残る理性が塙を制したのだ。

瞬間、塙の両腕を握る深町の手が離れた。

ドスの柄を逆手に持つ。

反射的に塙は深町の手を握った。

「このど阿呆！」

「太吉っつあん。勘弁な！」

えっ？

どこにこんな余力が残っていたのか。

深町は自ら身を起こし体を預けてきた。僅かだが刃が体の奥に進んだような気がした。

もっともそれは一瞬のことで、柄の先端が塙の鳩尾(みぞおち)に当たったかと思うと、深町の胸に手が完全に密着した。

深町が目を見開く。

喉の奥から、か細く、湿った声が漏れた。ただでさえ白くなっていた顔から、さらに血の気が失せていく。黒目が裏返る。深町の体から力が抜けていく。

「ひっ……」

塙は悲鳴を漏らしながら、深町の体を突き飛ばし、後ろに飛びのいた。

「おい、フカシン――」

塙は改めて深町の体を支え、呼びかけた。

ドスは心臓にまで達したらしい。もはや、深町は動かない。

し、死んどる！

塙は深町の体を放り投げた。

その勢いで、彼の体がぐにゃりと折れ曲がり、上半身が俯せになる。

こ、これって、わしが殺したことになるんか――。

全く想像だにしなかった展開に、塙は混乱した。

どうしたらいいのか。何をすべきなのか。自分はいったいどうなるのか。脳裏に様々な思いが交錯し、考えがまとまらない。この悪夢のような出来事が、現実のものとは思えない。

嘘や……。こんなん嘘や……。

塙は我が手を見据えた。

右手の人差し指に、切り傷がある。深町が身を起こした際に、滑った手がドスの刃に触れたのだ。ぱっくりと開いた傷は、長さは僅かなもので深くもないが、それでも鮮血が溢れ出している。

塙はポケットからハンカチを取り出し、指に巻いた。その手で、便所のスイッチを押し明かりを消した。

後のことに考えは及ばない。とにかく一刻も早く、この場を立ち去る。それだけしか頭に浮かばなかった。

塙は闇に閉ざされたフロアを早足で歩くと、ロビーに続く階段をそのままの勢いで駆け降りた。

7

青山のマンションには、タクシーで戻った。

ホテルのロビーでは人に会わなかった。通りに出るまでもだ。

そこに行き着くまでに、衣服に血の痕跡がないかは確かめてあった。

おそらくは、深町がしがみついてきた時のものだろう。スーツに血が付着していたが、濃いインクブルーの色が幸いした。まして、タクシーを拾ったのは、街路灯の中間。薄暗がりの中である。ハンカチを巻き付けた右手は、便所を出た直後からズボンのポケットに入れた。運転手に気づかれた気配もなかった。

部屋に辿り着いたところで洗面所に飛び込み、指に付着した血を洗い流した。出血はすでに止まっていた。しかし、石鹼を使い何度も繰り返し洗ううちに、傷口から鮮血が滲み出る。それが、つい先ほど目の前で起きた出来事が、現実であることを知らしめる。

どうなるんや……。えらいことになってもうた……。

塙は洗面所を出ると、リビングのソファーに腰を下ろした。

テーブルの上には、前夜寝酒に呑んだウイスキーとグラスがそのままになっている。アルコールの助けが必要だった。

ボトルを傾けグラスを満たす。手の震えが止まらない。動きを止めれば、グラスを落とすと思った。だから、ウイスキーを生のままで一気に呷った。

焼けつくような熱が胃の中で弾ける。しかし、酔いが回る気配はない。

俺は刺してはいない。あれは、深町の自死だ。間違いない。

だが、問題は事の経緯を話したところで、警察が信じてくれるかどうかだ。

久島との間の出来事を話せば、深町の裏切り行為も明かさなければならない。長年パートナーとして、苦楽を共にしてきた男に裏切られた。それも、ここまで築き上げてきた一切合切が水泡に帰すというところまで追い詰められた当事者の言である。

殺意を抱いて当然。言い分を信じてくれるどころか、逆上して、深町を刺したと考えられても不思議ではない。そして、この切り傷だ。

柄を握っていただけだ。勝手に、あいつがしがみついてきた。

そんな話が通じるとは思えない。

ならば、このまま白を切るか——。

それしかないと思った。

ホテルの出入りは、誰にも見られてはいないはずだ。それに深町の腹部を刺したのは、高井組の江原という男だ。若頭が深町と直前までハバナに一緒にいたことは店の人間に目撃されている。彼が深町の後を追って、店を出ていったことも——。

警察が殺しと判断すれば、当然若頭は事情を訊かれる。もちろん、俺もだ。

そこではこういえばいい。深町の裏切り行為を聞いて、逆上して後を追ったが、見つけることはできなかった——。

若頭が深町の後を追ったのと、俺が席を立つまでにはだいぶ時間差がある。まして、現場はホテルの二階の便所だ。そう簡単に深町の居場所が摑めるはずがない。誰もがそう考える。

それだ。それで行こう——。

腹を括ると、気分が静まる。思考が整理されはじめる。しかし、冷静に事を考えられるようになると、すぐに新たな問題が浮かぶ。

血だ。

ドスの柄に巻かれたハンカチには、この指から流れた血液が付着しているかも知れない。もし、自分の血液型が江原と異なっていたなら。仮に同じ血液型だったとしても、江原の体に傷ひとつなければ――。

他にあの場に居合わせた人間がいたことになる。そして、その人間が深町に止めを刺した――。

間違いなく警察はそう判断する。

あかん――。

塙は再び絶望感に襲われた。

一旦、結論を見いだし、緊張感から解放されたせいか、酔いが急速に回り出す。

あのボケが！　死にくさるのは勝手やが、人の人生を無茶苦茶にしくさって！

猛烈な怒りが込み上げてくる。

塙はボトルを手にすると、そのまま口をつけ、ウイスキーを流し込んだ。

ひと口、ふた口、そしてみ口……。

わしゃ終わりや。もう何もかも終わりや……。神も仏もこの世のどこにおるっちゅうねん……。

塙はボトルをテーブルの上に叩きつけるように置くと、ソファーに身を横たえた。

天井が回る。意識が遠のく。

もう、どないにでもなれ！

塙は胸中で罵りの言葉を吐いた。

目尻から涙が溢れ、蟀谷（こめかみ）を伝うのを感じた。
塙は覚悟を決め目を閉じた。
闇が訪れた。

第二部

第五章

1

「以上、ニュースをお伝えしました」

ラジオから女性アナウンサーの声が告げた。「江原事件、冤罪(えんざい)事件の様相が濃くなってきましたね」

「当時の鑑定能力が格段に劣っていたとはいえ、警察がもっと早くに再鑑定を行っていれば、とっくに事実関係ははっきりしていたはずなんです。おかげで、江原死刑囚は四十一年もの間、死の恐怖を味わってきたわけですから、警察の責任は厳しく問われるべきだと思います」

男性の声がこたえた。

「では、ここで一曲。AKB48の新曲ヘビーローテーション――」

自宅に向かう車の助手席で、瀬島隆彦(せじまたかひこ)はラジオを切ると、

「くそ！」

悪態を漏らし、長い沈黙を破った。「しっかし、腹立つな。隅田の野郎、ありきたりな返事をしやがって。趣旨書にすら目を通していねえのが見え見えじゃねえか」

時刻は午後三時を回ったばかりだ。

「やっぱ次回の選挙が気になんだろうな」

ハンドルを握る香取脩が、前を見据えながら軽く溜息をついた。「あけぼのと民明党のどちらにつくか。いまのあけぼのの体たらくを見りゃあいわずもがなだ。まして隅田は無所属だ。民明党から次の選挙で公認してやるとでもいわれたんじゃねえのか」

香取は瀬島と同年齢の四十歳。高校こそ瀬島は普通校、香取は商業と分かれたが、小学校以来の付き合いだ。O町で家族経営の小さなスーパーを営む二代目で、町の商工会の青年部長でもある。誠実屋のO町近辺への出店計画が発表された直後に、『山梨県まちづくり検討会』を設立し、瀬島は新党あけぼのの議員として県政で、香取は検討会の事務局長として、二人三脚で誠実屋進出反対運動を展開してきた同志だ。

「俺が同席したのがまずかったな」

香取はまたひとつ溜息をつく。「この条例案は立場によって賛否が分かれっからな。地域の商店主、特に俺たちのような自営業者にとっては死活問題だろうが、地元商店と誠実屋のどちらを選ぶかは、消費者が決めるこった。ああいわれると、ぐうの音も出ねえ」

「あのコウモリめ！」

肩を落とす香取を見るだに、怒りが込み上げてくる。

「あいつが当選したのはフロックみたいなもんだ。反民明の風に乗って当選しただけじゃねえか」

瀬島は吐き捨てた。

隅田は当選一回の県議会議員だ。

それ以前は県内で造園業を営んでおり、ちょっとした地元の名士であったことは確かだが、政治とは無縁であった男である。そんな人間が易々と当選を果たせたのは、三年前、全国に吹き荒れた反民明の風に乗ったからだ。改選以前の県議会において、新党あけぼのは第三会派。現職以外の候補者が擁立できず公募を行ったのだが、さすがに頭数さえ揃えば誰でもいいというわけではない。候補者を擁立できない選挙区が生じ、そこから無所属で立候補したのが隅田だった。彼が当選したのは、反民明の票が政党色のない無所属に流れた、全くの偶然に過ぎない。

香取はいう。

「それに、誠実屋の出店は、やつ本来の事業にとっても悪い話じゃない。あれだけ広大な敷地となりゃ、植栽の数だって半端なもんじゃねえ。植えたら植えたで、恒常的にメンテナンスが必要になっからな。ここで恩を売っときゃ、仕事を貰えるとでも考えてんじゃねえか」

「甘えよ」

瀬島は間髪をいれず返した。「誠実屋の商法は焼き畑だぞ。進出した地域から利益を吸い上げるだけ吸い上げて、民力が落ちて儲けにならなくなった途端に、はいさようならだ。そら、開業当時にはでかい仕事になるだろうさ。だけどな、その分だけ撤退された時のダメージはでかくなる。結局自分で自分の首を絞めることになるんだ」

それは、何も隅田に限ったことではない。

消費者にしたって同じだ。

隅田は「地元商店街と大型スーパーのどちらを選ぶかは消費者が決めることだ」といったが、なるほど同じものを買うなら一円でも安くと考えるのが消費者心理というものだ。

しかし、過去の大型スーパー出店地域の例を元に、O町に誠実屋が進出してきた場合の地域経済に及ぼす影響をメンバーの大学教授がシミュレートしてみたところ、約三千店の商店が閉鎖と倒産、五千人から六千人の失業者を生むという結果が出た。

瀬島はO町の周辺地域に五軒の飲食店を営んでいる。いわゆる郊外型レストランだ。ただでさえ、過疎高齢化が進んでいる地域で、それだけの失業者が出れば、地域経済は確実に衰退する。職を求め、若者が都会へと向かう傾向にも拍車がかかる。やがて、利益を吸い尽くした誠実屋が撤退すれば、残るは高齢者ばかり。気がつけば周囲に商店はなく、車がなければ買い物にも行けぬとあっては、結局不便を強いられるのは消費者である。もちろん、そんなことになれば、瀬島が展開する飲食店にとっても死活問題だ。

「しっかし、分かんねえんだよな……」

香取は漏らした。

「何が？」

「いや、何でこんな場所に目をつけたのかってことさ」

香取は前を見据えながら、小首を傾げた。「創業者の塙ってのはさ、日本のスーパー界の父といわれてるカリスマだ。大量仕入れによる廉価販売、プライベートブランド、専門店をテナントに入れ、取り扱い商品を増やし、さらに家賃収入で儲ける。目黒店の成功を機に、いまに至るスーパーの店舗形態を確立したのが塙なら、車社会の到来をいち早く察知して、大規模駐車場を兼ね備えた郊外型店舗を確立したのも塙だ。確かに、O町近辺は大型スーパーの空白地帯ではあるんだが、それは規模のメリットが見いだせないから。だから誰も手を出さなかったんだ。第一、あの立地は幹線道路からは離れてるし、土地だって全部私有地だ。どう考えても、あの塙がやる事業とは思えねえんだよ」

「確かに、シミュレーションも、半径二十五キロが前提だからな……」

「店舗面積が一万五千坪。駐車場面積三千四百台。そりゃあ、都会と違ってこの辺りは渋滞はほとんどねえさ。だけど半径二十五キロって、往復すりゃ五十キロだぜ。旅だよそんなの。買い物だって毎日ってわけにはいかねえぞ。もちろん、週末にセールを集中させて集客のピークをそこに持っていくってのはありだろうけど、本当にそれで採算がとれんのかな。そこんとこが、俺にはどう考えても納得がいかねえんだ」

「用地は全部私有地か――」

瀬島はいった。「大阪の例にも今回のケースは当て嵌（は）まらんしな」

大阪の例とは、六年前、自治体が企業誘致を狙って造成した埋め立て地に、誠実屋が出店した巨大ショッピングモールのことだ。多くの地方の例に漏れず、用地を造成したはいいが、進出する企業が現れず、長年塩漬けになっていた土地を、誠実屋は坪当たり月額五百円という地代で借り上げ、大型スーパーを開店すると同時に、テナントに坪当たり月額一万五千円、実に三十倍もの賃料で貸し付けたのだ。

塙の抜け目なさ、ずば抜けた商才ぶりが少なくともあの当時までは健在であったことの証（あかし）である。

「大阪の例といやあ、あの巨大ショッピングモールを建設した時には、自治体の足元を見て、アクセス道路を市に造らせたんだぜ。今回の件にしたって、道路のひとつくらい造らせるのは簡単だ。そう考えているのかも知んねえぞ」

「馬鹿いえ」

瀬島はすぐに否定した。「道路って簡単にいうが、あんな田畑と雑木林だらけの土地に、アクセス道路通そうと思ったら幾らかかると思ってんだ。大阪じゃ府道整備に六十五億もの金を費やしたらしいが、そんな金、こんな田舎の自治体じゃ逆立ちしたって出てくるわけがねえ。たとえ半分だって無理に決まってんだろが」

「そりゃそうには違いねえけど……」

香取は語尾を濁すと、「でもさ、そうでも考えねえとどうにも腑に落ちねえんだよな」

釈然としない表情を浮かべ、口を噤んだ。

「ひょっとして今回の出店計画を立てたのは、塙じゃねえんじゃねえのか」

瀬島は思いつくままにいった。「塙も歳だからな。実際、四年前に社長を退いて会長に就任してからは、表に出てくんのは社長に就任した息子だもん」

「社長っていっても、あいつはホールディングスの社長で、スーパー誠実屋の社長は氷川じゃねえか。今回の出店計画だって氷川の名で出されてんだぜ」

「図体がでかくなっても、誠実屋が塙一族の支配下にあることは変わりねえんだ。それに、息子がホールディングスの社長に就任する前の経緯はお前だって知ってんだろ」

「ああ……」

香取は頷いた。

「経歴は確かにご立派さ。一流大学を卒業して、アメリカのビジネススクールで学位取ってって、俺らのような人間からすりゃあ、エリート中のエリート。ピカピカのサラブレッドだ。でもよ、商売は学問通りにはいかねえもんだ。実際、あいつがスーパーの社長に就任した直後にはじめたハイパー・マーケットはものの見事に失敗したじゃねえか」

ハイパー・マーケットとは、主に欧州で見られる低価格・大量販売を行う店舗形態のことだ。スーパーよりも大量に仕入れ安く売る。その分、消費者も大量ロットでの購入を強いられることになるのだが、そもそも保管スペースに限りがあるがゆえに、適量をそのつど買い求める日本人の消費行動にはそぐわないことは、素人目にも少し考えれば分かりそうなものだが、息子はスーパー誠実屋の社長に就任するや、このハイパー・マーケットを国内で数店舗一気に展開したのだ。

「あれを見てると、偉大な親父を持った息子の哀れさを感じるね」

香取はしみじみといった。「同じ土俵で親父を超えるのは難しい。かといって、全く畑違いのことはできねえ。そこでハイパー・マーケットなんてもんに飛びついた……。それが、誠実屋はじまって以来の大失敗だ。墒にしたって大事な跡取り息子だ。傷をつけるわけにはいかねえわな。スーパー経営のプロである氷川をニコマル堂から引き抜いて社長に据え、息子をホールディングスの社長に祭り上げたってのが本当のところかもな」

「だがな、プライドの高い人間は、失敗を肥やしだとは考えない。恥と考えるもんだ。そして、必ず失敗に優る成功を収めようとする――」

「それで今回の出店計画をぶち上げたってか？　だとしたら、迷惑な話だ」

香取はうんざりしたようにいうと、「ぼんくら息子が失敗するのは知ったこっちゃねえが、巻き添えはご免だぜ。失敗して撤退するにしたって、十年やそこらは意地でも続けんだろうしよ。それじゃあ、俺の店の体力だって続かねえし、地域の商店が壊滅状態になっちまうことは間違いねえんだ」

レバーを倒した。

ウインカーがリズムを刻みはじめる。

香取は、ぐいとハンドルを左に切った。

車は県道を外れ、細い坂道を登りだす。

もう自宅は目の前だ。

「俺だって同じだ」

瀬島はいった。「散々苦労して、店をここまでにしたんだ。大企業の勝手で潰されてたまるか。あとふたりだ。たったふたりの賛同が得られれば、条例案が可決されるところまで漕ぎ着けたんだ。諦め切れるかよ」

「ふたりか……」

香取がまた溜息をつく。「隅田が駄目だとなった以上、話を聞いてくれそうなのはあと三人しかいねえ。もう後はねえぞ」

「分かってる……」

国政の場での党の体たらくは、瀬島でさえ失望を覚えるほどだ。地方選に影響することは間違いなく、とても再選など望めるものではない。検討会は条例案成立に向かって志気は高まるばかりだが、それも誠実屋進出阻止という目標があるからだ。結果はどうあれ、結論が出た段階で会は解散。再選を目指したところで、新党あけぼのの議員に支持が集まるとは思えない。

しかし、それで構わないと瀬島は考えていた。

県議選に立候補したのも、誠実屋のO町進出を阻止するためだ。自分の店を守るためばかりではない。商店街が廃れることは町が、ひいては地域が崩壊するのと同義だ。それを承知で、涸(か)れかけた井戸から最後の一滴まで絞り取ろうとする大企業のやり口が許せないのだ。条例案を成立に持ち込めば議員の職に未練はない。

「で、次はどこに当たる？」

香取がブレーキを踏みながら訊(たず)ねてきた。

「隅田の様子からすると、民明党の連中も無所属議員の取り込みに動いていると考えるべきだろうな。油断はできねえ。賛同票を固めておく必要もあるし、残る三人の説得は失敗できねえんだ。早急にメンバーに招集かけて、作戦を練り直そう」

「じゃあ、今夜のうちにでも、連絡しておくよ」

「悪いが、そうしてくれるか」

車は既に止まっている。

瀬島はシートベルトを外すとドアを開け、「明日の夜にでも。そうだな、午後七時にセットしてくれるか。明日の昼は東京で用事がある――」

降り際にいった。

「分かった……」

頷く香取に向かって、「じゃあ……」と手を上げてこたえると、瀬島はドアを閉めた。

香取の車を見送り、瀬島は自宅のドアを開けた。

「ただいま」

靴を脱ぎにかかる間に「お帰りなさい」と、妻の暁子の声が聞こえてきた。

早くも夕食の支度に取りかかっているのか。包丁で何かを刻むリズミカルな音がする。

上着を脱ぎながら、瀬島はダイニングに入った。

瀬島には小学校四年の娘がひとりいる。暁子と合わせて三人家族にしては、キッチンを兼ねたダイニングに十分過ぎる広さがあるのは、飲食店を経営するからには、食をおろそかにできない、そうした気持ちの表れだ。

しかし、娘ののぞみは幼少の頃から稽古に励んできた日舞の発表会があり、昨日から東京に出かけて留守である。ただでさえ広い食堂が、いつにも増して広く感ずるのはそのせいだ。

「どうだった。お話はうまくいったの？」

瀬島が県議会議員になった目的も、誠実屋の進出が現実のものとなれば地域経済はもちろん、家業にどれほど深刻な打撃を与えることになるかも、暁子も重々承知だ。

早々に首尾のほどを訊ねてきた。

瀬島は、隅田との間で交わされた事の次第を話して聞かせると、

「久々の東京だ。三人で晩飯食って、最終で帰ってこようかとも考えていたんだが、そ

んなわけで七時からは会合だ。残念だけど、俺は発表会が終わったら一足先に帰るよ」

そういいながら、椅子に座った。

「困ったわ……」

暁子は手を止めると、「さっき、お義兄さんから電話があって、明日付き添いを代わってくれないかっていってきたの。急な宴会が入ったとかで、お義姉さんがいないと店が回らないって――」

瀬島には二人の『兄』がいる。いや、正確にいえば叔父なのだが、物心ついた時から、ふたりの叔父を『兄さん』と呼べといわれて育ってきたのだ。だから暁子もふたりを『義兄さん』と呼ぶ。

長兄は東京の大学を卒業し、そのままサラリーマンとなって故郷を離れた。次兄は地元の高校を卒業すると、家業であった食堂を継ぎ、彼らの母、つまり瀬島の祖母であるツヤ子の面倒をみてきたのだが、八十歳の彼女は末期の癌で病床にある。

「よりによって明日かよ」

瀬島はあからさまに顔を顰めた。「便りがないのは無事な報せとはよくいったもんだ。何かいってくるのは、てめえらが困った時だけじゃねえか。やれ、金を工面してくんねえか。ばあちゃんの面倒をそっちでとか、そんなのばっかだ。電話があったって聞くとぞっとするよ」

「そんなこというもんじゃないわよ」

暁子がたしなめるようにいう。「おばあちゃんのことじゃない。それに、付き添いを任せっきりにしているのは事実なんだし、お義兄さんの店だって、うまくいってるわけじゃなし。宴会が入るなんて滅多にないことだもの」

「病院の差額代を払ってんのは俺だぞ」

「お金の問題じゃないわよ。大恩あるおばあちゃんの看病じゃない」

「じゃあ、お前、明日はどうすんだ。のぞみの発表会を止めにして、病院行くのか」

「発表会は来年もあるけど、おばあちゃんは来年の夏にはいないかも知れないのよ。それに、あなたの育ての親じゃない」

そこを突かれると言葉に詰まる。

瀬島は実の両親を知らぬ。

祖父は物心ついた頃には既に亡く、ツヤ子の手によって育てられ、幼い頃から「お母さんは、お前を産んですぐに死んだ」と聞かされてきた。だが、狭い田舎のことである。まして、事の善し悪しに判別がつかぬ子供の世界は残酷だ。何かの拍子で遊び仲間と喧嘩になり、「捨て子」と罵られたのは、瀬島が小学校に上がってすぐのことだった。

自分の出生には何か秘密があると悟り、泣きながら家に帰ったことは覚えている。

「僕は捨て子なの？」と祖母に訊ねたこともだ。

しかし、祖母は「お前のお母さんは死んだんだ。店を新しくできたのは、お母さんの生命保険が入ったからだ」といって撥ね付けた。それも、日頃温厚で惜しみない愛情を注いでくれていた祖母が目を剝き、激しい口調で断じたのだ。そしてあの時、祖母の目には確かに涙が滲んでいた。

大好きな祖母を悲しませてはならない。これは、触れてはならないことなんだ――。

幼心にそう思い、以来、自分の出自について直接祖母に訊ねることはなかったのだが、歳を重ねれば知恵もつく。自ら知ろうとせずとも、自然と耳に入ってくる。

実母は瀬島を東京でひとりで産み、生後間もない乳飲み子をツヤ子に託し行方知れずとなった。それも私生児であったらしいと知ったのは、高校に入学した直後のことだった。

まあ、そんなところだ――。

全ては予想していたことだ。衝撃もなければ、悲しみも覚えなかった。特別な感慨も浮かばなかった。だから父親はもちろん、実母がどうしているのか、生きているのか死んでしまったのか、会いたいとも捜したいとも思わなかった。

第一、そんなことを考える余裕もなかったのだ。

家業の食堂を継いだのは次兄だが、生来何をやっても根気が続かぬ性質である。まして、外で修業したわけでもなければ向上心もないとなれば、店の経営は悪化するばかりで、酒に逃げ場を求めた。それがまた経営の悪化に拍車をかけるという悪循環に陥っていたのである。

生活を支えたのは、次兄の妻とツヤ子だった。女ふたりが鍋を振り、岡持を手に出前を届ける——。

県内トップクラスの進学校で、常に上位の成績を収めていた瀬島であったが、そんな光景を日々目の当たりにしていれば、とても大学どころの話ではない。

瀬島は高校を卒業すると同時に、関東を中心にファミリーレストランを展開する会社に就職した。業界では中堅クラスのさして大きな会社ではなかったが、そこに就職したのには理由がある。

飲食業の経営ノウハウを学ぶためだ。

進学を諦めた以上、学歴を必要とする会社での成功はまず望めない。自らの力で這い上がるしか道はない。そして、企業規模が大きくなればなるほど、経営の全てを学べるチャンスは少ないと思ったからだ。

大恩あるツヤ子を楽にさせてやりたい。学歴で身を立てる道が叶わなくなった以上、自らの力で這い上がるしかないのだ。

だから瀬島は必死で働いた。この会社が持つノウハウの全てを一刻も早く吸収し、自分の店を持つ。その一心だった。

努力は認められた。

ウエイターから店長へ。そして本社へ——。現場のオペレーションから仕入れ、財務と経営に必要なノウハウを十一年の期間を費やして学び終えた瀬島は、満を持して独立した。もちろん、サラリーマンの蓄財では開業資金の全てを賄うことはできない。銀行から借金をしたのはいうまでもないが、その時保証人になってくれたのが香取だ。

「町を出て行くやつばっかでよ。仲間がひとりでも帰って来てくれるなんて、こんな嬉しいことはねえよ」

そういって、背中を押してくれたのだ。そればかりか、彼が経営するスーパーに隣接する土地を破格の値段で貸してくれもした。一号店が成功したのは、スーパーに隣接していたことが集客を容易にした点も大きい。

その店もいまや五軒。その間に会社の同僚であった暁子と結婚し、のぞみという娘も授かった。

親に捨てられた過去があるだけに、瀬島にとって家族は何物にもかえがたい宝だ。ふたりを不幸にしてはならない。この城は何があっても守らなければならない。香取の恩義にも報いなければならぬ。

誠実屋のO町進出阻止に立ち上がったのも、そんな気持ちがあったからだ。

「しょうがないな──」

瀬島は溜息をついた。「のぞみ、がっかりすんだろうな。お父さんお母さんがふたり揃って発表会に来るなんて、何年ぶりかって張り切ってたのに……」

「あなたひとりでも、行ってあげれば喜ぶわよ」

付き添いに同意したことに安堵したのか、暁子が手にした包丁が再びリズムを刻みはじめる。「わたしは、ずっと発表会を観てるし、あなたが忙しくしてるのはのぞみだって承知してるもの。東京まで来てくれたって――」

包丁の音が止んだ。

暁子は刻んだ野菜を鍋に移しはじめる。

夕食の時間までには、まだ大分ある。

「ちょっと、店を回ってくるわ」

瀬島は車のキーを手に取ると、席を立った。

2

サイドテーブルの上に置いた携帯電話が鳴った。

パネルに『氷川悦郎（えつろう）』の文字が浮かんでいる。

「なんや――」

塙はこたえた。

「氷川でございます。山梨の件で、ご報告がございまして――」

誠実屋は東京、大阪の二本社制である。塙は主に銀座にある東京本社へ週に二度から三度出社して、部下から報告を受け指示を出すのを常としているが、重要案件については随時連絡が入る。

「例の『山梨県まちづくり検討会』の態勢が整い、票固めに入ったようです。早ければ今年中。遅くとも来年早々には『既存商店の育成推進に関する条例』を県議会で可決に持ち込むつもりのようだと――」

　氷川がいった。

「どっからの情報や」

　塙は訊ねた。

「重森先生です」

　氷川は即座に返してきた。「今朝ほど、先生から直接お電話を頂戴し、その後検討会のメンバーのリストがファックスされてまいりまして」

　重森とは山梨選出の衆議院議員のことだ。所属する民明党は先の国政選挙で大敗し、野党となってしまってはいるが、戦後の国政は民明党政権の歴史だ。それに重森は閣僚を務めた経歴を持つ実力者でもある。民明党が野に下ったいまでも、県内における情報収集力は高く影響力も大きい。

「どないな連中が名を連ねてんねん」

「地元の大学教授、町議、あけぼの会派の県議、弁護士、市民団体の代表者といったところです」

　塙の問いかけに、氷川がこたえた。

「左巻きばっかりやないか」

　塙はふんと鼻を鳴らすと、「先頭に立っとんのは瀬島か」

念を押すように訊ねた。

「はい、その通りです」

「あれも焦ってんのやろ。新党あけぼのも政権与党の座をものにしたはええが、やらせてみれば能無しどころか屑の集まりや。見事に馬脚を露しよった。支持率もだだ下がり。全く無名やった瀬島が県議選に勝てたんも、あけぼののブームがあればこそや。でかい花火を打ち上げな、来年の選挙では落選確実やろしな」

氷川はすぐに反応しなかった。暫しの沈黙の後、

「お言葉ですが、ひょっとして、瀬島は端から再選のことなんか念頭にはないのではないかと思うのです」

恐る恐るといった体で塙の見解に異を唱えてきた。

「何でや」

「瀬島の立候補時の公約は、『県経済の復活』、『環境保全』とありきたりなものですが、出馬を表明したのは、誠実屋がO町への進出計画を明らかにした直後のことです。当選直後に『検討会』を立ち上げ組織造りに取り組んできたのも、この条例案を成立させ我々の進出を阻むため。その一点にしかないのではないかと――」

「瀬島は確か、O町を中心に何軒かの飲食店を経営しとんのやったな」

「五軒ほど――」

氷川がこたえた。「それも、生産者と契約を結び、県内産の食材を使っていることを

売りにした店ばかりです。直接仕入れを行っている分だけ価格は安く、料理は手作り。固定客もついておりますし、いまのところ経営にこれといった問題は見当たりません。つまり、県議を辞めても食っていけるだけの生活基盤はあるんです。そこもわたしには引っかかる点でして——」

金への欲が尽きぬのが人間というものだ。そしてある程度の財をなせば、次に欲しくなるのが地位と名声だ。県議ともなれば、田舎名士として十分通用する。地位を手に入れた人間が、おいそれと手放すとは思えない。

考え過ぎや。

塙はそう返そうと思ったが、氷川は間を置かずに続けた。

「会長、この動きには既視感があるんです。わたしがニコマル堂にいたころ、福島県のD市に大型店を開設する計画を発表した途端、地元の商工業者から激しい反対運動が——」

「反対運動に遭うのは、わしらの業界の決まり事みたいなもんや！　それを、うまいこと纏(まと)めんのがお前の仕事や！」

塙は氷川の言葉を遮って一喝した。

氷川はスーパー誠実屋の社長にして、山梨プロジェクトを統括する立場にあるが、生え抜きの社員ではない。四年前まで、もっか誠実屋の最大のライバルである業界第二位のスーパー、ニコマル堂に勤務し、取締役を務めていた男だ。誠実屋の社長に招き入れた最大の理由は、経営企画畑を長く歩み、スーパーの経営に精通していたこともあったが、彼が新店舗開設用地の確保に図抜けた実績を上げていたからだ。

大型店の出店用地の確保は困難を極める。計画を明らかにした途端、例外なく反対運動が起きる。まして、大都市近辺はすでに出店する余地はなく、当然地方がメインとなる。人間関係が複雑な土地柄となれば、地権者の説得にも神経を使う。地元自治体の有力者、果ては当該町、県、国の政治家を動かして、違法行為をも辞さぬ度胸も併せ持たねばならぬ汚れ仕事でもある。

何を期待されて、誠実屋に招き入れられたのか。それは氷川とて百も承知のはずだ。

「瀬島のやり口が、酷似してるんです」

氷川は声を曇らせる。「メンバーの素性もですが、瀬島が『山梨県まちづくり検討会』なら、福島は『大型店出店とまちづくりを考える会』。条例案の名称も瀬島が『既存商店の育成推進に関する条例』なら、福島は『商業まちづくりの推進に関する条例』です。瀬島は、福島のケースを研究し、そのまま踏襲しようとしているように思えてならないんです」

もちろん、福島の件は知っている。

地方への進出競争が激化していた十一年前、ニコマル堂は福島県のD市に店舗面積七万七千平方メートル、駐車場五千三百台の当時東日本最大のスーパー出店計画を発表したのだが、それに危機感を覚えた地元商工業者が検討会を立ち上げ、六年後に福島県議会は条例案を可決。それによって、店舗面積が六千平方メートルを超える大型店の出店が不可能となったのだ。

「福島な――」

塙は呻いた。「山梨の土地の目処は確か……」

「第一期分については、およそ八割に目処がついています」

「一万二千坪か……」

用地の買収といっても、全てが借地だ。税務対策、長期に亘る安定収入になると、地権者に土地の有効活用を促すのだが、本当の狙いは別にある。撤退の際に、余計な資産を抱えないようにするためだ。地代が発生するのは、実際に工事に着手した時点からだが、交渉にかかる経費と労力は大変なものだ。それに、交渉相手は地権者だけではない。地元有力者、県議会議員、果ては国会議員に至るまで、手を回さなければならない。

万が一にでも、こんな条例が通ってしまえば、これまでの苦労が全て水泡に帰す。いや、それどころか、人生の集大成ともいえる、壮大な事業が実現不可能となってしまう。

「もちろん、飛び地もありますから、交渉成立までにはまだ時間が……」

「重森はどないいうてんねん」

塙は氷川の言葉が終わらぬうちに話題を変えた。

「はっきりとはおっしゃいませんでしたが、微妙なニュアンスは伝わってまいりました」

氷川の声が沈むのが分かった。「県議会は民明党が第一会派ではありますが、過半数には達していません。あけぼのは第二会派。要は無所属を含むその他の会派がどちらにつくかで勝負が決する状況にあります。先生は、瀬島がここに至ってこうした動きを見せるのは、ひょっとして過半数の確保に目処がつきつつあるからではないかと――」

「何や、その他人事みたいないい草は」

塙は声を荒らげた。「重森にどんだけの献金をしてると思うてんねん」

誠実屋の店舗展開が全国に広がっていくに連れ、政治家との関わりが深くなるのは必然というものだが、中でも重森に対する支援は誠実屋グループを挙げてのものであり、突出して大きなものとなっていた。

もちろんそれには理由がある。

リニアモーターカーの東京・名古屋間のルートが山梨を通過する方向で動いており、その際にはＯ町近辺に駅ができる公算が極めて大きいことを、重森が密かに伝えてきたからだ。

開業の暁には、東京・山梨間の所要時間は十五分。アクアラインの開業が、木更津の新興住宅地の開発に繋がったのと同様、Ｏ町周辺地域の宅地開発を促し、首都圏のベッドタウンとして人口が増大することは十分期待できる。まして、富士山の世界自然遺産への登録は叶わなかったものの、文化遺産として認められる可能性はまだ残っている。それが現実のものとなれば、Ｏ町近辺には富士登山、観光目当ての国内外の人間がどっと押し寄せる。そして、リニアがいよいよ開業した後の人出たるや、その数倍に膨れ上がるだろう。

そこにホテルとショッピングモールを併設した巨大複合施設を建設する。それこそが、人生の集大成と呼ぶに相応しい事業になると塙は考えていた。

それだけに、重森の危機感のなさに腹が立つ。

「このプロジェクトの完成をわしが見ることはない。そら重森かて同じや。そやけどな、あの男かて息子が地盤を引き継ぐのや。この事業がうもう行くかどうかは、重森にとっても息子の将来に関わる重大事なんやで。もっと性根を入れて瀬島の目論みを潰す算段をせいと発破かけんかい！」

「その辺は、重森先生も重々承知しているのですが……」

氷川は語尾を濁す。「肝心の会派の長が、現時点で目立った動きをすることに難色を示しているらしいのです。あけぼの政権は混乱する一方。次の県議選で民明党が大勝することは間違いありません。瀬島の背後には弁護士、市民団体と厄介な連中がいますからね。へたに潰しにかかれば、足を掬われかねないと──」

「阿呆か！」

塙は声を張り上げた。「何を眠たいことというてんねん。条例が可決されてもうたら何もかも終わってまうんやで。お前それを分かってんのんか！」

勢いに気圧されたのか、押し黙った氷川に向かって塙は続けた。

「ええか。お前の仕事は、用地を取り纏めて終わりやないで。わしが描いた絵図が実現する膳立てをして見せなならんのや。重森が当てにならんいうなら、どないしたら条例案を潰せるか、それを考えんのは誰でもない。お前やろが！」

氷川は言葉を返さない。

「わしが求めてるのは結果や。駄目でしたいう返事は許さへんしな」

失敗したら先はない。阻止するための手段は問わぬというニュアンスを匂わせながら、塙は電話を切った。

3

ホームに降り立った途端、酷い熱気に包まれた。

東京が連日の猛暑に見舞われていることは知っている。昨夜も熱帯夜であったのだろう、まだ午前九時を回って間もないというのに、ぬるりとした湿気が纏わりつく。ホームの隙間から這い上がってくる電車のモータの余熱が、不快感に拍車をかける。

のぞみの発表会の会場は四谷にある。新宿からだと中央線が最も早い。

瀬島は背中に汗が吹き出すのを感じながら、中央階段を降りた。

通路に出たところで案内板を見上げると、中央線は人身事故のため、運転を見合わせているという表示があった。

中央線と並行して走るのが総武線だ。普段なら通勤ラッシュもひと息ついた頃なのだろうが、ダイヤが乱れた上に利用客は同じルートを通る総武線に集中する。ホームは人でごった返し、ラッシュアワーさながらの混雑ぶりだ。

のぞみの出番は十一時半からで、時間は十分にある。しかし発表会は年に一度の行事で、全国から弟子が集まってくる。少しでも舞台に近い席で我が子の晴れ姿を見ようと思えば、早く会場に入るに越したことはない。

瀬島は人の群れを縫い、列の最後尾に並んだ。

それにしても暑い――。

ポロシャツにスラックスという軽装では脱ぐものがない。首筋から汗が流れ、腕にも汗が滲み出てくる。

瀬島はスラックスの尻のポケットからハンカチを取り出し、汗を拭った。

やがて電車が入ってくる。

こちらも中央線が不通になった影響だろう。満員である。

ターミナル駅ということもあって多くの乗客が降りたが、乗り込む客も同じくらい多い。

後に続く客が、瀬島を一気に車内へと押し込んだ。

「きゃあ！」

甲高い女性の叫び声が上がった。

夏休みの最中である。何かの行事に参加するのか、車内には女子高生の一団がいた。

先に乗り込んだ客は左右の通路へと分かれて行くのだが、やがてその流れも止まる。行き場を失った瀬島は、向かい側のドアの近辺に屯する彼女たちに分け入る形になった。ドアの閉まり際に、近辺にいた乗客が体を押したのだろう、背中にさらに圧がかかる。立錐の余地もないとはこのことだ。

普段の移動は自動車である。電車はもちろん、ラッシュとも無縁の生活を送っている。吊り革を持とうとしたが、全て他の乗客が摑んでおり空きはない。

瀬島は腕を下げたまま、その場で足を踏ん張った。

軽やかな反動と共に電車が動きはじめる。

頭上から吹き出してくる冷気で、顔の汗は引いていくのだが、周囲の乗客と密着したせいもあって、体の熱は冷めるどころか逆に増すばかりだ。

斜め前、顎の高さに女子高生の頭頂部がある。

甘い香料の匂い。呼吸をするたびに鼻の息が吹きかかり、彼女の髪が微かに揺れるのを見て瀬島は頭を動かした。

右隣には四十代半ばといったところか、サラリーマン風の男がいる。身長は瀬島と同じくらいだ。彼もまた、混雑する車内で身動きがままならない状態であることに変わりはない。

そんな最中にあっても、女子高生たちはお喋りに夢中だ。

ひっきりなしに言葉を交わし、笑い声を上げる。

しかし目前にいる女子高生だけは、先ほどからひと言も言葉を発しない。押されまいとして体に力が入っているのか、身を硬くして耐えている。そんな気配が伝わってくる。

新宿から代々木までは僅かな距離だ。

やがて電車は速度を落とし、代々木駅のホームへと差しかかる。

彼女が動いたのはその時だった。

突然、彼女の手が探るように動き、瀬島の右手首を摑んだ。

「てめえ！」

彼女の叫び声が車内に響いた。「さっきから、どこ触ってんだよ！」

女子高生の一団以外、誰もが無言の車内で、その声はよく通った。

周囲の乗客たちの目が、彼女に集中する。

振り向いた彼女が瀬島を睨（にら）みつけて、摑んだ腕を高く掲げた。

俺じゃない！

瀬島は隣の男を見た。男もまた瀬島に顔を向けてくる。

「えっ！　なに？　痴漢？」

女子高生たちが口々に声をあげる。

「痴漢かよ」

「警察だ。警察に突き出せ」

車内から、乗客たちの声が飛ぶ。

「僕じゃない！」

瀬島は慌てて否定した。

混雑のせいで体が彼女に触れていたことは確かだが、痴漢と疑われるような行為は断じてしていない。もし、彼女が痴漢と信ずるに足る行為を働いた人間がいたとすれば、隣の男である可能性が高い。

「新宿出てから、ずっと尻触ってたじゃん！　スカートの中にまで手入れてよお！」

彼女の言葉に、周囲の女子高生が反応しはじめる。

「ざけんな！」

「やったならやったっていえよ！」

集団心理というやつか。我がことのように、口々に罵りの言葉を投げつけてくる。

それは周囲の乗客も同じだ。隣にいた男が、瀬島の腕を摑むと、

「とにかく降りましょうよ。この娘が触られたっていってんだしさ」

有無をいわせぬ口調でいった。

電車が停車する。ドアが開いた。

女子高生の一団はホームに降り立つと、

「痴漢です！　駅員さんを呼んで下さい」

車掌に向かって叫んだ。

「ちょっと……乱暴じゃないか」

瀬島は慌てて抗議した。「そりゃあ、この混雑だ。僕の体が彼女に触れていなかったとはいわないけど、お尻なんか絶対に触っちゃいない。まして、スカートの中に手を入れたなんて、冗談じゃない。間違いにしたって酷過ぎる」

状況からいえば、腕を摑んでいる男が怪しい。

彼は瀬島の右側に立っていた。左手で痴漢行為を働いていたとすれば、彼女が間違って瀬島の手を摑んだ可能性だって捨て切れない。しかし、それもあくまでも状況からの推測に過ぎない。彼がやったという証拠がない限り、被害者からすれば罪を人になすりつけようとする行為と映るだろう。

「あんたさあ。触ってるところを腕摑まれたんだぜ。現行犯じゃないか」

男は凄(すさ)まじい剣幕で詰め寄ると、瀬島の腕を握る手に力を込めた。

嘘(うそ)をいっているなら迫真の演技だが、瀬島とて真実を語っているのに違いはない。

「触ってるところ？」

瀬島は女子高生に視線を向けると、「本当に触ってる手を摑んだの？」

念を押した。

そんなはずはないからだ。

「手が離れた直後です」

果たして女子高生はこたえる。

「だったら、間違って僕の手を摑んだんじゃないかな。君、ずっと前を向いていたよね。誰の手が触っているのか確認せずに、手探りで僕の手を摑んだんだよね」

「じゃあ、誰と間違えたってんだ?」

男が鋭い眼差しを向けてくる。「あんたの隣にいたのは俺だぜ。まさか俺がやったっていいてえのか?」

「間違えるはずありません! 触ってた手が離れた直後に、すぐに摑みましたから」

嫌疑をかけてしまった以上、曖昧な言葉を吐くわけにはいかぬとでもいうのか、女子高生はむきになる。

窓越しに車内にいる乗客たちの視線が集中する。

眉を顰める者。にやけた笑いを浮かべる者。表情は様々だが、その目にはもれなく好奇と侮蔑の色が浮かんでいる。

困ったことになったと思った。

痴漢の嫌疑をかけられた時にはどうすべきか。嫌疑を晴らすためには、どうすればいいのか。そんな知識など持ち合わせてもいなければ、これからどんな展開を迎えることになるのかも、とんと見当がつかない。ただ、のぞみの舞台を観ることができなくなったのは間違いなさそうだった。

「離して下さい。逃げも隠れもしませんから」

瀬島が男の手を払いのけたその時だった。

ホームを駆けて来る、ふたりの駅員の姿が目に入った。

「痴漢ですか？」

駅員がいった。

「この人です」

女子高生は瀬島を目で示しながらこたえる。

「ほかのお客さんの邪魔になります。駅員室に行きましょうか」

マニュアルでもあるのか、駅員は即座にいうと、「あなたも一緒に――」

女子高生を促した。

駅員に前後を挟まれて駅員室に入ると、瀬島は椅子に座らされた。

「警察、呼びますか？」

駅員は女子高生に向かって唐突に訊ねた。

「事情も聞かずに、いきなり警察はないでしょう。そりゃあ幾ら何でも乱暴ですよ」

瀬島は声を荒らげた。「まるで端から犯人扱いじゃないですか。第一、彼女はお尻を触っていた手が離れた直後に痴漢の手を摑んだっていってるんですよ。彼女、勘違いしてます。僕じゃありません」

「……警察呼んで下さい！」

女子高生は憎しみと軽蔑の色を顔に宿すと、きっぱりといった。「わたし、確かに触られたんです。お尻をこの人に――」

駅員は躊躇(ちゅうちょ)することなく受話器を取る。

こうなると、身の潔白は警察で晴らすしかないのだが、しかし、どうやったら――。

スラックスの中で携帯電話が震えたのは、その時だった。

取り出すと、パネルには『暁子』の文字が表示されている。

「もしもし――」

瀬島は早口でいった。

「いま病院にいるんだけど――」

暁子の声が聞こえてくる。瀬島はそれを途中で遮ると、

「困ったことになった。東京で痴漢の疑いをかけられて、いま代々木の駅員室にいる……」

状況を話しはじめた。

「痴漢?」

暁子の声が裏返る。困惑と動揺。息を呑(の)む気配が伝わってくる。

「詳しいことは後で話す。悪いが、会のメンバーの粟島(あわしま)先生に至急連絡を取ってくれ。東京に知りあいの弁護士がいたら、すぐに手配して欲しいと――」

駅員が警官を要請する電話の声を聞きながら、瀬島は慌ただしく会話を終えた。

4

駆けつけた警官が向かったのは原宿署である。

到着するとすぐに手の付着物、口腔粘膜、指紋が採取され、さらに顔写真を撮られた。

事情聴取を担当したのは、中年と若い捜査官のふたりだ。

質問するのは中年の捜査官で、もうひとりは、壁際に置かれた小机に向かって調書を取ることに専念する。

氏名、年齢、職業――。ありきたりな質問の後に、当時の状況を改めて訊かれた。

もちろん、身に覚えのないことだ。瀬島は必死に「やっていない」と訴えたが、捜査官は一向に信ずる様子がない。

「痴漢で捕まったヤツはみんなそういうんだ」といい、当時の状況を、瀬島の行動を、言葉を変えはするものの、内容的には同じ質問を繰り返す。

職業が会社経営者にして県議会議員というのも、むしろ裏目に出たようだ。

世間には成功者の転落に快哉を叫ぶ人間が少なからずいる。そして成功を収める過程には、疚しいことのひとつやふたつ犯しているに違いないという思い込みがある。まして権力までも手にしたとなれば尚更だ。いわゆる他人の不幸は蜜の味というやつだが、それは取り調べに当たる捜査官とて例外ではない。

捜査官は、

「痴漢行為を認めて示談が成立すれば、すぐに釈放されるんだが、あくまでも否認するというなら帰れるまで時間がかかるよ」

それでは地位も名誉も台無しだとばかりにいった。

「そんな司法取引もどきの話に乗るわけにはいきません。やっていないものはやっていない。認めません」

あくまでも否認した瀬島であったが、それからの展開は捜査官のいう通りになった。

取り調べの終了と同時に、瀬島は留置場に入れられた。

鉄格子が嵌められた八畳ほどの部屋で、隅には低い壁で仕切られた便器が置いてある。

俺がいったい何をした。なぜこんな仕打ちを受けなければならないのだ——。

つい数時間前までは想像すらしていなかった、いや、自分の人生に起こりえない出来事の連続に、瀬島は心底打ちのめされた。いっそ、やったと嘘をいい、示談に持ち込み即時釈放された方がましなのではないかとさえ思った。

だが、嘘の代償は真実を貫き通すことより遥かに大きい。

即時釈放は痴漢の汚名を着せられることを甘んじて受けるということだ。そして、その汚名は生涯付き纏う。いや、自分ばかりではない。暁子ものぞみも、痴漢の妻、痴漢の子と呼ばれ、後ろ指を指されながら生きて行くことを余儀なくされるということだ。

耐えなければならない。絶対に無罪を証明しなければならない。

瀬島は暁子の顔を、のぞみの顔を思い浮かべることで折れそうになる心をすんでのところで支えた。

弁護士と壁越しの面会をしたのは夕刻のことである。

「粟島先生から依頼を受けました、下田・大野弁護士事務所の実吉逸郎です」

四十代半ばといったところか。チャコールグレーのスーツを身に着けた実吉は、落ち着いた声で名乗った。そして、瀬島が正面の席に座ったところで、

「正直にお話し下さい。痴漢の嫌疑がかけられていますが、本当のところはどうなんでしょう?」

実吉は問いかけてきた。

真摯な眼差し。丁重な口調。嫌疑をかけられて以来、初めて信頼するに足る人間が現れたことに、瀬島は目頭が熱くなるのを堪えて、

「わたしは、絶対にやっていません」

改めて断言した。

実吉は頷くと、

「では、嫌疑がかけられるまでの状況をお聞かせ下さい。新宿に到着してからで結構です」

机の上にノートを広げ、促してきた。

捜査官相手に話したことと、内容にさして変わりがあるわけではない。しかし、罪に

問おうとしている人間を相手に話すのと、自分を助けようとしている人間とでは、やはり気持ちの持ちようが違う。

実吉はペンを走らせながら、車内での瀬島と女子高生の位置関係、姿勢、焦点となる手の位置などを適時質問してきた。瀬島は記憶にあるがまま、正直にこたえた。

「よく分かりました」

実吉はペンを置き、顔を上げると、「ひとつだけ確認しておきたいことがあります。警察は瀬島さんの手の付着物と口腔粘膜の採取を行ったわけですね」

念を押してきた。

「間違いありません」

瀬島は頷いた。

粘着テープのようなもので両手の付着物を採取されたし、綿棒状のもので口の中の粘膜を擦るよう指示されたのは確かだ。

「ならば、焦点はその下着の繊維の有無であり、そこから採取されたDNAということになる。瀬島さんの手から採取したサンプルからは、一致する繊維は発見されなかった。DNAにしても、女子高生以外のものが検出されたが、瀬島さんのとは一致しない。そうなれば痴漢を行ったのは、瀬島さんではない、他の誰かだ。そう結論づけられる可能性はあります」

実吉は穏やかながらも、力の籠った口調で断言した。

なるほど、その通りかも知れない。

こうなると被害にあった女子高生には申し訳ないが、単にスカートの上から触ったというだけなら、完全にアウトだった。痴漢を働いた真犯人のエスカレートした行為が幸いしたとしかいいようがない。

前途に光明を見いだしかけた瀬島だったが、

「ただ、結果が出るまでには多少時間がかかることを覚悟しておかなければなりません」

実吉は厳しい口調でいう。「被害者は告訴する意向をすでに警察に告げています。そして瀬島さんはあくまでも潔白を主張する。こうなると、警察は検察に送致せざるを得ないのです」

「では、その間留置場からは出られないと？」

一瞬でも前途に光明を見いだした気になった分だけ反動が大きい。

あんな部屋で、何日過ごせというのか——。

瀬島は暗澹たる気持ちに襲われた。

「瀬島さんがやっていないとおっしゃるからにはそうなります」

実吉がいった。

「つまり、無実の人間はそれが立証されるまで出られない。そういうことですか？」

「濡衣を着せられた方からすれば、理不尽な話ですが、それが現実なのです」

実吉は視線を落とした。「その点からいえば、罪を認めれば、今日のうちに釈放されるといった捜査官の言葉に嘘はないのです。瀬島さんには奥さんがいらっしゃる。県議会議員でもある。持ち家もありますし、逃亡の恐れもない。奥さんを身元引受人とすることを条件として釈放される可能性は高いのです。その間に示談が整えば、不起訴となる——」

罪を認めた方が事を荒立てずに済む。そういわんばかりの実吉の口ぶりに、

「やってもいないことをやったなんていえませんよ」

瀬島はむっとしてこたえた。

「分かっています。だから覚悟を決めなければならない、そう申し上げたいのです」

「鑑定結果が出るまでには、どれくらいの時間がかかるんでしょう」

もはや、それが身の潔白を証明する唯一の決め手だ。

瀬島は縋る思いで訊ねた。

「分かりません。警察もこの事件にかかりきりというわけではありませんから……」

実吉は語尾を濁すと、「それに、検察官が一番恐れるのは公判維持ができなくなることです。短時間の裏付け捜査だけで起訴すると、証拠不十分で無罪判決が出る可能性がありますからね。勾留期間中に被害者からも事情を聞くとか、いろいろと手を尽くすはずですから——」

続けていった。

「全ては検察官次第というわけですか」

つまり、嫌疑をかけられた側の事情など知ったことではないということだ。

瀬島の言葉に、実吉は頷くと、

「検察に送致されたら、わたしは、ただちに検察、裁判所に対して勾留請求をしないよう意見書を提出しますが、検察は十中八九勾留請求を行うでしょうし、裁判所もそれを認めるでしょう。だけど、瀬島さん。決して気を落とさないで下さい。鑑定で繊維もDNAも検出されなかった、出たとしても、女子高生の証言とは食い違うとなれば、公判は維持できません。あなたの無罪が立証され、その時点で釈放されることになる可能性はあるのですから」

声に力を込めた。

「可能性って……どういうことです？」

瀬島は訊ねた。

先ほどから実吉は鑑定結果が無罪を証明するかどうかを『可能性がある』といい、決して断言しないところが気になったからだ。

「繊維鑑定が白でも、起訴されたケースがあるからです」

「そうなれば？」

「裁判で争うしかありません。もっとも、瀬島さんの場合はふたつの鑑定結果が白だとなれば、さすがに検察も起訴を断念せざるを得ないとは思いますが……」

現実を包み隠さず告げるところは、誠実さの表れとも取れなくはないが、冤罪を晴らすという行為がどれほど困難なものかを実吉はいいたかったに違いない。

黙った瀬島に向かって、

「とにかく、勾留請求が認められても落胆しないで下さい。余計なことはいわずに、『やっていない』と真実を語ることです。いいですね」

実吉は念を押した。

それからの展開は、実吉がいった通りになった。

翌々日、裁判所で行われた勾留質問は、僅か十分に満たない短さで、瀬島の勾留はあっさりと認められた。

5

「以上でございます――」

秘書の言葉が終わったところで、

「旭の予定はどないなってる?」

塙は訊ねた。

同じ町内に居を構えてはいるが、普段の行き来はほとんどない。顔を合わせるのも社内ぐらいのものだ。特にハイパー・マーケット事業を失敗してからというもの、旭から面会を申し出てくることは皆無に近い。

「午前中はこれといった予定は入っておりません。昼に会食がございますが、そのまま成田に向かい、九日間の予定でアメリカにお発ちになります」

書類箱の中には、塙の決裁を仰ぐ書類が山となっている。会社の規模が大きくなれば、最高経営責任者の判断を仰がなければならないものもかなりの量になる。もちろん、ここに上げられるまでには、各段階の責任者によって内容が吟味されてはいるのだが、それでも塙に撥ねられる、あるいは説明を求められるものも少なくはない。

本来なら、それは社長である旭の役目なのだが、彼が内容に子細に目を通している様子はない。

それが、最終的に決裁するのは塙であって自分ではない、つまり、問題があれば親父が撥ねるという甘えなのか、あるいは、社長であるにもかかわらず、代表権を与えてもらえないことへの不満の表れなのかは分からぬが、いずれにしても、自分の立場に対しての自覚に乏しいことは明らかだ。

「アメリカ?」

塙は眉を上げた。「何しに行くねん」

「申し訳ございません。目的は存じかねます――」

秘書の部屋は共有だが、旭には別に専属の秘書がいる。会長秘書が知らぬのも無理はない。

「旭を呼んでくれ」

塙は命じた。

秘書が部屋を出て行くのを見ながら、塙は溜息をついた。

経営者としての旭には、とうに見切りをつけていた。

学歴が商売人の資質を証明するものではない。まして、旭の場合、他人の釜の飯を食ったこともない。一貫して誠実屋社内で、約束された出世の階段を用意されるがままに昇ってきたのだ。

その甘さ、弱さが露呈したのがハイパー・マーケットの失敗だ。

役員たちの猛烈な反対を押し切り、旭の提案したプロジェクトにゴーサインを出したのは塙だが、その裏には、失敗の経験も必要だ、いまの誠実屋ならば、損害を吸収する余力はある、商売の難しさを学び、経営者の自覚に目覚めてくれるなら安い投資だという考えがあったからだ。

ところが、失敗から学ぶどころか、旭は名誉挽回とばかりに筋の悪い新企画を次々に打ち出してくる。

いずれ誠実屋グループの頂点に立つ旭にこれ以上傷をつけてはならない。

相談を受けた時点で、塙はそのことごとくを却下し、早々に社長の座に就かせたのだが、どうやらその親心がまたしても仇となったらしい。もはや、事業に対する情熱は微塵も感じられず、実務は番頭任せ。社長とはいえ、もはや名ばかりの存在に過ぎない。

己の年齢を考えれば、残された時間はあまりない。

長く苦楽を共にしてきた信二は、三年前にこの世を去った。川端も既に引退し、悠々自適の隠居生活を送って久しい。

後継者をどうするか——。

それが塙の最大の悩みにして課題のひとつとなっていた。

ドアがノックされた。

「おはようございます」

旭は軽く頭を下げる。「お呼びですか」

会長室を訪ねる際には、上着を着用するのが決まりだが、旭は唯一の例外だ。

イタリア製のワイシャツに薄いピンクのネクタイ。光沢のあるグレーのスラックスもまたイタリア製。身なりこそ誠実屋グループの社長に相応しいものだが、真っ黒に焼けた顔が旭の日常を物語っている。

「そこへ座り——」

塙は中央に置かれた応接セットを目で指すと、杖をつきながら立ち上がった。

「弘宣のことなんやがな」

塙はどさりとソファーに腰を下ろすと切り出した。「あれも二十七になる。そろそろ、誠実屋に入ってもろうたらどないかと考えとってな」

旭には男女ふたりの子供がいる。弘宣とはその長男で、東京の私立大学を卒業して、大手都銀で銀行マンをしている。いわゆる預かり社員というやつだが、敢えて普通入社の行員同様の扱いを頼み、現在は名古屋の中規模店でドブ板営業同然の仕事をさせている。

現場の苦労を知らぬ人間は、一人前の経営者にはなれない——。

これも旭の育て方を間違えた、苦い教訓があればこそのことだ。

「弘宣も入行して五年になりますからね。潮時といえば、その通りでしょうが……」

旭は思案するように言葉を区切ると、「でもお父さん、弘宣がいずれ誠実屋に入社するのは既定の路線ですが、その前にビジネススクールにやらなくていいんですか？　弘宣は将来、誠実屋グループを率いることになるんですよ。海外事業も拡大する一方ですし、世界に人脈を広げる上でも、入社前に弘宣を留学させるべきだと思いますが」

高く足を組んだ。

人脈が聞いて呆れる。

なるほど、弘宣は小学校から大学まで一貫教育の私立に通った。そこで培われた人脈は、巷間、一生の宝ともいわれていることも知っている。旭はそれに海外の人脈が加われば弘宣、ひいては誠実屋のビジネスに大いに役立つといいたいのだろうが、商売の本質は食うか食われるかだ。ビジネスにおいて重要なのは、人脈よりも才覚であり実戦の場での経験だ。

旭は経営者の器にあらず——。

とうの昔に見切りをつけてはいたが、切り出せないでいるのは、こんな人間に育て上げてしまった非は自分にあるからだ。教育もそうなら、結婚もそうだ。全ては己が身につける勲章欲しさに、旭をこんな人間にしてしまったという負い目があるからだ。

「学者になるわけやなし、弘宣はお前の後を継いで誠実屋グループを率いることになんのやで。商売の全ては現場にあるんや。まして、こんだけ会社が大きゅうなれば、現場を知るだけでも長い時間がかかるで。留学なんぞ、時間の無駄や」

塙は一刀両断に切り捨てた。

「まあ、お父さんがそうおっしゃるなら、わたしは反対しませんが……」

旭は不愉快そうな表情をあからさまにすると、「ただ、瑠璃がなんといいますかねえ」

妻の名前を口にした。

「誠実屋を率いるための帝王学を授けるいうてんのやで。瑠璃さんかて、文句はいわへんやろ」

「お父さんは帝王学っておっしゃいますが、弘宣を銀行に出すのはまだしも、本店じゃなく、支店勤務で一介の行員として扱ってもらっていることに対して、瑠璃は面白く思っていないんです。預かり社員は本店勤務と決まっているといいましてね」

「なら、こういっとき」

塙は即座に返した。「誠実屋の商売は、どれを取っても庶民が相手や。庶民の生活を肌で知らなんだら、商売はたちゆかん。それは塙一族の生活が崩壊するいうことやとな」

確かに瑠璃を迎え入れたことによって、塙家には名家の血が入ったが、それは彼女の実家が塙の財力を必要としたからだ。

実際、旭の住居は塙の邸宅と比較しても、全く見劣りしないほどの豪邸だ。旭は十分な報酬を得ており、瑠璃にしたって家政婦を雇い家事に追われるわけでもなければ、夏冬それぞれの別荘を持ちと、贅を尽くした生活を送れているのは塙の庇護があればこそだ。それは、彼女とて百も承知のはずである。

「まあ、お父さんの意向は伝えておきますがね……」

旭は釈然としない口ぶりでこたえると、「で、弘宣をグループのどこに入れるつもりなんです？」

訊ねてきた。

「スーパーに入れよう思うてんねん」

塙はこたえた。

「ホールディングスではなく、スーパーですか」

旭は眉間に浅い皺を刻んだ。

「何やかやいうたかて、スーパーは誠実屋の基幹事業やさかいな。氷川の下で鍛えてもらおう思うてな。これからの日本の人口動態を考えれば、過疎地域での既存店の統廃合も頻繁に起こる。人口密集地での店舗展開も大きく変わるやろ。海外への出店にも拍車がかかるはずや。そらコンビニも同じやが、動きの大きさではやっぱりスーパーや。まずはそこから勉強してもらわな――」

そうはいったものの、塙の狙いは別にある。

リニアモーターカーの開業は、重森によれば二〇二〇年代の後半になりそうだという。自分が生きて開業の日を迎えることはないにせよ、弘宣はグループトップの座に就くのに最適の年齢を迎える。山梨に誠実屋最大規模の商業施設が開設されるのはその時だ。それを手がけたのが弘宣ということになれば、輝かしい門出となるだろう。

山梨プロジェクトのレールを敷きさえすれば、神輿は黙ってその上を走るだけ。我亡き後は、一時的に旭がグループの頂点の座に就くことになるとしても、弘宣に代替わりするまでは信頼のできる番頭を置き脇を固め動きを封じる。旭にしても、我が子に代を譲るとなれば文句はあるまい。かくして、塙家は三代の後も誠実屋に君臨し、さらなる発展を遂げていくことになる。

「分かりました……」

この素直さが育ちの良さというものか、旭は頷くと、「お父さんのご意向は、わたしから弘宣に話しておきます。銀行にも事情があるでしょうから、入社の時期は改めてまた――」

腕時計に目をやり立ち上がった。

「アメリカに行くんやてな？」

塙は訊ねた。

「ええ、ソノマに」

旭はけろりとした顔でいった。「うちが独占販売しているワイナリーのオーナーに招待されましてね。この夏は、先月に一週間ほど休みを取った切りですし、ちょうどいいと思いまして。瑠璃を連れて行ってきます」

誠実屋がワインを仕入れていることは事実だが、すべて大衆向けの量産品だ。それも担当しているのはスーパー誠実屋の仕入れ部門で、旭の仕事に直接関係はない。

おそらくは、ワイナリーの中にあるゲストハウスに宿泊し、美酒に酔い美食を極め、唯一の趣味であるゴルフに興じ、優雅な休日を過ごすつもりなのだろう。

なるほど外資系の会社では、経営トップが長期の休暇を取るのは珍しい話ではないが、誠実屋では従業員の夏季休暇は一週間しか認めてはいない。それを社長自らが、都合二週間以上も会社を空けるというのだから話にならない。

まさに自覚の欠如ここに極まれりというものだが、それでも会社の運営に何ら影響はないところが、すでに旭が誠実屋にとって、不要の人間となっていることを物語っていた。

「瑠璃さんによろしゅういうとってくれ。ええ旅行になることを祈ってるとな――」

「伝えておきます」

精いっぱいの皮肉を込めたつもりだが、旭は意に介す様子もない。

振り向くことなく部屋を出て行く。

開け放たれたドアから、秘書が顔を覗かせた。

「会長。氷川社長が至急お会いしたいと、先ほどからお待ちですが、いかがいたしましょう」

「通してくれ」

塙はソファーに座ったままこたえた。

氷川はすぐに現れた。

「失礼いたします」

体をふたつに折ると、「お耳に入れたいことがございまして」

声を弾ませた。

どうやら悪い報せではないようだ。

「そこに座り」

塙の勧めに従って、先ほどまで旭がいた席に座ると、

「例の瀬島が、トラブルに巻き込まれまして」

氷川は切り出した。

「瀬島？　ああ、O町で反対運動を起こしている県議会議員か」

「その瀬島が、痴漢で逮捕されたんです」

「痴漢？」

まさか――。

塙は問い返した。

「四日ほど前だそうですが、いまだ釈放されず原宿署に勾留されたままだそうです」

氷川は愉快で堪らないとばかりに、顔を綻ばせる。

「ほんまの話か？」

「はい」

氷川は断言する。「来年の選挙で、新党あけぼのが大敗するのは間違いありません。瀬島だって、再選は覚束ないことは重々承知のはず。だからこそ、条例案を任期中に成立させなければならないと動きを早めたのです。ならば、こちらとしては、いかにして過半数の票を握られないようにするか。そう考えまして、無派閥議員へ接触して、賛成票を投じさせないよう工作を行ってきたのです」

「そこから聞こえてきた話か」

「鵜飼という無所属議員がおりまして――」

氷川は頷きながらいった。「彼は条例案に賛成の意向を示していたのですが、それをひっくり返したのです」

「どないして」

「鵜飼の本業は老舗の和菓子屋でしてね。それもO町の商店街に一店舗を構えるだけの小さな店です。誠実屋が大型店を出店すれば、人が一気に持っていかれる。町はシャッター通りになって店が潰れる……。大型店進出の反対理由としては典型的なものでしたので、新店舗内に出店を要請したんです。五割引の家賃で結構だと——」

反対派の懐柔策としては、ありきたりなものだが、それは効果があるからこそのことだ。

氷川は続けた。

「もちろん採決のその時まで、条例案には賛成する。その意向は表向き覆さないで欲しい。鵜飼にはそう念を押しました。翻意した人間が出たとなれば、瀬島たちも票固めの活動をさらに活発にするでしょうからね」

「なるほど……。で?」

塙は先を促した。

「実際、瀬島は改めて票固めの行動に出るつもりだったらしいのです。検討会の主要メンバーに招集がかかり、四日前の夜には会合が持たれることになっていたと——」

「なっていたっちゅうことは、開かれへんかったいうことか」

「その通りです」

氷川は話はここからだとばかりに、身を乗り出した。「鵜飼は会のメンバーではありませんが、いち早く賛意を示していた議員です。会合へ出席して欲しいと連絡が入ったのですが、突如その夜の会合はキャンセルになった。以降、会からはこの件に関しての連絡が途絶えてしまったというのです」

「そら、瀬島が逮捕されたなんていわれへんわな。まして、痴漢やなんて」

塙は腹をゆすって笑い声を上げた。

「人の口に戸は立てられないとはよくいったもんです」

氷川もまた、苦笑する。「そのうち、瀬島が痴漢で逮捕されたという話が、鵜飼の耳に入ってきましてね。そこで鵜飼は、会の事務局長に問い合わせたというのです。本当なのかと」

「ほんまやったというわけか」

「もちろん、冤罪だ、疑いはすぐに晴れるといわれたそうですが、いまに至るまで瀬島が釈放された様子はないといいます。そこで、わたし、うちの顧問弁護士に今後の展開を問い合わせてみたのです」

「どないいうとった」

「勾留が長引いているのは、本人が嫌疑を否認しているからだ。あくまでも、否認するなら裁判で決着をつけるしかない。そうなれば、かなり長引くことになるだろうと」

氷川はにやりと笑うと、「会長、これはチャンスです。痴漢の冤罪が問題になっていることもありますし、現職の県議会議員ですからね。警察も慎重になっているのかも知れません。この件は、まだ公にはなっていませんが、明るみに出れば真実はどうあれ、瀬島の信用が失墜することは間違いありません。実際、鵜飼の話によれば会も大混乱に陥っているといいますし、リーダーを無くした組織は脆(もろ)いものですからね」

どうしようもないとばかりに頭を振った。

「まさか氷川……」

手段は問わぬといったニュアンスで、瀬島の動きを封じよと命じたことを思い出し、塙は思わずいった。

「それは違います。いくら何でもそんなことは——」

氷川は笑いを消すことなく、顔の前で手を振った。

「で、どないすんねん」

痴漢の嫌疑が、氷川の仕掛けたものなのか、あるいは偶然なのかはどうでもいい。瀬島の運動を潰す絶好のチャンスであることは確かなのだ。

「反対運動を活性化させないためには、まずマスコミ対策。地元紙には、コンビニをはじめとして、地元に関係するグループ企業の広告出稿を定期的に打ってきましたからね。記事にするのは簡単な話ですよ」

塙の問い掛けに氷川はこたえると、不敵な笑みを口元に湛(たた)えた。

6

何者だろう——。

その男は、名前も身分も明かさなかった。

だが、今まで事情聴取を行った捜査官とは雰囲気が明らかに違う。

濃い燕脂のネクタイに、グレーのスーツ。ワイシャツは白。整髪料をふんだんに使い、オールバックに纏めた頭髪。身なりからして、上位職責者か。しかし、銀縁眼鏡の下から覗く鋭い眼差しは警察官特有のものだ。

「瀬島さん」

初めて「さん」づけで名を呼ばれて、瀬島は改めて男の顔を見詰めた。

逮捕されてから二十日目の朝。場所は原宿署の取調室である。

ここに連れて来られるのは、久々のことだ。

連日面会に訪れる実吉によれば、瀬島の取り調べはすでに完了しており、検察は女子高生を呼んで供述調書を取ったり、実況見分を行うと同時に、DNA鑑定の結果を待っているらしい。

原宿署には、暁子も三日に一度の割合で訪れた。

最初の面会の際には、警察が自宅を訪れ、瀬島の性格や趣味、嗜好について聴取され、家宅捜索が行われたこと。さらに、つい先ほどまで再度の聴取を受けたことを聞かされた。

「わたしは、あなたを信じています」

どんなやり取りがあったものかは分からぬが、力強くいった暁子の目に浮かんでいた涙が全てを物語っていた。何をいっても信じては貰えない。端から犯罪者と見なされている夫の立場への悔しさ。真偽の判断を司直の手に委ねざるを得ない不安の表れだ。

実際、状況は瀬島に明らかに不利だった。

「被害者が嘘をついているとは思えない」「犯行直後に腕を摑まれているじゃないか」

「彼女は絶対的確証を持っている」

検事は、そういって憚らない。

絶対的確証？　そりゃ、こっちのセリフだ。

そういい返したいのは山々だが、検事は常に高圧的な態度と傲慢な口調で、瀬島を追い込もうとした。

それがいきなり「さん」づけとは、どういうことだ？

そういえば、取り調べの際には決まって同席する調書を取る人間もいなければ、男もまた、メモひとつ取る様子もない。

こいつは誰だ。いったい何がはじまるのだ。

身構えた瀬島だったが、次の瞬間、男の口から出た言葉を聞いて愕然とした。

「ＤＮＡ鑑定の結果が出ましてね。下着から被害者以外の体液が検出されはしたんだが、あなたのものとは一致しなかった。手から採取された繊維も、女子高生のスカートのものなので、下着のものは出なかった。痴漢行為があったのは事実だが、犯人はあなたじゃない。他の誰かだ」

いきなりそう告げると、「検察も嫌疑不十分ということで不起訴と決めた」あっさりといってのけたのだ。

嫌疑が晴れたことへの安堵と、濡衣を着せられ犯罪者扱いされたことへの怒りが同時に込み上げてきた。

ふざけんな！

しかし、あまりの事態の急変ぶりに、感情に肉体の反応が伴わない。

瀬島の口から漏れたのは、安堵の溜息だった。

「あなたは運がいい。真犯人がスカートの上から触っただけだったら、間違いなく起訴されてましたね。裁判に持ち込んでも無罪を勝ち取ることは、相当に困難を極めたでしょうからね」

「だったら、さっさとＤＮＡ鑑定をすりゃあよかったじゃないですか！　機械にかけりゃ、下着についた体液がわたしのものかどうか、すぐに判明したでしょうが！　それが二十日……。二十日ですよ！」

瀬島の声に、ようやく怒気が籠った。

「ご存知の通り、世の中では犯罪が日々多発してましてね」

ところが、男は悪びれる様子もない。「病人と同じですよ。健康なうちは病人なんて目に入らない。何かの拍子に病院に行って、世の中にはこんなにたくさん病人がいるのかって驚くでしょ。犯罪だって同じです。事件は引きも切らず。捜査にもプライオリティってもんがあるんです。優先順位が低いものは、それなりの日数がかかってしまうものなんですよ」

ことその点に関しては、男のいう通りではある。留置場には次々と逮捕者が入ってくる。検察庁に行けば、取調室は常に満室だ。手錠をかけられ、腰に縄を巻かれた犯罪者が大勢おり、世の中ではこれほど多くの犯罪が発生しているのかと驚くばかりだ。

しかし、それにしても何ていい草だ。終わりよければ全て良しとでもいうのか。

「わたしのケースは急を要しないものだったとでも？」

瀬島はどんと拳を机に叩きつけると、「冗談じゃない。無実を訴えているケースは最優先されるべきでしょうが！」

語気を荒らげ、男を睨みつけた。

「お怒りになるのはもっともです」

男は頷くと続けた。「だけどねえ、瀬島さん。これは確率の問題でもあるんですよ。こうした形で、被疑者の主張が立証されるケースは本当に稀なんだ。特に、あなたのように現場を押さえられた事例では、まず被害者の主張に間違いはない。そして、被疑者はほぼ全員が容疑を否認する――」

「それじゃ、見込み捜査じゃないか」

瀬島の怒りに拍車がかかる。「なるほど、冤罪事件が絶えないわけだ。この間も江原事件ってのがあったばかりじゃないか。やってもいない罪に問い、人を殺すところだったんだぞ。痴漢だって同じだ。嫌疑をかけられただけで社会的に抹殺されたも同然なんだぞ」

瞬間、男の眉がぴくりと動いた。

しかし、感情の揺らぎらしきものが現れたのはそれだけで、すぐに元の表情に戻ると、

「今回の件は、今後の捜査に教訓として生かされると思います。いや、生かさなければなりません」

他人事のようにいう。

いったい、こいつはなにをしに来たんだ。

詫びの言葉を口にするでもない。不手際を穏便に済ませようとするふうでもない。目的がさっぱり分からないのだ。

そう考えると、こうした場が設けられたこと自体がなんとも奇妙に思えてくる。単に無罪が証明されたことを説明するために、被疑者扱いした人間を取調室に連れて来たりするものなのだろうか。

「嫌疑は晴れた」のひと言で釈放すれば、それで終わり。自らの非は断じて認めない。隠蔽してでも権威を保とうとする。それが警察権力ではないのか――。

「ところで、瀬島さん。ひとつお訊きしたいことがあるんです」

果たして、男は切り出した。「瀬島さんのお父さんのことです」

「父？」

瀬島は問い返した。

「失礼ですが、瀬島さんにお父さんはいらっしゃいませんよね」

家宅捜索をした揚げ句、暁子に事情聴取を行い、夫の性癖、趣味、嗜好を調べたほどだ。出生の経緯を知っているのも不思議ではないが、それがいったいなんだというのだ。

「なんで、そんなことを訊くんです？」

「お父さんが誰か、ご存知なんですか？」

男は瀬島の問いかけにこたえず訊ねてきた。

「知りませんよ」

瀬島は鼻で笑った。「父親どころか、わたしは母の顔さえ知らないんです。祖母の手で育てられたんですからね。父親だけでなく、母が何でわたしを捨てたのか、どこで何をしているのか、生きているのか死んでしまったのかさえ知らないんです」

「では、お母さんがアメリカ人と結婚なさったことも？」

「えっ？」

「ご存知ありませんでしたか……。そうでしょうね。子供が親の戸籍謄本を見るなんてことはまずありませんからね。でも、お母さんは、あなたを産んだ翌年にアメリカ人と結婚して、アメリカ国籍を取得されてるんです」

戸籍謄本を初めて目にしたのは、暁子との婚姻届を役所に提出した時のことだ。

それは実に簡潔なもので、右隅に本籍と氏名、数行置いた中央部分に生まれた日付と、出生地、そして母が届けを出した旨が記載されていた。そしてその下部にある父母の欄には母の名前だけがあり、父の名前の欄は空白であったことは、はっきりと記憶している。

「では、母はアメリカに？」

思わず訊ね返した瀬島だったが、いまさらそれを知ったところで、どうなるものでもない。

実の子を捨てたのだ。以来、一度たりとも連絡すらしてこなかった『女』である。それより、不思議でならないのは、なぜこの男がそんなことに興味を抱いているのかだ。どう考えても、今回の事件と関係があるとは思えない。

「それは分かりません」

男は首を振った。

「でも、どうして母のことまで調べ上げてるんです？　アメリカ人と結婚したって知ってるってことは、母の戸籍謄本を見たわけですよね。痴漢の捜査って、そこまでやるもんなんですか？」

あり得ない。この話にはなにか深い理由がある。そして、それは間違いなく最初に訊ねてきた父親に関することだ。

瀬島は直感的にそう思った。

ところが、男はまたしても瀬島の問いかけにこたえることなく質問を重ねる。

「お母さんは、瀬島さんを妊った当時、どこでどんな仕事をしていたか、聞いたことがありますか？」

「先ほども申し上げた通り、わたしは祖母に育てられたんです。生まれた直後からね。わたしは物心つく頃から、お母さんはお前を産んですぐに死んだと聞かされて育ちました。ですから詳しいことは――」

「ご存知ない？」

「もちろん、成長するに従って、人伝てに耳に入ってくるものはありましたよ。真偽のほどは分かりませんがね」

「たとえば？」

「高校を卒業するとすぐに東京に出て、語学学校で学んだ。そこを終えたところで、商社で働きはじめた。そこまでは、本当の話です。ただ、人の噂では昼は会社勤めをしながら、夜の世界で働いていて、そこでわたしを妊ったと――」

「夜の世界」

男の眉がぴくりと動いた。「それは、どんな？　場所とかは？」

「知りませんよ」

瀬島は苦笑した。「当時のことです。未婚の女が妊った。それも結婚どころか認知すらしてもらえないとなりゃ、人にいえない理由がある。水商売に身を投じた揚げ句の成れの果て。まあ、常人の想像力の行き着く先なんて、そんなとこでしょう」

「では、全てをご存知なのは、おばあ様……ということになりますか」

「祖母に母のことを訊ねても無駄ですよ」

「といいますと?」

「こたえられないんです」

瀬島はいった。「肺癌の末期でしてね。すでに脳にも転移していて、まともに話ができないんです」

「そうでしたか……」

意外なことに、その時男の顔に浮かんだのは落胆ではなかった。むしろホッとした、安堵の色である。

どうも様子がおかしい。

男がこんな場を設けた目的は、父親が誰なのかを知りたいからだ。それも痴漢事件とは別に、警察が父親に深い関心を持っているということでもある。

どうして、いまになって。なぜ、このタイミングなのか——。

瀬島の脳裏にひとつの推測が浮かんだ。いや、確信といってもいい。

「ひょっとして、わたしの父親が何かの事件に絡んでいるんじゃないですか」

男の目が僅かだが、はっとしたように見開かれるのを瀬島は見逃さなかった。「あなた方はわたしのDNAを採取した。DNAは親子鑑定にも用いられますからね。あなた方が捜してる人間の遺伝子をわたしが受け継いでいることが判明した。それで、わたしに父親は誰かと訊ねた――」

男は沈黙した。

無表情を装ってはいるが、こたえに窮していることは明らかだった。

つまり、肯定したのだ。

「だとしたら、残念でしたね」

瀬島はいった。「わたしの父が誰なのか。それを知りたいのなら、母に訊ねるしかないでしょう。あなた方がその気になれば、居所を摑めるんじゃないですか。もちろん、生きていればの話ですけど」

「いや、そこまでする必要はないんです」

男は慌てていうと、「ありがとうございました。もう結構です」

席を立ち、部屋の片隅に置かれた電話を取ると告げた。

「瀬島さんの釈放手続きを――」

7

実吉に付き添われ、原宿署を出たのは、昼近くのことだった。

父親のことを訊かれたことは、実吉には話さなかった。

何らかの事件に父親が関与していることには確信があったが、こんな酷い扱いを受けたのだ。警察への不信感もあったし、それ以上に厄介事を抱えるのは御免だという気持ちが先に立ったからだ。まして、名前も知らぬ、一度たりとも会ったことのない男のためにだ。迷惑以外の何物でもない。

自宅には、夕刻に戻った。

「ふざけんな！　あんたのＤＮＡは検出されませんでしただと？　だったらさっさと鑑定すりゃあ良かったじゃねえか。二十日間も勾留しといて、いまさらなんだ！」

待ち構えていた香取が、改めて事の経緯を聞き終えるなり顔を赤く染めながら声を震わせた。

「それでも、俺はラッキーな部類だったらしい。同様のケースで起訴されて、裁判で争っている人もいるっていうからな。そんなことになれば、無罪を勝ち取るまでに、何年って時間がかかったかもしれないんだ。それを思えば——」

実際、釈放手続きに当たっては、改めて事情説明があったが、捜査官は『無罪』という言葉は使わなかった。『嫌疑不十分』といい、あくまでもグレーなのだというニュアンスを漂わせた。起訴されなかったのは、担当した検察官の判断だともいった。詫びの言葉ひとつないうでもない。それどころか、苦々しい表情をあからさまに浮かべながらだ。

怒りを覚えるのは、瀬島とて同じだが、いまは濡衣を着せられたことよりも、こうして無事家族の元に帰ってこられた安堵の気持ちが優る。

「そうよ。ＤＮＡ鑑定なんて先端技術があったから良かったものの、ひと昔前なら完全にアウトだったのよ。痴漢の汚名を着せられて生きていかなきゃならないところだったんだもの、ほんと、不幸中の幸いだわ」

場所は、自宅の応接間である。

暁子が、茶を差し出しながらしみじみといった。

「そんな悠長なことをいってる場合じゃないでしょう。話は、独り歩きをはじめてんですよ」

香取が苛立ちを露にする。

「独り歩き？」

何のことだ。

瀬島は問い返した。

「お前知らねえのか？」

香取は片眉を吊り上げた。

「わたし、夕食の支度がありますので――」

暁子は、慌てた様子で席を立つ。

ドアが閉まったところで、

「お前が、痴漢で逮捕されたってことが、新聞に載っちまったんだよ。以来、寄ると触ると町中その話で持ち切りだ」

香取は、声を落とすと溜息をついた。

「新聞に？」

「フツーのサラリーマンならともかくよ、お前は県議会議員だ。公人だからな。逮捕、それも痴漢でとなりゃ、大ニュースだ。暁子さんだって、随分肩身の狭い思いをしてると思うぜ」

留置場にいたのだ。自分が知らぬのも無理はない。二十日間の勾留期間中、六度も面会に訪れた暁子もそんなことはひと言も口にしなかった。だが、「随分肩身の狭い思いをしてると思うぜ」というくだりに、暁子が慌てて部屋を出ていった様子が重なると、世間の反応は窺い知れる。

「瀬島よ――」

香取は続けた。「こんなこたあいいたかねえが、一旦悪い評判が立ちゃ、とことん色眼鏡で見はじめんのが世間だ。結果的に冤罪だったってことになってもよ、誤解を解くのは容易なこっちゃねえぞ。まして、あんなにでかでかと載せられちまったんだ」

「そんなに大きく載ったのか」

「最初に報じた甲州日報なんて、社会面トップ。それも五段だぜ。ご丁寧に写真まで載せやがってよ」

「いつのことだ」

「二週間前……かな」

「否認しているのに？」

「関係あっかよ」

香取は吐き捨てるようにいう。「現職の県議が痴漢の疑いで逮捕された。あの時点では、それが事実だったんだ。公人だろうが私人だろうが、名のある人間の転落はマスコミの格好のネタだ。大衆ウケもする。扱いだって大きくなろうってもんだ。ならば、冤罪と判断された結末が、同じ扱いで報じられるかといえば、そんなことはない」

香取の見立ては外れてはいまい。

マスコミにせよ、世間にせよ人を貶めることには熱を上げるが、名誉の回復には無関心といっていい。科学的検証の結果、瀬島が釈放されたことを報じるにしても、警察同様『嫌疑不十分』とは記しても『無罪』と断定はしまい。

つまり、あくまでもグレー。世間の自分を見る目が変わるとは思えない。

ひと度着せられた濡衣を晴らすことがいかに困難を極めるか――。改めて現実の厳しさに、瀬島は愕然とした。同時に、暁子とのぞみの顔が脳裏に浮かび、ふたりの置かれた境遇や、これからを考えると、もはや言葉も出ない。

瀬島は目を伏せた。

「影響は『検討会』にも出ていてな――」

香取は重い声で漏らした。「逮捕の報せを聞いて、粟島先生がすぐに事情説明会を開いたんだが、最初のうちはみんな『何かの間違いだ』、『瀬島を信じる』といってたくせに、新聞記事が出た途端、雰囲気が変わってな。微妙な空気が流れはじめてんだよ。それも議員先生の中に――」

視線を上げた瀬島に、香取は続けた。

「こんな記事が出ちまったんじゃ、瀬島を発起人にしておくのはまずいんじゃないか。仮に嫌疑が晴れたとしても、議員生命は絶たれたも同然だ。そんな男が取り纏めた条例案が通るとは思えない。第一、有権者が納得しまいといい出すやつもいてな」

「誰がそんなことをいっているんだ」

「急先鋒は野崎さんだ」

忌々しそうに香取は、新党あけぼのに所属する議員の名前を口にした。「条例案が可決されるかどうかは、県議会の過半数の賛同を得られるかどうかにかかってんだ。肝心の議員先生に難色を示されたんじゃ、通るもんも通らなくなっちまう」

「それ、おかしくねえか」

瀬島は返した。「O町に誠実屋が進出すりゃ、周辺の商店街は壊滅状態に陥る。それが分かっているから、あの人だって条例案の制定に賛同して活動を続けてきたんじゃないか。今回の事件と、検討会の活動は別の問題だろ」

「お前は発起人だぞ。近隣住民に配布したパンフレットやチラシには、もれなくお前の名前が入ってる。色がつき過ぎてる。それに――」

「それに、何だ?」

語尾を濁す香取に瀬島は問うた。

「議会の中じゃ、民明党の議員の間から、懲戒処分って話もちらほら出てるらしいんだ。もっとも、不起訴となったからには、もう誰もそんなことはいわねえだろうがよ……」

これも、濡衣とはいえ、ひと度嫌疑をかけられた人間を、世間がどう見るかの表れだ。事の経緯など関係ない。嫌疑をかけられたからには、応分の行為があったに違いない。人はそう考えるものなのだ。

「条例案が通らなければ、来年中には誠実屋のO町への出店認可が下りちまうんだぞ。それ、分かってんのか」

「分かってるさ」

香取は憮然（ぶぜん）とした表情でこたえた。「野崎さんの態度には、他のメンバーから批判が出てる。いまここで足を止めたら、いままでの運動は水の泡だ。条例案とお前はイコールじゃないといってな。だけど、他にも何人か野崎さんの意見に同調する議員がいるんだよ。それをまた、鵜飼さんが抑えようとするもんだから、混乱に拍車がかかっちまってさ」

誠実屋のO町進出に反対するという点においては一致していても、そこは議員だ。それぞれに思惑があってもおかしくはない。まして、検討会はワンイシューで集っていただけに、内部で条例案成立への温度差が生じはじめれば組織はたちまち崩壊する。まさに馬糞（まぐそ）の川流れだ。

「俺が検討会から身を引けば、いままで通り事が運ぶってんならそうするぜ」

瀬島はいった。

「ひとつの手には違いないが、それで丸く収まるかな――」

香取は口をへの字に結ぶと、腕組みをして考え込む。

「まだ、何かあんのか」

「野崎さんの動きは、ひょっとして、次の選挙を睨んでのことじゃないかと思うんだ」

香取は続けた。「検討会の議員は、あけぼのの連中が圧倒的に多いからな。誰もが次の選挙に不安を抱えてる。条例案を可決に持ち込んで、誠実屋の進出を阻止したとなりゃ、少なくとも近隣商店会の支持は得られっからな」

「どういう意味だ？」

瀬島は小首を傾げた。「条例案の成立は検討会の功績だろ。それは、メンバーに名を連ねた議員全員の――」

「そりゃあ違うな」

香取は瀬島の言葉が終わらぬうちにいった。「注目を集めるのは、発起人だ。他はただの賛同者。支援団体、有権者へのアピールの度合いが全く違う。そう考えると、野崎さんや鵜飼さんの動きも納得できるんだ。だってそうだろ。こんな事件に巻き込まれなかったら、条例案が成立した暁に、一番脚光を浴びる議員はお前だぜ。彼らにしたら、手柄を立てる千載一遇のチャンス到来。野崎さんは、脅し賺(すか)しして、鵜飼さんはそれを押しとどめることで検討会の主導権を握ろうとしている——」

　その程度の人間なのか、あいつらは。

　そう問い返したいのは山々だった。しかし、国政、県政、町政のいずれに限らず、政治の世界に身を投じる人間は、為政者としての理念よりも、地位と権力に執着する。当初はいかに高邁(こうまい)な理想を抱いていても必ずやそうなることは、短い議員生活の中で痛切に感じている。

　そう考えると、香取の読みもあながち的(まと)が外れているとは思えない。

「だったら、俺が検討会の発起人から降りりゃいいんだろ。そうなりゃ、混乱も収まんだろが」

　瀬島はいった。「だってそうだろ。条例案が成立しなかったら誰の手柄にもなんねえんだ。そんなことになってみろ。会に名を連ねる議員は、次の選挙で雁首(がんくび)揃えて討ち死にだ。それとも、死なばもろともとでもいうのかよ。あり得ねえだろそんなこと」

　香取はじっと考えこんでこたえない。

　もちろん、そうなるという確信が瀬島にあったわけではない。

　冤罪とはいえ痴漢という汚名を着せられたことへの周囲の反応がいかなるものであるのかに直面するのはこれからだ。

　それが、おそらくは想像しているよりも、遥かに厳しいものに違いないのは、先の暁子の反応からも明らかだ。

「それで済めば、いいんだがな」

香取は、溜息をついた。

溜息をつきたいのはこっちだ。

喉まで出かかった言葉を、瀬島はすんでのところで呑み込んだ。

8

「それでは採決に入ります」

議長の声が高らかに告げた。「『既存商店の育成推進に関する条例』案に賛成の諸君は挙手を願います」

十二月の定例県議会も会期終了目前だ。

釈放されてから三カ月。瀬島を取り巻く環境は激変した。

最大の変化は、やはり瀬島を見る世間の目だ。

あからさまに口にせずとも、内心は態度に出る。

これまで、挨拶を交わせば立ち話のひとつもしていた人間が、そそくさと立ち去る。姿を見ただけで、避けるようになる。

決して被害妄想の類いではない。暁子は毅然とした態度を崩さず口にこそしないが、のぞみはあれほど熱心だった日舞の教室を辞めたいといい出した。彼女もまた、明確に理由を語らなかったが、何が起きているかは、「捨て子」と罵られた自分の子供時代のことを思い返せば想像がつく。

影響は事業にも表れていた。

新聞報道があって以来、レストランの業績は、週次、月次とじりじりと下降線を辿りはじめた。当然、仕入れも抑えざるを得ない。こうなると、地元農産物をメインにしていたことが仇となる。

仕入れ量が落ちたことが、業績の悪化と取られ、経営への不安がまことしやかに囁かれるようになったのだ。それでも、長い付き合いだ。本来ならばこういう時にこそ力になろうという人間が現れるところだが、逆に厳しい納品条件を提示してくる始末だ。まして、客足が落ちれば、従業員の士気も下がる。こうなると、まさに悪循環である。

経営に専念したい気持ちは山々だった。しかし、それでも議員を辞めなかったのは、職を辞すれば罪を認めたことになるからだ。誠実屋の進出を阻止できなければ、地域経済は崩壊し、ひいては自分の事業も存亡の危機に陥ってしまいかねないからでもある。

だから、検討会に生じた混乱は、なんとしても収拾しなければならなかった。

もっとも、こちらは早々に開かれたメンバー会議の席上で、瀬島が発起人を降りることを申し出たことで拍子抜けするほどあっさりと収まった。

代わって発起人に名を連ねたのは野崎だった。彼は就任と同時に、仕切り直しとばかりに、あけぼのの、無所属議員の間を再度回り、票固めに動いた。その甲斐あって、議員の過半数の賛同の内諾を得、条例案は集中審議に持ち込まれ、今日の採決を迎えることになったのだ。

地域経済の崩壊を防げるかどうかは、条例案の可決如何だ。事業の再建もしかりである。

議長の言葉が終わると同時に、瀬島は手を上げた。同時に、周囲を見渡した。

民明党の議員が反対に回ることは元より承知だ。賛否は拮抗している。

えっ？

視線がひとりの議員のところに釘付けになった。

鵜飼である。

彼は手を上げてはいなかった。席に座ったまま、じっと目を閉じている。

寝ているのか？　まさか――。

背後に座る賛成派の議員が慌てた様子で手を上げたまま、「鵜飼さん……。鵜飼さん……」と声をかけるのが口の動きから見て取れた。

しかし、それでも鵜飼は動かない。

「賛成十七。反対二十。よって、本条例案は否決されました」

県議会の議員定数は三十八。議長を除けば、有効票数は三十七。過半数の内諾を確保したというのが検討会の見立てであったから、鵜飼の他にもうひとり採決に至って意を翻した人間がいたということになる。

それが誰かは、もはやどうでもいいことだ。

反対派の拍手、賛成派の怒号が議場に渦を巻く中、議長が閉会を宣言した。

鵜飼はいち早く席を立ち出口へと向かう。瀬島は後を追って通路に出たところで、鵜飼の肩に手をかけ詰め寄った。

「鵜飼さん！　どういうことだ！　なんで手を上げなかったんだ！」

賛成派の議員が次々に駆けつけてくる。採決の様子を傍聴席で見守っていた香取や粟島といった検討会の面々の顔もある。

不穏な空気が流れはじめた。

「集中審議を重ねるうちに、考えが変わったんだよ」

鵜飼はしれっとした顔でいう。「いまでさえＯ町周辺地域の人口は減少の一途。過疎高齢化は進むばかりだ。この傾向に歯止めをかける根本的な策を講じない限り、商店街はいずれ滅んでしまう。つまり、条例案は単なる延命策に過ぎんのだよ。それも、健常者を生かすんじゃない。体中に管を取りつけて無理矢理生かす。薬が切れた途端に死んじまう重病人のようなもんだとね」

「いまさらそりゃねえだろ！　あんた、先頭に立って旗振ってきた議員のひとりじゃねえか！」

香取が声を荒らげた。

「じゃあ訊くが、あんたたちは誠実屋が出店すれば、地域経済は崩壊するっていうけどさ、出店しなかったら、地域経済が復活すんのか。店の跡継ぎが町に残るっていうのか」

鵜飼は一同に向き直ると、改めていった。「商店街の高齢化が進み閉店が相次げば、不便を強いられるのは地域住民だぞ。その時、真っ先に町を捨てるのは若い世代だ。誠実屋が出店すれば、買い物には不自由しない環境ができあがる。都会と同じ商品が購入できるようにもなるんだ。まして、雇用だって生まれるんだぞ。先々のことを考えれば――」

ことごとくが、集中審議の場で条例案反対派の議員があげつらった理屈だ。

「雇用が生まれるって、パートじゃないか！　正社員は誠実屋の転勤族だぞ！　その認識には検討会でも合意されていたはずだし、ことこの点に関しては、集中審議の場でも反対派でさえ反論できなかったじゃないか」

鵜飼の豹変(ひょうへん)ぶりが理解できないだけに、苛立ちは増すばかりだ。「どうするつもりだ！　これまでの運動が水の泡じゃねえか」

瀬島は間合いを詰めた。

「どうするつもりって、なにを？」

逆に問い返されて、瀬島は黙った。

「確かに俺は翻意した。だけどさ、議員は有権者に県政を委ねられてんだぜ。最後は俺がどう判断するかだろ？　日頃民明党の政党政治を批判してるくせに、グループの和を乱したと批判すんのか。それこそ有権者、議会に対する背信行為だろうが」

なんていい草だ。開き直りもいいところだ。

その思いは、誰もが同じであったらしい。

場が凍りつく。

瀬島は唖然として、鵜飼の顔を歯噛みをしながら見詰めるしかなかった。

鵜飼は話は終わったとばかりにそっぽを向くと、一同を残して立ち去っていく。

「なんなんだ、あいつは」

香取の声が震える。「これじゃ、だまし討ちじゃねえか」

しかし、その言葉に反応する人間はいなかった。

知っているのだ。

条例案を再提出することは困難を極める。不可能というわけではないにせよ、改めて態勢を整えるまでには時間を要するし、とても次回の選挙までには間に合わない。それ以前に誠実屋の出店認可が下りてしまうことを――。

「終わりだ……」

粟島が声を落とした。

瀬島は天井を仰いだ。

その言葉に間違いはなかったからだ。

「ひょっとして鵜飼のやつ、誠実屋に美味しい餌でも目の前にぶら下げられやがったんじゃねえのか」

香取が忌々しげにいう。

あり得ない話ではないと思った。

考えてみれば、潮目が変わったのは、あの事件があってからだ。それまで、一致団結して誠実屋の進出阻止に動いていた検討会の足並みに乱れが生じた。それは誠実屋にとって、賛成派議員を切り崩す絶好のチャンス到来と映ったとしても不思議ではない。実際、賛同を得るために議員たちの間を回っている間にも、誠実屋が様々な手段を使って条例案潰しに動き回っている気配は至るところで感じていたし、彼らにとって、出店計画を明らかにした途端、反対運動に遭うのは毎度のことだ。そして、そのほとんどを潰し、事業を拡張し続けてきたのが誠実屋だ。彼らには、そのためのノウハウの蓄積もあれば、金もある。謂わば、運動潰しのプロである。

だとしたら、そんな隙をつくってしまったのは誰でもない。この俺だ。

人の運気には流れがある。負の連鎖に陥ると、抜け出すのは容易なことではない。不幸は不幸を呼び込み、時に関係する人間をも巻き込むことがある。その一方で、ひと度上昇の機運を摑むと、とことん昇り詰める人間がいる――。

塙の高笑いが目に浮かぶようだった。

あいつは、そんな人間のひとりなのか。神に愛された幸運の持ち主だというのか。だとしたら、何て差配だ。己の野心を叶えるためなら、他人の人生を台無しにしても構わぬという人間を神は許すのか――。

瀬島は酷い脱力感に襲われながら、両の手を握り締めた。

誰かが、ぽんと肩を叩いた。

粟島だった。

彼は視線を合わせることなく、俯き加減で歩きはじめる。

誰も何も話さなかった。

「ちくしょう！」

香取の叫びが廊下に響いた。「結局大企業には、中小企業は勝てねえのかよ！　カネのねえやつが路頭に迷っても知ったこっちゃねえって、それが政治なのかよ！」

重苦しい沈黙の中、人が散りはじめる。

瀬島は、肩で息をつくと無言のまま粟島の後を追った。

背広の中の携帯電話が震えたのは、その時だった。

パネルには『暁子』の文字が浮かんでいる。

「はい――」

こたえた瀬島の耳に、暁子の切迫した声が告げた。

「あなた。おばあちゃんが……」

負の連鎖はまだ終わってはいなかった。

第六章

1

ツヤ子は死んだ――。

葬儀を終えたその足で、瀬島は実家を訪ねた。

「お前も母ちゃんに育てられたんだ。形見のひとつも欲しいだろうと思ってよ。何でも好きなもの持っていけ」

次兄の勧めに従ったのだ。

ツヤ子の居室は二階にある。四畳半の小さな部屋だ。

目前の光景に瀬島は愕然（がくぜん）とした。

開いたままの箪笥（たんす）の扉。引き出しもまた同じだ。中に仕舞われていた衣類や所持品が、畳の上に全て出されている。傍らには、僅かな化粧道具や手紙、写真らしきものが、箱にひと纏（まと）めになっている。

葬儀が済んだばかりなのに、すでに遺品の整理が行われていたのだ。

実の親が死んだというのに、何だこの有り様は――。

瀬島は溜息(ためいき)をつきながら畳の上に正座すると、ツヤ子の遺品を眺めた。

最初に目が行ったのは、写真や手紙が入った箱である。

生前の姿が写った写真は手元に残しておきたい。そう思ったからだ。

写真を無造作にひと摑(つか)みして手に取った。生じた隙間から、箱の底に何かが埋もれているのに気がついた。

なんだろう――。

瀬島は埋もれたそれを引き出した。

高校の卒業アルバムだった。

表紙に記載された学校名から、女子校のものであることが分かる。

これは、まさか――。

瀬島はアルバムを開いた。

クラス別に卒業生の個人写真がある。三クラス目、C組のところにきたところで、ひとりの女生徒の名前を見た瞬間、瀬島は目を見開いた。

『瀬島晴子(はるこ)』

やはり、と思った。

学校名、卒業年度からして、この家にある卒業アルバムは母のものに違いないと確信したからだ。

捨てられたとはいえ、初めて目にする実母の顔を、瀬島は食い入るように見詰めた。すっと通った鼻梁は、自分に良く似ている。切れ長の目は、後ろでひとつに束ねた髪形のせいもあるだろうが、ツヤ子の面差しを彷彿とさせるものがある。

母の姿は部活動の集合写真にもあった。軟式テニスをしていたらしく、運動着を身につけていても、スタイルの良さが際立っている。子供の目から見ても、なかなかの容姿だ。

ツヤ子の余命が幾許もないと分かってから、母に連絡をという話が出ないではなかった。しかし、長兄も次兄も、「どこにいるのか分からない」「連絡の取りようがない」という。実際、母の存在は瀬島家において、とうの昔に忘れ去られたものとなっていたし、瀬島の中でも亡き者と割り切ってきたのだ。

いまさらという思いを抱く一方で、祖母は母のアルバムを保管していたのだ。ひょっとしてこの手紙の中に、自分の出生に纏ることを記したものがあるのではないか。そんな思いに瀬島は駆られた。

アルバムを置いた手で、手紙の束を鷲摑みにした。埃を被り、黄ばんだ封書をひとつひとつ確かめようとしたその時、縁に青と赤が交互に並んでいる封筒があることに気がついた。

エアメールだ——。

心臓が、強い拍動を打った。

宛先はツヤ子。住所も日本語で記してある。差出人は『Ｈａｒｕｋｏ　Ｅｒｉｃｋｓｏｎ』。しかし、住所は書かれてはいない。

間違いない。母からのものだ。

封筒には、膨らみがある。中に手紙が入っているらしい。

手が震えた。鼓動が速くなる。

瀬島は、中身を取り出した。

薄い便箋とエアメールの封筒が一緒に入っている。

英文を書けないツヤ子への気遣いでもあるのか。封筒は返信用のもので、宛先にアメリカの住所と母の名前が記してあった。ツヤ子へ宛てた手紙にそれが書かれていないのは、母が自分の居場所を他の家族には知られたくはないからなのか――。

瀬島は手紙を開いた。

一枚の便箋に、万年筆で記された奇麗な文字が並んでいる。

「前文御免下さい」ではじまる手紙には、ツヤ子への不義理を詫(わ)び、次いでアメリカで出産したこと、それが女の子であること、そして、大半は日本に残した瀬島への想(おも)いが綴(つづ)られてあった。

隆彦は無事育っているだろうか。隆彦はもう十分に言葉を喋(しゃべ)り、意思の疎通が可能になったろう。店をやりながら、隆彦を育てるのは大変だろう。無茶がはじまる頃、隆彦が怪我でもしないか、川に遊びに行って溺れたりはしまいか……。隆彦は、隆彦は、隆彦は——。

『隆彦』という文字を見る度、胸が疼（うず）いた。捨てた我が子への思慕の念、案ずる気持ちがひしひしと伝わってくる。ならばなぜ捨てたのか。肝心の理由はどこにも書いていない。ただ、文末に『隆彦を呼び寄せることができたら、どんなにいいかと思うのですが、やはり事情が許さないのです』とあるだけだった。

そして、晴子の名前と、一九七二年十二月十日という日付。

三十八年前の手紙か——。

他にも母からの手紙があるのではないかと思い、残りを全て確認したが、それらしきものは見当たらない。同封された封筒が使われていないところからすると、ツヤ子は返信をしなかったのかもしれない。だとすれば、後にも先にも母からの音信はこの一通のみ。母子の間でさえ、音信が途絶えてしまったのだろうか。あるいは、別の手段でふたりは連絡を取りあっていたのか——。

しかし、それもツヤ子が世を去った今となっては、もはや知る術（すべ）がない。いまさら知ったところでどうなる。案じはしても、結局捨てたんじゃねえか——。

処分しちまうか。

一瞬、そう思ったが、瀬島はすぐに手紙を元に戻し、ポケットの中に押し込んだ。

俺の出生には重大な秘密がある。

釈放された日、原宿署の取調室で、「お父さんが誰か、ご存知なんですか」と訊ねてきた男の言葉が脳裏に浮かんだからだ。

その夜、自宅に戻った瀬島は、母に宛ててはじめての手紙を書いた。

恨み辛みを記したのではない。近況を記したのでもない。ただツヤ子が亡くなったことを報せただけだ。差出人に記した自分の名前を見れば、それが誰によって書かれたものか、母には間違いなく分かるはずだからだ。それに、三十八年前の手紙である。転居していることも、十分に考えられるし、母が返事をよこすかどうかも分からない。

瀬島は、全てを天に委ねた。

2

東京に出るのは、七カ月ぶりのことだ。

電車が新宿に着いた。

ドアが開く。

瞬間、瀬島の脳裏に忌まわしい記憶が蘇った。

踏み出すのに勇気がいった。

外気が頬に触れた。

あの時とは違う。

ひんやりとした中に、やわらぎを感ずる。

瀬島は軽く肩で息を吐くと、ホームに降り立った。

午前十一時。ラッシュアワーをとうに過ぎた時刻である。人の姿はさほどない。

瀬島は、西口出口に向かうべく地下通路への階段を降りた。

東京に出てきたのには理由がある。

母に会うためだ。


突然の連絡だった。

昨夜のことだ。

スマートフォンのパネルに表示された数字の羅列。

誰だろう――。

怪訝(けげん)な気持ちを抱きながら、瀬島は「はい」とこたえた。

「……あの……瀬島さん……でいらっしゃいますか……」

短い間を置いて、か細い女性の声がひと言ひと言を区切りながら訊ねてきた。

聞き覚えのない声だった。

「そうですが」

「隆彦さん……？」

「ええ」

こたえた瀬島に、

「……あの……」

女性はまたしても口籠り、やがていった。「……晴子です……瀬島晴子……」

今度は瀬島が黙る番だった。

ツヤ子の訃報を知らせてから三カ月になる。その間、晴子からの返信は一切なかった。

手紙が戻ってこないところをみると、あの封筒に記された住所にいまだに住んでいると思われたが、考えてみれば、三十八年も音信を絶っていたのだ。肉親の死に目に遭えぬことは覚悟していたろうし、それを改めて、まして捨てた息子から知らされたとあっては戸惑うばかりだろう。返事をしようにも、いまさらどの面下げて、というものだ。

瀬島は手紙を出したことさえ忘れかけていた。

第一、それどころではなかったのだ。

条例案が否決されてしまったからには、誠実屋の出店を防ぐことはもはや不可能である。認可が下りても、開店までには相応の時間があるが、その時に備えなければならない。

大型店には漏れなくフードコートが併設される。それに対抗していかにして客を呼び込むか。何を売りにするのか。人の流れが変われば店舗を移す、あるいは新たに店を構えるか。ならば、そのための資金は――。

考えなければならぬこと、やらねばならぬことは山ほどあった。いままで行ってきたビジネスを一から見直し、再構築するに等しい大仕事に直面していたのである。それも、落ち込んだ業績を回復する手だてを講じながらだ。

確かに、手紙の末尾には自分の携帯電話の番号を記しておいたが、まさか、いま頃になって本人自ら直接連絡してくるとは――。

晴子はいった。

「遅くなってしまったけど、お母さんのこと、報せてくれてありがとう」

「ああ……はい……」

そうこたえるのが精いっぱいだった。

手紙が届いたならば、晴子がどんな反応をみせるのか、どんな行動を起こすのか、全く考えてもいなかったことに瀬島は改めて気がついた。まして、手紙なら考える余裕があるが、いきなり言葉を交わさなければならなくなってしまうと、何を話せばいいのか皆目見当がつかない。

瀬島は再び黙った。

それは晴子も同じであったらしい。

長い沈黙があった。

「あの……」

口を開いたのは、晴子だった。「いまさら訊けた義理じゃないのだけれど……お母さん病気だったの？」

「癌だ……。肺にできたのが、最後は脳に転移して。それで……」

「そう……癌だったの……」

晴子は声を落とした。

だったらどうだってんだ。

ツヤ子の死因を知ったところで何になる。知っていたなら、看病に駆けつけたとでもいうのか。子供を押しつけ、いまに至るまで音信を絶ってきたことの不孝を詫び、許しを乞いたいとでもいうのか。

「どういうことなのかな。こんな形で連絡してくるなんて」

会話が嚙み合わぬ。

瀬島は、突き放すように訊ねた。

「驚くわよね……突然に……」

晴子はいった。「でも、よく分かったわね。わたしの住所……」

「ばあちゃんの遺品の中に、手紙があったんだ。それに、返信用の封筒が入っていたのを見つけてさ……。古い手紙だ。届くかどうか分かんねえけど、一応娘だ。親が亡くなったことは報せておこうと思ってさ」

「そう……。お母さん、返事はくれなかったけど、手紙は持っててくれたんだ」

晴子はしみじみとした口調でいう。「とっくの昔に、捨てちゃったのかと思ってた……」

「実の娘からの手紙だぞ。それも、遺品の中からは、一通しか見つからなかった。唯一の手紙じゃないか。捨てられるもんか」

瀬島は言葉に皮肉を込めた。

「そうよね……。それが親ってものよね……」

沈む声に溜息が混じる。「あなたには、本当に申し訳ないことをしたと思ってるわ。産んですぐに、お母さんに預けて、家を飛び出してしまったきり。こんな酷い母親もあったもんじゃないわ。どの面下げて連絡してきてんだ。そう思ってるでしょうね」

その通りだ。

喉まで出かかった言葉を瀬島は呑み込んだ。

「でもね、あなたから手紙をもらったら、いてもたってもいられなくなって……。凄く会いたくなって……」

晴子は言葉を詰まらせ、一瞬の間を置くと、「一度でいいから会えないかと……」

震える声でいった。

捨てた息子からの便りを見て、会いたくなっただと？　どの口がいってんだ。虫が良過ぎんだろ。

そう返したいところだが、そもそも晴子に手紙を出したのは、自分の出生に纏る秘密を知りたいという思いに駆られたからだ。

晴子に対する思い入れは爪の先ほどもない。それは断言できる。だが、ここで申し出を断れば、謎は謎として永遠に闇に葬られてしまう。ここはチャンスと割り切るべきだ。

「会うって……いま、どこにいるんだ。アメリカにいるんじゃないのか」

瀬島は訊ねた。

「もう日本にいるの。今日着いたばかりで……」

晴子は、新宿のホテルの名前を告げてきた。


外を歩くには、絶好の日和だった。

三月も半ばを過ぎると、日差しも春の気配を感ずるようになる。

それに山梨とは、気温がずいぶん違う。ジャケットを羽織ってちょうどいい。

晴子が宿泊しているホテルは、駅から十分ほどのところにある。

聳え立つふたつのタワービル。その一方の高層階である。

グラウンドフロアの入り口に立つドアマン。大理石の壁。天井のシャンデリア。巨大な生け花。ホテル階直行のエレベーターさえも気圧されるほどの豪華な造りだ。

どんな暮らししてんだ――。

おそらく一泊の宿泊費は、山梨の地元ならアパートのひと月分の家賃に相当するだろう。こんなホテルに宿を取るくらいだ。カネに困らぬ生活を送っていることは想像に難くない。

エレベーターがロビーフロアに着き、ドアが開いたところで瀬島の想像は確信に変わった。

ホールから延びる絨毯の通路。その両側はラウンジを兼ねたライブラリーとなっており、静謐な空間の中で、見るからに高そうな服を着た客が、ゆったりとくつろいでいる。そして、傍らにあるティーラウンジの窓越しに見える東京の街並み——。

何もかもが別世界の光景だった。

客室フロアへ上がるにはエレベーターを乗り換えなければならず、それに際してはカードキーが必要なことは知らされていた。

フロントで晴子の名前を告げると、すでに手配されていて、カードキーが差し出された。

四十五階。四五三二号室。それが晴子が宿泊する部屋だった。

ダウンライトに照らされた廊下を歩き、部屋に向かう。

四十一年ぶりの再会。もちろん、瀬島の記憶にはないから、はじめて会うようなものだ。

緊張が俄に高まる。心臓が重い拍動を刻みはじめ、胸が苦しくなる。

部屋の前に立つ。

瀬島は、ジャケットの襟を整えて、呼び鈴のボタンを押した。

部屋の中から、チャイムの音が微かに聞こえた。

「どうぞ──」

ドア越しにくぐもった声が聞こえてきた。「入って」

なぜ、出ないんだ？

瀬島は怪訝に思いながらロックを外し、ドアを押し開いた。

窓から差し込む光が目を射った。その中に椅子から立ち上がる人影が、シルエットとなって浮かび上がった。

「まあっ……」

息を呑む気配。「隆彦……さん？」

光に慣れた瀬島の目が、晴子の姿をはっきりと捉えた。

痩せている──。

それが、はじめて見る実の母親に対する印象だった。

落ちくぼんだ目。弛緩(しかん)した頬。しっかりと化粧を施してはいるが、肌は荒れているし艶もない。深紅のルージュが、いかにも長いアメリカ生活を感じさせるものの、その鮮やかな色が肌艶の悪さを際立たせ、痛々しくさえある。何よりも違和感を覚えるのは、不自然に整ったヘアスタイルと黒々とした豊かな頭髪だ。

春の日差しを浴びて、インクブルーのワンピースが、フレアーがかかったような光を放つ。それがまた見るからに不健康そうな印象に拍車をかけた。

だが、目の前にいる晴子の顔には、アルバムの中で見た女子高生であった頃の面差しが確かにある。

　どこか、悪いのか――。

　瀬島はそう思いながらも、

「ええ――」

　頷きながらこたえた。

「こちらへ……。もっと傍にきて顔を見せて……」

　晴子は懇願するようにいう。

　瀬島は歩み寄った。

　ふたりの距離が縮まる。

　やがて、晴子は両手を差し伸べ、瀬島の手をしっかと包んだ。

　枯れ木のような細い指。皮膚も乾いている。しかし、掌からは、確かに晴子の体温が伝わってくる。

「ありがとうね……。ありがとう。来てくれて……」

　晴子の目から涙が溢れ、頬を伝って落ちていく。

　勝手な女――。

　捨てた子供に会ったのだ。まず最初に詫びの言葉を述べるのが筋だろう。

　感涙に咽ぶ晴子とは逆に、瀬島の心は冷えていく。

「で、どういう風の吹き回しなのかな。急に連絡してくるなんて」

瀬島は椅子に腰を下ろした。

「それは、あなたが手紙を——」

「急に里心がついたってか？」

瀬島は鼻を鳴らした。「勝手な話だ。四十一年もほったらかしにしといたくせに」

晴子は悄然として視線を落とす。

「親はなくとも子は育つとはよくいったもんだ」

瀬島は続けた。「俺がこうして無事に育ったのも、ばあちゃんが面倒見てくれたお陰だ。あの小さな店で、鍋を振りながら一生懸命働いてな。それがなんだ。こんな豪勢なホテルに泊まって人を呼びつけて。少しでも申し訳ねえって気持ちがあるんなら、まず最初に墓参りだろ。ばあちゃんの墓前で頭を下げて、感謝と詫びの言葉をかけんのが先だろ」

いざ、晴子に向きあうと、考えてもいなかった言葉が迸る。

捨てられたとはいえ、実母との対面である。

実際に会えば、晴子に対する感情に何か変化があるのではないかとも思わないではなかったが、そんな兆しは微塵も芽生えない。むしろ、恨み辛み、そして嫌悪と、否定的な感情が増幅されるばかりだ。

「墓の場所は知ってんだろ。それとも、もう墓参りは済ませたってのか。そんなわきゃねえよな。昨日日本に着いたばかりだってんだ。順番逆だろ」

瀬島は感情が赴くままに声を荒らげた。

「そうね……その通りね……。子供を捨てた親が、どの面下げてって思うのが当然よね――」

「いまさら会いに来るくらいなら、なぜ捨てた。俺をばあちゃんに預けて、アメリカに渡らなきゃならなかった理由っていったいなんなんだ」

晴子は俯いたまま身じろぎひとつしない。

窓から差し込む陽光が、痩せた晴子の顔に降り注ぎ、荒れた肌を露にする。

暫しの沈黙があった。

やがて、晴子はゆっくりと顔を上げ、眼下に広がる東京の街並みに目をやると、

「話さなければならないわね……。そのために、わたし、来たんだもの――」

自らにいい聞かせるように呟き、ゆっくりと瀬島に目を向けた。

晴子はそれから暫くの時間をかけて、東京に出てきてからの当時の生活を話した。

英語の専門学校を卒業し、専門商社に職を得たこと。しかし、その収入だけでは日々の生活を送るのが精いっぱいで、とても仕送りどころの話ではなかったこと。そこで、夜の仕事に身を投じたこと――。

もちろん、夜の仕事といっても身を売るものではない。当時赤坂にあった『ハバナ』という店のホステス『華江』として働きはじめたのだ。後に結婚したジョージ・エリクソンと出会ったのは、その店でのことだったという。

瀬島は特別な感慨は抱かなかった。

まあ、そんなとこだ――。

ただ、そう思っただけだ。

東京に出るまでの経緯は人伝てに聞いていたことだし、夜の仕事に身を投じたというのも、やはり本当のことだったからだ。

瀬島は黙って晴子の話に聞き入った。

「ジョージは、わたしよりも二十も年上でね。アメリカで『オーバー・ナイト』ってコンビニエンスストアチェーンを経営する創業家の二代目だったの」

その言葉を聞いた時、瀬島ははじめて反応した。

「オーバー・ナイトって……あのオーバー・ナイト？」

コンビニの原点がアメリカにあり、オーバー・ナイトによって、ビジネスモデルが確立されたことは知っている。いまでもアメリカ最大級のコンビニチェーンだ。まさかその創業家に嫁いだとは……。

「あの当時、日本には二十四時間、三百六十五日開いてる店なんてなかったからね。そこに可能性を見出した商社が、日本出店を持ちかけジョージを日本に招いたの」

そう聞けば、出会いのきっかけは想像がつく。

「接待で店に連れられてきたジョージに出会ったたってわけだ。そのハバナで――」

「働きはじめて半年後だったわ」

果たして晴子は頷いた。「最初に席についた時から、すっかり気にいられてね。東京へは三日間滞在して、それから京都、大阪って回る予定が、ずっと東京。その間毎晩ハバナにやってきて、ずっとわたしを傍に置いて離さないの――」

「そこで、プロポーズされたのか」

晴子は頷いた。

「最初は、旅先のひと夜の相手にと思ったんでしょうね。接待役の商社の人には、相手をしてやってくれって懇願されたわ。お金も積まれた。商社の狙いは、オーバー・ナイトの経営マニュアル。店舗形態を真似（まね）するのは簡単だけど、コンビニ経営はノウハウの塊ですもの。ジョージがうんといわなければ、それが手に入らないいんだから必死よ。でもね、わたしはそれを拒んだの。その手の女とは違うって」

瀬島は黙って先を促した。

それも、晴子を母親とは認めていないからだ。普通の親子であれば、母親の色恋の話など聞けたものではない。

「それが、あの人を本気にさせてしまったのね」

晴子は続けた。「お金でものにできる女じゃない。だけど、どうしても諦め切れない。ジョージは帰国すると、ふた月ほどしてまたやってきたわ。わたしに会うためだけにね」

「渡航費だって当時はばか高かったろうに、オーバー・ナイトの御曹司にしてみりゃ、大した金じゃねえってわけか。いい気なもんだ」

　瀬島は鼻を鳴らした。

「渡航費は、商社が出したのよ。あくまでもビジネストリップって体裁を繕わなければならなかったしね。だって、あの人には家庭があったんだもの」

「何だって？　じゃあ――」

　不倫じゃねえか。

　呆れたもんだ。

　晴子がエリクソン姓を名乗っているからには、ジョージは離婚したのだろうが、家族をかけがえのない宝物と考えている瀬島にとって、それは考えられない選択肢だった。女のために家庭を捨てる。世間にはありがちな話には違いないとしても、そんな男は信用できない。甘言を真に受ける女も女だ。

「結婚を申し込まれたのよ、奥さんとは別れるからって……。だけど、簡単には信じられなかった。相手は海を隔てた先にいるんだもの。それこそオーバー・ナイトのアバンチュールで終わっちゃうかも知れないものね。彼の言葉が嘘じゃないって確証を持ったのは、それから暫くして、ジョージが離婚訴訟を起こしたことを商社の人間に知らされてから――」

　ならば、俺はジョージとの間にできた子だとでもいうのか。

　いや、そんなことはない。

アメリカは多民族国家だが、エリクソンという姓から判断する限り東洋系ではなさそうだ。第一、そのジョージの子供なら、捨てる必要はなかったはずだ。

「結婚を承諾したのは、出会ってから半年後。彼の三度目の来日の時だった」

晴子は続けた。「それから、暫くして妊娠してることが分かってね――」

「それが俺……か？」

瀬島は訊ねた。

晴子は黙って頷くと、そっと目を閉じた。

何かを決意する、いや覚悟を決めるような気配に、瀬島は黙って言葉を待った。

「どちらの子なのか、分からなかった――」

晴子の振り絞るような声が、瀬島の胸に突き刺さる。

「えっ……？」

「お父さんは病気。お母さんひとりで店をやっても、幾らにもならない。ましてふたりの弟は大学生と中学生。お金が必要だった。それで、店に入って暫くして、常連の客に囲われて――」

晴子は目を開けた。「正直にいうわ。わたし、ジョージの愛情が嬉しかった。愛情が本物だと分かってからは、あの人とどうしても結婚したいと思うようになったの。彼の子供を授かったとなれば、それが確実なものとなる。でも、逆にあの人の子供でなければ――」

なんてこった……。

酷い親もあったもんだ。愛情がどうのといったたって、金で囲われていた女じゃねえか。ジョージはオーバー・ナイトの二代目だ。結婚できりゃ玉の輿。要するに、全てはてめえの欲のため。彼の子供を授かったとなれば結婚が確実なものとなるだと？　だったら、違うという確信があったら産まなかったってことかよ。堕ろして、闇に葬るつもりだったってのか。

ふざけんな！

猛烈な怒りと嫌悪が、瀬島の中で渦を巻く。

蟀谷が膨脹し、顔が熱くなる。

瀬島は奥歯を嚙みしめ、晴子を睨みつけた。

「妊娠が分かったと同時にわたしは店を辞めた」

晴子はさらに続ける。「ジョージには、母が重い病にかかって、看病をしなければならなくなった。そう告げたら目処がたつまで待つ。そういってくれたわ。それに彼も離婚訴訟が大詰めを迎えていてね。日本に来るどころの話じゃなかったの。それから八カ月……。東京でひとりであなたを産んだ直後に、離婚が成立したって報せが入った――」

「生まれたのが、全くの東洋人の顔じゃ、ばあちゃん、てめえのやってたことがばれちまうってか！　結婚もできねえってか！　それで、ばあちゃんに俺を預けて、ひとりアメリカに嫁いだってか！　そして、いまに至るまで、何ひとつ不自由のない、豪勢な暮らしをしてきたってわけか！」

瀬島は怒りをぶちまけた。「いい気なもんだ。なるほど、それじゃあ、墓参りもできねえわけだ。ばあちゃんに合わせる顔がねえもんな」

晴子は、ふいに視線を逸らした。

窓の外、それも空を見詰めている。

「お墓参りは必要ないの——」

晴子は肩で小さな息を吐く。「もうすぐ会えるから——」

「会える？　なんだそれ」

「随分前に脳腫瘍を患ってね。再発して、今度は脳の真ん中。もう手の施しようがなくて……。あと六カ月しか生きられないの……」

晴子はゆっくりと視線を向けてくると、静かな笑みを口元に浮かべた。「お母さんへは、あの世で直接詫びるわ。もっとも、行く世界は違うだろうけど……」

痩せ細った体。荒れた肌。なのに不自然に豊かな頭髪——。その理由がいま分かった。抗癌剤か、放射線か、いずれにしても治療の後遺症であることは間違いない。

「でも、あなたにはひと目会って、直接詫びないと……。あの手紙を貰った時に、そんな気持ちが抑え切れなくなったの。虫が良過ぎることは分かってる。いくら詫びても、許しを乞うても叶わないことも分かってる。でも、そうでもしないと……」

晴子は、崩れ落ちるように床に跪くと、「ごめんなさい——」

声を振り絞りながら土下座した。

柔らかな生地の表面に、背骨が浮いている。細い体、絨毯の上についた手に浮かぶ皺。

まるで朽ち果てる寸前の枯れ木のようだ。

晴子は、嗚咽を漏らしながら、体を震わせる。

これが俺の母親か――。

怒りは収まらない。失望も覚えた。

会わなければよかった。生きているのか、死んでいるのか分からないままでよかったのに……とも思った。

もちろん、迫る死を前にして贖罪の行動に出た晴子の気持ちは分からないでもない。

何よりも、目の前で額を床に擦り付け、詫びる姿は哀れを誘う。

しかし、だからといって、晴子の謝罪を素直に受け入れる気にはなれない。

瀬島は苦いものが込み上げてくるのを感じながら、

「もういい……。頭を上げてくれ」

晴子を促した。

顔を上げた晴子と目が合った。

元より許される言葉など期待していまい。

果たして晴子は、瀬島の心情を悟ったように椅子に這い上がると目を伏せた。

「そんなことより、肝心な話がまだだ」

瀬島は、晴子の顔を睨みつけた。

反応はない。

何を訊ねられるのか、察しているのだ。

晴子は、静かに瞼(まぶた)を閉じる。

「俺の父親は誰なんだ」

瀬島はいった。「教えてくれ」

短い間があった。

晴子の目が開き、テーブルの一点を見詰める。

そしていった。

「……はなわ……はなわ、たきち――」

「なに？」

瀬島は目を剝(む)いた。「はなわたきちって……まさか、あの、誠実屋の……じゃねえだろうな……」

晴子は、こくりと頷く。

長い沈黙の後に、

「まさか……そんな……」

瀬島はかろうじて漏らした。

3

「ご苦労やったな。ほんま、ようやってくれた」

目の前に座る氷川に向かって、塙は労い(ねぎら)の言葉をかけた。

O町への出店認可が下りたという報せが入ったのが昨日の午後。今日は、責任者である氷川の慰労の席である。

純白のクロスがかけられたテーブルの上には、銀のカトラリーが並んでいる。

スーパー誠実屋の社長といえども、銀座の高級フレンチレストランで食事を摂(と)ることは滅多にあるまい。緊張した面持ちの氷川が、すっかり恐縮した体(てい)で「はっ……」と頭を下げた。

「満願成就。これで、わしも思い残すことはない」

塙が続けていうと、

「何をおっしゃいますか。プロジェクトはこれから始まるんです。満願成就はまだずっと先のこと。会長あっての誠実屋じゃありませんか。これからも、陣頭指揮を執っていただかなければ、我々が困ります」

氷川は慌てて返してきた。

「十年、二十年先まで生きとるかいな。O町店の開業に間に合うかどうかも怪しいもんや」

塙は苦笑した。「そやけどな。わしはそれで十分やで。青写真はでけとんやしな。こっから先は、後に続く人間に任せとけばええ。わしが築いた城は、雲の上から毎日眺めることにするわ」

塙は、シャンパングラスに手を伸ばし、

「まずは乾杯や」

氷川を促した。

黄金色の液体に満たされたグラスが合わさり、涼やかな音をたてた。

心地よい刺激。熟成した葡萄(ぶどう)の香りが鼻腔(びこう)に抜け、喉を転げ落ちていく。

まさに、勝者の味。祝いの酒だ。

氷川は傾けたグラスを戻すと、顔をくしゃくしゃにして「はあっ」と肩で息をする。

頃合いを計っていたように、ソムリエがワインを塙の前に差し出してきた。

「こちらになります――」

『ラデュ・エ・リム　ヴォーヌ・ロマネ　一九四七』

塙はワインについての知識はほとんどない。そもそも興味がないのだ。だから、席に着いてすぐにワインリストを差し出された時には、開きもしなかった。ただひと言、

「一九四七年のワインはあるか?」と訊ねただけだ。

どれほどの値がしようとも構わなかった。一九四七年――昭和二十二年は、闇屋の商

売が大躍進を遂げるきっかけとなった年だ。あれから六十四年。その間、ゆっくりと熟成を続けてきたワインに、実業家としての己の歴史が籠っているように思えたのだ。その集大成になる事業に目処がついた。今宵の席に、これほど相応しい酒はない。

「では、デキャンタージュを――」

ソムリエは丁重に頭を下げる。

「ええねん」

塙はいった。「もう四月やいうのに、今夜はよう冷える。寒うて敵わん。赤いのは、体が温まるいうよってな。そない面倒なことはせんでよろし。はよう注いでや」

ソムリエは一瞬困惑したような表情を浮かべたが、

「かしこまりました……」

一旦引き下がり、抜栓にかかった。

ほどなくして、ふたりのグラスにワインが注がれた。

キャンドルの光に浮かぶ、ルビー色のワイン――。

塙は黙ってそれを捧げ持つと、ひと口含んだ。

香りはさほどない。呑み口も軽い。しかし、喉を滑り落ちる瞬間、体温に驚いたのか、いきなり強烈な芳香が湧き上がり、顔前に余韻となって漂う。

塙は、ほっと息を吐き、

「六十四年か――。あっという間やな……」

と呟いた。

「はあ？」

香りを嗅いでいた氷川が手を止めた。

「わしが、いまに至る商売人としての道を歩みはじめてからの年月や」

塙はいった。

「それで、このワインを？」

「わしの歴史が、このワインには詰もうてんのや」

塙はグラスをキャンドルの火で透かし見た。「眠りから醒めた途端に消えてまう。儚いもんやで。ただ春の夜の夢のごとし……。人の一生も同じやな――」

氷川は一瞬困ったような表情を顔に浮かべたが、

「そうでしょうか」

すぐに返してきた。「ワインは呑めば終わりですが、人は違います。今回のプロジェクトで、誠実屋は流通業界日本一の座をますます盤石なものとし、一大複合企業として、さらなる発展を遂げて行くことにもなるのです。それは、全て会長の功績ではありませんか。人の記憶に、日本財界の歴史に、会長の名前は永遠に刻まれることになるのですよ」

とってつけたような言葉だが、そうとしかいいようがあるまい。

塙がふっと笑うと、

「それに――」

氷川もまた顔に笑みを浮かべた。

「それに、何や」

「会長は強い運をお持ちです」

氷川は真剣な眼差しを向け、声に力を込める。「正直申し上げて、今回の案件は本当に危ないところだったのです。反対派を切り崩そうと手を尽くしたのですが、こちらが出す条件に魅力を感じても、意を翻すからにはきっかけが必要だといいましてね。そこに降って湧いたようにあの事件が起きた。冤罪で終わったとはいえ、反対派の結束力は緩み、我々が付け入る隙ができたんです。これも会長がこのプロジェクトに賭ける執念が呼び寄せた幸運としか思えません」

運か――。

確かに俺は運を持っている。

これほどの成功を収めたのが何よりの証だ。いや、そもそも自分の生涯は、大和と共に沖縄の海で終わっていても不思議ではなかったのだ。

戦後間もなくはじめた闇屋にしても、同業者は星の数ほどいた。あの混乱の最中にあっては、誰しもが才覚ひとつでのしあがり、莫大な富を掴むチャンスはあったのだ。しかし、それをものにした人間は、ほんのひと摘み。圧倒的多数は、復興とともに秩序を取り戻した社会の中に埋もれていった。

もちろん、人との出会いなくして成功はなかった。特に深町の存在なくして、いまの成功はあり得ない。だが、それもやはり運だ。己の強運が人を呼び、そして運を活(い)かす力があったからこそいまがある。

深町――。

成功へのきっかけと、人生最大の危機を齎(もたら)した男。

あの事件を乗り越えられたのも、また運の為(な)せる業だ。

深町の遺体確認を終えた直後に行われた事情聴取の場で、塙はあの夜、深町と共にハバナを訪れたこと、久島と会い、そこでどんなやり取りが交わされたか、他に誰がその場に同席していたか、中座した深町の後を追って男が席を立ったことを順を追って話した。その男が高井組の若頭であることは、もちろん話さなかったが、「深町の後を追った」、「久島の客」という言葉が事情聴取に当たった捜査官の関心を惹(ひ)いたことは間違いない。

果たして、捜査は思わぬ方向へと進んだ。

おそらく警察は塙の証言の裏取りを行う過程で、高井組の存在を掴んだのだろう。事件から三日後、若頭と江原の二人が相次いで微罪で逮捕された。明らかな別件逮捕である。

それから三週間。江原は殺人罪で再逮捕された。

決め手になったのは、あの夜、江原が着ていた上着に付着していた血痕である。それが深町の血液型と一致したのだ。

　そしてもうひとつ。ドスの柄に巻き付いていたハンカチから採取された血液である。実は、江原は塙と同じ血液型。加えて深町を刺した際に揉み合いでもしたのか、江原は手に傷を負っていたのだ。

　塙に嫌疑がかけられることは一切なかった。

　事情聴取の際には、指の傷口は癒えてはいなかったが、水絆創膏を用い、軽く手を握ると傍目からは全く目立たない。「塙も後を追った」と久島は語ったようだが、再度の事情聴取の際に「どこへ行ったか皆目見当がつかなかった。見つけられなかった」というと、警察はそれ以上詮索しなかった。店を出るまでの時間差が幸いしたのだ。

　後に分かったことだが、事件は、警察が赤坂一帯で勢力を拡大する高井組の壊滅に着手しようとしていた矢先に起きたらしい。まして、塙はすでに流通業界で大成功を収めている立派な財界人だ。深町が犯した裏切り行為に激怒したとしても、いくら何でも殺しはしまい。第一、ドスを常時持ち歩くことなど考えられない。警察もそんな先入観を抱いての捜査になっていたとも思われる。

　もちろん、江原は頑強に否認した。

「刺しはしたが腹だけだ。死ぬような傷は負わせていない。それに、胸は絶対に突いていない」

　しかし、状況はあまりにも江原に不利だった。

現場からは江原の指紋が検出された。ドスも彼のものである。明かりを灯した際に塙はスイッチを触ったが、消灯時に用いた指にはハンカチが巻かれていた。それが指紋を拭き取ってしまったのか、あるいは第一発見者となった清掃員がスイッチに触れたのか、塙がその場にいたことは気づかれずに済んだのだ。

第三者の存在を立証するものは何ひとつとして見つからない。結局、『刺した』ことを認めたことと、衣服に付着していた深町の血液が、江原の運命を決したのだ。

江原には、すでにふたりを殺害した前科がある。最高裁まで争った判決はいずれも死刑。もちろん、江原も極刑を科せられることは百も承知だ。深町の読み通り、江原は取り調べがはじまった直後に若頭の指示であったことを喋り、そこから久島の存在が浮かんだ。

久島の運が一転したのはそこからだ。

江原の言が本当ならば久島は殺人教唆に問われる可能性がある。警察は彼の身柄を拘束し、連日取り調べを行った。

久島が所有するホテルで死者三十六名を出す大惨事が発生したのは、その最中のことだ。出火の原因は宿泊客の煙草の不始末だったが、これほどの被害が生じた最大の要因は、久島の経営手法にあった。

動かぬスプリンクラー。防火扉もない。壁には火が伝播しやすい空洞があるブロックを用い、火災報知器も作動しないことを知りながら放置。火災訓練も行っていない。夜間の従業員は極端に少ないと、法令を無視した経営実態が明らかになったのだ。テレビ、新聞、週刊誌、世を挙げての久島バッシングの嵐が吹き荒れ、やがて久島は殺人教唆のみならず、業務上過失致死罪とふたつの罪に問われることになった。

久島もまた最高裁まで争ったが、有罪は覆らず服役。刑事裁判とは別に、被害者家族から起こされた民事訴訟で莫大な補償金の支払いを命じられ、久島は財産の一切合切を失った。

もちろん、財産の中には南海ミート販売の株も、目黒の土地も含まれた。それを塙が買い取ったことはいうまでもない。

かくして創業以来の危機をすんでのところで乗り切り、目黒店の大成功を機に誠実屋は大躍進を遂げ、現在の地位を確固たるものにしたのだ。

江原事件の行方は、世間話のついでに弁護士に訊ねてみたが、「警察にも面子がありますす。再審が確定したって、いまさら再捜査なんてしませんよ。第一、時効になった事件じゃないですか」と一笑に付された。

さもありなんだ。

どうやら、この歳になっても運は衰えてはいないらしい。

だが、それも我が身に限ったこと。これから先の誠実屋に、この運が引き継がれるのかとなると話は別だ。

「なあ、氷川――」

塙はグラスを置くと、「お前、誠実屋がこのままあんじょう行くと思うか？」

訊ねた。

「と、おっしゃいますと」

「わしが、いのうなってもうたら、誰がこの会社の舵取りをしていくんや」

「旭さんがいるじゃありませんか」

「あいつに、そんな能力がある思うか？」

氷川は言葉に詰まる。

そして、間をとるようにワインにはじめて口をつけると、

「素晴らしい……」

目を見開いた。「大した知識があるわけではありませんが、いいワインというものは、そもそも畑が違えば、卓越した栽培家、醸造家の存在なくしてできないものだと聞きます。そして、最適な環境下で、長い年月をかけて熟成させ、はじめてでき上がるものだとも——。その点からいえば、旭さんは、会長の優れた遺伝子を引き継いでおられる。まして、最高の環境で経営を学ばれてきたんですよ。あとは熟成を待つのみ。いや、もう十分に熟成の域に入っているかと……」

うまいことをいうもんや。

氷川の如才のなさに感心しながら、

「十分年月は重ねたがな」

塙はそっけなくいった。「なるほど、素材は悪うない。最高の環境を設けてやりもした。そやけどな、経営者っちゅうもんは、ただ寝かしとけば勝手に育つもんとちゃうねん。呻き、苦しみ、挫折を味わい、立ち上がり、刺激を受け、苛めぬかれてはじめて一人前になるんや。物にたとえるなら鋼やで。何度も何度も叩かれ、伸ばされ、また折られして強うなっていくのや。そこがワインとは違うところやで」

「……はい……」

氷川は視線を落とす。

「大事に育て過ぎたわ――」

塙は息を吐くと宙を見詰め、「あれには、誠実屋を率いていく能力はない。大樹も同じや」

声を落とした。

そんなことになったのも、全ては塙の欲のためだが、いまさらそれを悔いたところでどうなるものではない。己は望む全てを手に入れた。ふたりの息子が後継者として育たなかったのは、その代償である。

「では、どうなさるのです」

「わしの後継者は弘宣や」

塙はいった。「そやし、あいつをあんたに預けたんや」

弘宣は四カ月ほど前に銀行を辞め、いまはスーパー誠実屋の一社員として目黒店の生鮮食品売り場で働いている。それに際しては、「特別扱いはするな。新入社員として現場を一から経験させせろ」と氷川に命じたが、真意ははじめて話す。

「弘宣さんをとおっしゃいましても、誠実屋グループを率いるのには若すぎます。第一、旭さんは働き盛り。当たり前に考えれば、十年は社長をおやりになれるでしょう。まして、実の親子ですよ。旭さんは納得しませんよ。そんなことをすれば、誠実屋の組織が――」

「わしもな、つい最近まで弘宣が育つまでは旭に跡を継がせ、信頼のおける人間に脇を固めてもろうて動きを封じよう思うとったんや。そやけどなあ、わしがいのうなって、あいつがトップに立てば、好き勝手はじめるようになってまうと思えてならんのや。そないなことになってみい。グループはがたがたになってまうがな」

塙は氷川の言葉が終わらぬうちにいった。

氷川は固く口を結び、視線を落とす。

肯定したのだ。

「能がないのに、プライドは高いっちゅうのは、厄介なもんやで」

塙は続けた。「そないなやつが、力を持てばなおさらのこっちゃ。旭は神輿に乗って、黙ってわしの描いた絵に沿って動くようなやつと違う。ハイパー・マーケットで知れたこと、思いつきでわけの分からん商売をはじめられたらこの案件かて、どうなることか分かったもんやないで」

旭に対する本音の評価を他人に話すのも、またはじめてだ。

それだけに、一旦明かしてしまうと胸に秘めてきた思いが迸る。そして、言葉にすると、旭を切るという考えは決意に変わる。

氷川にしてみれば、想像だにしていなかったに違いない。

表情を硬くして、無言を貫く。

「ええか、氷川――」

塙はいった。「わしも、もう八十六になる。いつどないなるか分からん歳や。体にも大分がたがきとるし、正直会社に出るのもしんどうて敵わんのや」

「はい……」

氷川はようやく頷いた。

「十年で弘宣を一人前にしてくれ」

「十年……ですか？」

氷川は顔を上げた。

「着工式を挙げたら、わしは名誉会長に退き、会長職を旭に譲る」

塙はさらりといい、「事実上の引退や」

覚悟を口にした。

「ですが、会長。それでは社長は……」

氷川は当然の懸念を口にした。

「外から連れてこよう思うとる」

「外から……ですか？」

「山梨のプロジェクトは、誠実屋の将来がかかった最重要案件や。そやけどな、日本は超高齢社会を迎え、やがてどんどん人口は減っていくんやで。地方に展開しとる既存店の商売が、年を追うごとに減少し、やがて立ち行かんようになるのは目に見えとるがな」

「はっ……」

氷川の視線が再び落ちる。

「難しい時代がくんのやで」

塙は優しくいった。「人がおらなんだら、物は売れへんがな。それで、誠実屋の経営がもつか？　規模を縮小しながら、死に絶えるのを待つんか？　そら、売上がゼロになるいうことはあらへんやろ。そやけどな、商売には採算分岐点いうもんがある。十万人の商圏が、五万になってもうたら店はもたへんで」

「その通りです……」

「ならば、どないする？」

「多角化を図り、かつ海外展開を推し進める、ということになりますか……」

「そうや」

塙は大きく頷いた。「そやけどな、単にスーパーいうだけではあかん。どこの国に行っても、いまの時代スーパーなんぞ、ぎょうさんあるよってな。誠実屋が生き残り、さらに発展を遂げるためには、新しい柱になる事業をどれだけものにできるか。それも、単に物を売る場ではあかん。客がこぞって押しかけるような、ビジネスモデルを確立せななからんのや。買収もせなならんやろ。合併かてあるかも知れへん。もちろん、うちが呑み込む形でな。そんな大仕事をやれる人間が、いまの会社におるか？」

お前も、その例外ではないといわれたに等しい。

さぞや屈辱的な問いかけだったには違いないが、

「いません……」

それでも氷川は、反論の余地はないとばかりに頷いた。

「経営に陰りが見えてからでは遅いねん。どんな有能な人間でも、左前になった会社を引き受ける物好きはおらへんよってな。そやけどな、いまなら大丈夫や。折り紙つきの有能な人材を社長に招いて、経営を任せる。多角化を図りながら、海外へ店舗を拡大するんのや。そして山梨の案件は、次の時代の誠実屋の商いの象徴になる。弘宣には、お前の下で修業させながら、その人間の経営手法をとことん学ばせなならん」

一塙は、そこで一旦言葉を区切ると、「そやし氷川、お前の責任は重大やで。弘宣を一人前の経営者に、十年後には、誠実屋グループの総帥として相応しい人間に仕上げなならん。それがお前の使命や」

氷川の顔を正面から見据えた。

「お言葉肝に銘じて……」

氷川は姿勢を正すと体を折った。

頭を上げた彼の顔は強ばっている。

だが、本音は必ず表情のどこかに表れる。

氷川の場合、弛緩した眼差しがそれだ。

「十年で弘宣を一人前の経営者に育てろ。それがお前の使命や」

氷川とて、所詮は雇われ社長だ。外様でもある。いま以上の出世は端から望んではいまいし、生殺与奪の権は塙に握られている。いつ解任されても不思議ではない。

それが十年、スーパー誠実屋の社長の地位が、いまの言葉によって約束されたのだ。

だが、それも一瞬のことで、

「ですが会長、おふたりが納得しますでしょうか」

氷川は眉間に浅い皺を刻む。「ホールディングスの株の半分は、会長一族の所有。そのうち半分は会長のものですが、遠く及ばないとはいえ、おふたりの持ち分を合わせれば、三割にもなるのです。紛れもない大株主ですからねえ」

氷川は、塙が亡き者となった以降のことを案じはじめる。

その時、塙名義の株は、順当にいけばふたりの子供が応分の割合で引き継ぐことになるからだ。そして、その時が十年を経ずしてやってくる可能性は極めて高い。

もちろん、それについての考えはある。

「大樹は、端からホールディングスを率いる目はないことは承知や。ホテル事業に専念できるなら、文句はいわへんやろ」

塙はグラスを手に持つと、ゆっくりと揺すった。「旭にしてもお飾りとはいえ会長いう肩書きが与えられんのや。社長ゆうても実権があるわけやなし、会長になったところで、いままでとなあんも変わらへんのや。こんな気楽な話があるかいな」

グラスの中から、開きはじめたワインの芳香が立ち上ってくる。

「ですが——」

氷川はそれでも何かをいおうとしたが、

「新しい玩具を手にすれば、遊びとうなるのが人間やで。ならば、端から与えんこっちゃ」

塙はみなまで聞かずに断じた。「まっ、あんたはそないなことを気にせんでええがな。わしがあんじょう手を打っとくさかい、弘宣の教育に専念せえ。要は、わしの築いた城を壊すやつは、大事（おおごと）にならんうちに排除せなならんいうことや。たとえ、我が子であってもな——」

それは、紛れもない塙の本心だった。

言葉の厳しさに、氷川は再び身を硬くする。

塙はゆっくりとグラスを傾けた。

僅かな時間の間に、開きはじめたワインは様変わりしていた。

ふくよかな香り。上質のシルクのような質感。そして、うっとりとする奥深い味わい——。それは、呑み下してもなお、強烈な余韻となって消え去ることはない。

その中に、塙は実業家として生きた己の人生を、そしてやがて完成する自分の集大成というべき城の形を、はっきりと見た。

4

鷹羽(たかば)・島津(しまづ)国際法律事務所の弁護士、江木智英(えぎともひで)が訪ねてきたのは、七月も二日を残すばかりとなった日のことだ。

「ハルコ・エリクソンさんが二十日お亡くなりになりました。夫人は生前に遺言状をお残しになられておりまして、つきましてはそのことで、瀬島さんにお会いしたいのです」

その三日前、突然の電話で、江木はそう告げた。

たった一度会っただけの『人』だ。ついに「母さん」とも呼ばなかった。まして、出生の経緯を知れば、いかに身勝手極まりない理由で自分を産み、そして捨てたのか。とんでもない女だと思った。不治の病にあり、余命幾許もないことを聞かされても、哀れみよりも嫌悪の方が優った。

晴子ひとりのことならば、『忘れてしまうことだ』、と割り切ることもできたかもしれない。

だが、自分の父親が塙太吉だという晴子の言葉は別だった。

この事実をどう受け止めればいいのか――。

晴子の訃報は、そんな悶々とする日々を送っていた中で齎された。

正直いって、遺言などに些かの関心も抱かなかった。むしろ迷惑だと思った。なにが書かれているにせよ、死してなお、晴子の影を引き摺っていくのは御免だとも思った。

だから、「興味はありません」と、江木の申し出を瀬島は断った。

ところが、「故人の強い希望でございまして、せめてお目を通すだけでも」と江木は執拗に食い下がる。内容を訊ねても、「口頭では申し上げられません」という。

結局、瀬島が面会に応じることにしたのは、こんな会話が何度も続くのは面倒だという気持ちになったからだ。

読むだけだ。それで全ては終わる――。

「お忙しいところ、申し訳ございません」

自宅の応接室で、江木は頭を下げると「改めまして、鷹羽・島津国際法律事務所の江木でございます」名刺を差し出してきた。

肩書きには、『第一東京弁護士会所属弁護士』と並んで『カリフォルニア州弁護士』とある。

「いえ、こちらこそ。わざわざ遠方まで足を運んでいただきまして」

瀬島はこたえると、正面のソファーを勧めた。

テーブルの上には、麦茶が入ったポットと氷が入ったグラスがある。

暁子には、晴子と会ったことは話していない。

話せば情に厚い彼女のことだ。「実のお母さんじゃない」とでもいいだして、事をややこしくしかねない。ちょうど、のぞみも夏休みである。ふたりで買い物にでも行ってこいと、外に出したのだ。

「申し訳ありません。家内が外出しておりまして――」

瀬島はそう詫びながら、ポットから注いだ麦茶を江木に差し出した。

「恐縮です」

四十そこそこといったところか、真夏だというのに、スーツを着用した江木は、

「早々ですが、こちらがエリクソン夫人がお残しになった遺言状です」

膝に載せた革の鞄(かばん)を開け、一通の封筒を差し出してきた。

「拝見します」

瀬島は封を開いた。

中にはそれぞれ一枚ずつ、ふたつの書類が入っていた。

「二通ございますが、ひとつは遺言状の本紙。もうひとつは、それを我々が翻訳したものです。エリクソン夫人は、アメリカの法律事務所に原本を預けておりまして、お亡くなりになった直後に、業務提携をしております当方に、先方の事務所から瀬島さんにお

渡しの上、ご意向を伺うようにと、原本が送られてきたのです」

江木はそう告げると、冷えた麦茶に手を伸ばした。

瀬島は翻訳文に目をやった。

短い文面だった。

ハルコ・エリクソンは、長男、瀬島隆彦に自己が所有する財産のうち、保有するオーバー・ナイト社の全株式の四十パーセントを贈与する。

驚いた。そして、戸惑いを覚えた。

てっきり、詫びの言葉が綿々と書き連ねてあるものとばかり思っていたのだが、まさか遺産の分与とは——。

だが、晴子の心情も分からぬではない。

親としての務めは、なにひとつとして果たしてはいない。産み捨てにしたのだ。詫びたところでどうなるものでもない。許されぬことも元より承知であっただろう。ならば、せめて死の間際に、捨てた代償に自らが手にした財産の一部を遺産として渡す。そうした思いを抱いたに違いない。

しかし、だからといって——。

遺産を受け取るということは、晴子を許すということだ。金での贖罪を認めるということだ。そんな気持ちにはなれるものではない。

　黙って、遺言状を折り畳んだ瀬島に向かって、江木はいった。

「オーバー・ナイト社は、ＮＹＳＥ（ニューヨーク証券取引所）に上場しておりまして、現在の株価は一株四十五ドル。エリクソン夫人が所有している株式は約七十五万株。その四割ですから、三十万株が瀬島さんが受け取る遺産となります。時価総額にして、約十三億五千万円――」

　驚きの余り声も出ない。

　アメリカの富豪の資産は日本とは比べ物にならないことを知ってはいたが、途方もない大金だ。

「もちろん全額が瀬島さんに入るわけではございません。アメリカ、日本の双方で相続税の支払い義務が生じますので、実際には――」

「わたしは……」

　瀬島は江木の言葉が終わらぬうちにいった。「わたしは、受け取るつもりはありません。第一、エリクソン夫人には、子供がいるはずです。いくら遺言とはいえ、どこの馬の骨とも分からぬ人間に、それだけの遺産を贈与するとなれば黙ってるはずがないでしょう。アメリカで訴訟にでもなったら、わたしには対処のしようがありませんし、面倒に巻き込まれるのは御免です」

　気持ちが揺らがなかったといえば嘘になる。

それだけの金があれば、経営に陰りが見えるレストラン事業の立て直し、再構築もずっと楽になる。いや、うまく資産として運用すれば、一生、金には困らぬ暮らしを送れるだろう。

アメリカでの訴訟云々と、とってつけたような言葉が口を突いて出てしまったのは、そんな気持ちの表れだ。

「その点はご心配いりません」

江木は穏やかな声でいった。「夫人には、お嬢様がひとりいらっしゃいますが、瀬島さんが自分の子供であること。産んですぐに瀬島さんを捨ててアメリカに渡った経緯も、自らの口でお話しになっておられまして。お嬢様も瀬島さんへの財産分与には異議はないとおっしゃっているそうです」

「いや、そういわれましても――」

瀬島は、俯き加減になって声を絞り出した。

「それに、夫人の資産は莫大なものでして、瀬島さんに贈与されたのは、ごく一部なのです」

「これがごく一部？」

「これはわたしの推測ですが、故人の遺志もさることながら、お嬢様は訴訟のデメリットをお考えになったのかも知れませんね。何しろ、あちらの弁護士費用はべらぼうで、それも訴訟対象となる金額が高額になればなるほど跳ね上がるんです。勝ったとしても報酬で消え、手元にほとんど残らないケースも珍しくありませんから、労多くして功少なしの典型みたいなものです」

江木はそう話すと再び麦茶に手を伸ばし、喉を湿らせた。

つまり、自分の死後のことは、万事つつがなく運ぶよう、手を打ってこの世を去った。決して許しを得られない。できることといえば、過去の全てを打ち明け、子供を捨てた代償に得た財産を分け与える。それが晴子にとって、『親』としてできる唯一の手だてだったというわけだ。

「わたしがこんなことをいうのも何ですが……」

江木はグラスを置きながらいった。「夫人は、よほど瀬島さんに遺産をお残しになりたかったんだと思いますよ」

「といいますと?」

瀬島は顔を上げた。

「エリクソン氏は先妻と離婚して、晴子夫人とご結婚なさった。エリクソン氏は先妻との間に、ふたりの子供を儲けておりましたが、ご自身が亡くなった際に、先妻の子供たちへの財産分与は済ませてあるのです。アメリカの相続も、日本と同じです。晴子夫人が遺言を残さなければ、夫人の財産はお嬢様に自動的に相続されるんです。それをわざわざ遺言を残し、瀬島さんへ財産をお残しになったんですからね」

「逆じゃありませんかね」

瀬島は皮肉な笑いを浮かべた。「遺言を残さなければ、自動的に子供に財産が分与されるというなら、わたしが晴子の子供だと名乗り出れば、応分の財産を分け与えなければならなくなるんでしょう？　そうなれば、泥沼の戦いだ。彼女は、それを恐れて――」

「瀬島さんは遺産を受け取るつもりはないとおっしゃった」

江木の静かな声が瀬島を遮った。「夫人は、それを見越していたんじゃないでしょうか。権利など主張するわけがない。だからこそ、こうした形でご自分の意思を明確になされた。それも、揉め事が起きないよう、お嬢様にも配慮して……」

確かに、江木の推測は当たっているように思える。

しかし、どうしたものか――。

思案する瀬島の脳裏に、たったいま自分が口にした言葉の一節が浮かんだ。

『わたしが晴子の子供だと名乗り出れば、応分の財産を分け与えなければならなくなるんでしょう？』

そうだ。自分が塙の子だというのなら、同じことがいえる。

ひょっとして、晴子がこんな遺言を残したのは、それを暗に知らしめるためではないのか。もしそうだとしたら――。

「江木さん」

瀬島は改めて向き合うと、「少し考えさせて下さい。受け取るかどうか、すぐには判断がつかないのです。彼女との間には、いろいろと複雑な経緯がありまして――」

頭を下げた。

「構いません。結論がどうあれ、わたしは瀬島さんのご意向に沿って、アクションを取るだけですから――」

江木は、そういうと立ち上がり、その場を辞した。

玄関先まで見送った瀬島は、リビングに入った。

サイドボードの上に、レターケースが置いてある。

束になって置かれた手紙の中から、目当てのものを探し当てると、封筒の中身を取り出した。

ふたつ折りになった純白の厚紙は、いよいよ整地作業に入る誠実屋〇町店着工式の案内状である。

その間には、式、及びパーティーへの出席の有無を問う葉書が入っていた。

瀬島はすかさずペンを取ると、式へは欠席。パーティーへは出席とそれぞれ◯をつけた。

塙に会うことを決意したのである。

5

塙は上機嫌だった。

金屏風(きんびょうぶ)が置かれた舞台。その前には、蓋を割られた菰樽(こもだる)がある。紅白の幕が取り囲む宴会場の中央に置かれた鳳凰(ほうおう)の氷像が、シャンデリアの明かりを反射してきらびやかな光を放つ。そこを中心にして並ぶ豪華な料理。菰樽からは、杉の香を含んだ酒の匂いが漂ってくる。

それにしても大変な人出だ。

地元選出の国会議員、知事、県議会議員、町議、施工業者、果ては地権者に至るまでの招待だ。

人生の集大成といえるプロジェクトの着工式を終え、場所をホテルに移した祝宴は、いま盛りを迎えていた。

通常この手の儀式は用地の整地が済み、建屋を建設するに当たって『起工式』として行われるのだが、年齢を考えると万が一ということもある。そこで、異例の儀式となったのだ。

挨拶を交わす人の数も半端なものではない。

傍らに控えた秘書から名刺を受け取り、相手に手渡す。貰った名刺は右から左、秘書が持つトレイの中に積まれていく。名刺の山は瞬く間に高くなり、それが誠実屋の勢いを物語る。

しかし、列を成していた人も小一時間もすると途絶えがちとなる。

「さすがに疲れてもうた。少し休むわ」

塙は演壇の近くに置かれた椅子に腰を下ろした。

「何か、お飲み物をお持ちいたしましょうか？」

秘書がすかさず訊ねてきた。

「そやな。ビールを貰おうか。喉が渇いてもうた」

「かしこまりました」

人波の中に消えた秘書が、すぐにグラスとビールを手に戻ってくる。

「おおきに――」

塙は注がれたビールをひと息に呑んだ。

時は八月。着工式は炎天下の、それもテントの中で行われた。その間まともに水分を口にしてはいない。火照(ほて)った体に、冷えたビールが染み渡る。

塙はほうっと息を吐くと、改めて会場を見やった。

群れる人の頭上にぼんぼりのような、目印が掲げられている。

誠実屋ホールディングス社長である旭の居場所を示す目印だ。

人波の間から、応対に追われる旭の様子が目に入った。

旭は今日の祝宴の紛れもない主役のひとりだ。誰しもが、誠実屋グループを率いる後継者と疑ってはいまい。それが証拠に、旭の前には宴半ばとなっても、人が長い列を作っている。

だが、挨拶にこたえる旭の応対は、どこかぞんざいだ。いや。傲慢といってもいい。

列に並ぶのは一般招待客だ。リボンを胸につけた来賓は、列には並ばない。つまり、いま挨拶を交わしている人間は、その他大勢。おそらくは二度と会うことのない人間たちなのだが、だからこそ、丁重に応対しなければならないのだ。人の印象は初対面で決まる。二度と会うことがないとなれば尚更(なおさら)のことだ。まして、誠実屋の客は、一般庶民だ。誰がこの会社を支えているか、そこに頭が回らぬ人間に、経営者としての資格はない。

旭を切る。

それはもはや、既定の路線であったが、一方で弘宣がグループを率いるまでの後継者選びは難航していた。

有能な人材に越したことはないが、これが捜してみるとなかなかこれぞという人間がいない。塙が求めているのは、己が描いた絵を確実に実現してくれる人間だ。有能過ぎれば枠に収まらぬ。誠実屋をあらぬ方向へと導きかねない。かといって、企業にとって停滞は衰退を意味する。無能では困る。要は、余計なことをせずに、既定の路線を確実に踏襲し、堅実な経営をしてくれる人間でなければならないのだが、そんな使い勝手のいい人間がそう簡単に見つかるものではない。

困ったものだ――。

塙は苦々しい思いを飲み下すように、グラスを傾けた。

「失礼いたします」

男がひとり、歩み寄ってきた。「塙会長でいらっしゃいますね」

歳の頃は、四十そこそこといったところか。はじめて会う男だ。

しかし、すっと通った鼻梁。面差しから漂ってくる雰囲気は、どこかで見た気もする。

「ご挨拶をさせていただきたく——」

男は懐の中から、名刺入れを取り出した。

塙は立ち上がり、秘書に目を遣った。

「県議会議員の瀬島と申します」

「瀬島……さん？」

ぎくりとした。

確かに、県議会議員全員に招待状を出しはしたが、瀬島は誠実屋O町進出反対派の先頭に立ち、運動を繰り広げてきた男だ。その人物が、まさか祝宴の席にやってこようとは——。

「誠実屋の塙でございます」

それでも塙は丁重に名刺を受け取ると、頭を下げた。

「盛大な会ですね」

瀬島はいう。

「お忙しい中、わざわざ足をお運びいただきまして」

どういう風の吹き回しだ。

あれだけ頑強に反対運動を繰り広げてきたのだ。こんな光景は見たくもないだろうに——。

塙は怪訝な思いを抱きながらも、

「進出をお認めいただきました限りは、誠実屋も地域経済振興のために努めていくつもりでございます。ひとつ、今後とも宜しくご指導のほどを」

まずは殊勝に振る舞ってみせた。

「地域経済の振興のためにですか……」

瀬島はどこか冷ややかな声で繰り返すと、「確かに、安定した雇用基盤に乏しい地域です。誠実屋さんが進出して来れば、パートとはいえかなりの雇用が生まれるでしょう。地域住民の中には、些かでも、家計の足しになればという待望論もあることは事実です。そこは我々も大いに期待しているところです」

わざわざパートという言葉を出して、不敵な笑みを浮かべた。

「雇用は、パートに限りません。店舗には多くのテナントが入ります。若い人を正規社員で雇う先も少のうないでしょう。それに、店舗にはできるだけ多くの地元商店さんにもテナントとして入って貰おう思うてますし、この店が地域商店街の再構築につながればと願っております」

もはや、誠実屋の進出を阻む手だてはない。瀬島にしても、背に腹は替えられぬ。事業を維持していくためには誠実屋と手を組むしかないとでも考えたのか。

塙は思わせぶりな言葉を吐いた。

「テナントといわれましても、家賃の負担を考えると採算が合いますかどうか」

「そら、自宅を店舗にしとるのとは違います。そやけど、商圏が格段に広うなるんです。お客さんもよーけ集まりますやろ。家賃を支払うても、売上が格段に増せば、十分商いになるんやないかと」

「なるほど」

瀬島は眉を上げた。「しかし、そうなると問題は事業の継続性ですね」

「といいますと？」

「この地域の経済力、人口動態を考えると、よほど大きな雇用基盤が生まれない限り、民力は落ちることはあっても上がることはないというのが我々の見立てです。誠実屋さんは、採算の目処が立たなくなった地域からは撤退なさいます。テナントに入ったはいいが、撤退ということになれば、再起は難しい。この店舗が今後何十年に亘って続くという根拠が、わたしには乏しいように思うのです」

さしずめ直接議論を戦わす場を持てなかったがゆえに、持論をぶつけるチャンスと踏んだというところか。

著名人、権力者に物申して悦に入る。その手の人間が世の中にごまんといることは知っているが、不愉快極まりない。第一、議論を戦わせるのも面倒だ。

「センセ。これは商売でっせ」

塙はいった。「繁盛の保証を求めること自体、無茶な話とちゃいますやろか。テナントにしたって繁盛する店もあればそうでない店もあります。人通りと客の入りは別もんです。スーパーが繁盛してもお客さんを集めきれへんテナントさんは、なんぼこっちが頭を下げても、自分から出ていってしまいますがな」

早々に話を打ち切るべく、視線を人混みに向けた。

しかし、瀬島に立ち去る気配はない。

「目出度い席で、不躾な話をしてしまいました……つい――」

瀬島は頭を下げ、詫びをいう。

「いやいや……」

塙は顔の前で手を振った。「センセが、誠実屋の進出に反対してはったことは知ってます。それに、いろいろ心配されはんのも、偏にわしらの不徳のいたすところでっさかい」

「そうおっしゃっていただくと、救われる思いがいたします」

てっきり、それで終わるものと思ったが、「ところで塙さん。お住まいは東京でいらっしゃいましたよね」

瀬島は話題を変えてきた。

「そうですが」

「ご出身は、確か神戸」

「ええ……」

「東京にはいつ頃から？」

「そら、随分昔からですわ。誠実屋が東京に出店したのを機に、出てきたんです。最初は借家暮らしでしたけどな」

「その頃、赤坂にあったハバナというナイトクラブに行かれてましたよね」

ぎくりとした。

ハバナ――。

久しぶりに耳にする店の名前。それが、瀬島の口から出た。

何を意味する問い掛けか分からないが、当時あの店に出入りしていたことを知る人間はそうはいない。

会場は人の声が渦を巻いている。それにも増して、心臓の鼓動が大きくなる。

「そないな店もあったかも知れませんなあ」

何が目的なのか、迂闊（うかつ）な返事はできない。「なんせ、昔のことでっさかい」

塙はそっけなく返した。

「では、華江さんという女性は？」

なに？

不意に思いもかけなかった名前を出され、塙ははっとして顔を上げた。

拍動が速くなる。

動揺する心中を見透かしたかのように、瀬島の目が細くなったような気がした。

もはや知らぬとはいえない。

「あの頃は東京に店を出すんで、接待やら打ち合わせやらで、あちこちの店に顔出しとったもんで……」

塙はそれでもすぐに思いつかぬふうを装うと、「華江さんなあ。そんな人もどこぞの店におったかも知れませんなあ。そやけど、みんな店では源氏名や。どこでも同じような名前を使うさかい、華江さんいわれましても……」

小首を傾げてみせた。

「華江さんは、会長のことをよく覚えてらっしゃいましたよ」

瀬島は執拗に迫る。「華江さんは、O町の出身でしてね」

「ということは、山梨か……」

どこまで、知っているのか分からないが、過去に囲われの身であったことを口にする女はいまい。

何かの拍子に、『あの誠実屋の社長を知っている』と、自慢話のひとつにでも漏らしたのだろう。

「そういえば、山梨の出で、そんな名前の人がいたかも知れませんなあ」

塙は気を取り直すと、「随分昔の話やけど、わしが一世一代の勝負に出た時や。なんや懐かしいですな。で、その華江さんいう人は、いまO町にいてはるんですか」

何気ないふうに訊ねた。

「いえ。いまはアメリカに——」

「アメリカ？　そらまたえらい遠くに……」

「東京で子供を産みましてね。その後、アメリカ人と結婚して、向こうに渡ったんです。四十一年前にね」

四十一年前？

掌に嫌な汗が滲みはじめる。

ハバナ、華江、四十一年前——。何もかもが、あの時期と一致するのだ。

そういえば、この鼻の形。華江と——。

それ以上の言葉を聞くのが怖かった。この場を逃げ去りたい気持ちに襲われた。

しかし、それよりも早く瀬島はいった。

「華江の本当の名前は瀬島晴子といいましてね」

「瀬島って……じゃあ……」

息を呑んだ塙に向かって、

「そう。わたしの母です」

瀬島は、きっぱりと告げた。

6

自分が晴子、いや華江の子供だと知れば塙がどんな反応を見せるか。どんな行動に出るのか——。

晴子は「あなたの父親は塙太吉だ」と明言した。昔日の話とはいえ、彼にも身に覚えがあるはずだ。そしていま、自分に婚外子があることを知った。

なるほど、そんな例は世の中にはごまんとある。『英雄、色を好む』という言葉があるように、男の甲斐性のうちと見なされていた時代もあった。しかし、いまは違う。

そして富と名声、権力を手にした成功者が、最後に恐れるのは晩節を汚すことだ。死した後、生前の不始末が表沙汰となり、評価が一変することだ。

まして塙は、誠実屋という日本一の流通企業の創始者である。代々に経営を受け継がせるべく、持株会社まで設立したのだ。そして、塙太吉は突出した大株主である。

婚外子にも応分の財産分与をしなければならないのがいまの法律だ。株にせよ、現金にせよ、遺産の一部を、存在すら知らされていなかったどこの馬の骨ともつかぬ人間に持ち去られる——。

そんなことになれば、大変な騒ぎになるのは目に見えている。たとえ塙家が持つ全資産からすれば、ごく一部に過ぎないとしても、必ずやそうなる。なぜなら、金持ちほど利に敏いものだからだ。

塙がこの問題を放置するわけがない。いや、しておけるわけがない。

だが、打開策などありはしない。親子関係を認めようと認めまいと、どちらにしても塙が絶体絶命の窮地に陥るのは間違いないのだ。

穏便に収める道はただひとつ。O町進出を諦めることだ。

脅しはしない。塙太吉。それを、お前自身で決断させてやる。

果たして、祝宴から一週間後、瀬島の下に連絡が入った。

「会長が、是非一度お目にかかりたいと申しておりまして……」

秘書室長を名乗る男性が、丁重な口調でいった。

第三者を介したのは、こちらの出方を探るためか。あるいは、簡単な話では終わるまい、面と向かって話をせねば、埒が明かぬとでも思ったのか。いずれにしても異存はない。むしろ、塙とさしで話すことを望んでいたのだ。

瀬島は申し出を受けた。

そしてその二日後、瀬島は銀座にある誠実屋の東京本社を訪ねた。

「ご足労、おかけいたしました。本来なら、わしが出向かなならんところですが、何分、この有り様で。遠距離の移動が重なると、体にこたえてもうて……」

塙は杖で体を支えながら立ち上がり、瀬島を迎えると、「どうぞ、そちらへ」

応接セットに腰を下ろすよう促してきた。

「それにしても、凄い部屋ですね。驚きました」

瀬島は周囲に視線を走らせた。

ぶ厚いベージュ色の絨毯が敷き詰められた床。黒の革張りのソファー。執務机と椅子も黒で統一されており、キャビネットもまた黒。材質は黒檀か。いずれもひと目で高価なものであることが分かる。

まさに、日本一の流通企業の頂点に立つ男の住み処である。

「気がついてみれば……というやつですわ」

塙はいった。「わしは闇屋あがりでしてな。あの当時はこない大きな会社を持つことになるなんて、想像もできしませんでしたわ」

「同じく会社を経営する者として、塙さんの手腕には大いに学ぶべき点があると考えております」

瀬島は言葉に皮肉を込めた。

「学ぶことなんかありますかいな」

塙はふっと笑った。「商売なんちゅうもんは、どないしたらお客さんに喜んでもらえるかです。どないしたら儲けられるかを考えるいうことは、お客さんをどないして騙すかと紙一重でっせ。お客さんは商売人のずるさを素早く見抜くもんです。喜んでもらえるように工夫すれば、黙っていてもお客さんはやってくる。その積み重ねが、儲けとなり商いもでかくなっていく。ただ、それだけのことですがな」

「なるほど」

瀬島は頷くと、「ですが、企業というものは、大きくなればなるほど、社会に対する責任というものが出てくるはずです。誠実屋さんの店舗が大型化し、数が増えるに連れて、特に地方の商店街は壊滅状態に陥るという問題点が指摘されて久しい。結果、競合する小売業のみならず、地域の民力を低下させ、誠実屋さんの店舗そのものの経営も成り立たなくなり撤退を余儀なくされる。そこが焼き畑といわれる所以(ゆえん)じゃないですか」

丁重な口調だが、厳しい言葉を投げ掛けた。

「撤退する店舗が出る最大の要因は、過疎高齢化ですがな」

塙は表情ひとつ変えることなく返してきた。「日本の産業構造は急激に変化しとんのです。かつては安い労働力を求めて地方に進出した企業も、さらに人件費が安い海外にどんどん出ていった。若い人は職を求めて都会に出る。残るは年寄りばかりですわ。それも移動が困難になれば、買い物にもよう出られんようになってまう。店の経営が立ち行かんようになんのも当たり前ですやろ」

「その頃には、とっくに旧来の商店街は壊滅してしまってるんです。置き去りにされた人たちはどうすればいいんですか」

「あのな、瀬島はん」

気がつけば、塙の表情は商売人のそれに変わっている。「百人いた商圏が十人になってもうて、商売になりますのん。いや、五十人に減ってもうただけでも、商売は成り立たへんようなります。地場の商店街が、っていいまっけどな、人が減ってまうんでっせ。地場の商店にしたって同じですがな。買い物に困る人が出るから、赤字覚悟で店を続けぇいわれても、そら無茶いうもんでっせ」

「遅かれ早かれ結果は同じだ。大店舗の進出は、それを早めただけだ。そうおっしゃるわけですか」

「むしろ、わしとこのような店は、買い物難民が発生するのを極力防止しとるいう側面もあるんと違います？」

塙はいった。「大規模店いうのは、店が散らばっていたんでは、商いが薄い。広範囲から一箇所に集約すれば、効率が上がる分だけコストが安うなる。要は利益が薄うても数が捌(さば)ければ、その分だけ商売が長う続(なご)く。結果、地域のみなさんの生活を支えることになるいう側面もあんのです」

これまで、数多(あまた)の大型店を出店した経験があるだけに、この手の議論はお手の物と見えて、塙は見事な弁舌を振るう。

瀬島は黙った。

「それに、買い物難民についていては、わしらも手をこまねいているわけではありません。携帯端末を配り、ネットを介して最寄りのコンビニから宅配するいう仕組み造りに取りかかってますんや。これが、普及すれば、買い物難民いわれるような人はおらんようになってまうんと違いますか」

まっただけだ。


「ならば、そのシステムを、地場の商店と結びつけるという発想はないんですか」

確たる根拠があっていったわけではない。咄嗟に思いついたことが口を突いて出てし

「瀬島はん」

塙は再び名を呼んだ。「商機にかかわらず、チャンスいうもんは、常に万人の前をうろうろしとるもんでっせ。それに気がつくかどうかが勝負を決めるもんと違いまっか？そないなことというなら、それこそO町近辺の商店街が結託して、共同仕入れでもして、システム立ち上げて宅配でもなんでもしはったらよろしいやん。そういう努力もせんと、ただ現状維持を望むいうだけやったら、誠実屋が出店するとせんとにかかわらず、やがて店が終わってまうのは目に見えてますがな」

まさに勝者の弁だ。傲慢に過ぎるとも思った。

しかし、不快感以上に、塙の言葉の中に瀬島は、地場商店が生き残る手だてのヒントを見いだしたような気がした。

そんな瀬島の胸中を知る由もなく、塙は続ける。

「それに、大規模店の出店に関していえば、それを是とするか非とするかを決めるのは、地元商店街でもなければ、行政でもない。結局は消費者や思うんです」

「どういうことです？」

「大型店が進出すれば、地域の商店街が壊滅状態に陥る。店をやってけん人が湧いて出

る。誠実屋が行く先々では、どこでも反対運動が沸き起こります。そやけど、誠実屋に限らず、どこのスーパーでも出店した店は、まず間違いなく繁盛する。それはなぜやと思います？」

「それは――」

「消費者に支持されるからやないですか」

塙は断言した。「ほんまに地場の商店が無くなって困る思うてるなら、その人たちの生活を心配すんのなら、わしらの商売が焼き畑やというのなら、誰がスーパーで買い物しますかいな。潰すのは簡単でっせ。買わなええだけの話ですわ。物が売れへんかったら、どない大きな店でも、一年と持たしません。つまり、大手スーパーが進出して、一番喜んでんのが消費者なら、地場の店を見捨てたのも消費者なんですわ」

ことこの点に関しては、反論の余地はない。

瀬島は返す言葉が見つからず、奥歯を噛んだ。

「わしら大手スーパーの進出に小売店が反対すんのは、全ては怠慢、責任の転嫁ですわ」

塙はいった。「そうでっしゃろ？　スーパーが進出すれば、やられるいうことが分かっているなら、なんで自分たちが先手を打たへんのです。知恵を絞れば、なんぼでも対抗策は打ち出せたはずや。いったいスーパーが形となってどんだけ時間が経（た）ってると思うとんのですか。その間、なあ～んの工夫もせんと、昔のまんまただ商売やっとったら、やられてもうて当たり前。消費者かてそら、愛想尽かしますがな」

「それは、成功者の側から見た場合の話です。世の中は、会長のような先見性と実行力を併せ持った人間ばかりではありません。それを同じ土俵に並べて論じたのでは――」

「瀬島はん――」

塙は穏やかな声でいった。「同じ土俵で論じたのではといわはりますけどな、この問題は、進出する側、される側で見解が分かれて当たり前。正解はないと思うんです」

「正解はない？」

「わしは経営者や。経営者いうもんは、持てる経営資源をいかに効率良く使うて、最大限の利益を出すか。そして、株主さんに配当いう形でどんだけ多くの利益を還元するかの義務を負うているわけです。あんたも経営者や。それは分かりまっしゃろ」

「はい」

「ところが、市場いうもんの大きさは決まっとる。そうなれば、誰がどれだけ多くのパイを摑むかの戦争ですわ。そして、経営を任されている限り、戦争に負けることは許されへんのです」

塙はそこで茶をごぼりと飲んで一息つき、「戦争である限り、敗者が出る。敗れた人間は、苦境に立たされるか、あるいは市場からの撤退を余儀なくされる。そら、死活問題ですわ。そして、勝つのは大抵が大資本。強者が弱者を力をもってねじ伏せた。生活権を侵害された。そう思うのも当然や。そやけどな、勝った側にしてみれば、あくまでも己の使命を忠実に履行しただけなんですわ」

と断じた。

反論のしようがない弁のように思えるが、それでも隙はある。

都市部、それも地方の基幹都市への進出だ。

なるほど、経営者に課せられた使命を忠実に実行しているといえばその通りだ。だが、それなりに人口が維持され、商圏の基盤が整っている地域へ大型店が進出し、瞬く間に地場商店街を壊滅に追いやった事例は山ほどある。まして、地元商店がテナントとして入居したケースは、中央資本のそれに比べて極端に少ないのはデータに明らかだ。もちろん、そこをついたところで、塙はきっとこうこたえるだろう。

『集客の見込めない地域に出店したところで意味がない。当然の判断だ』

『中央資本が多いのは、地方の消費者がそれを望むからだ』

出店する側、される側、どちらの立場になってこの問題を論じるか。まさしく、それによって、結論は永遠に平行線を辿（たど）ることになる。

しかし、話の流れとはいえ、こんな議論をするために、俺を呼びつけたわけではあるまい。

塙の目的は別にある。

「そろそろ本題に入りませんか」

瀬島はいった。

「センセにおいでいただいたのは、他でもありません」

塙は背凭れに預けていた体を起こすと、「センセが経営しているレストランを、O町の店に出してみませんか」

唐突にいった。

「そんなこと、できるわけがないでしょう」

違う。俺を呼び出した目的は、それじゃない。

瀬島は鼻で笑いながら、

「わたしは、一貫して誠実屋のO町進出に反対してきた人間ですよ。そのために県議会議員にもなった。それが、どうして――」

即座に返した。

「反対運動は、実らなかったやないですか。終わったことですがな。現実を受けとめんで過去に拘っとったら前に進めませんで。それに――」

「それに？」

「センセ、次の選挙には出るつもりはないんでっしゃろ？」

「それは……まあ」

「そしたら経営に専念するいうわけですな」

「ええ」

「センセが議員にならはったのも、誠実屋の進出を阻止するためいうのは知ってます。

もちろん、地域のことを第一に考えはってのことやったんでしょうけど、それだけやない。ご自分の事業への影響も考えはったはずや」

「何もかもお見通しってわけですか」

「あれも、何かの縁でっしゃろ」

きたか――。

瀬島はそんな思いをおくびにも出さず、

「縁とおっしゃいますと？」

素知らぬふりで訊ねた。

「華江さんのことですわ」

塙は口元を緩ませたが、目は笑ってはいない。

どこまで知っているのか――。

こちらの腹を探るような気配がありありと見て取れる。

「正直、ハバナいう店の名前には覚えがあります。確かではないが、そこに山梨出身の華江さんいう人がいたような気もします。袖振り合うも多生の縁や。この広い世の中で、その人の子供と会うたんも、なんかの縁や思いましてな」

塙はついに晴子を引きあいに出した。

「ご厚情、有り難く存じます」

瀬島は、殊勝に頭を下げてみせると、「ですがやはり、お断りさせていただきます」

すぐに顔を上げ、塙を正面から見据えた。

「何でですのん」

「新しい事業をはじめようかと思いまして」

「新しい事業？　そやけど、センセは、外食一筋できはったんでしたな。これから新規にやるとなると……」

「大変でしょうが、誠実屋の開業までには十分間に合うでしょうね」

「なに？」

塙の顔色が変わった。

「まだ、勝負はついちゃいないってことです」

晴子の遺産の使い道がいま見えた。

瀬島はにやりと笑った。

「先ほど会長がおっしゃった、携帯端末を使った宅配事業。それを、O町周辺の商店から一般家庭へ普及させてみようかと――」

「んな阿呆な」

塙は馬鹿馬鹿しいとばかりに顔の前で手を振った。

「いや、さすがは塙さんだ。大変いいアイデアをいただきました。小売店は大抵が軽のワゴンを持ってますからね。それを共同で運営するか、あるいは一つの地域に一台専用車を設けてもいい。端末を介して客は注文を入れる。受注した店に車が回って客先に届ける。なるほど、これからの超高齢社会から買い物難民を無くす手だてにもなれば、エリアが限られる分だけ、効率のいい配送が可能になる。誠実屋の商圏は、半径二十五キロにも及ぶと聞きますが、お客さんの側からしても、それだけの距離を移動するのは手間と時間、そしてガソリン代もかかる。その問題も解決できますからね」

「あんた、そう簡単にいいますがな、そないなことやろう思たら、どんだけの金がかかる思いますのん」

「金はあります」

瀬島はすかさず返した。「瀬島晴子の結婚相手は、ジョージ・エリクソンといいましてね。ほら、あのオーバー・ナイトの創業家の――」

「なんやて！」

塙が目を剝いた。

驚くのはまだ早い。本番はここからだ。

「瀬島晴子は先月亡くなりました。エリクソンと結婚するためにわたしを産み捨て、アメリカに渡りましたが、最後に親らしいことのひとつもと思ったんでしょう。遺産として持ち株の一部をと遺言を残していたんです。自分を捨てた親の遺産などいらぬと思っておりましたが、気が変わりました。新しい事業、それも地域のためになる事業の原資になるのなら、生きた金の使い道というものですからね」

「そんな思いつきのような話で、誠実屋に勝てる思うてますのん」

「瀬島晴子、いや、華江は出生の秘密を明かしましたよ」

瀬島は、努めて冷静な声でいった。

塙がぎょっとしたように固まった。

「わたしの父親は、塙太吉、あなただと」

「阿呆な！　そないなことあるか！」

塙は、視線を左右にせわしなく動かす。動揺しているのは明らかだった。

「身に覚えがないと？」

「肌を合わせた女なら、忘れへんがな。わしゃそんな覚えはあらへん」

ならば、なぜ呼んだ。

そう訊ね返すところだが、そんなことはどうでもいい。もう塙には、逃げ場がない。

「否定なさるなら、それでも構いません。ただ、もうひとつ、お伝えしなければならないことがあります」

瀬島は冷静にいった。「わたしの父親には、なぜか警察が関心を抱いてましてね」

「えっ……」

完全に感情の抑制が利かなくなったと見えて、愕然とした塙の顔から血の気が引いていくのが、はっきりと見て取れた。

「わたし、痴漢の容疑をかけられましたでしょう？」

もはや塙は言葉を返さない。

瀬島は続けた。

「身の潔白を証明したのはＤＮＡ鑑定だったのですが、どうもその型が警察のＤＮＡデータベースに引っかかったらしいのです。ＤＮＡは、個人を特定するだけでなく、親子関係をも明らかにしますからね」

塙が荒い息を吐き始める。額に脂汗が滲み出してくる。

虚ろな目が、虚空を彷徨う。

さあ、どうする――。

瀬島は、老いた実の父親の顔を静かに見据えた。

7

くそ！　眠れへん。

体は酷く疲労している。

睡魔が襲っている気配はある。

だが、目を閉じると瀬島がいった言葉が脳裏に蘇る。

「わたしの父親には、なぜか警察が関心を抱いてましてね」

その度に、はっとして意識が戻る。

僅かな時間でも、睡眠が取れているのかどうかすら分からない。どうも夢の中ですら、そのことを考えているようだ。

目を開ければ、眉間に深い皺を刻んでいる自分に気がつく。歯を食い縛っているのか、顎の肉が強ばっている。

心臓が速い鼓動を刻む。嫌な汗が、背中に滲む。

闇の中で、不安と恐怖が襲ってくる。

瀬島と会ってから三日が経つ。あれからこの状態がずっと続いているのだ。

塙は堪らず、ベッドの上に身を起こした。

口の中がべとつく。喉の渇きも覚えた。

酒の力を借りて眠ろうとした名残である。生のままでやった、スコッチの残り香が鼻腔を抜けた。

「もう……っ」

隣で眠る八重子が非難の声を上げた。「またやの？」

「喉が渇いてもうてな。ちょっと下へいって水飲んでくるわ」

「あない呑むからやわ。どないしはったん？　急にお酒の量が増えはって。命縮めまっせ」

呑まねばいられぬ理由があるのだ。

そう返したくなるのを堪え、「すまんな——」とだけいうと、塙はベッドから離れ寝室を出た。

廊下の先に階段がある。手摺りで身を支えながら階下に下りると、キッチンに入った。

ウォーターサーバーから水を注ぎ、一気に飲んだ。

しかし、気分が楽になるわけでもない。それどころか、冷水のお陰で体が完全に覚醒する。

塙はリビングに向かった。

サイドボードの中にあるボトルに手が伸びる。

グラスにスコッチを注ぎ入れた手で、引き出しを開けた。

この歳になると持病もある。高血圧はその最たるものだが、塙が手にしたのは誘眠剤と精神安定剤だ。

前日の昼、不眠と不安を訴え、かかりつけの医師に処方されたものだ。

ふたつの錠剤をスコッチで胃の中に流し込む。

いずれの薬もアルコールとの併用が禁じられていることは百も承知だ。すでにベッドに向かう前に同量の薬を服用もしていた。しかし、それも薬の効能が高まるからだ。

ちょっとやそっとじゃ効かへんねん。構うもんか――。

塙はそれほど睡眠を欲していた。

グラスの中には、まだスコッチが大分残っている。

窓際に置かれた椅子に歩み寄り、腰を下ろした。

時刻は午前三時になろうとしている。

広大な庭は闇に閉ざされ、各所に配置されたガーデンライトの光の中に、芝生の緑が鮮やかに浮かび上がる。

華江もとんだ置き土産を残してくれたもんや。

塙は思った。

瀬島が自分の子供である可能性は捨て切れない。

少なくとも華江が別れ話を切り出したあの時、彼女自身は瀬島を妊っていたことを知らなかったに違いない。

そうでなければ華江のことだ。一千万の金を要求するより、子供を産み、養育費、生活費を貰った方が得だと考えただろう。

もっとも、オーバー・ナイトの創業家に嫁いだというから、その必要もなかったのかも知れないが、華江とエリクソンはどこで知りあい、どういう経緯を以て結婚に至ったのだろう。まさか、ハバナ？　華江は自分と並行して、エリクソンとも関係を持っていたというのか——。

だとしたら、とんだ食わせ者だが、華江は瀬島の存在をエリクソンにどう説明したのだろう。自分以外の男と、同時に関係を持っていたことを承知で妻に迎え入れる男がいるだろうか。それに、瀬島にはアメリカで暮らした様子はない。彼の存在をどうやって隠したのだろう——。

しかし、そんなことはどうでもいい。それよりも瀬島だ。

「肌を合わせた女なら、忘れへんがな。わしゃそんな覚えはあらへん」

あの場で瀬島にはそうこたえたものの、問題は彼が親子関係の証明を求めてきた時のことだ。

訴訟を起こされれば、誠実屋トップの婚外子認知騒動だ。世間の耳目を惹くのは間違いない。ＤＮＡ鑑定で親子関係が証明され、それが公になれば――。

会社の顧問弁護士は、警察にも面子がある。江原の再審に関しては、検察も即時抗告を行っているし、時効になった事件である。再捜査など行うはずがないといった。

しかし、瀬島に「あなたの父親は誰だ」と訊ねたくらいだ。警察も事情聴取くらいのことはするかも知れない。それを江原の冤罪を晴らすために尽力してきた弁護士が察知しようものなら、大変なことになる。

もちろん、自分は深町を殺してはいない。あれは、彼自身が自ら死を選んだのだ。むしろ、自分はそれを阻止しようと、ドスに手を添えただけに過ぎない。

必死に働き、いよいよ東京に新しいスーパーの形を具現化した大店舗を立ち上げ、全国展開に出ようという時に、久島が誠実屋を乗っ取ろうとした。しかも、絶大な信頼を置いていた深町を罠に嵌めた。ヤクザを使って脅してきたのだ。俺は、怒りに駆られて深町の後を追っただけ。そこに江原に刺された深町がいた――。

ただそれだけのことだ。

もちろんあの時、自ら警察に通報するべきであったことは分かっている。

当たり前に考えればそれが正しい。

しかし、自死を図った深町を阻止しようとドスに手をかけた。そこに深町が体当たりしてきた——。

そんな話が通じただろうか。

死人に口なし。唯一それを証言できる深町は、死んでしまっているのだ。

推定無罪とはいうが、警察の取り調べにおいてそんなことは現実には起こり得ない。

深町の裏切りによって、会社が乗っ取られそうになった。

誰だって殺意を抱くには十分な動機だと考える。疑いを晴らすことができなければ、それこそ殺人の濡衣(ぬれぎぬ)を着せられ、長く獄に繋(つな)がれる可能性だってあったのだ。

運気はますます上向くばかり。事業がさらなる発展を遂げようという時に、一転奈落の底へ。積み上げてきたものの全てを失う。

あの恐怖は当事者でなければ分からない。あんな状況に直面すれば、誰だって逃げ出すに決まってる。だが、自分があの場から立ち去り、真実に口を噤(つぐ)んだがために、江原は殺人の濡衣を着せられ、長く獄に繋がれることになった。それも死刑囚としてだ。そして、その一方で、自分は誠実屋が日本一のスーパーへの道を歩みはじめる礎を築き、地位と名声をほしいままにしながら莫大な富を築き上げてきた。

こんな話を世間が許すはずがない。

なぜ逃げた。なぜ真実を語らなかった。極刑を科せられ、いつ吊(つ)るされてもおかしくなかった江原を見殺しにしたも同然じゃないか。

それこそ、人にあるまじき行為として、大変な非難に晒されるだろう。まして、誠実屋が成長してきた陰には、進出した地域の商店街を壊滅状態にしたという事実がある。桜の木の下には死体が埋まっているというが、誠実屋は多くの商店主たちが流した涙を肥やしとしてきたのだ。

他人の不幸は蜜の味。成功者の転落は、何よりの蜜だ。まして判官びいきの日本人なら、それみたことかと騒ぎ立てるだろう。

地位も名声も一瞬にして地に落ちる。塙家が誠実屋に君臨することも不可能になるかもしれぬ。築き上げた閨閥も崩壊だ。いや、誠実屋そのものが存亡の危機に晒される可能性だってある。

問題はそれだけではない。

瀬島が自分の子供だとなれば、婚外子とはいえ相続の権利が発生する。いまのところ、非嫡出子の相続割合は嫡出子の半分だが、現在高裁ではこれを同率とすべきだという裁判が進行中だ。判決次第では、瀬島に旭、大樹と同じ割合の相続の権利が発生するかも知れぬ。

株か。現金か。不動産か。

財産は諍いの元である。たとえ家族であろうとも、簡単に人間関係を引き裂いてしまう。代を継ぐ人間たちが遺産を巡って揉めでもしたら、それもまた、帝国崩壊の要因となる。

相続を無事に済ませるのは人生最後の大仕事だ。莫大な相続税をいかに軽減するか。相続に与る人間たちに、どう納得させる形で分与するか——。

周到に策を講じてきたこれまでの苦労が、瀬島というたったひとりの人間の出現で、台無しになってしまうのだ。

「まだ、勝負はついちゃいないってことです」

あの時、瀬島はそういった。

携帯端末を使ってどうのこうのといってはいたが、ヤツの本音は別にある。

いまからでも遅くはない。O町への出店を止めれば、黙っていてやる。

おそらく、そういいたかったのだ。

だが、それもあり得ない選択肢だ。

この事業には、誠実屋の将来がかかっている。実業家としての塙太吉の集大成でもある。この事業を諦めることなど断じてできない。

いや、待てよ、と塙は思った。

ひょっとして瀬島は、携帯端末を使った宅配事業を本気でやるつもりなのかも知れない。我が身に置き換えてみれば、地場商店が生き残る手段はそれしかないからだ。商才があることは、あの土地で五軒もの飲食店を一代でものにしたことからも明らかだ。金もある。まして、瀬島の体には、俺の血が流れている。もし、このビジネスが成功されでもしたら、大型店対策のモデルとして全国に広がる可能性もないとはいえぬ。

ならば、どうする――。

どう考えても打開策が見いだせない。

塙の中で、これまでしっかりと嚙み合い、順調に回っていた歯車が不協和音を奏ではじめる。きしむ音は、頭蓋の中で徐々に大きさを増す。心臓が重く、速い拍動を刻み出す。指先の感覚が途絶え、熱を失っていく。

塙はグラスの中のスコッチを呷(あお)った。

ごくり、ごくりと、一気に空けた。

強烈なモルトの匂いが鼻腔に抜ける。胃の中が燃えるように熱くなる。心臓の鼓動がさらに強さを増す。その度に蟀谷の血管が収縮を繰り返す。

眠気は一向に訪れる気配はない。それどころか、恐怖と絶望、苛立(いらだ)ちと焦りは増すばかりだ。

寝室に戻る気にはなれなかった。

闇の中に身を置くと、考えが一点に集中することが分かっているからだ。

それが怖い。

塙は背凭れに身を預けると、窓の外を見た。

ガーデンライトに群がる虫が見える。

その光景を見やっているうちに、明かりが急にぼやけてくる。

薬が効いてきたのか――。

しかし、頭蓋に鳴り響く不協和音は大きさを増すばかりだ。

がん、がん、がん――。

グラスが手の中から滑り落ちた。

あかん。呑み過ぎや――。

塙はグラスを拾い上げようと身を起こそうとした。

ところが体が動かない。

ただならぬ異変を感じ、助けを呼ぼうとしたが声が出ない。

次の瞬間、頭蓋の中に強烈な熱を感じた。そして、こん棒でぶん殴られたような激しい衝撃――。

塙の体がそれに反応し、激しくのけ反る。

息が止まりそうになる。無意識のうちに、呼吸が小さく、速くなる。その度に、喉の奥からアシカの鳴き声のようなか細い喘(あえ)ぎ声が漏れた。

何やこれは。何が起きた――。

わしは死ぬんか……。

目は開いている。なのに、視界が急に暗くなる。

薄れ行く意識の中で、「それも悪うない――」と塙は思った。

8

「あんた。あんた。何をして欲しいん？　苦しいのんか？」

八重子が語りかけてくる。

いったいどれほどの時間が経ったのか。

時間の感覚が全く無い。

僅かに開いた瞼の間から、常に見えるのは病室の天井だ。

時折、看護師が、医師が、八重子が、顔を覗き込む。

我が身に何が起きたかは、この間病室で交わされた会話で分かっている。

脳幹梗塞だ。

それも、かなり重度であるらしい。

医師は、「目に多少の反応がありますが、言葉を理解しているとは思えません」といったが、それは違う。

意識はある。人の会話も理解できる。しかし、体が全く動かない。言葉が出ないだけだ。

一向にベッドに戻る気配がない塙を案じた八重子に発見されて、一命を取り留めはしたが、全身麻痺（まひ）、言語障害に加えて嚥下（えんげ）障害が起きた。栄養は鼻から差し込まれたチューブで摂り、時折視界に入る看護師の様子からすると、腕には常に点滴の針が刺さっているらしい。

子供たちも頻繁に現れるが、常に傍らにいるのは八重子である。

ＩＣＵからＨＣＵ。そこを出て、特別室に入ってからは、ずっとそうだ。

続きの寝室で眠り、入浴もここで済ませる。三度の食事は、家政婦が持ち込む物で済ませているようだ。

〈お前かて十分老境に入ってんのや。無理したらあかん。今度はお前が倒れてまうで〉

そう伝えたいのは山々だが、言葉が出ない。それが何とももどかしい。

「番頭はんたちが、えらいあんたのことを心配してはりましてな。ひと目会いたいいうてますのんや。もうすぐ旭が連れてきますさかいな」

〈会社の連中が？　冗談じゃない。こんな無様な姿を晒すのは御免や――〉

かろうじて動く眼球で、拒絶の意思を示そうとした。しかし、動きは緩慢で、焦点もすぐには定まらない。

八重子は、塙の手を優しく撫でながら、うんうんと頷く。

「何も心配することはあらしませんで。会社は旭があんじょう回してるし、番頭はんたちもえらい頑張ってはりますしな。みんなの言葉を聞けば、あんたも安心しますやろ」

〈違う。そうやない〉

意思が伝わらぬもどかしさがつのるばかりだ。

なにしろ、創業以来、塙は終始誠実屋のトップの座に君臨してきたのだ。塙が右といえば右、左といえば左。黒いものでも白といえば白になる。自分の意思が、通らなかったことは一度たりともない。それが、周囲の人間の推測で、いかようにでも心中がくみ取られる。ここに至ってこんな屈辱的な状況に直面するとは想像だにしなかった。

ほどなくして、ドアがノックされた。

傍を離れた八重子が、歩み寄っていく気配がする。

「どうですか、容態は」

旭の声だ。

「相変わらずやねえ……。目をゆっくりと動かしたりはするんやけど、それも、わたしのいうことを理解してるんかどうか――」

〈お前らの話は、十分理解できてる。ただ、体がどないもならへんのや〉

「そうですか――」

八重子の言葉にこたえた旭の足音が近づいてくる。

「みなさん、どうぞお入りになって」

番頭連中は廊下で待機していたのか、八重子が入室を促す声が聞こえた。

複数の人間が入室してくるのが分かった。

近づいてくる足音が止まり、代わって息を呑む気配が伝わってくる。

「会長！」

氷川だ。

「会長！　お分かりになりますか。氷川でございます」

悲痛な声だ。語尾が震えている。

塙はゆっくりと視線を向けた。

ぼやけてはいるが、歪(ゆが)む氷川の顔が視界に入る。

「お分かりになるんですね。大丈夫ですよ会長。リハビリを受ければ、体の機能も回復いたします。会長には、まだまだ頑張って貰わなければならないのです。ゆっくり養生して、また陣頭指揮を執っていただかなければ――」

氷川は絶句すると、頰を伝う涙を袖口で拭った。

「お分かりになるんですね」という言葉に触発されたのか、他の番頭たちが次々に声をかけてくる。

ホールディングスの役員、コンビニ事業のトップ、ホテル事業の専務、いずれもグループの中核を担う番頭たちだ。

彼らは塙に対する忠誠心を見せつけるかのように、必死で呼びかけ、そして涙を流す。その姿に感極まったのか、

「お父さん、よろしゅうおましたな。みなさん、こないあんたの容態を案じてくれはってんでっせ。会社のことは心配せんと、ゆっくり養生して、早(はよ)う家に帰れるようにならんと――」

八重子も、声を震わせ洟を啜り上げた。

「そうだね。とにかく、ここは養生に専念してもらうことが最優先だ」

旭がいった。「まあそうはいってもお父さんも歳だ。栄養ひとつ摂るにしても、いまのままだと誤嚥性肺炎を引き起こす恐れがある。医者は容態が安定したところで、胃ろうをしなければならないっていうし、リハビリをはじめるのはその状況を脱してからだ。道は長い。さて、そうなると、ホールディングスの代表権をどうするかだ。いつまでもお父さんに置いたままというのは、会社の運営上いろいろと弊害が出てくる」

「そやなあ」

返したのは八重子である。「お父さんも、誠実屋創業以来、五十年以上も会社のために働いてきはったんや。ここから先は自分のことに専念して、一日でも長う生きてもらわんとな」

「かといって、お父さんの名前が会社から消えてしまうのは寂しい。とりあえず会長のポストはそのままにして、代表権を僕に移そうと思う」

〈そら、あかん。旭お前には無理や。氷川、何とかいわんか〉

「旭さん。ここでそんな話をしなくとも――」

塙の胸中を読み取ったように、氷川が口を挟んだ。

「お父さんは理解していませんよ」

冷酷な旭の声。

「でも、わたしが呼びかけた時に、こちらに目を動かされて――」

「たまたまですよ。意思の疎通はできない。医者がそういっているんです」

「しかし――」

「これからの誠実屋はわたしが率いていく。そうするしかないだろう」

旭の狙いが読めた。誠実屋グループの中核企業の大番頭たちを病室に迎えたのは、単に見舞いに応じただけじゃない。父親が再起不能であることを見せつけるためだ。

旭には代を継がせぬ。外部から有能な経営者を迎え入れ、しかるべきタイミングで弘宣に跡を継がせる。この意向を知っているのは氷川だけだ。それも口頭だけで、書面にしたわけでもない。まして、旭は飾り物とはいえ、社長である。代表権を持つのは当然のことだ。誰もがそう考える。

「それが自然な流れいうもんですわなあ」

八重子がいった。「お父さんの跡は旭が継ぐ。当たり前のことですがな」

「奥様……。それが違うのです」

氷川は恐る恐る反論に出た。「会長は、後継者を弘宣さんにとお考えになっておりまして――」

「弘宣?」

旭は語尾を吊り上げると、「弘宣はまだ若いよ。それに誠実屋に入ったばっかりじゃないか。銀行時代だって支店勤務。スーパーに入ってからも現場仕事しかしてないんだ。

それが社長をやれると思うか？」

「いずれの話です」

氷川は腹を括ったのか、必死に食い下がる。「銀行で支店勤務をさせたのも、スーパーで現場仕事をさせているのも、誠実屋は一般庶民を相手にしてここまで成長してきた。現場を知らずしては、立派な経営者になれないというお考えを会長がお持ちだったからです。ですから、弘宣さんが一人前の経営者として育つまでは、外部から——」

「そんな話は聞いてませんで」

八重子の一喝が、氷川の言葉を遮った。「事は跡取りに関することでっせ。そない大事なことを、わたしに話さんわけあらしません」

〈阿呆抜かせ。息子のこととなると血迷いよって。仕事のことを、いままでお前に話したことなどないやないか。すぐ傍に住んでいながら、滅多に顔を見せん旭の行状を嘆いていたのは誰や〉

「お母さん、そう熱くならずに」

諌めたのは旭である。「だったら、人選はどこまで進んでいたんだ。具体的な目処はついているのか」

「それは——」

氷川は口籠る。

「たとえお父さんがそのつもりだったとしても、候補すら決まっていないんじゃ、今後誰が人選をすんだ？　誰が決めんだ？　その間、グループの舵取りは誰がやっていくんだ？」

　旭は鼻でせせら笑うように問い詰める。「お父さん抜きでは何も決まらない。いや、決められない。そうだろ？」

　確かに、この点は旭のいう通りだ。

　グループの全てを決めてきたのは自分だ。まして、グループを率いていく総帥の人選だ。旭を切れるのも、己が健在であればこそ。こうなると、旭への代表権の委譲を食い止める手だてはない。

「あんた、作り話をしとるんやないやろね」

　八重子がいった。

「そんな……滅相もございません」

　氷川は慌てて否定する。

「なら、わてや旭が知らんだけやいうんか。そしたら、他にこの話を聞いた人がおるん？」

　誰も言葉を発しない。

　重い沈黙が流れた。

「ほら、見てみい。誰も知らんいうとるで」

「それは、後継者問題には山梨の案件が絡んでおりまして。その流れの中で、責任者であったわたしに会長がご意向を――」

「山梨の案件？」

旭が語尾を吊り上げた。

「会長はあのプロジェクトをご自分の実業家人生の集大成と考えておりました」

氷川は必死だ。「と申しますのも、当初は大型スーパーの出店だけですが、O町には
リニアの新駅が建設されることになっているんです。富士山が文化遺産になる可能性は
極めて高い。そうなれば、観光地としてO町の価値は格段に増す。外国人観光客も押し
寄せる。そこに巨大ショッピングモールを併設したホテルを建て、誠実屋のさらなる繁
栄の礎としたい。その計画を実現するためには――」

「俺じゃ、力不足だっていいたいのか」

旭がいった。

「会長はご自分の構想を確実に実現してくれる人材が、必要だとお考えになったので
す」

旭はふんと鼻を鳴らすと、

「山梨の案件ね。ありゃ駄目だ」

冷たくいい放つ。

「駄目？　駄目とおっしゃいますと？」

氷川が狼狽（ろうばい）するのが手に取るように分かる。

「何を考えてあんなところに出店するのかと、不思議でしょうがなかったんだが、そんなことを考えていたのか。お父さんもやっぱり歳には勝てなかったんだな。そんなの妄想だよ」

「妄想？」

あまりの言葉に氷川が語尾をつり上げた。

当たり前だ。土地の取り纏め。出店計画の作成。長期的視点に立ったキャッシュフローの計算。行政への根回し、提出書類の作成とこの計画の実現のために先頭に立って奔走してきたのは氷川だ。それを妄想といわれたのでは立つ瀬がない。

「リニアなんて、完成するのはずっと先のことだし、第一、計画自体が馬鹿げてる。あれが完成する頃には、日本は超高齢社会に突入し、労働人口そのものが激減してるんだぞ。人の移動だって、当然少なくなる。高齢者が現役時代のように、高い金を使って旅行すんのか？　消費に励むのか？　それはスーパーだって同じだ。購買力が落ちるってことは、市場そのものが小さくなるってことだ。なのに、モールだって？　箱作ったって、人がいなきゃ話にならないじゃないか」

「しかし、リニアが開通し、富士山が文化遺産に認められれば、O町は外国人観光客の富士登山への絶好の窓口になります。そこにブランドショップをテナントとして揃え、ホテルを併設する。観光はこれからの国の大きな柱のひとつです。モール全体を免税店にすれば、集客が見込めることは間違いありません。だから会長は、この事業を何としても成し遂げなければならないとお考えになったのです」

「そのために、延々と赤字を垂れ流すのか」

旭は呆れた口調でいう。

「えっ……」

「O町店は、お父さんが抱え込んで、わたしにでさえ計画の全容を知らせなかったが、スーパーの採算見積書は見たことがある。開店当初でさえ、収益はトントン。五年後からは、周辺地域の過疎高齢化によって、赤字が増していく。はっきりとそう書いてあったじゃないか」

「ですから、これは将来に向けての投資なんです」

氷川は必死に食い下がる。「O町にリニアの駅ができることが公になれば、周辺の地価は高騰します。その時に用地買収を手がけたのでは遅いのです。誠実屋百年の大計の見地に立てば、いまの時点で土地を押さえておかねばなりません。第一、現時点でさえ借地交渉が成立しているのは、スーパーの部分だけ。モールをホテルをとなれば、いまの五倍以上の土地が必要になるんです」

「だったらなおさらだ」

旭は吐き捨てた。「リニアが開通するまで、その借地代を延々と垂れ流すのか。地方の過疎高齢化は、なにもO町に限ったことじゃないんだぞ。日本全国がそうなるんだ。当然、地方の既存大型店だって規模が維持できなくなるだろう。リニアが開通する前に、新規開店どころか閉店、撤退しなきゃならない店舗の方が多くなる。当然、それが業績に重くのしかかる。そこへ以てきて、ただの空き地を確保するために、莫大な金が吸われていく。そんなことが経営的に許されると思うか？　馬鹿げてる」

氷川が黙った。

「いいか、氷川」

もはや、誠実屋の権力は自らの手にあるといわんばかりに、旭は呼び捨てる。「これから先の国内市場に、もはや拡大は見込めない。しがみつけば、待ち受けているのは衰退だ。国と共に、誠実屋も沈んでいくんだ」

「ならば、どうするとおっしゃるのです」

「決まってるじゃないか。市場のあるところに進出する。これまで以上に海外進出を加速させるんだ」

「その必要性は、会長もお認めになっておりました。しかし、ただのスーパーでは駄目です。途上国の生活が豊かになるに従って、消費者の購買動向も変わってきます。スーパーの形態も変わるのです。だから、そのビジネスモデルを山梨で確立しようとお考えになったのです」

「それじゃ遅いんだよ」

旭は、鰾膠(にべ)もなく否定する。「社会の変化にはどんどん加速度がついてんだ。そんな悠長なことをしてる暇があるか」

「では、このプロジェクトは――」

「中止だ！」

〈あかん！　そら、あかんで。このプロジェクトには誠実屋の将来がかかってんねん。海外進出に拍車をかけんのはええが、ただのスーパーでは勝てへん。これからの時代は、途上国がメインや。スーパーのような業態が成り立つのも、その国の経済が上向けばこそや。国民の生活が向上すれば、消費形態も変わる。安いに越したことはないいう消費者の志向は変わらんが、その一方でブランドもんも欲しゅうなる。先進国が辿ってきたのと同じ現象が起こんのや。競合他社と同じことやっとったら消耗戦になってまう〉

「それと並行して、国内ではネット通販事業に進出する」

旭は勢いのまま続ける。「ネット通販は、物凄い勢いで成長している。すでにアメリカの巨大スーパーでさえ、ネット通販に食われて売上が減少に転じてるんだ。アメリカで起きたことは、日本でも必ず起きる。このまま何の手も打たなければ、誠実屋のスーパー部門はジリ貧だ」

〈阿呆なこといいなや。ネット通販に乗り出すには、どんだけ投資が必要になる思うてんねん。テナント入れて、家賃取って、設備投資、運営費はチャラにするいうのが誠実屋の商法や。無謀や。無謀に過ぎる。それに、新しい事業っちゅうのは、先行者が絶対的に有利や。後発者は甘い汁は吸えへんようになってんのや〉

「用地はどうするのです。O町進出に当たって費やした金はどうなるのです。借地だって長期契約を結んでいるんですよ。それこそ、莫大な金が固定費として、ただ費やされるだけではありませんか」

氷川の声に怒気が籠る。

「続けりゃさらに借地料が膨れ上がっていくだけだ。損を最小限に抑え、有望な事業に原資を集中させる。当たり前の経営判断じゃないか。ネット通販に進出するためには、配送は外部業者に任せるとしても、物流センターがいる。それも、ひとつやふたつじゃ駄目だ。莫大な投資が必要になるんだぞ。お前は、スーパー誠実屋の社長だろ。そんなことも分からんのか！」

激昂する旭は、「お前たちはどう思う。続けるべきだと思うヤツはいるのか！」

他の番頭たちに向かっていった。

力の使い方だけは一人前だ。

新しい総帥に向かって、面と向かって異を唱える人間などいやしない。それを分かって訊ねたのだ。

塙は後悔した。

誠実屋をここまでに育て上げたのは、自分の経営手腕の賜物だ。それは断言できる。しかし、その一方で、己に優る人間はいない。だから、部下には唯々諾々と自分の指示を忠実に実行することを求めてきた。誠実屋グループは塙一族のものだ。誰にも実権は渡さぬ。そういう思いも抱いていた。

その結果がこれだ。

八重子、旭は代を継ぐのは塙家の人間と考えている。番頭たちにしても同じだ。そして彼らは、逆らえば職を解かれることを恐れている。

全ては、自分ひとりで会社の舵取りを行ってきたツケだ。さらに悪いことに、旭は経営者としての資質に欠ける上に、プライドだけは高い。父親の重しが取れた旭が船頭になれば、船はどこへ流れていくか分からない――。

「見ろ、氷川。誰もお前の考えに賛同しないじゃないか」

旭はいうと、「早急に臨時取締役会を開催する。議題は代表権の委譲。塙太吉会長に代わってわたしが誠実屋ホールディングスの代表権を持つ。可決され次第、臨時株主総会だ」

高らかに宣言した。

これにも異を唱える者は誰ひとりとして出てこない。

番頭たちが部屋を出て行く気配がする。

〈終わった……。何もかも終わりや。わしの築いた城が壊れてまう。あの町に築くはずやった王宮が幻となってまう――〉

塙が脳裏に描き続けていた完成時の光景が、砂が崩れ落ちるように消え去っていく。

「お父さんも歳には勝てへんかったんやな」

八重子が顔を覗き込む。「そうでなければ、旭を外して他から連れてきた人に会社を任せるなんて、考えるわけありませんわな。誠実屋は塙太吉のもんや。跡を継ぐのはお父さんの血を引いた旭以外におらしません。後は任せておけば大丈夫でっさかい。養生に専念して、早う家に戻れるようがんばりましょな」

視界がぼやけ、八重子の顔がいつにも増してよく見えなくなる。

「あら、涙――」

八重子が涙を拭う。「旭の決意が通じたんやろか。嬉しゅうて泣いてはんのやろか」

〈違う！　無念の涙や！　悔しゅうて悔しゅうてならんのや〉

塙は、毒づいた。

「お父さんの跡は、わたしがしっかりやります。お父さんが誠実屋を日本一の流通企業に育て上げたんなら、わたしは世界一の流通企業に成長させてみせますよ。安心して下さい」

旭の言葉が、空(むな)しく聞こえる。

〈なるほど、人生ちゅうもんは、柩(ひつぎ)に入るその時まで勝負は決まらんちゅうのはほんまのことや。後継者を育てなんだいう、たったひとつの過ちが、人生の終わりを迎えようという時になって、こんな形で我が身に降りかかってくるとは――〉

瀬島隆彦――。

ふと、塙はその名前を胸の中で呟いた。

彼の出現によって生涯の幕引きが一変したことは事実だが、いま塙はこう思った。

〈同じ血を引き継いではいても、こうも違うもんなんや……。あの男がわしの跡継ぎやったら、こんな阿呆な判断を下したやろか――〉

そこに思いが至ると、乳母日傘（おんばひがさ）で育った旭とは真逆の環境の中で育ったであろう瀬島に、塙は若かりし日の己の姿を見た気がした。

大資本、既存流通に対する反発。新しい事業への挑戦意欲。そして、何よりも強い運を持っている。

それは、新しい事業に必要不可欠な資金を華江の死によって手に入れ、今、山梨プロジェクトが取り止めになったことからも明らかだ。

〈ええ商売人になるで。わしの血が流れてんのや。旭は親父の造った城を壊してしまうだけやが、お前は違う。新しい城を新たに築くんや。やってみい。見事な城を築いてみせてくれ〉

塙はじめて瀬島に、父としての言葉を投げかけた。

その時、ドアが乱暴にノックされると、返事を待たぬ間に人が駆け寄ってくる気配がした。

「センセ……どないしはったんです」

八重子が訊ねた。

「モニターに異常が――」

医師が顔を覗き込む。脈を取る一方の手で、聴診器を胸に押し当てる。

「いかん——」

医師は絶句すると、慌てた口調で看護師に何かを命じる。

看護師が点滴を取り換えにかかる。医師は、次々と新たな指示を出す。

意識が急速に遠のいていく。

「太吉っつあん。勘弁な」

その時、なぜか深町の最後に発した言葉が、彼の顔とともに脳裏に浮かんだ。

死を覚悟した時の顔ではない。京都ホテルではじめて出会った時の顔だ。言葉もあの時とは違って穏やかだ。

深町は、顔の前で手を拝むように合わせる。

その仕草が、何とも憎めない。

死に物狂いで突っ走ったあの時代が懐かしい——。

〈勘弁したるわ〉

塙はこたえた。〈ほんま楽しかったわ……生まれ変わったらフカシン、また一緒に商売やろな。ただし、二度とわしを裏切るんやないで。ええか、フカシン……〉

深町は照れ臭そうな笑みを宿すと、大きく頷く。

白い歯を見せながら、それにこたえる自分の姿が見えた。

心中が穏やかになる。

光が射した。

澄んだ、眩(まばゆ)いばかりの光だ。
その先には、どこまでも蒼(あお)く染まった天が広がっている。
輝きは増すばかりだ。
その眩(まぶ)しさに、塙は瞼を閉じた。

エピローグ

「録音させていただいてよろしいでしょうか」

甲州日報の記者の遠山(とおやま)が、鞄(かばん)の中からＩＣレコーダーを取り出した。

「どうぞ」

瀬島がこたえると、遠山は録音ボタンを押し、

「まず最初にお訊(き)きしたいのは、なぜ今回ＯＬＤＳ(オールズ)――Ｏ町ローカルデリバリーサービスをおはじめになったかです」

取材をはじめた。

新たに開設した事務所の片隅には、応接コーナーが設けられている。テーブルを挟んでそれぞれ二脚のパイプ椅子が置かれただけの質素なもので、間仕切りもない。事務所には三人の従業員がいる。レストラン事業の事務を行う従業員がふたり。もうひとりは、ＯＬＤＳ専従の従業員である。

「高齢化にともなう買い物難民対策です」

　瀬島はこたえた。「ご承知のように、日本人の平均寿命は男女ともに八十歳を超えつつあります。この年齢になると、自動車の運転が困難になる人も激増します。ところが、O町のような農村部では買い物をするのに自動車は欠かせません。寿命は今後延びることはあっても、短くなることはないでしょう。当然、日常生活に支障をきたす人たちが激増することが予想されるのです」

「その解決策として、期待されているのがネットショッピングですよね。大手のネット通販では、もはや買えぬものがない。オーダーすれば、いまでも日本全国翌日には注文品が届きますが？」

「パソコンを使えない高齢者はたくさんいますからね。もちろん、これから現役を退くいわゆる団塊の世代は、パソコンに慣れ親しんでいるでしょう。しかし、皆が皆ネット通販に頼ったのでは、既存の商店街が衰退してしまいます。これは地域の存続に関わる大問題です」

「なるほど」

　遠山は録音をする一方で、ノートにペンを走らせる。「しかし、便利な方に流れるのが消費者というものですよね。まして大手ネット通販は品揃え（しなぞろ）えも豊富じゃないですか。OLDSを使うメリットはどこにあるのでしょう」

「大手ネット通販は当日配送を行っていますが、大都市に限ったことです。その点、O

ＬＤＳは違います。オーダーしたものが即日、それも数時間以内に手に入る。こんなことが可能なのは、地場の商店から商品をお届けするからです。売る方も買う方も、お互い見知った仲。それにデリバリーは、我が社の専用車ですから、高齢者の安否確認にもなる。そこが大手ネット通販とは決定的に異なる点です」

ＯＬＤＳのビジネスがはじまって半年が経とうとしていた。

システムに専用端末の開発と、準備には一年を要したが、ビジネスモデル自体は新しいものではないのがむしろ幸いした。

台湾には、その手の仕事を請け負う会社が何社か存在し、おかげで開発期間が短縮でき、製造コストも抑えられ、端末を高齢者に限ってだが、無料で配布することも可能となった。晴子から受け継いだ遺産の大部分を使ってしまったが、それこそ生きた金の使い道というものだ。

さて、そうなるとＯＬＤＳのビジネスの独自性はどこかということになるのだが、瀬島は事業を開始するに当たって、三台の軽ワゴンを購入した。

端末には、加盟する商店三十店舗の商品情報がモニターをタッチすると即座に現れるようになっている。情報を入力するのは商店だ。デジタルカメラで撮った商品と価格をサーバーにアップロードするのだ。

日々の目玉商品は毎日のメンテナンスが必要だが、定番商品にはその必要はない。最初の入力こそ労力が必要だったが、一旦済ませてしまえばさほどの手間はかからない。

消費者が購入する商品にタッチし、数量を入力すると、それが当該店舗と瀬島の事務所、さらに軽ワゴンに搭載された端末へと流れる。もちろん、精肉店、鮮魚店、雑貨店と発送店舗は分散しているが、それを軽ワゴン車が巡回しながら集荷、配送していくのだ。代金はドライバーが回収し、瀬島の会社は、その五パーセントを受け取ることになっている。

「コンビニが試験的に行っているサービスと将来的にバッティングしませんか？」

遠山は懸念を口にする。

「しない……というかコンビニがこういうサービスを行うのは無理があると思います」

瀬島はいった。「コンビニには在庫を保管しておく場所がありませんからね。店舗に陳列している商品が全て。品切れを起こせば出荷ができません。それに、肉や野菜といった生鮮食品の品揃えには限界があります。第一、デリバリーまで行うとなると、専門の従業員を雇わなければなりません。このコスト負担は決して安いものではないと思います。つまり、我々はオーダー処理と配送を受け持つだけ。商店は、情報のインプットを除けば注文があった商品をレジ袋に入れるだけで仕事量は変わらない。だからこそ、成り立つビジネスなんです」

「では、スーパーが将来的に宅配ビジネスをはじめたら？　生鮮食品、日用雑貨、おおよそ全ての物が揃っていますし、消費者だって、ひとつの店で何でも揃うのは魅力なんじゃないでしょうか。それに、たぶん価格だって大量仕入れで、普通の商店から買うより安いと思いますが？」

「現実のオペレーションを考えると、スーパーが宅配を行うのは難しいでしょうね」

瀬島は苦笑した。

「どうしてです？」

「考えてもみて下さい。スーパーがこのビジネスをやろうとしたら、どこで受注した商品をピックアップするんですか？」

「そりゃあ、店頭からでしょう」

「店員がオーダーシート持って、カート押しながら他に客がいる店内を走り回るんですか？　そのためには人員を増やさなければなりませんよね。そりゃあ暇な時間にレジの人を集荷の仕事に回すってことは考えられなくはありませんが、オーダーはいつ入ってくるか分からない。店が混雑してりゃ人は割けませんし、ピックアップの効率も悪くなるじゃありませんか。翌日配送なら閉店後に商品を纏めるってこともできるでしょうけど、当日配送なんてとてもとても——」

ＯＬＤＳをはじめるに当たっては、スーパーを経営する香取も大きな興味を示した。

誠実屋の進出をあれほど憂いておきながら、己のビジネスチャンスとなれば、地場商店街の活性化など念頭から消え去ってしまう。

かつて塙は誠実屋の進出を「この問題は、進出する側、される側で見解が分かれる」といったが、まさにその通りなのだ。市場をいかにして守るかではなく、奪い取るチャンスがあれば、誰もが取りに出る。それが商売人の性なのだ。

しかし、当日配送だけは、スーパーの機能を以てしても無理がある。

香取がこのビジネスへの参画を諦めた理由は、まさにそこにあった。

「なるほど……」

遠山は感心したように頷く。

「ＯＬＤＳは、いわば三河屋商法なんです」

「何です、その三河屋って」

「ご用聞きですよ」

瀬島はいった。「注文を伝えるのが、人から端末に変わっただけなんです。店舗が分散していれば、オーダーも分散する。結果、商品をピックアップし、梱包するのにそれほどの時間もかからない。後は、巡回するウチの配送車に渡せばいいだけです。注文品を取り纏めるのは、ウチのドライバー。それもレジ袋にはお客様番号が記載されていますから、配送先に到着した際に、リストを元にドライバーが拾うだけ。さほどの手間はかからない。大掛かりな物流センターやシステムもいらない。人も必要最低限に抑えられる。結果、オペレーションコストも安くなる……というわけです」

「かくして、地場商店街の商売は守られる。高齢者も買い物難民にならずに済む。両者ウインウインの関係ができあがるわけなんですね。しかし、そうなるとＯＬＤＳを使いたいと思うのは、高齢者に限ったことじゃないでしょう。地元のスーパーは少なからず影響を受けるんじゃないですか」

「それはどうですかね」

瀬島は首を傾げた。「確かに、子育てに大変なお母様方から、是非にという問い合わせをたくさんいただいてはおりますが、外での買い物の楽しみは、やはりあると思うんです。どんな層にOLDSが広がっていくかは未知数ですが、それでも棲み分けは十分可能でしょうね」

「聞けば聞くほど素晴らしいシステムですが、どうしてこういうビジネスを思い立ったのです？」

瀬島は、机の上に置かれた茶碗を手に取ると、

「実は、ヒントを下さったのは塙太吉さんなんです」

温くなった茶で口を湿らせた。

「塙さんって……あの誠実屋の？」

遠山は目を丸くする。

塙太吉はすでに亡い。

脳幹梗塞を起こした三週間後に、この世を去っていた。

担ぎ込まれた病院で、ついぞ意識が戻ることなく人生の終焉を迎えたという。

あれから、二年が経つ。この間に、誠実屋には大きな変化があった。

ひとつは、誠実屋の総帥の座に、長男の旭が就いたこと。ふたつ目は、それを機に誠

実屋Ｏ町店の造成工事が止まったことだ。同時にスーパー誠実屋の社長を務めていた氷川は解任。いったい何が起きたのかと思ったが、謎はすぐ解けた。

『誠実屋はスーパー事業の海外展開を加速させると同時に、ネット通販事業に乗り出す。経営資源の全てをこのふたつの事業に集中させる』

経済紙が伝えるところによれば、就任記者会見の場で、旭はそう宣言したのだ。

「わたしが、誠実屋のＯ町進出反対運動の先頭に立っていたのはご存知でしょう？」

瀬島は訊ねた。

「ええ――」

「条例案は否決されましたが、腹の虫が治まらない。ひと言塙さんに直接物申したくて、着工式の会場に出かけたわけです。いまにして思えば、みっともない話ですがね」

瀬島は苦笑しながら首を振った。「そこで、いわれたんです。大型スーパーが進出して困るというなら、商店街が結託して、システム立ち上げて宅配でもなんでもしたらいいじゃないかと」

「面白いエピソードですね。そんなことがあったんですか」

遠山は目を輝かせて身を乗り出した。

「さすがに一代で日本一の流通グループを築き上げた人です。目から鱗でしたね」

瀬島は本心からいった。

「確かに、ＯＬＤＳの評判は凄くいい。周辺地域の商店街、住民の間からも、ＯＬＤＳ

の採用を検討したいという声が上がっているようですし、自治体も端末普及のために費用支援に出る動きがあると聞きます」

「実際にはじめる前には、ただのネット通販じゃないか。仮想ショッピングモールを縮小しただけだという人もいました。大手に勝てるわけがないともね。だけど、飛行機の世界でいうなら、大手ネット通販が幹線路線を飛ぶ大型ジェット機なら、ＯＬＤＳはローカルコミューターなんですよ。小回りが利く。人の顔が見える。そこに消費者は安心感を覚える。それが、地域商店街の維持に繋がっていくんですから、これほど喜ばしいことはありませんよ」

「なるほど。地域商店街の維持ですか――」

遠山は、感慨深げに頷く。「確かにその通りだ。ある意味、ＯＬＤＳは大型店の進出で苦境に追いやられた、中小商店の一揆。これは、大型スーパーへの対抗策として全国に波及していく可能性がありますね」

「そうなれば、商店も息を吹き返す。跡取りも戻ってくるでしょう。安心して子供が育てられる環境が整えば、過疎高齢化問題の解決に繋がるかもしれない。それは、新聞社にとっても悪い話じゃないでしょう」

「新聞社？」

「だってそうでしょう。全国紙、地方紙にかかわらず、人が減るってことは市場が小さくなるってことですよ。そりゃあ、輸出をメインとする産業は海外に拠点を移して生き残るって道はあるかも知れませんけど、日本語で読む媒体は、そうはいかないでしょう。人口の減少は、社の存亡にかかわる大問題じゃないですか」

「確かに考えてみりゃ、その通りだ」

遠山は、はっとしたように背筋を伸ばすと、

「お話、よく分かりました。こりゃ、是非とも成功してもらわなければなりませんね」

頭を下げた。

「こんなんで記事になりますか」

「ええ、十分に――」

遠山はＩＣレコーダーの録音を切ると、帰り支度に取りかかる。「お忙しいところ、ありがとうございました。掲載紙ができ上がりましたら、お送りいたします」

事務所を出る遠山を見送りがてら外に出た。

軽乗用車に乗った遠山が、エンジンをかけながら運転席の窓を開けた。

「瀬島さん。がんばって下さい」

「ありがとうございます」

瀬島がこたえたのと同時に、車は走り出す。

その行く手には、秋空に聳(そび)え立つ富士山がある。広大な裾野に原野が広がっている。

その一角に、土が剝(む)き出しになった部分がある。

誠実屋Ｏ町店が、できるはずだった場所だ。

「商機にかかわらず、チャンスいうもんは、常に万人の前をうろうろしとるもんでっせ。それに気がつくかどうかが勝負を決めるもんと違いまっか?」

東京本社で面会した折、塙がいった言葉が脳裏に浮かんだ。

あんたのいう通りだ。

瀬島は思った。

OLDSは、この町から周辺市町村へと広がっていく。いや、広げてみせる。OLDSは日本全国の大手資本の進出に晒され、座して衰退を待つしかなかった地方の商店街にとって、起死回生の一策となるだろう。規模が大きくなったところで、オーダー処理はここ一箇所に集約できる。サーバーの能力を増強していけばいいだけだ。あとは、当該地域に数台ごとの配送車を配置する。それだけで、地域の商店と消費者が結びつく。超高齢社会に突入する、いまの日本には必要不可欠な流通インフラができ上がる。

塙太吉。あんたが破壊し尽くした、町の商店街が息を吹き返すのはその時だ。大手スーパーでは成し得ない、大手ネット通販でも対応できない、きめ細かなサービスネットワークができ上がるのだ。

そして、その新しい流通を握るのは誰でもない。この俺だ。

太陽に雲がかかる。

辺りが陰った。日差しを浴びたままの富士の威容が一層鮮やかになる。

やがて、雲の切れ間から一筋の光が漏れると、土が剝き出しになった部分を明るく照らした。
風が吹きはじめた。
つむじを巻く風の中で、砂が白く輝きながら宙に舞う。
塙はあの場所に何を夢見たのだろう。
瀬島はふと思った。
つむじは小さなものだったが、塙の帝国を象徴する王宮の塔のように見えたからだ。
しかし、それも一瞬のことで、砂は大気に溶けていき、塔は幻のように消え去った。
流れる雲が、光を遮った。
塙太吉の時代は終わったのだ。新しい時代がやってくる。
血が騒いだ——。
それは、誰の血でもない。
塙太吉の血が己の体に流れていることを、瀬島はその時はっきりと悟った。

参考文献

『完本　カリスマ（上・下）』佐野眞一　ちくま文庫　二〇〇九年
『流通革命の真実』渥美俊一　ダイヤモンド社　二〇〇七年
『21世紀のチェーンストア』渥美俊一　実務教育出版　二〇〇八年
『商店街はなぜ滅びるのか』新雅史　光文社新書　二〇一二年
『左手の証明』小澤実　ナナ・コーポレート・コミュニケーション　二〇〇七年
『「この人、痴漢！」と言われたら』粟野仁雄　中公新書ラクレ　二〇〇九年

解　説

香山二三郎

世界の主要国が連合国と枢軸国とに分かれて戦った第二次世界大戦は連合国側の勝利に終わり、枢軸国側だった日本は敗戦国となった。戦闘員、民間人併せて二一〇万人を超える犠牲者を出し、国も民も疲弊したが、復興パワーは目覚ましかった。闇市経済の隆盛、朝鮮戦争景気の後押し等もあって戦後一〇年で戦前の勢いを取り戻すと、日本はさらなる成長へ向けて邁進(まいしん)し始めた。

その大きな波が、いわゆる高度経済成長である。

高度経済成長は朝鮮戦争特需による一九五五年から、世界中が石油危機に陥った七三年までの約二〇年といわれるが、これと時期を同じくして成長した小説ジャンルがある。

経済小説と社会派ミステリーだ。

前者については、経済の活況、企業の成長が目覚ましかったこの時期に、それを背景にしたエンタテインメント小説が勃興(ぼっこう)するのは当然のことといえようか。後者のように、経済、企業の活況はいっぽうで、社会的な歪(ゆが)みや様々な弊害も引き起こした。後者のように、犯罪悲劇を通してそれらをえぐり出す作品が現れるのもまた当然というべきだろう。

経済専攻の学究の徒であった城山三郎が商社マンの姿を活写した「輸出」で第四回文学界新人賞を受賞、作家デビューしたのは一九五七年のこと。二年後には「総会屋錦城」で第四〇回直木賞を受賞、以後、経済小説の第一人者としてこのジャンルを切り開いていくことになる。それと並行して、同じ五七年に雑誌連載された長篇『点と線』、『眼の壁』の刊行によって、一躍ベストセラー作家に躍り出たのが松本清張である。清張は小説のみならずノンフィクションでも活躍、米軍占領下で起きた帝銀事件や下山事件等を掘り下げた「日本の黒い霧」シリーズを始め数々の話題作を発表した。

本書『砂の王宮』は「小説すばる」（集英社）二〇一四年一月号から翌一五年三月号まで連載されたのち、加筆修正され、一五年七月に集英社から刊行された。その戦後の二大小説ジャンルの旨味を兼ね備えた長篇エンタテインメントである。

物語は二〇一〇年八月、八五歳を迎えた日本の流通業界のトップ、誠実屋ホールディングス会長・塙太吉の姿から始まる。彼がテレビを見ていると、四一年前、東京・赤坂のホテルで起きた殺人事件の再審請求が決まったとのニュースが流れる。実は、彼はその江原事件の真相に関わっていた。場面はそこから四一年前の京都ホテルへとさかのぼる。

街は戦争で荒廃していたが、アメリカ人の屯するそこは贅沢品の溢れる別天地だった。塙は神戸三宮の闇市で薬屋を営んでいた。医薬品のペニシリンと人工甘味料ズルチンで大儲けしていたが、原材料の新たな入手ルートを確保すべく、進駐軍に伝手を求めようとしていたのだ。だがそこで出会ったのは、垢抜けしたブローカーの深町信介だった。深町――フカシンはかつて商社で働いていたといい、ふたりで組んで全国に得意先を広げようと提案、塙も乗る。塙の営む誠心薬局の快進撃が始まるが、朝鮮戦争を前に取締まりも厳しくなっていく。時代を先読みしたフカシンは塙に薬の安売りを持ちかけ、これまた大成功。だが製薬会社の抵抗も大きく、あの手この手で塙たちの商売を阻みにかかる。打開策を模索する塙。そんな折り、身を固めた彼は新婚旅行に九州に出かけるが、製鉄の町・八幡で今まで見たことのない店を発見する。生活用品を何でも揃え、客が商品を勘定場に持ち込むそのシステムはアメリカのスーパーマーケットそのままだった。

塙はスーパーへの進出を渋るフカシンと決別し、一年かけて家電の町・門真に一号店を開く。結果は、大繁盛。地元商店街の反発も説き伏せ、さらには銀行も味方につけて店舗拡大に乗り出し、東京オリンピックが開催される七年後の一九六四年には、大阪を中心に五〇店を超える一大スーパーチェーンに成長させていた。

経済小説のサブジャンルにモデル小説がある。自らの商才を武器に一大企業を築き上げた経営者等、実在の人物をモデルにした作品である。本書も「昭和22年、神戸三宮で薬屋を営む塙太吉は持ち前の商才を発揮し、やがて日本有数の大企業を造り上げるが――。」という帯の惹句を見ただけで、ピンとくる人も多いはず。そう、スーパーのダイエーの創業者・中内功である。プロローグの塙は八五歳で、四一年前の殺人事件に関わりがあるらしいことが明かされる。中内の享年は八三で、過去に犯罪スキャンダルがあったという話も聞いたことはない。本書が単なるモデル小説ではないことは端から明かされているのだが、塙のサクセスストーリーはそうした疑問を吹き飛ばす痛快さに富んでいる。城山三郎にも中内をモデルにした作品『価格破壊』があるが、まさにそれに優るとも劣らぬ面白さ。

それは塙の力だけに因るのではない。冷徹でニヒルな彼の右腕・フカシンはある意味、塙以上に魅力的かも。戦争で地獄を見た者同士の絆(きずな)は固いが、決して塙のイエスマンには納まらない。クールでいながら宵越しの金は持たない破滅的な一面も持っていて、それがやがて悲劇をもたらすことになるのだが、ありがちなバディ(相棒)小説のタッチを超えたそのノワールさは、経済小説のみならず、国際謀略ものからパニック小説まで多彩な作品を手がけるこの著者ならではの演出というべきか。

いっぽうで、スーパーで成功した塙が格安の牛肉を売る独自のシステムを考案、フカシンとも復縁してさらなる業績アップを果たし、東京進出を図る辺りから社会派ミステリー色も濃くなっていく。東京一号店の用地探しでフカシンが推薦したのは不動産王の久島栄太郎だったが、この男が貧相な外見とは裏腹でとにかく利に敏(さと)い冷血漢なのだ。それもそのはず、モデルは〝乗っ取り屋〟の異名を取った横井英樹。久島はその名の通り、誠実屋の東京進出を狙っていた。高級ナイトクラブを舞台にした久島と塙たちとの駆け引きは、まさしく高度経済成長の闇を浮き彫りにしていよう。

犯罪劇演出は第二部に入ってからも続く。時代背景は現在に戻り、塙はリニア新幹線の開通を見込んで山梨県O町に進出しようとしている。自らの仕事の総仕上げに、巨大ショッピングモールを建設しようというのだが、瀬島隆彦等、一部の県議会議員を始めとする地元の反対にあっていた。その対立劇からやがて瀬島の痴漢冤罪劇が発生、そしてそれをベースにこの著者ならではの〝血の絆〟をめぐる因果話が立ち上がっていくのだ。

プロローグで、DNA鑑定による江島事件の再審開始決定が報じられるが、それは単なる鑑定技術の進化を示しているのではなく、それまで見えなかった人間関係をも暴き出すことになる。第二部の読みどころもそこにあり、モデル小説の範疇(はんちゅう)から逸脱したその展開は、やはり〝血の絆〟を題材にした既作『ワンス・アポン・ア・タイム・イン・東京』を引き合いに出すまでもなく、もはや独自の作風といえよう。モデル小説と見せて後半は社会派ミステリーのタッチへとスライドさせることによって、よりドラマチックな世継ぎ劇を現出させるとは、これまでの経済小説にはなかった手法なのではあるまいか。

むろん、事実は小説より奇なり。高度経済成長期の成功劇のバックステージでは家族の秘めごとも珍しいことではなかったのかもしれないが、波乱万丈なその顚末(てんまつ)を強く印象付けるには、それに見合った手法が必要となろう。モデル小説と社会派ミステリー仕様という二段構えも、そこから生まれたアイデアなのかも。それについて、著者いわく――

今回書いてみて思ったんですが、立志伝中の人を題材にしてそこから物語をつくっていく方法はアリだなと思いましたね。僕は山崎豊子さんの小説がすごく好きなんですが、山崎さんの作品もモデルがあることが多い。代表作の『白い巨塔』は阪大医学部がモデルですし、遺作になった未完の『約束の海』も海上自衛隊の潜水艦「なだしお」が漁船にぶつかった事件がモデルですよね。事件や人物を下敷きにしてその上にいろいろなドラマをつくっていくというやり方は参考になりますね。(「立志伝中の人を題材にした物語」/「青春と読書」二〇一五年七月号)

山崎豊子の流れを汲むとはいっても、前述したようにそこは多彩な作風を駆使する著者のこと、虚実の入れ混ぜかた、物語のバリエーションの付けかたは自ずと山崎作品を超えたものになろう。城山三郎のデビューから半世紀余、日本の経済は高度成長から長期不況に陥り、それを踏まえた経済小説の後継作品も多様化している。従来の経済モデル小説、社会派ミステリーのスタイルに則りつつ、それを超えたこのジャンルの進化形――それが本書なのである。

(かやま・ふみろう　ミステリー評論家)

＊本書はフィクションであり、実在の団体、個人とは一切関係ありません。なお、本作品中には、今日の観点からは差別表現ととれる表現が一部ありますが、描かれている時代背景、および著者が差別助長の意図で使用していないこと等を鑑み、そのままとしました。

初出　「小説すばる」二〇一四年一月号〜二〇一五年三月号

本書は、二〇一五年七月、集英社より刊行されました。

集英社文庫　目録（日本文学）

集英社文庫　目録（日本文学）

額賀澪　できない男
ねじめ正一　商人（あきんど）
野口健　落ちこぼれてエベレスト
野口健　100万回のコンチクショー
野口健　確かに生きる　落ちこぼれたら這い上がればいい
野口卓　なんてやつだ　よろず相談屋繁盛記
野口卓　まさかまさか　よろず相談屋繁盛記
野口卓　そりゃないよ　よろず相談屋繁盛記
野口卓　やってみなきゃ　よろず相談屋繁盛記
野口卓　あっけらかん　よろず相談屋繁盛記
野口卓　なんて嫁だ　めおと相談屋奮闘記
野口卓　次から次へと　めおと相談屋奮闘記
野口卓　友の友は友だ　めおと相談屋奮闘記
野口卓　寝乱れ姿　めおと相談屋奮闘記
野口卓　梟（ふくろう）の来る庭　めおと相談屋奮闘記
野口卓　風が吹く　めおと相談屋奮闘記

野口卓　春だから　めおと相談屋奮闘記
野口卓　とんとん拍子　めおと相談屋奮闘記
野口卓　新しい光　めおと相談屋奮闘記
野口卓　親と子　めおと相談屋奮闘記
野口卓　出世払い　おやこ相談屋雑記帳
野口卓　弟よ　おやこ相談屋雑記帳
野口卓　ちゃからかぽん　おやこ相談屋雑記帳
野口卓　生命（いのち）きらめく　おやこ相談屋雑記帳
野崎まど　HELLO WORLD
野沢尚　反乱のボヤージュ
野中ともそ　パンの鳴る海、緋の舞う空
野中柊　小春日和
野中柊　このベッドのうえ
野茂英雄　僕のトルネード戦記
野茂英雄　ドジャー・ブルーの風
羽泉伊織　ヒーローはイエスマン

袴田康子　四郎の城　キリシタン戦記
萩本欽一　なんでそーなるの！　萩本欽一自伝
萩原朔太郎　青猫　萩原朔太郎詩集
橋爪駿輝　さよならですべて歌える
橋本治　蝶のゆくえ
橋本治　夜
橋本治　幸いは降る星のごとく
橋本治　バカになったか、日本人
橋本治　結婚
橋本紡　九つの、物語
橋本紡　葉桜
橋本長道　サラの柔らかな香車
橋本長道　サラは銀の涙を探しに
蓮見恭子　バンチョ高校クイズ研
馳星周　ダーク・ムーン（上）（下）
馳星周　約束の地で

集英社文庫　目録（日本文学）

馳星周　美ら海、血の海
馳星周　淡雪記
馳星周　ソウルメイト
馳星周　雪炎
馳星周　パーフェクトワールド(上)(下)
馳星周　陽だまりの天使たち　ソウルメイトII
馳星周　神奈備
馳星周　雨降る森の犬
馳星周　黄金旅程
羽田圭介　御不浄バトル
畠山理仁　黙殺　報じられない"無頼系独立候補"たちの戦い
畠中恵　うずら大名
畠中恵　猫君
畑野智美　国道沿いのファミレス
畑野智美　夏のバスプール
畑野智美　ふたつの星とタイムマシン

はた万次郎　北海道青空日記
はた万次郎　ウッシーとの日々1
はた万次郎　ウッシーとの日々2
はた万次郎　ウッシーとの日々3
はた万次郎　ウッシーとの日々4
花井良智　美しい隣人
花井良智　はやぶさ　遥かなる帰還
花村萬月　ゴッド・ブレイス物語
花村萬月　渋谷ルシファー
花村萬月　風転(上)(中)(下)
花村萬月　虹列車・雛列車
花村萬月　錏娥哢㚢(上)(下)
花村萬月　日蝕えつきる
花村萬月　花折
花村萬月　GA・SHIN!　我・神
花村萬月　対になる人

花家圭太郎　八丁堀春秋
花家圭太郎　日暮れひぐらし　八丁堀春秋
帚木蓬生　エンブリオ(上)(下)
帚木蓬生　インターセックス
帚木蓬生　賞の柩
帚木蓬生　薔薇窓の闇(上)(下)
帚木蓬生　十二年目の映像
帚木蓬生　天に星　地に花(上)(下)
帚木蓬生　安楽病棟
帚木蓬生　やめられない　ギャンブル地獄からの生還
帚木蓬生　ソルハ
浜田敬子　働く女子と罪悪感　「こうあるべき」から離れたら、もっと仕事は楽しくなる
濱野ちひろ　聖なるズー
浜辺祐一　こちら救命センター　病棟こぼれ話
浜辺祐一　救命センターからの手紙　ドクター・ファイルから
浜辺祐一　救命センター当直日誌

集英社文庫

砂の王宮

2018年3月25日　第1刷
2024年10月16日　第4刷

定価はカバーに表示してあります。

著　者　楡　周平
発行者　樋口尚也
発行所　株式会社　集英社
東京都千代田区一ツ橋2-5-10　〒101-8050
電話　【編集部】03-3230-6095
【読者係】03-3230-6080
【販売部】03-3230-6393（書店専用）

印　刷　TOPPAN株式会社
製　本　加藤製本株式会社

フォーマットデザイン　アリヤマデザインストア　　マークデザイン　居山浩二

ISBN978-4-08-745711-7 C0193